순수의 시대

일러두기

- 이 책은 Edith Wharton, 『*The Age of Innocence*』(Project Gutenberg, 2008)를 참고했습니다.

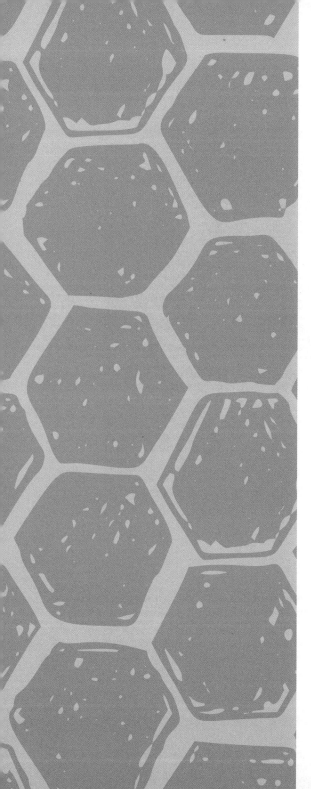

The Age of Innocence

순수의 시대

이디스 워튼 지음

살림

이디스 워튼

1905년 『환락의 집』을 발표하면서 베스트셀러 작가가 되었다. 이후 제1차 세계대전이 벌어지자 그녀는 프랑스 전선을 여덟 차례 방문하면서 전쟁의 참화를 묘사한 『싸우는 프랑스』를 출간했고 전쟁 구호 활동도 적극적으로 펼쳤다. 이 공로로 그녀는 레지옹 도뇌르 훈장을 받았다. 이후에도 몇 권의 소설책을 출간했으며 전쟁 후 1920년에 발표한 『순수의 시대』로 1921년 여성 최초로 퓰리처상을 수상했다.

에드워드 로빈스 워튼

이디스 워튼보다 열세 살 연상의 남편 에드워드 로빈스 워튼. 이디스 워튼은 1885년 23세의 나이에 에드워드 로빈스 워튼과 결혼한 후, 심각한 신경쇠약을 앓았다. 불행한 결혼생활, 사회적 지위와 작가적 야심 사이의 갈등으로 인해서였다. 신경쇠약을 치료할 겸 유럽으로 여행을 떠나 여러 나라를 옮겨 다니며 생활했으며, 소설과 유럽 여러 지역의 역사, 건축, 미술에 대한 글을 썼다. 그녀는 1913년 남편과 이혼하고 1937년 파리에서 사망할 때까지 20여 년을 프랑스에서 살았다.

영화 〈순수의 시대〉

에디스 워튼의 『순수의 시대』를 원작으로 1929년 제작된 영화 〈순수의 시대〉 속 배우 캐서린 코넬의 모습
이다. 이후 1993년 마틴 스콜세이지 감독이 이 작품을 원작으로 영화화했다. 다니엘 데이 루이스, 미셸 파이
퍼, 위노나 라이더가 주연을 맡았다.

순수의 시대 **차례**

제1부

제2부

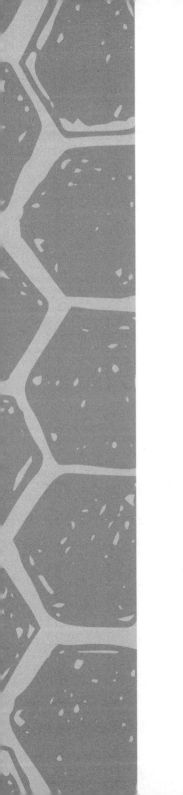
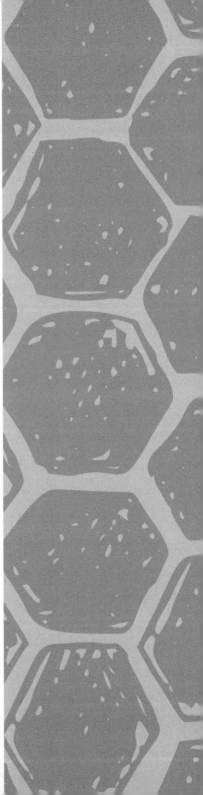

제
1
부

제1장

　　1870년대 초 1월 어느 날 저녁, 크리스틴 닐슨이 뉴욕 '뮤직 아카데미'에서 열린 구노의 오페라 〈파우스트〉 공연에서 노래를 부르고 있었다. 유럽 대도시의 오페라하우스에 견줄 수 있을 만큼 사치스럽고 화려한 오페라하우스가 이미 '40번가' 너머에(고상한 상류 사회 경계선 바깥을 의미함-옮긴이 주) 준공되었다는 소식이 들렸지만, 매해 겨울 사교계 사람들은 여전히 옛 아카데미의 꾀죄죄한 붉은색과 금색의 관람석으로 모여들었다. 보수적인 사람들은 협소하고 불편하다는 점 때문에 오히려 그곳을 애호했다. 뉴욕이 이제 두려워하기 시작한 사람들, 그러거나 말거나 뉴욕으로 계속 밀려들어오는 '새로운 사람들'이 좁고 불편하다며 그곳을 멀리했기 때문이었다. 감상적인 사람들은 그

극장의 역사적 의미 때문에 그곳을 좋아했고 음악 애호가들은 뛰어난 음향 때문에 그곳을 좋아했다. 하지만 음악 감상을 위해 지어진 홀이라는 점에서는 문제가 많은 건물이었다.

닐슨 부인의 그해 겨울 첫 공연이었다. 일간지에서 곧잘 쓰는 표현대로 '비범하고 뛰어난 청중'들이 개인 소유의 사륜마차나 2인승 사륜마차 쿠페를 타고 공연장에 도착했다. 뉴랜드 아처가 박스석 뒤편 문을 열었을 때는 이미 막이 오른 뒤였다. 그 젊은이가 좀 더 일찍 오지 못할 이유라고는 아무것도 없었다. 그는 7시에 어머니와 누이하고만 저녁 식사를 했고, 고딕식 서재에서 빈둥거리며 담배를 피웠다. 아처 부인이 집 안에서 유일하게 끽연을 허용한, 번쩍이는 검은색 호두나무 책장과 장식이 달린 등받이 의자가 놓여 있는 방이었다. 하지만 무엇보다 뉴욕은 대도시였고 대도시에서 오페라에 일찍 도착한다는 것은 유행에 뒤떨어진 촌스러운 짓이었다. 촌스러운 짓인가 아닌가 하는 문제는, 수천 년 전 뉴랜드 아처의 선조들의 운명을 지배했던 토템에 대한 공포 못지않게 뉴욕에서 중요한 역할을 했다.

그가 늦게 도착한 두 번째 이유는 개인적인 것이었다. 그는 속속들이 딜레탕트였기에 여유 있게 담배를 피우며 늑장을 부렸다. 그는 즐거운 일이 실제로 실현됐을 때보다는 다가올 쾌락에 대한 생각을 떠올리면서 더 짜릿한 만족감을 느꼈다. 그 쾌락이 섬세하고 우아한 것일 때는 더욱 그러했다. 이번 경우에도 그는 아주 절묘한 순간에 그곳에 들어서기를 기대하고 있었다. 그는 프리마 돈나가 막 "그는 나를 사랑해……. 그는 나를 사랑하지 않아……. 나를 사랑해!"라고 노래 부르며 이슬처럼 맑은 음성에 맞추어 데이지 꽃잎을 흩뿌리는 바로 그 결정적인 순간에 아카데미에 들어선 것이다.

그녀는 물론 "그는 나를 사랑해"가 아니라 "M'ama!"라고 노래했다. 스웨덴 가수들이 부르는 프랑스 오페라의 독일어 가사를 이탈리아어로 번역해서 불러야 영어권 청중이 제대로 이해할 수 있다는, 음악계 불문가지의, 절대불변의 법칙 때문이었다.

"M'ama……, non m'ama……." 프리마 돈나는 노래했다. 그리고 마지막으로 "M'ama!"라고 사랑의 승리를 드높이 외치는 것으로 끝을 맺었다. 그녀는 꽃잎이 다 떨어져 나간 데이지를 자기 입술에 갖다 대고 파우스트 역의, 작은 키에 거무스름한 캐풀의 지적(知的)인 얼굴을 향해 큰 눈을 들었다.

뉴랜드 아처는 박스석 뒷벽에 몸을 기대고 무대로부터 눈길을 거두고 극장 반대편을 훑어보았다. 그의 정면에 맨슨 밍고트 노부인의 박스석이 있었다. 그녀는 지나치게 비만해서 이미 오래전부터 오페라에 올 처지가 못 되었다. 그녀는 사교계 행사가 있는 날 밤이면 젊은 집안사람 몇몇을 그녀 대신 내보냈다. 오늘은 며느리인 로벨 밍고트 부인과 딸인 웰랜드 부인이 앞자리를 차지하고 있었다. 아름다운 무늬로 장식된 옷을 차려입은 부인들 뒤에는 흰 옷차림의 젊은 여자가 약간 떨어져 앉아 무대 위의 연인들로부터 황홀한 눈길을 떼지 못하고 있었다. 닐슨 부인의 "M'ama!"라는 외침이 침묵에 휩싸인 극장 안에 전율을 몰고 올 때면 처녀의 두 뺨은 온통 붉게 물들었으며, 곱게 땋은 머리카락이 늘어진 이마로부터 치자꽃 한 송이로 얌전하게 여민 가슴의 굴곡까지 홍조가 번져나갔다. 그녀는 무릎 위에 놓인 커다란 은방울꽃 꽃다발 쪽으로 눈길을 떨어뜨렸다. 그녀가 흰 장갑을 낀 손으로 가볍게 꽃을 매만지는 모습이 뉴랜드 아처의 눈에 들어왔다. 그는 허영심이 충족된 듯 숨을 깊이 들이마시고는 다시 무대 쪽으로 눈길을 돌렸다.

비용을 전혀 아끼지 않은 무대는 파리와 빈의 오페라하우스를 직접 구경한 사람들조차 매우 아름답다는 것을 인정할 정도였다. 무대 위에는 에메랄드빛의 초록색 정원이 배경으로 펼쳐져 있었다. 닐슨 부인은 옅은 푸른색 공단 슬릿을 댄 캐시미어 옷을 입고 양쪽으로 땋은 금발을 늘어뜨린 채 이 매혹적인 정원 한가운데 서서 캐폴의 정열적인 구애에 귀를 기울이고 있었다.

뉴랜드 아처는 은방울꽃을 들고 있는 처녀에게로 다시 눈길을 향하며 생각했다.

'오, 사랑스러워! 하지만 저게 무슨 뜻인지는 이해하지도 못할 거야.'

이어서 그는 무대에 푹 빠져 있는 그녀의 젊은 얼굴을 바라보며 짜릿한 소유 의식을 느꼈다. 그 소유 의식 속에는 남성으로서의 우월감에 대한 자부심과 그녀의 헤아릴 수 없는 순결함에 대한 애정 어린 경의가 뒤섞여 있었다.

'그래, 『파우스트』를 함께 읽어야지……이탈리아의 호숫가에서……'

그는 막연하게 신혼여행 모습을 그려보면서 그 모습 속에, 남성으로서의 특권을 신부에게 보여줄 수 있는 문학작품을 끼워 넣었다. 메이 웰랜드가 그에게 '관심이 있다'(뉴욕 처녀들이 구혼을 승낙할 때 쓰는 표현이었다)라는 암시를 준 것이 바로 그날 오후였다. 하지만 그의 상상력은 약혼반지, 약혼 키스, 「로엔그린」(바그너의 오페라-옮긴이 주)의 결혼 행진곡을 뛰어넘어, 자기 곁에 그녀가 앉아 있는 고풍스러운 유럽의 매혹적인 광경을 미리 그리고 있었다.

그는 최소한 미래의 아처 부인이 숙맥이 아니기를 바랐다. 그는 자신이 영위하고 있는 계몽적인 교류를 통해, 그녀가 '젊은 층'에서 가장 인기 있는 기혼 여성들과 어울릴 수 있도록 사교술과 재치를 가르칠 속셈이었다. 그의 내부에는 자기 아내가, 한때 자신을 사로잡았던 매력적인 어느 유부녀만큼 세상 물정에 밝고 열심히 남의 호감을 사는 여자이기를 바라는 마음이 자리 잡고 있었다.

하지만 그는 그런 불과 얼음의 기적이 어떻게 일어날 수 있는지, 이 거친 세상에서 그런 것이 어떻게 지속될 수 있는지 단 한순간도 깊이 생각해본 적이 없었다. 그는 다만 이곳에서 그와 반갑게 인사를 나눈 남자들, 오페라글라스로 여인들을 유심히 살펴보는 뭇 남자들도 모두 자신과 같다는 것을 알고 있었기에 굳이 따져보려 하지 않은 채 자신의 생각을 고수하는 데 만족했다.

뉴랜드 아처는 지적이고 예술적인 문제에 관한 한 옛 뉴욕 상류 사회의 이 선택받은 사람들보다는 자신이 우월하다고 분명하게 느꼈다. 그는 다른 사람들보다 책을 많이 읽었고, 생각도 많이 했으며 견문도 넓었다. 뉴욕의 상류 사회 남자들은 따로따로 있을 때는 열등함을 드러냈다. 하지만 함께 무리를 이루면 그들은 '뉴욕'을 대표했다. 아처는 남성으로서의 습관적인 결속감으로, 이른바 '도덕'이라는 이슈에 대해서는 그들의 원칙을 그대로 받아들였다. 그런 문제에 있어 자기만의 생각을 고집한다면 분란만 일으키게 되리라는 것을 그는 본능적으로 알고 있었다.

"오, 맙소사!" 뉴욕에서 '예법'의 최고 권위자로 통하는 로렌스 레퍼츠의 입에서 나온 탄성이었다. 좋은 옷을 아무렇게나 입을 수 있고, 별로 힘들이지 않고도 우아한 자태를 뽐내는 그의 모습을 보면 누구나 그가 예법을 타고난 것이 틀림없다고 생각했다. 그런 그가 실러턴 잭슨 씨에게 조용히 오페라글라스를 건네면서 다시 한번 "세상에!"라고 탄성을 발했다.

뉴랜드 아처는 레퍼츠의 눈길을 좇았다. 그리고 밍고트 노부인의 박스석에 들어선 새로운 인물 때문에 레퍼츠가 탄성을 발한 것임을 보고 놀랐다. 메이 웰랜드보다는 키가 약간 작고 날씬한 젊은 여성이었다. 그녀는 관자놀이 부근에 갈색 곱슬머리를 늘어뜨리고 있었으며 폭이 좁은 다이아몬드 머리띠를 쓰고 있었다. 그녀는 이른바 '조세핀(나폴레옹의 황후-옮긴이 주) 스타일'이라고 불리는 옷차림을 하고 있었다. 검은색 벨벳 드레스 차림의 그녀는 커다란 구식 버클이 달린 허리띠를 가슴 아래까지 다소 과장되게 죄어 올리고 있었던 것이다. 그렇게 유별난 옷차림을 했으면서도 그녀는 자신의 옷차림이 뭇 사람의 주목을 받고 있다는 사실을 전혀 의식하지 않는 것 같았다. 그녀는 잠시 박스석 중간에 선 채로 어디에 앉아야 할지 웰랜드 부인과 이야기를 나누었다. 그런 후 그녀는 가벼운 미소를 띤 채 반대편 구석에 웰랜드 부인의 올케 로벨 밍고트 부인과 나란히 앉았다.

실러턴 잭슨 씨는 로렌스 레퍼츠에게 오페라글라스를 돌려주었다. 모든 사람들이 반사적으로 고개를 돌려 이 노인의 입에서 떨어질 말을 기다렸다. 로렌츠 레퍼츠가 '예법'에서 모범을 보여주듯이 이 노인은 '가문'에 관한 한 최고 권위자인 때문이었다. 그는 뉴욕의 복잡하게 얽히고설킨 모든 인척 관계를 손바닥 들여다보듯 훤히 꿰차고 있었다. 그는 모든 가문 간에 얽힌 복잡한 관계를 명쾌하게 밝혀줄 수 있었을 뿐 아니라 각 가문의 특징을 속속들이 알려줄 수 있었다. 게다가 지난 50년 간 뉴욕 사회의 잔잔한 표면 아래 켜켜이 쌓인 온갖 추문과 비밀의 거의 대부분을, 좁고 움푹 팬 관자놀이 사이의 숱 많은 은색 머리털 아래 넣고 다녔다.

하지만 그는 그런 비밀들을 오로지 자기 마음속에만 담아 두었다. 그의 날카로운 명예심이 사사롭게 비밀을 털어놓지 못하게 했을 뿐 아니라 신중한 사람이라는 평판을 얻어야 그가 알고자 하는 것을 알아낼 수 있는 기회가 더 많이 주어질 수 있음을 잘 알고 있던 때문이었다.

박스석에 있는 사람들은 실러턴 잭슨 씨가 로렌스 레퍼츠에게 오페라글라스를 건네주는 동안 호기심에 어린 눈초리로 그에게서 떨어질 말을 기다렸다. 잭슨 씨는 잠시 주름진 눈꺼풀 아래의, 가늘게 찢어진 푸른색 눈으로 기다리고 있는 사람들을 말없이 응시했다. 이윽고 그는 생각에 잠긴 듯 수염을 비틀면서 짧게 한마디 했다.

"밍고트가의 사람들이 이런 짓을 할 줄은 몰랐어."

제2장

이 짧은 소동이 벌어지는 동안 뉴랜드 아처는 묘한 당혹감에 빠졌다.

자신의 약혼녀가 그녀 어머니와 고모 사이에 앉아 있는 박스석이 뉴욕 남성들의 집중적 관심의 표적이 되었다는 사실이 불쾌했다. 그는 한순간 엠파이어 드레스를 입은 여인이 누구인지 알아보지 못했으며 그녀가 나타나자 왜 사람들이 그렇게 동요하는 것인지 짐작조차 할 수 없었다. 하지만 서서히 상황을 이해하게 되자 이번에는 순간적으로 화가 치밀었다. 그래, 맞아. 밍고트가의 사람들이 이런 짓을 할 줄은 몰랐어!

그런데 그들이 이런 짓을 저질렀다! 저지르고야 말았다. 등 뒤에서 들리는 낮은 속삭임을 통해 아처는 그 젊은 여인이 메이 웰랜드의 사촌 엘렌 올렌스카임을 알 수 있었다. 집안 내에서 그녀의 이름 앞에는 항상 '딱한'이라는 수식어가 붙었다. 아처는 그녀가 하루인가 이틀 전에 갑자기 유럽으로부터 돌아왔다는 것을 알고 있었다. 그는 메이 웰랜드 양으로부터 그 '딱한' 엘렌이 지금 밍고트 노부인 집에 머물고 있기에 이미 만나보았다는 이야기도 들었다.

아처는 밍고트 집안의 결속력을 전적으로 높이 평가했다. 그는 그 흠잡을 데 없는 순백의 가문에서 드물게 검은 양이 나오더라도 집안에서 철저히 감싸준다는 사실을 높이 평가했다. 젊은이의 마음속에 비열하거나 옹졸한 구석은 조금도 없었기에 그는 자신의 미래의 아내가 요조숙녀답게 그녀의 불행한 사촌을 백안시하지 않는 것이 기꺼웠다. 하지만 올렌스카 백작 부인을 가족으로 맞아들이는 것과 그녀를 이런 오페라하우스 같은 공개적인 장소로 데려와 몇 주 내로 약혼을 발표할 처녀와 같은 박스석에 앉힌다는 것은 전혀 다른 문제였다. 그렇다. 그는 실러턴 잭슨과 똑같은 기분이었다. 밍고트가 사람들이 이런 짓을 할 줄은 몰랐다!

물론 그는 가문의 수장인 맨슨 밍고트 노부인이, 남자라도 감히 하지 못할 일을 해치우는 여장부라는 것은 알고 있었다.

그는 이 콧대 높은 강인한 노부인을 늘 존경해 왔다. 사실 그녀는 뭔가 석연치 않은 일로 명예를 더럽힌 부친을 둔, 스태튼섬 출신의 캐서린 스파이서일 뿐이었다. 게다가 그녀의 부친은 그 불명예를 덮어줄 재산도 지위도 없었다. 그러나 그녀는 부유한 밍고트 가문의 장손과 결혼했고 두 딸을 외국인들, 즉 이탈리아 후작과 영국 은행가에게 출가시켰다. 그리고 센트럴 파크 부근의 접근이 어려운 황무지에 연한 크림색 저택을 지어 자신의 대담성을 과시했다.

해외로 시집간 밍고트 노부인의 딸들은 전설이 되었다. 그녀들은 한 번도 어머니를 보러 오지 않았다. 노부인은 적극적인 정신과 강인한 의지의 소유자가 흔히 그렇듯이 나다니기를 싫어했다. 그녀는 마치 크림색 저택이 그녀의 정신적 용기를 보여주는 듯, 혁명 이전 시대의 가구와 루이 나폴레옹의 튈르리 궁전 유물들에 둘러싸여 여왕처럼 군림하며 지냈다. 사람들은 그녀가 그녀와 이름이 같은 러시아의 예카테리나 여제처럼 강한 의지력과 냉혹한 마음, 오만함 덕분에 성공했다고 말했으며 그녀는 실제로 예카테리나 여제처럼 군림했다.

그녀의 남편 맨슨 밍고트 씨는 그녀가 겨우 스물여덟 살 때 세상을 떠났다. 남편이 죽자 그녀는 대담한 기질을 유감없이 발휘했다. 그녀는 아무 거리낌 없이 외국인들과 교제했고 딸들을 상상하기조차 어려울 정도로 퇴폐적인 상류층 사회로 출가시켰다. 그녀는 공작, 대사들과 허물없이 지냈으며 가톨릭 신자들과도 친분을 쌓았고 오페라 가수들을 접대하기도 했다. 하지만 실러턴 잭슨이 선언하듯 말했듯이 이 모든 것들이 그녀의 평판에 흠집 하나 내지 못했다.

뉴랜드 아처는 이런저런 생각에 잠겨 있다가 다시 밍고트가 박스 쪽으로 눈길을 돌렸다. 메이의 어머니 웰랜드 부인과 그녀의 올케가, 자기네를 둘러싸고 있는 비난의 눈길에 캐서린 노부인이 가족 모두에게 주입한 특유의 태연자약함으로 맞서고 있는 모습이 보였다. 다만 메이 웰랜드만이 발갛게 상기된 안색을 통해—아마 그가 그녀를 바라보고 있다는 것을 의식해서인지도 모르겠다—사태가 심상치 않다고 느끼고 있음을 보여주고 있었다. 그 소동을 제공한 당사자는 박스 구석 자기 자리에 앉아 우아한 자태로 무대를 응시하고 있었다. 그녀가 몸을 앞으로 기울이자 뉴욕에서 흔히 볼 수 있는 여느 여자들보다는 약간 더 어깨와 가슴이 드러났다. 남들 눈에 띄지 않기를 바라는 여자의 입장이라면 과도한 노출이라고 할 만했다.

뉴랜드가 보기에 그 차림은 예법에 어긋난다기보다는 차라리 '취향'에 어긋나는 일이었으며 그는 취향을 신성한 가치로 여기고 있는 사람이었다. 올렌스카 부인의 창백하고 진지한 얼굴은 지금의 상황이나 그녀의 불행한 처지와 잘 맞아떨어져 그의 심미안에 어필했다. 하지만 그녀의 드레스가 야윈 어깨에서 흘러내리자 그는 충격을 받았고 당혹스러웠다. 메이 웰랜드가 섬세한 취향에 이토록 무심한 여인의 영향권에 노출되어 있다는 사실, 그 사실을 그는 상상조차 하기 싫었다.

"그건 그렇고……"

젊은이들 중 한 명의 말이 뉴랜드의 뒤편에서 들려왔다. 흥미 없는 장면이 무대에 이어지고 있었는지 사람들은 소곤소곤 잡담을 하고 있었다.

"대체 무슨 일이 있었던 겁니까?"

"글쎄, 저 여자가 남편을 떠났대. 아무도 그 사실을 부인하지 않아."

"남편이 짐승 같은 사람이었던 모양이지요. 그렇지요?" 처음에 운을 뗀 솔리라는 젊은이가 계속 물었다. 숙녀의 옹호자 명단에 자기 이름을 올릴 준비가 되어 있음이 분명했다.

"최악이지. 니스에서 만난 적이 있어." 로렌스 레퍼츠가 권위 있게 말했다. "몸이 반쯤 마비된 데다 냉소적인 사람이야. 머리는 제법 좋지만 속눈썹이 너무 많아. 여자와 어울리지 않을 때면 도자기를 수집하는 사람이야. 내가 알기로는 그 양쪽에는 돈을 전혀 아끼지 않았어."

사람들이 웃음을 터뜨렸다. 젊은 옹호자가 다시 물었다.

"그래서요……?"

"음, 그래서, 여자가 그의 비서와 함께 도망쳤지."

"아, 그랬군요." 옹호자의 얼굴이 흐려졌다.

"하지만 오래가진 못했어. 몇 달 뒤에, 그녀가 베네치아에서 혼자 지낸다는 이야기가 들리더군. 로벨 밍고트가 그녀를 데리러 갔던 모양이야. 그 양반 말로는 비참할 정도로 불행한 처지에 놓여 있다더군. 그런 건 다 좋아. 하지만 그녀를 오페라하우스에 이렇게 버젓이 데리고 오는 건 전혀 다른 문제지. 보나 마나 할머니 명령이 있었을 거야. 아마 작전의 일환이겠지. 노부인이 행동을 취하면 어김없이 따라야 하니까."

막이 내렸고 객석이 일제히 시끄러워졌다. 뉴랜드 아처에게 무슨 행동인가 취해야만 할 것 같다는 느낌이 갑자기 들었다. 누구보다 먼저 밍고트 노부인의 박스석으로 가서, 사람들에게 자신이 메이 웰랜드와 약혼했다는 사실을 공표함으로써 그녀의 사촌의 비정상적인 상황으로 인해 덩달아 곤경에 처해 있을지도 모를 약혼녀를 구해주고 싶었다. 그런 충동에 사로잡힌 그는 온갖 망설임을 털어내고 극장 반대편을 향해 붉은색의 복도를 바삐 걸어갔다.

그가 박스석에 들어서자 메이 웰랜드와 눈이 마주쳤다. 가문의 체통 상 차마 입 밖에 내지만 못했을 뿐 그녀가 자신의 의도를 충분히 이해하고 있다는 것을 그는 알 수 있었다. 말 한마디 없이도 서로를 이해했다는 사실은 그 어떤 구구한 설명보다도 둘을 가깝게 만들어주는 것 같았다. 그녀의 눈은 '어머니가 왜 저를 데리고 오셨는지 아시겠지요?'라고 말하고 있었다. 눈으로 전하는 그녀의 말에 그는 '무슨 일이 있어도 당신 곁에서 떨어지지 않겠소'라고 역시 눈으로 화답했다.

웰랜드 부인이 미래의 사위와 악수하며 "자네, 내 조카 올렌스카 백작 부인을 알고 있지?"라고 물었다. 아처는 숙녀에게 소개받을 때의 예법대로 손을 내밀지 않고 고개만 숙여 인사했다. 엘렌 올렌스카는 독수리 깃털로 된 커다란 부채를 옅은 색 장갑을 낀 손으로 꽉 쥔 채 가볍게 고개를 숙였다. 뉴랜드는 큰 몸집에 금발인 로벨 밍고트 부인과 인사를 나눈 후 약혼녀 옆에 앉아 속삭이듯 말했다.

"올렌스카 부인에게 우리가 약혼했다고 말했소? 모두에게 알렸으면 좋겠어요. 오늘 저녁 무도회에서 발표해도 되겠지?"

웰랜드 양은 동틀 무렵처럼 얼굴을 발갛게 물들인 채 반짝이는 눈으로 그를 바라보았다.

"어머니를 설득하실 수 있다면요." 그녀가 말했다. "하지만 이미 결정된 걸 왜 바꾸려는 거지요?"

그는 눈길로 응대했을 뿐 대답하지 않았다. 그러자 그녀가 여전히 자신 있는 미소를 띠며 덧붙였다.

"제 사촌에게 직접 말씀하세요. 어릴 때 당신과 함께 놀곤 했다던데요."

그녀는 의자를 뒤로 밀어 그가 지나갈 길을 터주었다. 아처는 재빨리 올렌스카 백작 부인 곁에 앉았다. 어느 정도는 여봐라는 듯한 동작이었던 것이, 내심 모든 사람이 자신의 행동을 봐주기를 바라고 있었기 때문이었다.

"우리, 함께 놀곤 했지요?" 그녀가 진지한 눈빛으로 그를 바라보며 말했다. "정말 짓궂었는데. 한 번인가는 문 뒤에서 내게 입을 맞춘 적도 있었지요. 하지만 내가 진짜로 좋아했던 건 당신 사촌 반디 뉴랜드였어요. 그런데 그 애는 나를 거들떠보지도 않았어요."

그 말을 하면서 그녀는 U자형의 실내를 죽 둘러보았다. "사람들을 보니 옛일이 다 생각나요. 전부 코흘리개 시절부터 알고 지내던 사람들인데······."

그는 약간 딱딱하게 대답했다.

"그래요, 당신은 정말 오랫동안 떠나 있었지요."

그러자 그녀가 말했다.

"아, 몇 세기나 흐른 것 같아요. 정말 오랜 세월이 흘렀고······ 난 지금 죽어서 땅에 묻힌 것 같아요. 이 정든 곳은 천국이고요."

왜 그런지는 정확히 알 수 없었지만, 그녀의 그 말이 뉴욕을 경멸적으로 묘사하고 있는 것 같다는 느낌이 아처에게 강하게 들었다.

제3장

언제나 변함없이 같은 식이었다.

줄리어스 보퍼트 부인은 자기 집에서 연례 무도회가 열리던 날 밤이면 어김없이 오페라하우스에 모습을 드러냈다. 그녀는 자기가 집안일을 완벽하게 처리한다는 것, 또한 자기가 없더라도 연회 준비를 꼼꼼하게 준비할 수 있는 유능한 하인들을 거느리고 있다는 것을 과시하기 위하여 오페라 공연이 있는 날 밤이면 반드시 자기 집에서 무도회를 열었다.

보퍼트 부부의 저택은 뉴욕에서 무도장을 갖춘 몇 안 되는 저택 중 하나였다. 그 집은 맨슨 밍고트 노부인의 저택과 해들리 치버스의 저택보다 먼저 지은 집이었다. 364일 동안 오로지 이날 하루만의 용도를 위해 어둠 속에 방치해 두었던 온갖 가구와 무도장의 집기들을 꺼내어 무도회장을 꾸밀 때면, 보퍼트 부인은 우월감에 젖었고 그 우월감이 보퍼트 집안의 뭔가 유감스러운 과거사도 모두 보상해주는 것 같았다.

자신의 사회철학을 격언식으로 즐겨 표현하곤 하는, 뉴랜드의 어머니 아처 부인은 언젠가 이렇게 말한 적이 있었다.

"우리 모두에게는 총애하는 평민이 있는 법이야."

대담한 발언이긴 했지만, 사람들은 내심 그 말이 사실이라고 은밀히 인정했다. 하지만 엄밀히 말해 보퍼트 부부는 평민이 아니었다. 어떤 이들은 그만도 못하다고 말하기도 했지만……. 사실 보퍼트 부인 레지나는 미국에서 가장 명예로운 가문 출신이었다. 하지만 그녀는 무일푼의 미녀였으며, 그녀의 경망스러운 친척 미도라 맨슨에게 이끌려 뉴욕 사교계에 데뷔했다. 맨슨가나 러스워스가와 인척 관계를 맺고 있다면 뉴욕 사교계에 입성하는 것은, 실러턴 잭슨의 표현대로 '당연한 권리'였다. 그렇지만 줄리어스 보퍼트와 결혼하고도 그 권리를 잃지 않을 수 있었을까?

문제는 보퍼트가 과연 누구인가 하는 것이었다. 그는 영국인으로 알려진, 호남형의 잘생긴 남자였다. 좀 까다롭긴 했어도 붙임성이 있었고 재치도 있었다. 그는 은행가인, 맨슨 밍고트 노부인의 영국인 사위의 소개장을 들고 미국으로 건너왔으며 실업계에서 재빠르게 중요한 위치를 차지했다. 그는 성공을 거두었지만 행동거지는 방탕했으며 입이 험했고 전력(前歷)은 베일에 싸여 있었다. 미도라 맨슨이 자기 친척인 레지나와 보퍼트의 약혼을 발표했을 때 사람들은 그 딱한 미도라가 저지른 무수한 경거망동에 또 한 가지가 추가되었다고 생각했다.

하지만 지혜로운 행동과 마찬가지로 어리석은 행동도 그 결과에 의해 정당화될 때가 종종 있는 법이다. 결혼한 지 2년 만에 레지나 보퍼트는 뉴욕에서 가장 뛰어난 가문 사람으로 인정되었다. 어떻게 그런 기적이 일어나게 된 것인지 사람들은 정확히는 모른다. 그녀는 게으르고 무기력해서 입이 험한 사람들은 아둔하다고까지 말했다. 하지만 진주 목걸이를 걸고 우상처럼 차려입은 그녀는 날이 갈수록 더 젊어졌고 금발은 더 밝게 빛났으며 더 아름다워졌다.

보퍼트 부인은 그날도 여느 때처럼 「보석의 노래」(오페라 「파우스트」에 나오는 노래. 시골처녀 마르그리트가, 메피스토펠레스가 두고 간 보석을 몸에 걸치며 부르는 노래-옮긴이 주)가 시작되기 직전에 자기 박스석에 나타났다. 이어서 그녀는 평소처럼 3막이 끝날 무렵 아름다운 어깨에 외투를 걸치고 사라졌으며, 사람들은 그녀의 퇴장을 무도회가 시작될 것이라는 의미로 받아들였다.

뉴랜드 아처는 약간 늦게 어슬렁거리며 무도회장에 들어섰다. 그는 코트를 하인에게 넘겨주고 화려하게 치장한 서재에서 얼마간 기다렸다. 남자들 몇 명이 무도회 장갑을 낀 채 담소를 나누고 있었다. 이윽고 그는 손님들 대열에 합류하여 진홍색 거실로 들어갔다. 거실 앞에서는 보퍼트 부인이 손님들을 맞고 있었다.

뉴랜드 아처는 눈에 띌 정도로 신경이 곤두서 있었다. 밍고트 노부인이 올렌스카 백작 부인을 무도회에 데려가라고 명령했을 것 같아서 염려가 된 때문이었다. 그는 오페라 박스석의 분위기를 보고 그녀를 오페라하우스에 데려온 것이 그 얼마나 큰 잘못이었는가를 감지할 수 있었던 것이다.

뉴랜드 아처가 진노랑색의 거실로 어슬렁거리며 들어가니 문 가까이 서 있는 웰랜드 부인과 딸의 모습이 보였다. 저쪽에서는 벌써 쌍쌍이 마루 위를 미끄러지고 있었고, 밀랍 촛불 빛이 빙빙 돌아가는 얇은 망사 스커트 위로, 소박한 꽃으로 장식한 처녀들 머리 위로, 젊은 유부녀들의 화려한 머리 장식 깃털 위로, 눈부시게 빛나는 와이셔츠 가슴과 반들반들 빛나는 새

제3장

31

장갑 위로 쏟아지고 있었다.

메이 웰랜드 양은 손에 은방울꽃을 든 채, 약간 창백한 얼굴에 흥분이 훤히 드러나 보이는 반짝이는 눈으로, 마치 금세라도 춤추는 사람들과 합류하겠다는 듯 그들을 바라보고 있었다. 젊은 남녀 몇 명이 그녀 주변에 모여서 손뼉을 치며 웃음꽃을 피웠고 농담을 던지고 있었으며, 웰랜드 부인은 약간 떨어져서 마치 마지못해서라는 듯 가볍게 시인하는 고갯짓을 하고 있었다. 메이 웰랜드 양이 자신이 약혼했음을 알리고 있는 것이 분명했고 그녀의 어머니는 부모로서 그런 상황에 어울림 직한 태도—뭔가 마음 내키지 않는 듯한 태도—를 보이고 있는 것이 분명했다.

아처는 잠시 발걸음을 멈추었다. 약혼을 한시라도 빨리 공표하고 싶은 마음이 간절한 것은 분명했지만 자신의 행복이 이런 식으로 알려지는 것은 원치 않았다. 사람들이 북적거리는 무도회장의 열기와 소음 속에서 약혼을 발표한다는 것은 마치 가슴 가장 깊숙한 곳에 간직해야 할 그들만의 아름다운 꽃을 도둑맞는 것과 같았다. 그래도 약혼을 발표하는 메이 웰랜드의 눈을 보니 자신과 같은 느낌임을 알고 그는 흡족해졌다. 그녀의 눈길은 남들의 눈을 피해 그를 향했고 그 눈길은 다음과 같은 말을 전하고 있었다.

'잊지마세요. 우리는, 이게 옳은 일이니까 이렇게 하는 거예요.'

그 어떤 호소라도 이보다 더 즉각적으로 아처의 마음에 와닿지는 못했을 것이다. 하지만 그는 이런 행동을 하는 것이 저 '딱한' 엘렌 올렌스카 때문이 아니라 보다 이상적인 이유 때문이었더라면 얼마나 좋았을까, 라며 약간 아쉬워했다. 웰랜드 양을 둘러싸고 있던 사람들이 의미심장한 미소를 지으며 그에게 길을 터주었다. 그는 사람들의 축하를 받은 뒤에 약혼녀를 무도장 한가운데로 이끈 다음 그녀의 허리에 팔을 감았다.

"이제는 말할 필요가 없을 거요." 그가 그녀의 순수한 눈을 들여다보고 미소 지으며 말했다. 그들은 「푸른 도나우강」의 부드러운 선율을 따라 나는 듯 움직였다.

그녀는 아무 대답도 하지 않았다. 미소가 떠오른 입술이 떨리고 있었지만, 그녀의 눈은 마치 뭐라 형언할 수 없는 환영에 홀린 듯 텅 비어 있었고 심각했다. 아처는 그녀를 꼭 껴안으며 "내 사랑"이라고 속삭였다. 비록 약혼 후 첫 순간을 이렇게 무도회장에서 보내고 있긴 했어도 그는 그 순간 그 속에는 뭔가 엄숙하고 신성한 것이 있다고 느꼈다. 이렇게 순결하고, 눈부시고, 착한 여인과 함께 하게 되다니, 그 얼마나 새로운 삶이 열리

제3장

33

게 될 것인가!

춤이 끝나자 두 사람은 이제 약혼한 커플로서 온실로 천천히 걸어 들어갔다. 높은 벽을 이루고 있는 양치식물들과 동백나무들 뒤에 앉아 뉴랜드는 그녀의 장갑 낀 손에 입을 맞추었다.

"말씀하신 대로 했어요." 그녀가 말했다.

"알아요. 기다릴 수가 없었지." 그는 미소 지으며 대답했다. 잠시 후 그가 덧붙였다. "다만 무도회장만 아니었으면 좋았을 것을."

"저도 알아요." 그녀가 이해한다는 듯 그와 눈을 맞추었다. "하지만 어쨌든…… 이곳에나마 지금 우리 단둘이 있잖아요."

"오, 내 사랑! 언제까지나!" 아처가 외쳤다.

그래, 그녀는 언제나 이해할 거야. 언제나 옳은 말만 할 거야. 그 생각을 하자 그의 행복의 잔이 넘쳐흘렀다. 그는 유쾌하게 말을 이었다.

"정말 아쉬운 건 당신에게 키스하고 싶은데 그럴 수 없다는 거요."

그 말과 함께 그는 온실 안을 재빨리 휘둘러보고는 단둘뿐이라는 것을 확인하자 그녀를 휙 끌어당겨 번개같이 입을 맞추었다. 이어서 그는 이 대담한 행동을 무마하려는 듯 그녀를 온실의 덜 외진 곳에 있는 대나무 소파로 데려가 앉히고 그녀의 꽃다발에서 떨어진 은방울꽃 옆에 앉았다. 그녀는 말없이 앉아 있었고 마치 햇빛을 받은 골짜기처럼 이 세상이 그들의 발치에 펼쳐져 있었다.

"제 사촌 엘렌 언니에게 이야기하셨어요?" 그녀가 곧바로 마치 꿈속에서 속삭이듯 그에게 물었다. 그는 엘렌에게 그 말을 하지 않았다. 낯선 외국 여자에게 그런 이야기를 한다는 것이 내키지 않아 입이 떨어지지 않았던 것이다.

"아니. 그럴 기회가 없었소." 그가 황급히 둘러댔다.

"아." 그녀는 실망한 듯했다. 그녀는 부드러운 어조로 자기 생각을 말했다. "내가 안 했으니 당신이 했어야 하는데……. 언니가 오해하지나 않았으면……."

"그럴 리 없을 거요. 하지만 그 말을 해야 할 사람은 당신 아닌가?"

"그럴 기회가 없었으니까 이제 어쩔 수 없어요. 당신이 엘렌 언니에게 해명해주셔야 할 것 같아요. 여기서 이렇게 모든 이들에게 알리기 전에 당신이 오페라하우스에서 엘렌 언니에게 알려주라고, 제가 당신께 부탁했다고 말해줘요. 만일 그러지 않으면 제가 자기를 잊었다고 생각할지도 몰라요. 아시겠지만 언니는 우리 가족인 데다 너무 오래 멀리 떨어져 있었으니 다소 예민할지도 몰라요."

아처는 그녀를 강렬한 눈길로 바라보았다.

"오, 당신은 정말 천사야! 내가 꼭 말하리다. 그래, 여기 오긴 왔소?"

"아뇨, 오기로 했었는데 막판에 오지 않겠다고 결정했어요."

"막판에?"

"예. 언니는 춤을 아주 좋아해요. 그런데 자기 옷이 무도회에 어울리지 않는다며 갑자기 마음을 바꿨어요. 우리가 보기에는 아주 예쁜 드레스였는데……. 그래서 고모님이 집으로 데려가셨어요."

"아, 그렇군……." 아처는 건성으로 대답했다. 그는 자신의 약혼녀에게서, '유쾌하지 않은 일'은 무시해버린다는 관습을 철저히 지킨다는 의지를 확인하고 그 무엇보다 기뻤다.

그는 곰곰이 생각했다.

'메이도 나와 마찬가지로 사촌이 이곳에 오지 않은 진짜 이유를 알고 있어. 하지만 엘렌 올렌스카의 평판에 어두운 그늘이 있다는 사실을 내가 알고 있다는 티는 절대 내보이지 말아야지.'

제4장

다음 날, 관례대로 첫 약혼 방문을 주고받는 절차가 있었다. 그 문제에 관한 한 뉴욕의 관습은 정확했고 확고부동했다. 뉴랜드 아처는 관례에 따라 먼저 어머니, 누이와 함께 웰랜드 부인 댁을 방문했다. 이어서 아처와 웰랜드 부인은 메이와 함께 존경하는 여가장의 축복을 받기 위해 맨슨 밍고트 노부인의 저택으로 향했다.

우리의 젊은이에게 맨슨 밍고트 노부인 댁을 방문한다는 것은 언제나 흥미로운 일이었다. 노부인의 저택은 이미 그 자체 역사적 기록이 되어 있었다. 비록 유니버시티 플레이스와 5번가 아래쪽의 전통적인 가문들의 저택들처럼 유서 깊지는 않았지만, 육중한 가구들 대신에 밍고트 가문 대대로 전해 내려오는 가보들을 프랑스 제2제정 시대의 실내 장식품과 뒤섞어 놓은 그 저택은 독특한 맛을 풍기고 있었다.

노부인은 중년에 접어들자 마치 저주받은 도시에 용암이 흘러넘치듯 엄청나게 살이 불어나면서, 맵시 있는 발과 발목의 통통하고 활발하던 작은 여성으로부터 마치 자연현상처럼 광대하고 당당한 존재로 변했다. 부인은 이러한 침몰을 다른 모든 시련들처럼 초연하게 받아들였으며, 고령에 이르러서도 여전히 탱탱하고 발그스레한 작은 얼굴을 거울에 비춰 보며 위안을 얻었다.

맨슨 밍고트 노부인은 비대한 몸집 때문에 이미 오래전부터 계단을 오르내릴 수 없었다. 독립적인 성격의 부인은 위층에 응접실을 만들고 자신은 저택 1층에 자리를 잡았다(말도 안 될 정도로 뉴욕의 예법에 벗어나는 일이었다). 그래서 1층 거실 창문 옆에 자리를 잡고 앉으면 항상 열려 있는 문과 칸막이 커튼을 통해 그녀의 침실 모습이 눈에 들어왔다.

방문객들은 이 저택의 이상야릇한 배치에 경악하면서도 동시에 매혹되었다. 마치 프랑스 소설 속의 한 장면 같았으며 평범한 미국 사람이라면 꿈조차 꾸지 못할 부도덕성을 자극하는 것 같았기 때문이었다. 그 저택은 프랑스 소설 속에서 묘사되고 있는 아파트의 생활 방식, 즉 사악한 구사회에서 정부(情夫)를 거느린 여자들이 한 층에 다닥다닥 붙은 방에 모여 사는 모습을 연상시켰던 것이다. 뉴랜드 아처는 마치 불륜이 벌어지고 있는 현장 같은 밍고트 노부인의 침실을 바라보며 소설 속에서 읽은 밀애 장면을 몰래 그려보았고, 그런 상상을 하며 즐거워했다.

약혼 커플이 할머니의 저택을 방문하는 동안 올렌스카 백작부인이 모습을 보이지 않아 모두 마음이 놓였다. 밍고트 노부인의 말로는 그녀가 외출했다는 것이었다. 그렇게 훤한 대낮에, 그것도 한창 쇼핑하기 좋은 시간에, 이른바 오명을 뒤집어쓴 여자가 나돌아다니다니 별로 바람직한 일은 아니었다. 어쨌든 그 덕분에 그녀의 존재로 인해 빚어질지 모를 당혹스러운 상황을 모면할 수 있어 다행이었으며 그들의 밝은 미래에 드리워질지도 모를 그녀의 어두운 과거의 그림자를 피할 수 있게 된 것도 다행이었다.

방문은 기대했던 대로 성공적으로 진행되었다. 밍고트 노부인은 손녀의 약혼에 대해 매우 기뻐했다. 눈치 빠른 친척들은 이미 오래전부터 예상하고 있던 약혼이었지만, 어쨌든 약혼은 가족회의를 통해 신중하게 결정되었다. 노부인은 크고 굵은 사

제4장

39

파이어가 박힌 약혼반지에 아낌없는 찬사를 보냈다. 그러자 웰랜드 부인이 맞장구를 치듯이 말했다.

"새로운 세팅이에요. 보석은 정말 아름다워요. 하지만 구세대의 눈에는 좀 단순해 보일지 모르겠어요."

부인은 그 말을 하면서 미래 사위의 동의를 구하듯이 그에게 곁눈질을 했다.

"구세대의 눈이라니? 얘야, 나를 두고 하는 소리는 아니겠지. 나는 새로운 건 뭐든 좋아해."

노부인은 안경 없이도 전혀 불편이 없는 작고 밝은 눈 가까이 보석을 들어 올리며 말했다. 노부인은 반지를 돌려주며 덧붙였다.

"아주 근사해. 정말 통이 크구나. 우리 때는 진주로 된 카메오 세트면 충분하다고 생각했는데……. 하지만 반지를 돋보이게 하는 건 무엇보다 그걸 낀 손이야. 그렇지 않은가, 아처 군?"

그 말을 하면서 노부인은 노인성 지방이 마치 상아 팔찌처럼 손목 주변을 두르고 있는 자그마한 손을 흔들었다. 그러더니 그녀가 갑자기 정색하면서 아처의 얼굴을 똑바로 쳐다보고 물었다.

"그런데, 결혼식은 언제 할 건가?"

"아……, 그러니까……." 웰랜드 부인이 머뭇거리자 아처가 약혼녀를 향해 미소를 던지면서 말했다.

"되도록 빨리 해야지요. 할머님께서 후원만 해주신다면 말입니다."

"어머니, 쟤들이 서로를 더 잘 알 때까지 시간을 줘야지요." 웰랜드 부인이 예의 마음 내키지 않는 듯한 표정을 지으며 끼어들었다. 그러자 노부인이 맞받아쳤다.

"서로를 잘 알 때까지? 무슨 부질없는 소리를! 뉴욕 사람들은 누구나 서로를 잘 알고 있는 법이야. 애야, 저 젊은이가 하고 싶은 대로 하게 내버려 둬. 포도주 거품이 꺼질 때까지 기다리면 안 돼. 사순절 전에 결혼시키렴. 겨울이면 내가 폐렴을 앓을 수도 있거든. 결혼식 조찬은 내가 차려주고 싶다."

이어서 그들 사이에는 화기애애한 대화가 오갔다. 그런데 그 분위기가 갑자기 깨졌다. 문이 열리더니 모자를 쓰고 망토를 두른 올렌스카 백작 부인이, 뜻밖에도 줄리어스 보퍼트를 대동하고 안으로 들어선 것이다.

사촌들끼리 반갑게 인사가 오갔고 밍고트 노부인은 은행가를 향해 손을 들어보였다.

"아니, 보퍼트 씨! 어려운 걸음을 해주었군. 반가워."

밍고트 노부인은 어떤 남자건 이름이 아니라 성을 부르는 기묘한 습관이 있었다.

"감사합니다. 더 자주 찾아뵀어야 하는 건데." 방문객이 약간 거드름을 피우며 말했다. "평소에 워낙 바빠서 말이죠. 그런데 매디슨 스퀘어 광장에서 엘렌 백작 부인을 만났습니다. 친절하게도 댁까지 함께 가자고 청하셔서요."

"그래……, 엘렌이 왔으니 집안이 더 즐거워지겠군." 밍고트 노부인은 함께 있는 사람들의 존재는 잊은 듯 기분 좋게 외쳤다. 이어서 그녀는 정말로 다른 사람들은 아랑곳하지 않는 듯 보퍼트에게 말했다.

"보퍼트 씨, 앉아요, 앉아. 자, 그 노란 의자를 끌어당기고 앉아. 뭐, 재미있는 이야기라도 없는지 좀 들려줘. 무도회가 아주 근사했다지? 그런데 레뮤얼 스트루더스 부인도 초대했다고 하더군. 정말로 그 여자 얼굴을 직접 내 눈으로 보고 싶어."

그녀는 이미, 올렌스카의 안내로 복도를 이리저리 거니는 사람들은 까맣게 잊고 있었다. 밍고트 노부인은 언제나 줄리어스 보퍼트에 대해 경탄을 아끼지 않았다. 냉랭하고 오만한 태도, 관습 따위는 무시해버리는 태도 등 둘은 닮은 점이 많았다. 부인은, 기나긴 첫 유럽 외유에서 돌아와 뉴욕의 요새를 공격하러 나선, 구두약 회사 경영인의 미망인 레뮤얼 스트루더스 부인을 보퍼트 가에서 처음으로 초대하게 된 연유를 알고 싶어 몸이 달았다.

둘이 이야기를 나누는 사이에 복도에서는 웰랜드 부인과 메이가 모피 옷을 걸치고 있었다. 그사이 올렌스카 백작 부인이 뭔가 궁금한 게 있다는 듯 미소를 지으며 아처를 바라보았다. 아처가 그녀를 향해 먼저 입을 열었다.

"이미 알고 있겠지요. 메이와 나에 대해서 말입니다." 그는 쑥스러운 듯 미소를 지었다. "어제 오페라하우스에서 당신에게 그 사실을 말해주지 않았다고 메이에게 꾸지람을 들었습니다. 우리가 약혼했다는 사실을 당신에게 알려주라고 했는데……. 사람들이 너무 많아서 미처 그럴 수 없었습니다."

올렌스카 백작 부인의 미소가 눈에서 입술로 번졌다. 그녀는 더 젊어 보였고 마치 유년 시절의 까무잡잡한 엘렌 밍고트에 더 가까워진 것 같았다.

"물론 알고 있지요. 그럼요. 너무 기뻐요. 그렇게 붐비는 데서 어떻게 그런 이야기를 꺼낼 수 있었겠어요."

숙녀들은 이미 문 앞에 서 있었다. 엘렌이 아처에게서 눈길을 떼지 않은 채 손을 내밀며 말했다.

"안녕히 가세요. 나중에 다시 한번 저를 보러 오세요."

마차를 타고 5번가로 내려오면서 웰랜드 부인과 아처는 밍고트 노부인에 대해, 그녀의 나이, 그녀의 활기, 그녀의 모든 특징들에 대해 이야기를 나누었다. 아무도 엘렌 올렌스카에 대해서는 한마디도 하지 않았다. 하지만 아처는 웰랜드 부인이 무슨 생각을 하고 있는지 알 수 있었다.

'도착한 바로 다음 날 사람들이 붐비는 시간대에 줄리어스 보퍼트와 5번가를 활보하다니…… 어떻게 그런 실수를……'

아처도 마치 그녀의 생각에 화답하듯 마음속으로 덧붙였다.

'방금 약혼한 남자가 유부녀를 방문할 시간 따위는 없다는 것 정도는 알아야 할 것 아닌가. 그녀가 살았던 곳에서는 그런가 보지. 그런 짓만 하는가 보지.'

그는 자신이 코스모폴리탄적인 견해를 가지고 있다고 스스로 자랑스럽게 여기는 사람이었지만 이 순간만은 자신이 뉴욕 사람이라는 사실, 비슷한 사람과 연을 맺게 되었다는 사실에 대해 하늘에 감사했다.

제5장

다음 날 저녁, 실러턴 잭슨 씨가 아처가 사람들과 함께 저녁 식사를 하러 왔다.

아처 부인은 수줍은 성격이어서 사교계를 피했다. 하지만 그녀는 사교계 근황에 대해서는 궁금한 점이 많았다. 실러턴 잭슨 씨는 정보 수집가로서의 끈기와 박물학자에 버금가는 기량을 동원해 그와 가까운 사람들의 속사정을 탐사했다. 또한, 그와 함께 살고 있는 누이 소피 잭슨이 여기저기서 물어오는 정보를 통해 그가 그린 그림의 빈틈을 메웠다.

그렇기에 아처 부인은 뭔가 궁금한 일이 생기면 잭슨 씨를 저녁 식사에 초대했다. 그녀에게 식사 초대를 받는 것은 극히 소수의 사람만 누릴 수 있는 영예인 데다, 무엇보다도 부인과 그녀의 딸 제이니가 더할 나위 없이 훌륭한 청중이었기에 잭슨 씨는 기꺼이 초대에 응했다. 모든 상황을 자기 입맛대로 맞출 수만 있었다면 그는 뉴랜드가 외출하고 없는 저녁을 택했을 것이다. 그 젊은이가 마음에 들지 않아서가 아니었다(두 사람은 클럽에서 아주 사이좋게 어울렸다). 이 연로한 이야기꾼은, 자기 이야기에 흠뻑 빠져드는 숙녀들과는 달리 뉴랜드가 가끔 자기 이야기의 신빙성에 의문을 제기하는 것 같은 느낌을 받았기 때문이었다.

잭슨 씨는 '아처 부인이 내놓는 음식의 질이 좀 더 좋았으면 완벽할 텐데'라고 생각했다. 하지만 당시 뉴욕은 밍고트가와 맨슨가처럼 음식과 옷에 신경을 쓰는 부류와 아처, 뉴랜드, 벤더 루이든가처럼 여행, 원예, 재미있는 소설에 신경을 쓰고 속된 쾌락을 경시하는 부류로 대충 나뉘어 있었다.

어쨌든 모든 것을 다 가질 수는 없다. 당신이 로벨 밍고트와 식사를 한다면 들오리와 거북 요리, 고급 포도주를 맛볼 수 있다. 애들린 아처의 식탁에서는 알프스의 경치에 대해서, 너새니얼 호손의 소설에 대해 환담을 나눌 수 있고 운이 좋으면 남아프리카 케이프타운의 마데이라 백포도주를 맛볼 수도 있다. 진정한 절충주의자인 잭슨 씨는 아처 부인이 초대를 하면 누이동생에게 다음과 같이 말하곤 했다.

"지난번 로벨 밍고트 댁에서 저녁 식사를 한 후 통풍기가 좀 있는 것 같아. 애들린의 집에 가서 다이어트를 하는 것도 괜찮을 거야."

아처 부인은 오래전에 과부가 된 후 아들, 딸과 함께 웨스트 28번가에서 살았다. 위층은 뉴랜드에게 내주고 모녀는 그보다 비좁은 아래층에서 지냈다. 모녀는 소설을 좋아했는데, 특히 농촌 생활에 관한 소설을 즐겨 읽었다. 또한, 모녀는 아름다운 풍경에 열광했으며 자주 가는 해외여행 때도 풍광이 좋은 곳을 주로 찾아다니며 열광했다. 모녀는 건축이나 회화는 남자들에게나 어울리는 주제라고 생각했다. 아처 부인은 신대륙에서 출생했다. 마치 자매처럼 지내는 그들 모녀는 이른바 '진짜배기 신대륙 사람'이었다.

모녀는 서로를 매우 좋아했고 아들이자 오빠인 뉴랜드 아처를 거의 숭배하다시피 했다. 아처는 그녀들의 과장된 찬양에 양심의 가책 비슷한 것을 느끼면서도 내심 흡족해했으며, 그녀들을 진심으로 사랑했다. 그는 어머니와 누이에게 가끔 농담을 던지기도 했지만, 남자라면 자기 집에서 권위를 지니는 게 당연하다고 생각하는 편이었다.

젊은이는 이번 경우에도 자신이 밖에서 식사하기를 잭슨 씨가 내심 바라고 있으리라고 확신했다. 하지만 그가 그러지 않은 데는 나름대로 이유가 있었다.

당연한 이야기지만 잭슨 노인은 엘렌 올렌스카에 관한 이야기를 하고 싶었고 아처 부인과 제이니가 엘렌에 대한 노인의 이야기를 듣고 싶어 한 것도 당연한 일이었다. 그러니 세 명 모두 뉴랜드가 함께 있다는 것이 좀 거북스럽게 느꼈을 것이다. 뉴랜드가 곧 밍고트 집안사람이 될 것이기 때문이었다. 아처는 그들이 이 난국을 어떻게 타개할 것인지 자못 흥미진진하게 기다렸다.

그들은 단도직입적으로 엘렌에 대한 이야기를 꺼내기 전에 우선 레뮤얼 스트루더스 부인이 무도회에 참석한 이야기로 에둘러서 대화를 시작했다.

이야기를 먼저 꺼낸 것은 아처 부인이었다.

"보퍼트가 그녀를 초청했다니 유감스러운 일이에요. 하지만 레지나는 늘 남편이 시키는 대로 하니까. 보퍼트는……."

그러자 잭슨 씨가 말을 받았다.

"보퍼트는 좀 둔감한 사람이지요." 그는 집사가 날라온 청어구이를 조심스럽게 살펴보며 '이 집 요리사는 왜 어란을 항상 숯덩이로 만들어 놓을까?'라고 골백번도 더 의아하게 생각했다.

이어서 아처 부인이 보퍼트라는 사람에 대해서 약간의 험담을 했고 잭슨 씨는 그녀의 말을 받아 보퍼트가 레뮤얼 스트루더스 부인을 무도회에 초대한 사연에 대해 이런저런 이야기를 늘어놓았다. 하지만 사실 지금 숙녀들은 스트루더스 부인에게는 별로 관심이 없었다. 엘렌 올렌스카야말로 그녀들에게는 신선하고 구미가 당기는 주제였다. 아처 부인이 스트루더스 부인의 이름부터 꺼낸 것은 실은 다음과 같은 말을 쉽게 꺼내기 위해서였을 뿐이었다.

"그런데 뉴랜드의 새 친척이 될 올렌스카 백작 부인은요? 그녀도 무도회에 왔던가요?"

아처 부인의 입에서 아들 이름이 나왔을 때 약간은 빈정거리는 투가 숨어 있었다. 뉴랜드 아처도 그 사실을 알고 있었고 그러리라고 예상하고 있었다. 아처 부인이 아들의 약혼을 못마땅하게 생각한 때문은 아니었다. 그 어떤 일에 대해서도 과하게 기뻐하는 기색을 내보이지 않는 아처 부인도 아들의 약혼에 대해서는 기쁨을 감추지 않았다. 부인은 딸 제이니에게 이렇게 말했었다.

"게다가 러스워스 부인과 그런 어리석은 짓을 저지른 다음 아니니."

제5장

49

아들 뉴랜드와 러스워스 부인과의 염문은 부인이 보기에 뉴랜드의 영혼에 영원히 상처를 남길 비극적인 사건이었다. 그런 아들이 메이와 약혼하게 되었다는 것은 그녀에게 너무 기쁜 일이었다. 그녀가 보기에 어느 모로 보더라도 뉴욕에서 메이 웰랜드만 한 신붓감은 없었다. 물론 그녀와 결혼할 만한 자격을 갖춘 사람은 뉴랜드뿐이었다. 하지만 젊은이란 턱없이 어리석고 무분별하기 마련이다. 그리고 세상에는 요사스럽고 부도덕한 여자들이 너무 많았다. 그러니 외아들이 사이렌의 섬을 무사히 빠져나와 무결점의 가정이라는 안식처에 안착하는 모습을 보게 된다는 것은 거의 기적이나 다름없었다.

아들은 어머니가 그런 느낌에 젖어 있음을 알고 있었다. 동시에 약혼을 너무 서둘러 발표한 사실을 어머니가 못마땅해한다는 것, 아니, 그 사실 자체보다는 그렇게 된 원인에 대해 못마땅해한다는 것도 그는 알고 있었다. 그녀는, 다정함의 화신에서 약간 벗어난 자신의 모습을 보여줄 수 있는 유일한 상대인 딸 제이니에게 이렇게 불평을 털어놓았었다.

"밍고트 집안이 결속력이 강하다는 건 부정하고 싶지 않아. 하지만 뉴랜드의 약혼이 올렌스카 같은 여자의 행동거지에 영향을 받아야 하는 거니?"

뉴랜드는 어머니의 속마음을 충분히 이해하고 있었다. 어머니는 그날 잭슨 씨로부터 올렌스카에 대한 험담을 들음으로써, 그녀로 인해 받은 마음의 상처를 보상받고 약간은 그녀에게 복수하고 싶은 마음이었음을 그는 알았고 그것이 어느 정도 정당하다고 느끼고 있었다.

잭슨 씨는 침울한 얼굴의 집사가 자신만큼이나 회의적인 표정을 지으며 건네준 미지근한 생선 요리 한 조각을 맛보았다. 그리고 버섯 소스는 거의 냄새조차 맡아보지 않고 거절했다. 그는 당황한 것 같았고 배가 고픈 것 같았다. 아처는 아마 그가 엘렌 올렌스카 이야기로 식사를 마무리할 것 같다고 생각했다.

잭슨 씨는 의자에 등을 기대며 어두운 벽에 걸려 촛불을 받고 있는 아처가, 뉴랜드가, 밴 더 루이든가 사람들의 초상을 둘러보더니, 통통하고 가슴이 떡 벌어진 남자의 초상을 바라보며 말했다.

"뉴랜드 군, 자네 조부님은 풍성한 만찬을 아주 좋아하셨지. 그래……, 그분이라면 외국인과의 결혼을 어떻게 생각하셨을지……."

아처 부인은 선조의 요리에 대한 암시를 짐짓 못 들은 척했다. 잠시 뜸을 들인 잭슨 씨는 신중하게 그녀의 질문에 대답했다.

"아뇨, 백작 부인은 무도회에 오지 않았어요."

아처 부인은 그저 "아……"라고만 했을 뿐이지만 그 어조에는 '그 정도 예의는 있군요'라는 뜻이 담겨 있었다.

"보퍼트 집안사람들이 그녀를 모르나 보죠." 제이니가 노골적으로 악의를 드러내며 말했다.

잭슨 씨는 눈에 보이지도 않는 마데이라 포도주라도 마신 듯 입맛을 가볍게 다시며 말했다.

"보퍼트 부인은 모를 수도 있지. 하지만 보퍼트 씨는 분명히 알고 있어요. 오늘 오후에 그녀가 그와 함께 5번가를 걷는 걸 온 뉴욕 사람들이 다 봤거든."

"세상에……." 아처 부인이 아무리 외국 생활을 오래 했더라도 어쩌면 그럴 수 있느냐는 듯 신음 소리를 냈다.

"도대체 무슨 옷차림이었을지……." 제이니가 말했다. "오페라하우스에서는 정말 볼품없고 밋밋한 푸른색 벨벳 옷을 입었던데. 꼭 잠옷 같았다니까."

"제이니!" 어머니가 딸에게 말했고 아처 양은 얼굴을 붉힌 채 아무렇지도 않은 척하려고 애썼다.

"어쨌든 무도회에 가지 않은 건 그나마 품위 있는 행동이었지." 아처 부인이 말을 이었다.

이번에는 아들이 심술이 동한 듯 입을 열었다.

"무슨 품위 같은 것 때문이 아니었어요. 메이 말로는 가려고 했는데 옷차림이 어울리지 않아서 그만두었다던데요."

아처 부인은 그럼 그렇지, 하는 뜻으로 웃음을 지었다. 이어서 그녀가 동정하는 투로 말했다.

"딱한 엘렌. 미도라 맨슨이 그 애를 유별나게 키웠다는 걸 잊지 말아야 해. 사교계에 처음 등장하는 애한테, 검은 공단 드레스를 입혀서 무도회에 내보냈었으니. 그러니 더 이상 뭘 기대할 수 있겠어?"

그러자 제이니가 맞장구를 쳤다.

"엘렌이라는 이상한 이름을 계속 쓰는 것도 이상해요. 나라면 엘레인으로 바꿨을 거예요." 그녀는 자신의 발언이 거둔 효과를 확인하려는 듯 식탁을 둘러보았다.

그녀의 오빠가 웃으며 물었다.

"하필 왜 엘레인이라는 거니?"

"몰라요. 어쨌든 조금은 더……, 폴란드 식으로 들리잖아요." 제이니가 얼굴을 붉히며 말했다.

"더 사람들 눈에 띌 것 같은데. 설마 그 애가 그러기를 바라지는 않겠지." 아처 부인의 냉담한 말이었다.

제5장

그러자 아들이 따지는 투로 불쑥 말했다.

"왜 안 된다는 거지요? 왜, 마치 자기가 좋아서 저지른 일인 것처럼, 남들 눈에 띄면 안 된다는 거지요? 왜, 마치 스스로 부끄러운 짓을 저지른 것처럼 몸을 사려야 한다는 거지요? 분명히 '딱한 엘렌'이기는 해요. 운이 없어서 불행한 결혼을 했으니까요. 하지만 마치 죄라도 지은 듯이 고개를 숙이고 다닐 일은 아니잖아요."

그러자 잭슨 씨가 생각에라도 잠긴 듯이 말했다.

"내가 보기에 밍고트 집안사람들 생각이 바로 그런 것 같군."

뉴랜드의 얼굴이 붉게 달아올랐다.

"제가 무슨 그 집 사람들을 대변하는 건 아닙니다. 다만 올렌스카 부인은 불행한 삶을 살았고, 그것 때문에 따돌림을 당할 필요는 없다는 말입니다."

"좋지 않은 소문이 있어." 잭슨 씨가 제이니를 바라보며 말했다.

"아, 압니다. 비서와의 일 말씀이시지요?" 뉴랜드 아처가 노인의 말을 받았다. "어머니, 말도 안 되는 이야깁니다. 비서가 그녀를 감금하고 있던 야수로부터 도망치도록 도와줬다는 이야기요? 좋아요, 설사 그랬다 치더라도 어쨌다는 거지요? 비슷한 경우 그런 행동을 취하지 않을 사람이 우리 주변에는 아무도 없을 겁니다."

잭슨 씨는 어깨너머로 우중충한 표정의 집사를 바라보며 말했다.

"저기…… 그 소스 좀 주게나……. 아주, 조금만." 이어서 그는 소스를 자기 손으로 덜고 나서 말했다. "그녀가 집을 구하는 중이라더군. 이곳에 살 모양인가 봐."

"이혼하려고 한다던데요." 제이니가 대담하게 말했다.

"그랬으면 좋겠군!" 아처가 외쳤다.

그 말은 마치 평온하고 순수한 분위기의 아처가(家) 식당에 폭탄이 떨어진 것과 같았다. 아처 부인은 섬세한 눈썹을 치켜뜨며 특유의 의미심장한 곡선을 그렸다. 그녀의 눈길이 집사를 가리키고 있었다. 아처도 이처럼 은밀한 주제를 가족 외의 사람 앞에서 거론하기에는 적합하지 않다는 생각에 황급히 밍고트 노부인을 방문한 이야기로 화제를 돌렸다.

저녁 식사 후 관습대로 아처 부인과 제이니는 우아한 드레스 자락을 끌며 거실로 올라가서 수를 놓았고 신사들은 아래층에서 담배를 피웠다.

아처가 고딕식 서재에서 잭슨 씨에게 벽난로 옆 안락의자를 권한 다음 담배를 건네자, 잭슨 씨는 흡족한 듯 안락의자에 몸을 깊숙이 묻으며 담배에 불을 붙였다. 그는 가는 발목을 장작 쪽으로 뻗으며 아처에게 말했다.

"비서가 그녀의 도망을 도와줬다고 자네가 말했지? 그런데 1년 후에도 여전히 그녀를 도와주고 있었다네. 로잔에서 동거 중인 두 사람을 누군가가 만났다네."

뉴랜드의 얼굴이 빨개졌다.

"동거했다고요? 그래서요? 그녀 말고 누가 그녀의 삶을 바꿀 권리가 있나요? 남편은 버젓이 매춘부와 어울려 지내면서, 젊은 여성을 산 채로 묻어버리려 하는 위선에는 신물이 납니다."

그는 말을 멈추고 마치 화라도 난 듯 몸을 옆으로 돌리며 담배에 불을 붙이더니 다시 입을 열었다.

"여성들도 자유로워져야 합니다. 우리처럼 말입니다."

그는 너무 흥분한 나머지 그 말이 얼마나 무시무시할 정도로 엄청난 말인지 생각해보지도 않은 채 선언하듯 말했다.

실러턴 잭슨 씨는 장작 쪽으로 발을 더 뻗으며 마치 빈정대 듯 휘파람 소리를 냈다. 잠시 후 그가 입을 열어 말했다.

"그래, 올렌스키 백작도 분명히 자네와 같은 생각인 모양이야. 아내를 되찾으려고 손가락 하나 까딱했다는 소리를 듣지 못했거든."

제6장

　그날 저녁 잭슨 씨가 돌아가고 숙녀들이 커튼이 쳐진 침실로 물러간 후 뉴랜드 아처는 생각에 잠긴 채 자신의 서재로 올라갔다.

　그는 난로 옆 안락의자에 앉아 탁자 위에 놓인 메이 웰랜드의 커다란 사진에 눈길을 던졌다. 그들이 연애를 막 시작했을 때 그녀가 준 사진으로서 탁자 위에 있던 다른 사진들을 치우고 이제는 그 사진만 놓여 있었다. 그는 앞으로 자신이 그 영혼의 보호자가 돼야 할 젊은 여자의 시원한 이마, 진지한 눈, 명랑하고 순결한 입을 바라보며 새삼 경외감을 느꼈다. 자신이 속해 있으며 신뢰를 보내고 있는 이 사회의 무시무시한 산물인 저 처녀가, 아무것도 모르면서 모든 것을 기대하고 있는 저 처녀가, 메이 웰랜드라는 친근한 얼굴 모습을 한 채, 마치 낯선 사람처럼 그를 바라보고 있었다. 그는 다시 한번, 결혼이란 그가 배워온 것처럼 안전한 정박지이기는커녕 미지의 바다를 향한 항해라는 것을 절감했다.

올렌스카 백작 부인이 처해 있는 상황과 마주하게 되자 오랫동안 굳건히 자리잡고 있던 그의 신념이 흔들리면서 그의 마음속에서 위험스럽게도 붕 떠다녔다.

"여성들도 자유로워져야 합니다. 우리처럼 말입니다"라고 그는 선언했다. 하지만 그 선언은 그가 속한 세계에서는 존재조차 하지 않는 것으로 여겨지고 있는 문제의 뿌리를 건드린 것이었다. '고상한' 여성이라면 아무리 부당한 일을 겪더라도, 그가 말한 의미에서의 그 어떤 자유도 절대로 요구하지 않을 것이다. 그렇기에 그 문제를 두고 뜨거운 논쟁이라도 벌어질 때면 아처처럼 이른바 '너그러운' 사람들은 기사도 정신을 발휘하여 그런 자유를 여성에게 양보할 준비가 기꺼이 되어 있었다. 하지만 사실상 그것은 말뿐인 관대함이었다. 그 관대함은 사람들을 한 두름으로 묶어서 낡은 형식에 못 박아 두는 냉혹한 관습을 거짓으로 위장한 것에 불과했다. 그런 마당에 아처는 약혼녀의 사촌 편을 들었다. 그것은 마치 자기 아내가 교회와 국가의 비난을 받아 마땅한 행동을 하더라도 자기 아내 편에 서겠다고 한 것과도 같았다. 하지만 그것은 어디까지나 가정(假定)일 뿐이었다. 자신은 그 망나니 폴란드 귀족이 아닌 만큼, 만일 자기가 그 사람이라면 어디까지 권리를 허용했을까, 라고 따져보는 일 자체가 터무니없는 짓이었다. 그리고 메이의 경우라면 그보다 훨씬 덜 심하고 애매한 이유만으로도 자신과 그녀 사이의 유대에 흠집이 가리라는 것을 알 정도의 상상력이 뉴랜드 아처에게는 있었다.

하지만 그와 메이가 상대방에 대해서 알고 있는 게 도대체 무엇이 있단 말인가? '점잖은' 사람으로서 자신의 과거를 그녀에게 숨기는 것은 그의 의무였으며, 결혼을 앞둔 처녀인 그녀에게는 숨겨야 할 과거 같은 것이 아예 없어야 했다. 상대방이 어떤 사람인지 알게 해줄 사소한 것들이 드러남으로써 서로에게 싫증이 나고 오해가 생기거나 짜증을 내게 된다면? 그는 행복하다고 여겨지는 친구들의 결혼생활을 떠올려 보았다. 하지만 자신이 그려보는 메이 웰랜드와의 영원히 열정적이고 애정넘치는 부부관계에 어설프게나마 근접해 있는 경우는 하나도 없었다. 자신이 그려보는 그런 이상적인 관계는 아내에게 경험, 다양한 재주, 자유로운 판단력이 있다는 것을 전제로 해야

가능하다고 뉴랜드 아처는 생각했다. 그런데 메이 웰랜드는 그러한 것을 지니지 못하도록 공들여 교육받은 여자였다. 자신의 결혼도 주변의 다른 사람들의 결혼과 다름없으리라는 생각에 그는 오싹했다. 자기 주변에서 볼 수 있는 결혼은 물질적이고 사회적 이해관계로 맺어진 따분한 것이었으며, 한쪽의 무지와 다른 쪽의 위선으로 유지되는 관계였다. 뉴랜드 아처의 머리에 그런 류의 이른바 '바람직한 이상'을 가장 완벽하게 실현하고 있는 남편의 예로 로렌스 레퍼츠가 떠올랐다. 로렌스는 예법의 고수답게 아내를 자기 편한 대로 완벽하게 길들여 놓았다. 그가 세상이 떠들썩하도록 유부녀와 자주 불륜을 저지르고 다녀도 그녀는 아무것도 모르는 채 얼굴에 미소를 띠면서 "우리 그이는 정말 무서울 정도로 엄격하고 올곧은 사람이랍니다"라는 말을 하고 다녔다. 심지어 그녀는 다른 남자의 외도에 대한 이야기를 누가 꺼내기라도 하면 얼굴을 붉히고 눈길을 돌렸다.

아처는 자신이 로렌스 같은 바람둥이와는 거리가 멀고, 메이도 그의 아내 거트루드 같은 멍청이가 아니라며 자신을 달래려 애썼다. 하지만 그 차이는 지능의 차이일 뿐 기준 자체가 다른 것은 아니었다. 실제로 그들은 일종의 상형문자로 이루어진 세계 속에서 살고 있었다. 그 세계 속에서 사람들은 실제적인 것은 말하거나 행하지도 않았고 심지어 생각하지도 않았으며 오로지 일군(一群)의 자의적인 기호들만 사용할 뿐이었다. 예를 들어, 아처가 왜 자신에게 보퍼트 무도회에서 서둘러 딸의 약혼을 공표하도록 재촉하는지 훤히 알고 있었으면서도, 또한 내심 그가 그렇게 하기를 바랐으면서도 겉으로는 마치 딸의 손을 억지로 내주는 듯 내키지 않는 척해 보인 웰랜드 부인의 태도가 그러했다. 그것은 마치 원시 시대 사람들에 관한 책에서 볼 수 있는, 야만인 신부가 비명을 지르며 부모들의 움막에서 끌려나가는 모습, 바로 그것이었다.

그런 사정 때문에 역설적이게도 메이 웰랜드라는 처녀는 더 불가해한 존재로 남아 있었다. 이 신비화된 정교한 체계 한복판에서 그녀가 너무 솔직했고 확신에 차 있었기 때문이었다. 그녀는 감출 것이 아무것도 없었기에 솔직하고 대담했으며 무엇을 경계하고 조심해야 할 것인지 조금도 알지 못했기에 확신에 차 있었다. 그녀는 겨우 그 정도의 준비만 한 채 이른바 '삶의 실체' 속으로 홀연 던져지려 하고 있었던 것이다.

뉴랜드는 진지하면서도 차분한 사랑에 빠져 있는 셈이었다. 그는 약혼녀의 빛나는 미모, 그녀의 건강, 그녀의 승마술, 그녀의 우아함, 그녀의 능숙한 게임 솜씨에 기쁨을 느꼈고 그의 지도하에 이제 막 계발되기 시작한, 책과 사상에 대해 그녀가 내보이는 조심스러운 관심에 대해서도 희열을 느꼈다. 그녀는 솔직하고 충실했으며 용감했다. 게다가 그의 농담을 듣고 웃을 줄 알 정도로 유머 감각도 있었다. 그러면서도 그는 저토록 순진한 눈길을 지닌 영혼 깊은 곳에, 언젠가 깨어날 강렬한 쾌락의 열정이 숨어 있는 것이나 아닌지 의심하기도 했다. 그리고 때로는 이 모든 솔직함과 순결함이 단지 인위적으로 꾸며진 것에 불과할지 모른다는 생각에 낙담하기도 했다.

사실 그를 사로잡고 있는 그러한 생각들은 그만의 독특한 것이라기보다는 어느 정도 진부한 것이었다. 그것은 결혼 날짜가 다가올 때면 젊은이들이 한 번쯤 해볼 만한 생각이었다. 그리고 대개 그런 생각을 하면서 양심의 가책이나 자기 비하의 감정을 느끼기 마련이다. 하지만 뉴랜드 아처는 그런 감정을 눈곱만큼도 느끼지 않았다. 그는 새커리(19세기 영국 소설가—옮긴이 주)의 소설 주인공들처럼 신부가 자신에게 주게 될 흠결 없는 페이지에 대한 보답으로 자기도 하얀 백지를 줄 수 없다는 사실 때문에 한탄하지 않았다. 그는 새커리의 작품 주인공들의 그런 작태에 대해 오히려 분노를 느끼기도 했다. 그는, 만일 자신도 그녀와 같은 식으로 양육되었다면 마치 숲에서 길을 잃은 아이들처럼 둘 다 제 갈 길을 찾지 못하고 헤매게 되었으리라는 엄연한 사실을 추호도 의심하지 않았다. 아무리 곰곰이 머리를 굴려보아도 그는 자신에게 부여된 '경험의 자유'가 신부에게는 왜 허용될 수 없는 것인지, 그 진정한 이유, 근본적인 이유를 찾을 수는 없었다(말하자면 그 자신의 일시적인 쾌락이라든지, 허망한 남성적 열정 같은 것과는 무관한 이유 말이다).

하루 중 이때쯤이면 그런 생각들이 그의 머릿속을 맴돌곤 했다. 그런데 그렇게 희미하게 맴돌던 생각들을 마음이 불편할 정도로 꼼꼼히 따져보게 된 것은 하필 이때 올렌스카 백작 부인이 도착한 탓이었고 그는 그것을 분명히 의식하고 있었다. 그가 약혼한 바로 그 순간—순수한 생각들, 구름 한 점 없이 맑은 희망들에 차 있어야 하는 그 순간—얽히고설킨 추문들이 끄집어 올려지면서, 그가 고스란히 수면 아래 묻어두고 싶었던 문제들이 덩달아 물 위로 솟아오른 것이다.

"제길, 그놈의 앨렌 올렌스카!"

그는 난롯불을 끄고 옷을 벗으면서 투덜거렸다. 왜 그녀의 운명이 자신의 운명과 조금이라도 얽혀야 하는지 그는 정말로 알 수 없었다. 그런 가운데도 그는 이제 자신이 약혼한 이상, 메이의 사촌인 그녀를 옹호해야 할 위험을 감수할 수밖에 없게

제6장

되었다는 사실을 희미하게 감지했다.

며칠 후 급기야 일이 터지고 말았다.

로벨 밍고트가 이른바 '정찬'—말하자면 하인 세 명이 시중 들고 코스마다 두 가지 요리가 나오며 식탁 한가운데 로마식 펀치가 놓이는 식사—초대장을 발송했다. 손님들을 마치 왕족 아니면 최소한 그들의 대사라도 되는 듯 대접하는 미국식 접대 방식에 따라 앞부분에 '올렌스카 백작 부인을 영접하기 위하여'라는 문구를 적어 넣은 초대장이었다.

대담하고 까다롭게 선택된 손님들의 면면에서 예카테리나 여제의 단호한 손길이 느껴졌다. 약방의 감초격인 셀프리지 메리 부부, 친근함을 내세울 자격이 있는 보퍼트 부부, 실러턴 잭슨 씨와 누이동생 소피, 로렌스 레퍼츠 부부, 미망인 레퍼츠 러시워스 부인, 해리 솔리 부부, 레기 치버스 부부, 젊은 모리스 대거닛과 그의 부인 등등이 그들이었으니, 이들은 모두 뉴욕에서 밤낮으로 어울려 지내는 소규모 내부 그룹에 속했다.

초대장을 보낸 지 이틀 후 믿을 수 없는 일이 벌어졌다. 보퍼트 부부와 잭슨 씨 남매를 제외하고는 모두 밍고트가의 초대를 거절한 것이다. 심지어 그런 모욕을 안긴 사람 중에는 밍고트

가의 일원인 레기 치버스 부부까지 끼어 있었다. 게다가 '선약이 있어서'라는 예의상 변명도 없이 한결같이 '초대에 응할 수 없어서 유감입니다'라고만 써 보냈다.

전혀 예상하지 못했던 일격이었다. 그러나 밍고트가는 늘 그렇듯이 씩씩하게 대처했다. 로벨 밍고트 부인은 시누이인 웰랜드 부인에게 사정을 털어놓았고 웰랜드 부인은 미래의 사위 뉴랜드 아처에게 사정을 말했다. 격분한 뉴랜드 아처는 어머니에게 격정적으로 권위 있게 호소했다. 어머니는 처음에는 내심 반감도 느꼈고 사람들 눈길도 의식해서 고민에 빠졌지만 늘 그렇듯이 아들의 요구를 뿌리치지 못했다. 일단 아들의 요구를 받아들이자 잠시 망설였다는 사실 때문에 더 열을 내며 말했다.

"내가 직접 루이자 밴 더 루이든을 만나고 오마."

루이자 밴 더 루이든이 누구인지 알려면 당시 뉴욕 사회의 인적 구성에 대해 좀 알아봐야 한다. 우선 피라미드 바닥에서 단단히 기초를 이루고 있는, 아처 부인이 '평범한 사람들'이라고 부르는 사람들이 있었다. 명문가와의 혼인 덕분에 신분 상승을 이룩한 가문들로서, 존중을 받기는 하지만 그다지 두드러지지 않는 다수였다. 우리가 익히 아는 가문으로서는 스파이서가나 레퍼츠가, 잭슨가가 거기에 속했다.

부유하긴 해도 두드러지지는 않는 이 계층 위로 올라가면 폭이 한결 좁아지면서 밍고트가, 뉴랜드가, 치버스가, 맨슨가로 대표되는 소수의 유력한 가문들이 보인다. 이들을 피라미드의 정상으로 생각하는 사람이 많았지만, 전문적인 계보학자의 안목으로 본다면 최고의 자리를 차지할 수 있는 가문은 훨씬 더 소수에 불과했으며 아처 부인 세대의 사람들은 그 사실을 알고 있었다.

그에 대해 아처 부인은 자식들에게 곧잘 이렇게 말하곤 했다.

"쓰레기 같은 요즘 신문들이 뉴욕 귀족에 대해 이러쿵저러쿵 떠드는 말을 내 앞에서 입 밖에도 꺼내지 마라. 정말로 귀족다운 집안에는 밍고트가도 맨슨가도 낄 수 없어. 뉴랜드가도, 치버스가도 아니야. 우리의 선조들은 그저 존경할 만한 영국이나 네덜란드 상인일 뿐이야. 한몫 잡으려고 식민지로 건너왔다가 일이 잘 풀려서 주저앉은 분들이지. 물론 조상들 중에는 독립 선언문에 서명하신 분도 있고, 워싱턴 참모부의 장군으로 활약한 분도 있어. 자랑할 만한 일임이 분명하지. 그렇지만 신분이나 계급과는 아무 상관이 없어. 뉴욕이란 도시는 언제나 상업 공동체였거든. 뉴욕에서 진정한 의미에서 귀족 혈통이라고 선언할 수 있는 가문은 딱 셋밖에 없어."

아처 부인은 물론이고 그녀의 아들과 딸도 그 특권층이 누구인지 잘 알고 있었다. 그들은 바로 오래된 영국 명문가에서 내려온 워싱턴 스퀘어의 대거닛가, 그라스 백작 후손과 혼인의 연을 맺은 래닝가, 네덜란드 출신 맨해튼 초대 지사의 직계 후손이며, 혁명 이전에 프랑스 및 영국 귀족 가문과 여러 명이 혼인한 밴 더 루이든가였다.

밴 더 루이든가는 앞에서 말한 세 가문 중에서도 우뚝 솟은 가문이었다. 그러나 이제 쇠퇴기에 접어들고 있었으며 그중 두각을 나타내는 인물은 헨리 밴 더 루이든 부부뿐이었다. 그들 부부는 메릴랜드의 트레베나에 있는 저택과 허드슨 강변의 영지인 스키터클리프에서 번갈아 지냈다. 스키터클리프는 네덜란드 정부가 저 유명한 맨해튼 지사에게 하사한 영지 중의 하나로서 헨리 밴 더 루이든 씨는 여전히 퍼트룬(네덜란드 통치 때 뉴욕주 및 뉴저지주에서 영주로서의 특권을 지니고 있었던 지주-옮긴이 주)으로 군림하고 있었다. 뉴욕 매디슨가에 있는 크고 장엄한 저택은 거의 닫혀 있었으며, 그들이 뉴욕에 왔을 때 아주 가까운 사람들만 맞이했다. 아처 부인은 바로 그들을 만나려고 나섰던 것이다.

아처 부인은 갈색 쿠페 문 앞에 멈춰서더니 뉴랜드에게 말했다.

제6장

"얘야, 너도 함께 가면 좋겠구나. 루이자가 너를 참 좋아하거든. 암튼 내가 이렇게 발걸음을 하는 건 다 사랑하는 메이 때문이야. 그리고 우리가 이런 식으로 모든 일을 함께 나누지 않는다면 우리의 사회 같은 것이 존속할 수 없기 때문이야."

제7장

헨리 밴 더 루이든 부인은 사촌뻘인 아처 부인의 이야기에 조용히 귀를 기울였다. 밴 더 루이든 부인은 늘 말수가 적었으며, 타고난 기질과 훈련을 통해 자기 의견을 분명히 밝히지 않는 습관을 지니고 있었지만, 그녀가 진정으로 좋아하는 사람에게는 아주 친절하다는 사실을 우선 염두에 두어야 할 것이다.

그 사실을 개인적으로 이미 겪어서 알고 있는 사람이라 할지라도, 옅은 색으로 수놓은, 아무것도 덮지 않은 의자, 금박을 입힌 벽난로 선반의 장식품들을 덮고 있는 얇은 천, 게인즈버러(18세기 영국의 뛰어난 화가─옮긴이 주)가 그린 '엔젤리카 뒤락 부인'의 아름답고 고색창연한 초상화 액자 등이 있는, 높은 천장과 하얀 벽의 매디슨가 거실에 앉아 있노라면 오싹 한기가 드는 것을 어쩔 수 없었다.

헌팅턴이 그린 밴 더 루이든 부인의 초상화가—그림 속에서 그녀는 레이스가 달린 검은 벨벳 옷을 입고 있었다—아름다운 여자 조상의 초상화와 마주 걸려 있었다. 그림을 그린 지 이미 20년이 지났건만 초상화의 인물은 지금의 실물과 똑같았다. 정말로 그 그림 아래서 아처 부인의 이야기에 귀를 기울이고 있는 밴 더 루이든 부인은, 금박 입힌 안락의자에 다소곳이 앉아 있는 초상화 속의 아름답고 아직 풋풋한 처녀와 쌍둥이 자매간이라고 해도 좋을 것 같았다. 밴 더 루이든 부인은 사교 모임에 나설 때, 아니 그보다는 손님을 맞아 자기 집 문을 열어줄 때—그녀는 절대 집 밖에서 식사를 하지 않았다—여전히 레이스가 달린 검은 벨벳 옷을 입었다. 뉴랜드 아처가 보기에 그녀는 오랜 세월 사중생(死中生)의 상태로 빙하 속에서 얼어붙어 있는 몸처럼, 완벽한 무결점의 진공상태에서 약간 으스스하게 보존되어 온 것만 같았다.

뉴랜드 아처는 자기 가족들과 마찬가지로 밴 더 루이든 부인을 높이 평가하고 칭송했다. 하지만 그는 부인의 부드럽고 상냥한 태도가, 무슨 부탁인지 미처 알기도 전에 그저 원칙상 "안 돼"라고 말해버리는, 어머니 쪽 사나운 노처녀 노인네들의 엄격한 태도만큼이나 접근하기 어렵다는 것을 잘 알고 있었다. 누군가의 부탁을 받으면 밴 더 루이든 부인은 응낙도 거절도 않은 채 너그러운 표정으로 있다가 얇은 입술에 희미한 미소를 띠며 "먼저 남편과 상의해보겠어요"라고 늘 똑같은 대답을 하곤 했다. 아처 부인과 아들은 용건을 설명한 다음, 귀에 못이 박이도록 들어온 그 말이 나오기를 체념한 듯 기다렸다.

그런데, 남을 놀라게 하는 일이 거의 없는 밴 더 루이든 부인이 이번에는 놀랍게도 종 치는 줄을 향해 그녀의 긴 손을 뻗으며 말했다.

"내 생각에 남편도 그 이야기를 듣고 싶어 할 것 같군요."

곧이어 하인이 나타났다. 부인은 그에게 엄숙한 어조로 말했다.

"주인이 신문을 다 읽으셨거든 여기로 좀 와주실 수 있느냐고 여쭤봐줘요."

부인은 "신문을 다 읽으셨거든"이라는 말을 마치 장관 부인이 "각료회의를 마치셨거든"이라고 말하는 투로 말했는데 오만한 마음에서 그런 것이 아니라 평생 익힌 습관에서 나온 것이었다. 부인은 남편의 지극히 사소한 몸짓 하나라도 거의 성직자의 몸짓처럼 중요하게 여기고 있었던 것이다.

제7장

71

그렇게 재빠른 행동을 취하는 것으로 보아 그녀도 아처 부인만큼 사태가 위급하다고 생각하는 것 같았다. 하지만 자신이 너무 앞서간다고 생각될까 봐 그녀는 한껏 부드러운 표정을 지으며 덧붙였다.

"애들린, 그이는 늘 당신을 만나고 싶어 하세요. 뉴랜드도 축하해주고 싶어 하시고요."

이중문이 묵직하게 열리더니 헨리 밴 더 루이든 씨가 나타났다. 그는 큰 키에 여윈 몸이었으며 프록코트를 입고 있었다. 머리가 하얗게 세어 있었으며 부인처럼 콧날이 쭉 뻗었고 옅은 푸른색의 부인의 눈과는 달리 옅은 회색의 눈에는 부인과 마찬가지로 침착한 친절의 기색이 담겨 있었다.

그가 아처에게 축하의 말을 나지막이 건네준 뒤, 마치 제왕이 군림하듯 안락의자에 앉자 부인이 말했다.

"여보, 신문은 다 읽으셨어요?"

"물론이지. 다 읽었소." 그가 아내를 안심시키려는 듯 말했다.

"그렇다면 애들린 이야기를 좀 들어봐 주세요."

"아, 실은 뉴랜드 이야기랍니다." 아처 부인이 미소를 지으며 말했다. 이어서 그녀는 로벨 밍고트 부인이 당한 끔찍스러운 모욕에 대해 다시 한번 되풀이했다. 그녀는 "오거스타 웰랜드와 로벨 밍고트 두 사람 모두 두 분이 아셔야 한다고 생각했어요. 무엇보다 뉴랜드의 약혼과 관련된 일이니까요."

"음……." 밴 더 루이든 씨가 깊은 한숨을 내쉬었다.

잠시 정적이 흐른 뒤에 그가 아처를 바라보며 물었다.

"자네는 이 일이, 음, 그러니까, 로렌스 레퍼츠가 뭔가 의도적으로 방해한 일이라고 생각하는가?"

아처가 입을 열어 말했다.

"분명히 그렇다고 봅니다. 래리는 최근에 평소보다 좀 더 심한 짓을 했습니다. 루이자 아주머니께서 계신 곳에서 말을 꺼내기는 좀 뭣합니다만, 자기 마을 우체국장의 부인이라던가 뭐 그런 사람과 좀 부적절한 일이 있었던 것 같습니다. 그는 아내인 거트루드 레퍼츠가 뭔가 의심을 해서 말썽이라도 생길 것 같으니까 이런 식의 소동을 일으킨 겁니다. 자기가 얼마나 도덕적인 사람인지 과시하면서, 자기 아내를 자신이 교제를 원치 않는 사람과 만나도록 초대하는 건 무례한 일이라고 목청껏 떠들고 다니는 거지요. 올렌스카 부인을 피뢰침처럼 사용하고 있는 겁니다. 전에도 똑같은 짓을 하는 걸 본 적이 있습니다."

"레퍼츠 부부가!" 밴 더 루이든 부인이 말했다.

"맞아요, 레퍼츠 부부가! 도대체 사교계가 어떤 꼴이 되려고

제7장

그러는지!" 아처 부인이 맞장구를 쳤다.

뉴랜드 아처가 기회를 잡았다는 듯 재차 입을 열었다.

"뉴욕 사람치고 아저씨와 아주머니께서 어떤 분인지 모르는 사람은 없지 않습니까. 밍고트 노부인이, 올렌스카 백작 부인이 입은 모욕에 대해 두 분과 꼭 상의해야겠다고 생각하신 것도 그 때문입니다."

밴 더 루이든 부인이 남편을 바라보자 남편도 부인을 바라보았다.

이윽고 밴 더 루이든 씨가 입을 열었다.

"일이 어쩌다 이 지경에 이르렀는지 모르겠군." 그는 잠시 말을 멈추고 부인을 바라보았다.

"여보, 올렌스카 백작 부인은 이미 우리 친척이나 다름없지 않소. 그 애 고모인 미도라 맨슨의 첫 남편을 염두에 둔다면 말이오. 게다가 뉴랜드가 결혼하게 되면 분명한 친척이 되는 거지."

그는 뉴랜드 아처에게로 눈길을 향하며 말했다.

"자네 오늘 아침 「타임스」를 읽었는가?"

"예, 읽었습니다."

그러자 그는 됐다는 듯한 표정을 짓더니 부인에게로 고개를 돌렸다. 이어서 부부는 서로를 마주 보았다. 그들은 생기 없는 눈빛을 주고받으며 눈길만으로 꽤 오랫동안 진지하게 상의했다. 이윽고 밴 더 루이든 부인의 얼굴에 희미한 미소가 떠올랐다. 남편의 뜻을 읽어내고 동의한 것이 분명했다.

밴 더 루이든 씨가 아처 부인 쪽으로 몸을 돌리며 말했다.

"로벨 밍고트 부인에게 이렇게 전해줄 수 있겠소? 루이자가 외출해서 식사할 수 있을 정도로 몸이 괜찮다면 부인이 여는 만찬에서, 로렌스 레퍼츠 부부가 빠진 자리를 우리가 대신 채워 주고 싶은 마음이 굴뚝같다고 말이야."

그는 자신의 말이 품고 있는 역설적인 의미를 깊이 전달하려는 듯 잠시 말을 멈추었다. 이윽고 그가 다시 입을 열었다.

"하지만 그럴 수는 없는 노릇인 건 잘 알겠지?"

아처 부인이 공감한다는 표정을 지었다. 노인이 다시 말을 이었다.

"뉴랜드도 신문을 읽었다니 알겠지만 다음 주에 루이자의 친척인 세인트 오스트레이 공작이 러시아에 도착할 거야. 내년 여름에 인터내셔널 레이스에 출전할 새로운 범선인 기니비어 호를 진수하러 오는 거지. 또 트리베나에서 들오리 사냥도 좀 할 거라고 하더군."

밴 더 루이든 씨는 다시 말을 멈추더니 더욱 자애심이 넘치는 말투로 말했다.

"공작님을 메릴랜드로 모시기 전에 친구 몇 분이 이곳에서 그 분을 뵐 수 있도록 초대할 생각이라네. 간단한 만찬을 대접할 거야. 리셉션은 나중에 열더라도……. 올렌스카 백작 부인을 초대 손님 중 한 명으로 포함할 수 있다면 루이자도 기뻐할 거야."

그는 자리에서 일어나더니 긴 몸을 아처 부인을 향해 구부리며 덧붙였다.

"루이자가 곧 외출하면서 직접 초대장을 전하게 될 거야. 물론 우리 명함도 함께 말일세."

아처 부인은 그의 말에서, 문 앞에서 대기하고 있는 말을 절대 기다리게 해서는 안 된다는 암시를 알아채고 황급히 자리에서 일어나며 감사하다고 말했다. 그러자 밴 더 루이든 씨가 말했다.

"애들린, 내게 고마워할 필요 없어요. 그럴 필요 전혀 없지. 뉴욕에서 그런 일이 일어나면 안 돼. 내게 도울 여력이 있는 한 그럴 수는 없지."

그는 친척들을 문 쪽으로 안내하면서 위엄이 잔뜩 깃든 목소리로 너그럽게 말했다.

두 시간 후, 밴 더 루이든 부인이 외출할 때 타는 아주 훌륭한 버루시 사륜마차가 밍고트 노부인 댁 문 앞에 서더니 커다란 사각봉투를 전했다는 소문이 좍 퍼졌다. 그날 저녁 오페라 하우스에서 실러턴 잭슨 씨는, 그 봉투에 밴 더 루이든 부부가 그들의 친척인 세인트 오스트레이 공작을 위해 다음 주에 베푸는 만찬에 올렌스카 백작 부인을 초청한다는 초대장이 들어 있었다는 소식을 사람들에게 전할 수 있었다.

　박스석에 앉아 있던 젊은이들 몇몇은 이 소식을 듣고 웃음 지으며 로렌스 레퍼츠를 흘낏흘낏 바라보았다. 레퍼츠는 짐짓 오페라에 몰두한 척 소프라노 가수에 대해 한마디 했다.

제8장

사람들은 올렌스카 백작 부인의 용모가 전만 못하다는 데 대체로 동의했다.

뉴랜드의 유년 시절 그녀는 열 살 정도의 눈부시도록 예쁜 소녀의 모습으로 그곳에 나타났다. 사람들은 그녀를 보고 '그림 같다'고 했다. 그녀의 부모는 유럽 대륙을 방랑하며 살았다. 어린 소녀였던 그녀는 부모를 따라 방랑 생활을 하던 중 양친을 모두 잃고 고모인 미도라 맨슨의 손에 맡겨졌다. 역시 방랑자였던 미도라 맨슨은 '정착하기 위해' 뉴욕으로 돌아가려던 참이었다.

잇따라 과부가 된 불쌍한 미도라는 늘 정착하겠다며 귀향을 했고(그때마다 집은 더 초라해졌다), 귀향할 때마다 새 남편이나 입양

아를 데리고 왔다. 하지만 몇 달이 지나지 않아 남편과 헤어지거나 피보호자와 싸움을 했으며, 헐값에 집을 처분하고는 다시 방랑길에 올랐다. 미도라의 어머니는 러시워스가 사람이었고 미도라가 마지막 불행한 결혼을 통해 치버스가 사람(약간 정신이 이상한 사람이었다)과 맺어졌기에 뉴욕 사람들은 그녀의 기행을 너그럽게 보아 넘겼다. 그러나 미도라가 이제 고아가 된 어린 조카딸을 데리고 돌아오자 사람들은 그런 예쁜 아이를 그런 사람 손에 맡기는 것은 딱한 일이라고 생각했다. 엘렌의 부모들이 비록 방랑벽이 있기는 했지만, 사람들에게 인기가 있었기 때문이었다.

엘렌이 마치 주워온 집시 아이처럼 이상한 복장을 한 채 미도라의 손에 끌려 뉴욕으로 돌아오자, 몇몇 노부인들만 그 애의 요란한 복장에 고개를 가로저었을 뿐 다른 친척들은 그 애의 용모와 영리함에 반했다. 엘렌은 겁이 없고 붙임성 좋은 아이였다. 그 애는 곧잘 당황스러운 질문을 던지곤 했으며 조숙한 말을 내뱉었고, 스페인 숄 춤을 추거나 기타에 맞춰 나폴리 연가를 부르는 등 이국적인 장기를 자랑하기도 했다. 모두 고모인 미도라 맨슨 부인(정식으로 하자면 그녀의 이름은 솔리 치버스라야 맞다. 하지만 그녀는 가톨릭교회의 허락을 받아 첫 남편의 성을 되찾고 맨슨 후작 부인

제8장

으로 자처했다)이 그 애에게 값비싼 교육, 하지만 일관성이라고는 없는 교육을 시킨 덕분이었다.

그러나 결말은 좋지 않았다. 몇 년 후 치버스가 정신병원에서 세상을 뜨자 미망인은 이상야릇한 상복을 입고 엘렌과 함께 다시 떠났다. 엘렌은 또랑또랑한 눈을 가진, 키 크고 야윈 소녀로 성장해 있었다. 이후 얼마 동안 그들 소식은 들리지 않았다. 그런데 엘렌이 전설적인 명성을 지닌 폴란드의 대부호 귀족과 결혼했다는 소식이 들렸다. 둘은 튈르리 궁전에서 열린 무도회에서 만났다고 했다. 그 귀족은 파리와 니스, 피렌체에 어마어마한 저택들이 있고 카우스에는 요트가 있으며 트란실바니아에는 드넓은 사냥터가 있다고 했다. 그녀 역시 전설이 되어 아련한 연기 속으로 사라졌다. 몇 년 후 미도라 맨슨이 더 초라해지고 가난해진 모습으로 세 번째 남편을 애도하며 뉴욕으로 돌아오자 사람들은 그녀의 부유한 조카가 왜 고모를 위해 아무것도 해주지 않는지 의아해했다. 그런데 이번에는 엘렌의 결혼이 파국을 맞았다는 소식이 들려왔다. 얼마 후 그녀가 친척들 사이에서 조용히 파묻혀 지내려고 고향으로 돌아오려 한다는 소식이 이어졌다.

일주일 후 그 대단한 만찬이 열리던 날 저녁, 올렌스카 백작 부인이 거실로 들어서는 모습을 보면서 뉴랜드 아처는 그런 생각들을 떠올렸다. 행사는 장엄했다. 그러나 그녀는 뉴욕에서 가장 선택받은 사람들조차 약간 기가 질리기 마련인 그 거실로 들어서면서도 조금도 서두르거나 당황하는 기색이 없었다.

그녀는 방 한가운데 멈춰 서서 주위를 둘러보았다. 입은 자못 심각하게 꽉 다물고 있었지만, 눈에는 미소를 띠고 있었다. 순간 아처는 그녀의 외모에 대한 세간의 평판을 거부했다. 어린 시절의 찬란함이 다소 빛바랜 것은 사실이었다. 붉은 뺨은 창백해졌으며 야위고 초췌한 것이 거의 서른에 가까운 실제 나이보다 더 나이 들어 보였다. 하지만 그녀에게는 신비스러운 아름다움이 군림하고 있었으며 머리 동작이나 눈의 움직임은 확신에 차 있었다. 게다가 그 모든 것이 연극적인 면이라고는 전혀 없이 자연스러우면서도, 마치 고도로 훈련받은 의식적인 힘으로 가득 차 있는 것 같아서 아처는 충격을 받았다. 동시에 그녀는 그곳에 온 그 어느 부인보다 수수한 차림이었다. 나중에 누이동생 제이니에게 들은 이야기지만 그곳에 모인 사람들은 그녀의 행동이나 차림이 유행에 뒤떨어졌다며 실망했다. 그녀의 동작, 목소리, 나지막한 말투가 너무 차분했기 때문이었을 것이다. 뉴욕은 그런 내력을 가진 젊은 여성에게서는 그보다 훨씬 요란한 그 무언가를 기대했을 것이다.

만찬은 꽤 엄청난 사건이었다. 밴 더 루이든가에서의 만찬 자체가 아무래도 가볍게 넘길 수 있는 일이 아닌 데다가 그들의 친척인 공작까지 함께하는 자리이다 보니 거의 종교적인 장엄함까지 느끼게 해주었다.

밴 더 루이든 부부는 이 행사의 중요성을 강조하기 위해 최선을 다했다. 거의 가보처럼 여기는 온갖 자기(瓷器) 접시와 집기들이 총동원되었다. 모인 사람들도 자신이 가장 자랑할 만한 보석으로 치장하고 왔지만, 행사 장소가 장소인 만큼 다소 무거워 보이는 구식 세팅이었다.

그날 만찬에서 젊은 여자는 올렌스카 백작 부인뿐이었다. 그런데도 아처는 값비싼 보석으로 치장한 기름기 흐르는 부인들의 얼굴을 둘러보면서 기이하게도 그녀들의 눈길이 올렌스카 백작 부인의 눈길에 비해 미숙해 보인다는 느낌을 받았다. 그녀가 저런 눈길을 하기까지 얼마나 많은 일을 겪었을까 하는 생각에 그의 마음이 좀 스산해졌다.

여주인의 오른편에 앉은 오스트레이 공작이 당연히 이날 저녁의 주인공이었다. 그런데 올렌스카 백작 부인이 기대보다 덜 눈에 띄었다면 공작은 거의 보이지 않는다고 할 만했다. 너무 초라하고 헐렁한 야회복을 아무렇게나 차려입은 데다 웅크리고 앉은 자세, 셔츠 앞을 덮고 있는 무성한 턱수염까지 가세하는 바람에 아무리 보아도 만찬 차림새로 보기 어려웠다. 그는 작은 키에 새우 등이었다. 그는 큰 코, 작은 눈의, 햇볕에 탄 얼굴에 친근한 미소를 띠고 있었다. 그러나 거의 말이 없었고 어쩌다 말을 하더라도 목소리가 너무 작아서 옆에 앉은 사람밖에는 들리지 않았다.

만찬이 끝나고 남자들이 숙녀들과 어울릴 때가 되자 공작은 곧장 올렌스카 백작 부인에게 갔고, 두 사람은 구석 자리에 앉아 활기 있게 대화를 나누었다. 백작 부인은 워싱턴 스퀘어의 어번 대거닛 씨와 이야기를 나누고 있던 중이었지만 공작은 아랑곳하지 않고 그녀를 가로챈 것이다. 두 사람은 거의 20분 가까이 이야기를 나누었다. 이어서 백작 부인은 자리에서 일어나더니 홀로 넓은 거실을 가로질러 뉴랜드 아처 옆에 앉았다.

숙녀가 이야기를 나누던 신사 곁을 떠나 다른 사람에게 간다는 것은 뉴욕 거실 예법에 어긋나는 행동이었다. 예법대로라면 숙녀는 그녀와 이야기를 나누고 싶어 하는 다음 사람이 옆에 와서 앉을 때까지 조각상처럼 꼼짝 않고 그 자리에서 기다려야 했다. 하지만 백작 부인은 자기가 규칙을 깼다는 사실조차 모르고 있는 것이 분명했다. 그녀는 아처 옆 소파 구석에 편안한 자세로 앉아서 상냥한 눈길로 그를 바라보았다.

"메이 이야기를 좀 해줘요."

그는 대답 대신 질문을 던졌다.

"공작님과 전부터 알던 사이인가요?"

"그럼요. 니스에서 매해 겨울 만났어요. 도박을 무척 좋아하세요. 수도 없이 도박장을 드나드셨답니다."

그녀는 그 말을 마치 "야생화를 좋아하신답니다"라고 말하듯이 덤덤하게 말했다. 이어서 그녀가 거리낌 없이 덧붙였다.

"내가 만나본 사람들 중에 제일 둔한 사람이에요."

그녀의 말이 너무 재미있어서 아처는 앞선 말에서 받았던 가벼운 충격을 쉽게 잊었다. 밴 더 루이든가의 공작이 둔하다는 것을 알고 그 사실을 감히 공공연하게 발설할 수 있는 숙녀를 만난다는 것은 더할 나위 없이 흥미진진한 일이었다. 그런데 그가 미처 이런저런 생각을 가다듬기도 전에 그녀가 원래의 주제로 되돌아갔다.

"메이는 정말 사랑스러워요. 뉴욕에서 개만큼 예쁘고 영리한 처녀는 본 적이 없어요. 그 애를 정말 사랑하시지요?”

뉴랜드가 얼굴을 붉히며 웃었다.

“한 남자로서 사랑할 수 있을 만큼요.”

그녀는 그의 말이 담고 있는 작은 의미라도 놓치지 않겠다는 듯 생각에 잠긴 눈으로 그를 바라보았다.

“그렇다면 한계가 있다고 생각하는 거예요?”

“사랑에 말입니까? 설사 있다 하더라도 저는 찾아내지 못했습니다!”

그녀가 공감하듯 눈을 반짝였다.

“그래요, 그런 게 정말로 진정한 로맨스지요?”

“로맨스 중에서도 가장 로맨틱한 거지요.”

“정말 멋져요. 게다가 그 로맨스를 오로지 당신들 스스로 찾아내다니! 미리 정해져 있던 건 아니지요?”

아처가 의아한 눈으로 그녀를 바라보더니 미소를 띠고 말했다.

“우리나라에서는 미리 정해진 결혼 같은 건 받아들이지 않는다는 걸 잊었나요?”

그녀의 뺨이 약간 붉어졌다. 그는 공연한 말을 했다고 곧바로 후회했다.

제8장

"맞아요." 그녀가 대답했다. "잊었어요. 내가 가끔 이런 실수를 하더라도 용서해줘야 해요. 내가 있었던 곳과 여기가 다르다는 걸 잊어버릴 때가 있거든요. 나도 완벽한 미국인이 되고 싶어요. 아, 메이가 도착했네요. 빨리 그녀에게 가고 싶겠지요."

거실은 만찬 후에 도착한 손님들로 붐비기 시작했다. 아처가 문 쪽으로 고개를 돌리니 메이 웰랜드가 어머니와 함께 들어서고 있었다. 흰색과 은색 드레스를 입고 머리에 은색 화환을 두른 키 큰 처녀는 방금 사냥을 마치고 말에서 내리는 사냥의 여신 다이애나 같았다.

"이런," 아처가 올렌스카 부인에게 말했다. "라이벌이 많군. 벌써 사람들한테 둘러싸인 게 보이지요? 공작님도 소개를 받으려고 하시네."

"그러면 나하고 조금 더 있어요." 올렌스카 부인이 낮게 속삭이며 깃털 부채로 그의 무릎을 가볍게 쳤다. 가벼운 터치였지만 마치 애무라도 받은 듯 그의 몸이 떨렸다.

"네, 그러지요." 그는 자기가 무슨 소리를 하고 있는지 의식하지도 못한 채 대답했다. 그런데 그때 밴 더 루이든 씨가 어번 대거닛 씨를 데리고 그곳으로 왔다. 백작 부인은 정중한 미소를 지으며 그들에게 인사했고 아처는 경고하는 듯한 주인의 눈길을 느끼며 자리에서 일어났다.

올렌스카 부인은 마치 작별 인사라도 하듯 그에게 손을 내밀며 속삭였다.

"그럼, 내일 오후 5시 이후에…… 기다리고 있을게요."

그녀는 이내 대거닛 씨를 향해 몸을 돌렸다.

"내일이라……."

아처가 되풀이해 중얼거렸다. 하지만 그들은 약속을 한 적이 없었고 대화 도중 그녀가 다시 만나고 싶다는 암시를 준 적도 없었다.

그 자리를 떠나면서 보니 훤칠한 키에 번쩍이게 차려입은 로렌스 레퍼츠가 아내를 대동하고 들어서는 모습이 보였다. 거트루드 레퍼츠가 환한 웃음을 띤 채 올렌스카 백작 부인에게 "어릴 때 무용학교에 같이 다녔잖아요"라고 말하는 소리가 들렸다. 그녀의 뒤에서 백작 부인에게 인사를 하려고 기다리고 있는 사람들 중에는, 로벨 밍고트 부인 댁에서 그녀와 만나기를 완강히 거절했던 부부들이 여러 명 눈에 띄었다. 아처 부인의 말 그대로였다. 밴 더 루이든가는 일단 마음만 먹으면 어떤 식으로 가르침을 줘야 하는지 알고 있었다. 다만 그들이 마음을 먹는 일이 아주 드물다는 것이 불가사의할 뿐이었다.

제8장

누군가 어깨를 건드리기에 돌아다보니 검은색 벨벳 드레스를 입은 밴 더 루이든 부인이 고결한 자세로 서 있었다.

"뉴랜드, 이렇게 올렌스카 부인을 위해 애써주다니 정말 고맙네. 내가 남편에게 도움을 줘야 한다고 말했어요."

아처가 그녀에게 어정쩡한 미소를 짓자, 마치 그가 부끄러워한다는 것을 다 안다는 듯 그녀가 덧붙였다.

"메이가 저렇게 사랑스럽게 보인 적은 없어요. 공작님 말씀으로는 이 방에서 제일 아름답다고 하시더군."

제9장

 올렌스카 백작 부인은 '5시 이후'라고 말했다. 뉴랜드 아처는 5시에서 30분 정도 지났을 때 회벽칠이 벗겨진 집의 초인종을 눌렀다. 그녀는 웨스트 23번가에 있는 이 집을 방랑자 미도라 고모에게서 빌려서 살고 있었다.

 분명, 정착해서 살 만한 동네는 아니었다. 작은 양장점, 박제 가게, '글쟁이'들이 가까운 이웃들이었다. 아처는 지저분한 길 저쪽 포장도로가 끝나는 곳에 있는, 다 쓰러져 가는 목조건물 한 채를 알아볼 수 있었다. 그가 이따금 만나곤 하는 네드 윈셋 이라는 작가이자 신문기자의 집이었다. 윈셋은 자기 집에 사람 들을 초대한 적이 없었다. 다만 언젠가 한밤중에 함께 산책하 던 도중 윈셋이 아처에게 자기 집이라고 손가락으로 가리킨 적이 있었다. 아처는 약간 몸서리를 치면서 다른 도시였다면 도대체 사람이 어떻게 저런 비참한 집에서 살 수 있었겠느냐고 속으로 생각했다.

창틀에 페인트칠을 약간 더 해 놓았다는 것 외에는 올렌스카 부인의 집도 그 집보다 나을 게 없었다. 아처는 초라한 그 집 문 앞으로 다가가면서 그 폴란드 백작이 그녀에게서 환상뿐 아니라 재산까지도 빼앗아간 모양이라고 속으로 생각했다.

아처는 그날 하루를 불만 속에서 지냈다. 그날 웰랜드가에서 점심을 먹은 그는 한시라도 빨리 메이를 독차지하고 싶은 마음에 결혼을 서두르자고 웰랜드 부인에게 조르고 싶었다. 그가 결혼 날짜를 앞당기고 싶다는 암시를 은근하게 보내자 부인은 아직 방문해야 할 집안이 반 이상 남았음을 그에게 상기시킨 다음 비난의 눈초리로 한숨을 내쉬며 말했다.

"해야 할 일이 산더미인데…… 자수도 놓아야 하고……."

아처는 그날 거의 온종일 웰랜드 가족들과 함께 마차를 타고 친척들의 집을 방문했다. 오후 방문이 끝나고 약혼녀와 헤어지면서 아처는 자신이 마치 덫으로 사로잡혀 사람들에게 전시된 야생동물 같다고 생각했다. 그러면서도 그는 '내가 인류학 책을 읽은 탓에 가족 간의 순수하고 자연스러운 감정을 이렇게 비뚤어진 눈으로 보게 된 걸 거야'라고 자책했다. 그렇지만 다가오는 가을이 되기 전까지는 결혼식을 올릴 생각이 웰랜드가에 없다는 사실을 떠올리고는 온몸에서 기운이 다 빠져나가는 것 같았다. 그는 중얼거렸다.

'그때까지 도대체 이런 식으로 어떻게 지낸단 말인가······.'

문을 나서는 그의 등 뒤에 대고 웰랜드 부인이 말했다.

"내일은 치버스가와 댈러스가를 방문할 예정이라네."

순간 그는 부인이 알파벳 순으로 집안들을 방문할 생각임을 알아차렸다. 그런데 C와 D는 알파벳 중 한참 앞쪽에 속했으니······.

그는 올렌스카 백작 부인의 청에 의해—차라리 명령이라고 하는 편이 나았다—그날 오후 그녀를 방문할 예정이라고 메이에게 말해주려 했다. 하지만 단둘이 있을 수 있는 시간이 워낙 짧아서 다른 용건들을 처리하기에도 바빴다. 게다가 메이에게 그 일을 언급한다는 것이 좀 터무니없는 일처럼 여겨졌다. 그는 메이가 자신의 사촌에게 친절히 대해주기를 바라고 있다는 것을 알고 있었다. 바로 그 때문에 서둘러 약혼을 발표한 것이 아니었던가? 백작 부인이 뉴욕에 오는 일만 없었더라도 자신이 자유롭다고까지는 할 수 없지만 좀 덜 매인 몸이 되었을 것이라고 생각하니 그는 기분이 좀 묘했다. 그런데 어쨌든 메이가 그녀에게 친절히 대해주기를 원했고 그 사실만으로 그는 더 이상의 책임은 던 느낌이었다. 따라서 굳이 자기 마음대로 선택할 수 있다면 메이에게 알리지 않고 자유롭게 그녀의 사촌을 방문하고 싶었다.

올렌스카 부인의 집 앞에 서 있는 동안 그를 사로잡고 있던 감정은 무엇보다 호기심이었다. 자기에게 소환 명령을 내릴 때의 그녀 말투를 어떻게 해석해야 할지 난감했다. 그는 그녀가 보기보다 단순하지 않은 사람이라고 결론 내렸다.

곧이어 이국적인 용모의 하녀가 문을 열어주었고 아처는 그녀의 안내로 좁은 복도를 지나 거실로 들어섰다. 그런데 거실로 그를 안내한 하녀의 입에서 뜻밖의 말이 나왔다. 그녀는 서툰 영어로 더듬더듬 말했다.

"마님은 외출하셨어요. 하지만 곧 돌아오실 거예요."

하녀가 밖으로 나가자 그는 램프 불빛에 그림자가 어른거리는 매혹적인 방 안을 둘러보았다. 그가 이제껏 보았던 그 어느 방과도 달랐다. 그 방에는 그녀가 잔해(殘骸)라고 부르는, 그녀가 가져온 몇 안 되는 소유물들이 있었다. 어두운 색의 작고 얇은 탁자, 벽난로 장식 위에 놓인 섬세한 작은 청동상, 낡은 액자에 넣은 이탈리아풍의 그림 두 점이 바로 그것들이었다. 그는 제법 그림에 조예가 깊다고 자부하고 있었지만, 이 방에 있는 그림들은 그가 이탈리아를 여행하면서 익히 보았던 여느 그림들과 달라서 적잖이 당황했다. 게다가 아무도 기다리는 이 없는 빈집에서, 해 질 녘에 혼자 숙녀를 기다리고 있는 자신의 모습이 어색하다는 생각이 들었다. 하지만 이왕 왔으니 기다리고 볼 일이었다. 그는 의자에 몸을 묻고 장작 쪽으로 발을 뻗었다.

이런 식으로 자신을 불러놓고 자신을 잊었다니 이상한 일이었다. 하지만 아처는 기분이 상했다기보다는 호기심을 느꼈다. 게다가 방 안 분위기가 그가 이제껏 숨쉬어 오던 공간과 너무 달라서 자의식 같은 것은 사라지고 대신 모험심 비슷한 것이 자리 잡았다. 그리고 이렇게 이국적인 개성이 넘치는 방을 보고 감탄하면서 결혼 후 메이가 꾸미게 될 거실의 모습을 무의식중에 그려보았다. 하지만 상상해 볼 필요도 없었다. 메이는 지금의 웰랜드 집 안 거실의 꾸밈에 대해 아무런 불만이 없었다. 그리고 그녀가 결혼 후 지금과는 다른 자신만의 공간을 원하고 꾸미게 되리라고 추측할 만한 이유는 전혀 없었다.

가슴이 풍만한 하녀가 들어와 커튼을 열더니 장작을 더 넣은 다음 위로하듯 말했다.

"곧 오실 겁니다."

제9장

하녀가 나간 후 아처는 방 안을 거닐기 시작했다. 더 기다려야 한단 말인가? 점점 더 자신이 우스꽝스러운 꼴이 되어가는 것 같았다. 어쩌면 올렌스카 부인의 말을 잘못 알아들었는지도 모른다. 어쩌면 그녀가 자신을 초대하지 않았는지도 모른다.

조용한 거리 자갈길 위에 말발굽 소리가 울렸다. 마차가 집 앞에서 멈추더니 마차 문이 열리는 소리가 들렸다. 그는 커튼을 젖히고 초저녁 어스름 속을 내다보았다. 가로등 불빛에 줄리어스 보퍼트 소유의 사륜마차가 보였고, 은행가가 마차에서 내리더니 올렌스카 부인이 내리는 것을 도와주는 모습이 보였다.

보퍼트가 모자를 손에 든 채로 서서 뭔가 말했고, 상대는 거절하는 것 같았다. 이어서 그들은 악수를 나누었고 보퍼트는 마차에 올랐으며 그녀는 계단을 올라왔다.

방으로 들어선 그녀는 아처가 그곳에 있는 것을 보고도 전혀 놀라지 않았다. 그녀에게는 놀람이라는 감정은 존재하지 않는 것 같았다.

"내 야릇한 집이 마음에 들어요?" 그녀가 물었다. "내게는 천국 같은 곳이에요."

그녀는 작은 벨벳 보닛을 풀어 긴 코트와 함께 벗어 던지더니 생각에 잠긴 눈으로 그를 바라보았다.

"아주 쾌적하게 꾸며 놓았네요." 아처가 대꾸했다.

그는 그 말을 하면서 진부하다고 느꼈다. 하지만 뭔가 짧고 강렬한 표현을 하고 싶다는 생각이 하도 간절해서 오히려 판에 박힌 말을 할 수밖에 없었다.

"정말 작고 보잘것없지요. 친척들은 얕봐요. 하지만 어쨌든 밴 더 루이든 씨 집보다는 덜 음침하잖아요."

그녀의 말에 그는 강한 충격을 받았다. 밴 더 루이든가의 그 웅장한 저택을 감히 음침하다고 표현할 만큼 반항기가 있는 사람은 거의 없으리라. 그 집에 들어갈 특권을 누리게 된 사람들은 모두 와들와들 떨면서도 정말 '훌륭하다'라며 감탄했다. 그는 기분이 좋아졌다.

"집을 아주 맛깔나게 꾸며 놓았어요." 그가 다시 반복했다.

"나는 작은 집이 좋아요. 하지만 무엇보다 내 나라, 내 고향에 있게 된 게 기뻐요. 그리고 그 속에서 혼자 있게 되어서."

그녀가 너무 낮게 속삭이듯 말하는 바람에 그녀의 마지막 말은 거의 들리지 않았지만, 그는 그 말을 놓치지 않았다.

"혼자 있어서 좋다고요?"

"네. 친구들이 외로움을 느끼지 않게만 해주면요. 나스타샤가 곧 차를 가져올 거예요. 편히 앉아요. 나는 이 시간이 제일

제9장

좋아요. 당신은 어때요?"

그는 마치 체면을 지키려는 듯 대답했다.

"그런데 시간을 잊은 것 같아 유감이군요. 보퍼트와 있느라 시간 가는 줄 몰랐나 보지요?"

그녀는 재미있다는 표정이었다.

"저런, 오래 기다렸어요? 보퍼트 씨가 집을 여러 채 보여주었답니다. 이 집에서는 오래 머물 수 없을 것 같아서요. 변두리에 산다고 이렇게 흉을 보는 도시는 처음 봤어요. 어디서 살든 무슨 상관이지요? 이 거리도 괜찮은 곳이라던데."

"상류층이 좋아하는 곳은 아니지요."

"상류층이라고요! 당신들은 전부 그 생각만 하나요? 왜 자기 좋은 대로 하면 안 되지요? 하지만 내가 너무 나 좋은 대로 살아온 것 같기는 해요. 어쨌든 나도 당신들이 하는 식으로 하고 싶어요. 관심받고 있다고 느끼고 싶고, 안전하다고 느끼고 싶어요."

그는 그녀가 도움의 손길을 필요로 한다고 말하는 것 같아 감동을 받았다. 하지만 동시에 그녀가 뉴욕이라는 도시에 대해 지나치게 순진할 정도로 무지하다는 생각에 안타깝기도 했다. 로벨 밍고트 만찬 사건을 보고도 자신이 얼마나 아슬아슬하게 위기를 벗어났는지 모른단 말인가? 거의 파국을 맞을 뻔했다는 것을 모른단 말인가? 하지만 그는 에둘러서 다음과 같이만 말했을 뿐이었다.

"어젯밤에 뉴욕이 당신 앞에 훤히 모습을 드러낸 셈이지요. 밴 더 루이든가는 뭐든 완벽하게 처리합니다."

"맞아요! 얼마나 친절한 분들인지! 정말 멋진 파티였어요. 모두 그분들을 존경하나 봐요."

아처가 그 말을 받았다.

"밴 더 루이든가는 뉴욕 사교계에서 가장 막강한 영향력을 행사하고 있습니다. 불행히도 부인의 건강 때문에 손님 접대가 아주 드물긴 하지만요." 그 말을 하면서 그는 자신이 잰 체하는 것 같다는 느낌이 들었다.

그녀는 머리 뒤로 깍지 꼈던 손을 풀더니 그를 곰곰이 바라보았다.

"바로 그 덕분 아닐까요?"

"그 덕분이라니요?"

"큰 영향력을 갖는 것 말이에요. 자기들을 귀한 존재로 만드는 거지요."

그는 약간 얼굴을 붉힌 채 그녀를 바라보았다. 그리고 그녀의 그 말이 아주 날카롭다고 느꼈다. 단 한 방으로 밴 더 루이든가의 급소를 찔러 무너뜨린 것이다. 그는 웃음을 터뜨렸다.

하녀 나스타샤가 일본식 주전자에 담은 차와 작은 찻잔들을 쟁반에 받쳐와 탁자에 놓았다.

"그런 건 당신이 내게 설명해줘야 해요." 올렌스카 부인이 그에게 잔을 건네주면서 말했다. "그런 걸 말해줄 사람은 바로 당신이에요. 눈뜬장님이었던 내가 보지 못했던 것을 볼 수 있게 해줘요."

그녀는 금으로 된 작은 담뱃갑을 꺼내어 그에게 권했고 자기도 한 개비 꺼냈다. 벽난로 위에는 담뱃불을 붙일 수 있는 긴 불쏘시개가 있었다. 그녀가 말을 계속했다.

"그래요, 우리 서로 도움이 될 수 있을 거예요. 하지만 내가 더 많은 도움이 필요해요. 내가 어떻게 해야 하는지 말해줘요."

이런 대답이 아처의 목구멍까지 치솟아 올랐다.

'보퍼트와 마차를 타고 다니는 모습을 남들 눈에 보이지 말아요.'

하지만 그는 그 말을 입 밖에 내지 않았다. 장작에서 불꽃이 일자 그녀는 불 위로 몸을 기울이고 가느다란 손을 불 가까이 뻗었다. 아처는 그 손이 무척 매혹적이라고 생각했다.

"어떻게 할 건지 말해줄 사람이 많을 텐데요." 그가 대답했다.

그 말을 하면서 아처는 막연하게나마 질투심 비슷한 것을 느꼈다.

"고모님들이요? 아니면 할머니? 그분들은 모두 나를 돕기 위해 애를 태우시지요. 특히 불쌍한 할머니가 더……. 나를 곁에 두고 싶어 하셨어요. 하지만 자유롭고 싶어서……. 어쨌든 나는 뉴욕이 5번가처럼 곧게 죽 뻗어 있는 줄 알았어요. 거리마다 꼬리표처럼 주소가 정확하게 적혀 있고……."

그러자 아처가 재빨리 대답했다.

"모든 것에 표시가 붙어 있을지 모르지요. 하지만 사람은 아닙니다."

"그럴지도 모르지요. 내가 너무 단순하게 생각했는지도 몰라요. 만일 그렇다면 당신이 주의를 줘요."

그녀는 벽난로 불길을 향했던 눈길을 그에게로 돌렸다.

"내가 하는 말을 이해하고 내게 설명해줄 수 있는 사람은 딱 두 명밖에 없어요. 당신하고 보퍼트 씨."

아처는 자기와 함께 보퍼트의 이름이 거론되는 것을 보고 주춤했다. 하지만 곧바로 마음을 가라앉히고 그녀를 이해했으며 공감했고 동정했다. 사악한 힘들과 너무 가까이 살아왔기에 그런 자들의 공기에서 더욱 자유롭게 숨을 쉴 수 있음이 분명했

제9장

99

다. 어쨌든 자기가 그녀를 이해한다고 그녀가 느끼고 있는 만큼, 그녀가 보퍼트의 실체를 똑바로 볼 수 있게, 그를 혐오할 수 있게 해주는 것이 자신이 해야 할 일이리라.

그런 생각을 하면서 그는 상냥하게 대답했다.

"잘 알겠습니다. 하지만 우선 옛 친지들의 손을 놓지 말아요. 밍고트 할머니, 웰랜드 부인, 밴 더 루이든 부인들을 말하는 겁니다. 모두 당신을 좋아하고 칭찬하십니다. 당신을 돕고 싶어해요."

그녀는 고개를 가로저으며 한숨을 내쉬었다.

"아, 나도 알아요. 잘 알지요! 하지만 불쾌한 이야기를 듣지 않으셨을 때일 뿐이에요! 웰랜드 고모님은 그런 이야기는 입밖에 내지도 못하게 하시고……. 이곳에서는 누구도 진실을 알고 싶어 하지 않는 건가요? 진짜 외로운 건, 짐짓 꾸민 이야기만 요구하는 사람들에게 둘러싸여 사는 거예요!"

그녀는 손으로 얼굴을 감쌌다. 그녀의 어깨가 흐느낌 때문에 들썩이는 것이 보였다.

"올렌스카 부인! 오, 그러지 말아요, 엘렌!"

그는 그렇게 외치며 벌떡 일어나 그녀에게 몸을 숙였다. 그는 그녀의 손을 끌어다 꼭 잡고 쓰다듬으며 마치 어린아이를 달래듯 위로의 말을 해주었다. 그러나 그녀는 곧 손을 빼내더니 눈물 젖은 속눈썹을 들고 그를 올려다보았다.

"여기서는 아무도 울지 않나요? 하긴 그럴 필요가 없겠지요. 천국이니까요." 그녀는 웃으면서 찻주전자 쪽으로 몸을 기울였다. 그녀를 '엘렌'이라고 부른 사실, 그리고 그녀가 그 사실을 눈치채지 못했다는 사실이 그의 의식 속에 화인(火印)처럼 찍혔다. 거꾸로 본 망원경 저쪽 먼 끝에서 메이 웰랜드, 뉴욕의 메이 웰랜드의 흰 얼굴이 희미하게 어른거렸다.

그때였다. 갑자기 나스타샤가 고개를 들이밀고 손님이 왔다고 말했다. 올렌스카 부인이 머리카락을 손으로 잡아당기며 "들어오시라고 해"라고 말했다.

곧이어 세인트 안드레이 공작이 치렁치렁한 모피를 걸치고 검은 가발을 쓴 여인과 함께 방으로 들어섰다.

"친애하는 백작 부인, 내 오랜 친구 스트루더스 부인을 모셔 왔습니다. 어젯밤 파티에 초대받지 못했는데, 당신을 만나고 싶다고 해서요."

올렌스카 부인은 둘이 어떻게 함께 올 수 있었는지 약간 어리둥절한 표정이었다. 스트루더스 부인이 외투와 가발에 어울리는 듯한 목소리로 외치듯 말했다.

제9장

"정말로 당신을 만나고 싶었어요. 재미있고 매력적인 젊은 사람이라면 누구나 만나고 싶어요. 공작님 말씀이 음악을 좋아하신다면서요? 직접 피아노 연주도 하신다면서요? 내일 저녁 우리 집으로 오시지 않겠어요? 사라사테 음악을 연주한답니다. 우리 집에서는 매주 일요일, 음악 연주행사를 열거든요. 공작님 말씀이 당신도 사라사테를 마음에 들어 하실 거라고 하시더군요."

올렌스카 부인의 얼굴이 기쁨으로 환하게 빛났다.

"어머, 정말 친절하세요! 공작님, 제 생각을 다 해주시다니, 공작님은 정말 좋으신 분이세요." 이어서 그녀는 스트루더스 부인에게 말했다. "물론 가봐야지요. 불러주셔서 정말 감사해요."

"좋아요." 스트루더스 부인이 말했다. "이 젊은 신사분도 함께 오세요. 이름은 기억이 안 나지만……. 분명히 어디서 뵌 분 같은데……. 음악 좋아하세요? 공작님, 이분도 꼭 데리고 오세요."

공작은 덥수룩한 턱수염 사이로 "물론입니다"라고 대답했다. 아처는 자기에게는 아무런 신경도 쓰지 않는 어른들 틈에 끼어 있는 어린아이와 같은 심정으로 어정쩡하게 인사한 후 그곳에서 물러났다.

겨울의 밤거리로 나서자 뉴욕이 다시 그의 눈앞에 거침없이 펼쳐졌다. 그리고 메이 웰랜드는 그곳에서 가장 아름다운 여인이 되었다. 그는 정신이 없는 통에 그녀에게 매일 아침 보내던 은방울꽃을 그날 아침 잊고 보내지 않았음을 기억해 냈다. 그는 꽃을 보내려고 단골 꽃가게로 발걸음을 향했다.

명함에 글을 적고 봉투를 가져오기를 기다리는 동안 아처의 눈길이 노란 장미 송이에 멎었다. 이렇게 태양처럼 황금색으로 빛나는 꽃은 본 적이 없었다. 그 꽃을 보자 은방울꽃 대신 그 꽃을 메이에게 보내고 싶은 충동이 일었다. 하지만 그 꽃들은 그녀를 닮지 않았다. 그 타오르는 듯한 아름다움 속에는 뭔가 너무 풍성하고, 너무 강렬한 것이 있었다. 그는 갑자기 심정이 바뀐 듯, 자신이 무슨 짓을 하는지 의식하지도 못한 채 주인에게 장미를 또 다른 상자에 담게 했다. 그런 후 그는 명함에 올렌스카 백작 부인의 이름을 적어 두 번째 봉투에 집어넣었다가 다시 몸을 돌려서 명함을 꺼내고 빈 봉투만 남겨두었다.

"둘 다 바로 보내주겠소?" 그가 주인에게 말했다. 주인은 그러겠다고 대답했다.

제10장

다음 날 아처는 메이를 설득해 점심 식사 후 함께 센트럴 파크로 산책을 나갔다.

아주 쾌적한 날씨였다. 산책로를 따라 늘어선 헐벗은 나무들이, 마치 크리스털처럼 반짝이며 흩날리는 눈 위에서 아치를 이루고 있었다. 날씨 덕분에 메이가 더 빛을 발하는 듯, 그녀는 서리맞은 싱싱한 단풍나무처럼 붉게 타올랐다. 아처는 그녀를 향한 사람들의 시선이 자랑스러웠으며, 그녀를 소유했다는 기쁨 덕분에 마음속 혼란은 깨끗이 지워졌다.

"아침마다 방에서 은방울꽃 향기를 맡으며 잠에서 깨어나니까 정말 기분이 좋아요." 그녀가 말했다.

"어제는 늦었지. 아침에 시간을 내기가 힘들어서……."

"미리 주문해 놓아서 음악 선생처럼 제시간에 또박또박 오는 것보다 매일 당신이 기억해서 보내주니까 꽃이 훨씬 더 아름다워요. 거트루드 레퍼츠가 로렌스와 약혼했을 때도 그랬대요."

"아, 그들도!" 아처는 웃었다. 그는 과일처럼 싱그러운 그녀의 뺨을 곁눈질하며 기분이 푸근하고 편안해져서 덧붙였다. "어제 오후 당신에게 은방울꽃을 보내려는데 좀 화려한 노란 장미가 눈에 띄더군. 그 꽃을 올렌스카 부인에게 보냈어. 괜찮지?"

"어머! 그런 일을 다! 너무 친절하다고 좋아했을 거예요. 그런데 왜 그 이야기를 안 했을까, 이상하네. 오늘 함께 점심을 했거든요. 보퍼트 씨가 멋진 난을 보냈고 헨리 밴 더 루이든 씨가 카네이션 바구니를 보냈다는 이야기만 했어요. 꽃들을 받고 무척 놀랐나 봐요. 유럽에서는 사람들이 꽃을 안 보내나 보죠? 정말 좋은 풍습이라고 생각하는 것 같았어요."

"뭐, 내 꽃이 보퍼트가 보낸 꽃보다 볼품이 없었나 보지." 아처가 약간 성마르게 말했다.

그는 꽃다발 속에 명함을 넣지 않았다는 사실이 기억났다. 그는 장미 이야기를 공연히 한 것 같아 짜증이 났다. 그는 "어제 당신 사촌을 찾아갔었소"라고 말하고 싶었지만 망설였다. 올렌스카 부인이 자기가 방문했다는 이야기를 하지 않았는데 자기가 그 말을 하는 건 좀 이상하게 보일 수도 있었다. 그러나 그 일에 대해 말을 하지 않자니 뭔가 비밀스러운 냄새를 풍기는 것 같았고, 그는 그런 것은 질색이었다. 그는 그런 골치 아픈 문제를 떨쳐내기 위해 그들의 계획과 미래에 대해 이야기했고, 웰랜드 부인이 약혼 기간을 길게 잡자고 주장한다는 이야기도 꺼냈다.

"그게 길다니요! 이사벨 치버스와 레기는 약혼 기간이 2년이었어요. 그레이스와 솔리도 거의 1년 반이었고요. 우리도 이렇게 잘 지내면 되잖아요."

보수적인 처녀라면 당연히 할 만한 생각이었으며, 그는 그런 생각이 유치하다고 여기는 자신이 부끄러운 것 같기도 했다. 하지만 그녀는 남이 해준 말을 그대로 옮기고 있는 게 분명했다. 그녀도 곧 스물두 살이 된다. 도대체 몇 살이나 되어야 '고상한' 여성들이 자신만의 이야기를 하게 되는 것일까, 그는 궁금했다.

'우리가 허용하지 않는 한 절대로 그럴 일은 없겠지'라고 그는 생각했다. 그리고 실러턴 잭슨에게 정신이 나가서 외쳤던 말이 떠올랐다.

"여성들도 자유로워져야 합니다. 우리처럼 말입니다."

이 젊은 여인의 눈에서 눈가리개를 떼어 내고 세상을 바로 볼 수 있게 해주는 것, 그것이 당면한 그의 임무이리라. 하지만 정작 눈을 뜨게 해주었을 때 멍하니 아무것도 보지 못한다면 어찌할 것인가? 너무 오랫동안 눈을 쓰지 않아 보는 기능이 퇴화해버렸다면 어찌할 것인가?

그는 그런 생각을 접고 대답했다.

"그래, 우리는 더 잘 지낼 거요. 뭐든 함께 하면 되지. 여행할 수도 있고."

그녀의 얼굴이 밝아졌다.

"정말 근사할 거예요."

그녀는 솔직히 말했다. '그래, 그녀는 여행을 좋아할 것이다. 그러나 그녀의 어머니는 우리가 남들과 다르게 하길 원한다는 것을 이해하지 못할 것이다'라고 그는 생각했다.

그의 생각을 아는지 모르는지 메이가 기뻐하며 말했다.

"뉴랜드! 자기는 정말 유별나요!"

그러나 그녀의 말을 듣고 그의 마음이 무거워졌다. 아처는 그런 상황의 젊은 남자라면 으레 할 만한 말을 했을 뿐이었다. 그리고 그녀는 본능과 전통이 가르쳐준 바에 따른 대답을 하고 있을 뿐이었다. 심지어 그가 유별나다는 그녀의 말까지도 전혀 그들만의 유별난 대화가 아니었다.

"유별나다고? 우리는 모두 같은 방식으로 접힌 종이에서 잘라낸 인형처럼 서로 닮았소. 찍어낸 벽지처럼 똑같아. 메이, 우리 스스로 뭔가 만들어낼 수는 없을까?"

그는 걸음을 멈추고 약간 흥분해 있는 그녀의 얼굴을 바라보았다. 그녀는 티끌 한 점 없는 경탄의 눈으로 그를 바라보았다.

"그렇다면…… 사랑의 도피라도 할까요?" 그녀가 웃었다.

"원한다면……."

"당신, 정말로 나를 사랑하는군요, 뉴랜드! 정말 행복해요."

"그렇다면…… 왜 더 행복해지면 안 되는 걸까?"

"하지만 소설 주인공처럼 할 수는 없잖아요."

"왜? 왜 안 돼? 왜 안 되는 거지?"

그가 하도 강하게 되묻자 그녀는 좀 난처해졌다. 자기네들이 그럴 수 없다는 것은 잘 알고 있었지만, 그 이유를 대는 것은 힘든 일이었다.

"저는 당신과 논쟁을 할 만큼 똑똑하지는 못해요. 하지만 그런 건, 좀…… 저속하잖아요. 그렇지 않아요?"

"그렇다면 저속해지는 게 그렇게 두렵소?"

그녀는 그 말에 약간 동요하는 것 같았다.

"물론이지요. 그런 건 싫어요. 당신도 그렇잖아요." 약간 화난 투였다.

그는 아무 말 없이 지팡이로 구두코를 신경질적으로 툭툭 건드렸다. 그녀는 논쟁이 마무리되었다고 생각했는지 쾌활하게 말을 이었다.

"제가 엘렌 언니에게 반지를 보여줬다는 이야기를 했나요? 그렇게 아름다운 세팅은 처음 봤대요. 파리에도 그런 건 없대요. 뉴랜드, 그렇게 예술적 감각이 뛰어나다니, 당신을 정말 사랑해요."

다음 날 오후, 저녁 식사 전에 아처가 서재에서 침울한 기분으로 담배를 피우고 있는데 제이니가 어슬렁거리며 들어왔다. 아처는 매일 같은 시각에 같은 일을 하는 데 대해 짜증이 나 있었다.

"똑같아. 정말 똑같아." 그는 투덜투덜 내뱉었다.

그런 와중에 제이니가 들어서자 그는 민감하게 고개를 쳐들었다가 곧바로 읽고 있던 책 위로 몸을 숙였다. 스윈번(19세기 영국의 시인, 평론가-옮긴이 주)의 『체스터라드』라는 책이었다. 제이니는 책상 위에 잔뜩 쌓여 있는 책 중 하나를 펼쳐 대충 훑어보더니 얼굴을 찌푸리며 말했다.

"정말 어려운 책을 읽네!"

"뭐라고?" 아처가 예언자 카산드라 같은 모습으로 자기 앞에 서 있는 동생에게 물었다.

"어머니가 무척 화나셨어."

"화가 나셨다고? 누구에게? 뭣 때문에?"

"소피 잭슨이 방금 왔다 갔어. 오빠인 잭슨 씨가 저녁 식사 후에 온다는 거야. 소피도 뭔가 알고 있는 것 같았지만 별말 없었어. 자세한 이야기는 잭슨 씨가 직접 하겠다며 아무 말도 하지 말라고 했대. 잭슨 씨는 지금 밴 더 루이든 부인과 함께 있어."

"제이니, 좀 툭 털어놓을 수 없니? 도무지 무슨 소리인지 모르겠구나."

제이니가 분명 뭔가 알고 있는 눈치여서 뉴랜드가 말했다. 그러자 제이니가 잰 체하는 표정을 지으며 입을 열었다.

"들어봐. 오빠 친구 올렌스카 부인이 어젯밤 레뮤얼 스트루더스 부인 집 파티에 참석했대. 공작님이랑 보퍼트 씨랑 함께 갔다는 거야."

동생 입에서 보퍼트라는 이름이 나오자 아처는 까닭 모르게 화가 치밀었다. 그는 화를 감추려고 짐짓 웃으며 말했다.

"그래, 그게 어때서? 그녀가 거기 가려 한다는 걸 나도 알고 있었어."

제이니는 얼굴이 하얗게 질리더니 오빠를 쏘아보았다.

"가려는 걸 알고 있었다고? 그런데도 말리지 않았어? 경고하지 않았단 말이야?"

"말려? 경고를 해?" 그가 다시 웃었다. "나는 올렌스카 백작부인과 약혼한 게 아니올시다!"

자기 귀에도 자신의 말이 이상하게 들렸다. 제이니가 반박했다.

"그녀 가족과 결혼할 거잖아."

"오, 가족…… 가족!" 그가 조롱하듯 말했다.

"오빠! 오빠는 가족은 신경도 쓰지 않는다는 거야?"

"전혀."

"루이자 밴 더 루이든 부인이 어떻게 생각하든 관심이 없단 말이야?"

"전혀……. 늙은 노처녀들처럼 그렇게 쓰레기 같은 생각만 한다면……."

"어머니는 늙은 노처녀가 아니야." 순진한 처녀는 입술을 삐죽거리며 말했다. 금세 울음이라도 터질 것 같았다. 아처는 동생에게 공연히 심술을 부렸다는 생각에 좀 부끄러워졌다. 그가 동생을 달랠 심산으로 말했다.

"망할 올렌스카 백작 부인 같으니라고! 하지만 제이니, 바보 같이 그러지 마. 나는 그녀의 보호자가 아니야."

"누가 보호자래? 그렇지만 오빠가 약혼을 빨리 발표해 달라고 웰랜드가에게 부탁했잖아. 그래서 우리가 모두 그녀의 뒤를 봐주게 된 거고. 오빠도 알겠지만 밴 더 루이든 씨가 오빠 때문에 그녀를 위한 파티를 열도록 부인을 설득한 거잖아. 그런데 지금 두 분 다 화가 나셔서 내일 스키터클리프로 돌아가시겠대. 오빠, 정신 차려. 어머니가 어떤 기분인지 오빠는 모르는 것 같아."

뉴랜드는 거실로 어머니를 보러 갔다. 바느질을 하던 부인은 고개를 들고 심란한 표정으로 아들에게 물었다.

"제이니에게 들었니?"

"예. 하지만 그리 심각한 일이라고는 생각하지 않아요."

"루이자와 헨리, 두 분 심기를 불편하게 해드린 게 심각하지 않다고?"

"그분들이 천박하게 생각하는 사람 집을 올렌스카 백작 부인이 방문했다는 사소한 일 때문에 심기가 불편해지셨으니까요. 그건 별로 심각한 일이 아니지요."

"그분들이 천박하게 생각한다고! 그분들만? 세상 사람들이 다 아는데! 백번 양보해서 네 말이 옳다고 치자. 하지만 여긴 뉴욕이지 파리가 아니야. 우린 이곳에 속해 있는 사람들이야. 로마에서는 로마의 법을 따라야 해. 엘렌 올렌스카는 더더욱 그래야 해. 화려한 사교계 생활을 뒤로 하고 돌아왔으니 말이다."

뉴랜드는 아무 대답도 하지 않았다. 어머니가 잠시 뜸을 들이더니 결심한 듯 말했다.

"저녁 식사 전에 나와 함께 루이자에게 가보자고 할 참이었다. 네가, 외국 사교계는 우리와 다르며, 올렌스카 부인이 자신의 행동을 우리가 어떻게 생각할지 몰라서 그랬다고 말해주면 좋을 것 같구나. 애야, 네가 그렇게만 해준다면 올렌스카 부인을 위해서도 도움이 되지 않겠니?"

"어머니, 저는 우리가 그 일과 무슨 상관이 있는지 정말 모르겠어요. 공작님이 올렌스카 부인을 스트루더스 부인 집에 데려간 거거든요. 사실은…… 그전에 공작님이 스트루더스 부인을 데리고 올렌스카 부인을 방문했어요. 그들이 왔을 때 제가 거기 있었어요."

"그래? 하지만 공작은 밴 더 루이든 씨의 손님인 데다 외국 사람이잖니. 외국인이 뭐가 뭔지 알겠니? 올렌스카 부인은 뉴욕 사람이야. 그러니 뉴욕 사람들 감정을 존중해야지."

그러자 아들이 격하게 외쳤다.

"그래, 그 사람들이 희생 제물을 필요로 한다면, 제 손으로 올렌스카 부인을 제물로 그들에게 던지라는 말씀이로군요! 아니, 저든 어머니든, 왜 우리가 그녀의 죄를 속죄하기 위해 나서야 한다는 겁니까?"

바로 그때 집사가 거실 커튼을 젖히며 말했다.

"헨리 밴 더 루이든 씨가 오셨습니다."

아처 부인은 당황해서 바늘을 떨어뜨렸다. 그녀는 황급히 의자를 뒤로 밀었다.

곧이어 밴 더 루이든 씨의 모습이 문 앞에 나타났고 뉴랜드 아처가 친척을 맞으러 나섰다.

"방금 아저씨 이야기를 하고 있었습니다." 뉴랜드가 말했다.

밴 더 루이든 씨는 당황한 듯했다. 그는 장갑을 벗고 숙녀들과 악수를 나눈 다음 실크 모자를 만지작거렸다. 제이니가 안락의자를 당겨 권하자 아처가 말을 이었다.

"올렌스카 백작 부인 이야기도 했습니다."

아처 부인의 얼굴이 해쓱해졌다.

"아, 그래, 매력적인 여성이지. 방금 그 집에서 만나고 오는 길이야." 밴 더 루이든 씨가 평소의 점잖은 표정을 되찾으며 말했다. 그는 의자에 앉아 모자와 장갑을 마룻바닥에 내려놓으며 말을 이었다. "꽃꽂이 솜씨가 정말 좋더군. 카네이션 몇 송이를 보내주었는데 아주 놀랐어요. 우리 정원사가 하는 방식과는 정말 달랐지. 꽃들을 한 곳에 다발로 묶어두지 않고 여기저기 되는 대로 흩트려 놓았더군. 공작님도 이런 말씀을 하신 적이 있어. '거실을 얼마나 멋지게 꾸며 놓았는지 한 번 가서 보십시오.' 정말 말씀 그대로더군. 아내를 데리고 가서 한번 보여주고 싶을 정도야. 동네가 좀 불쾌한 곳만 아니라면……."

밴 더 루이든 씨가 평소답지 않게 긴 이야기를 끝냈지만 아무도 입을 열지 않았다. 아처 부인은 팽개쳐 두었던 자수 감을 다시 손에 잡았고 뉴랜드는 벽난로에 몸을 기댄 채, 놀라서 입을 다물지 못하고 있는 제이니의 얼굴을 바라보았다. 밴 더 루이든 씨가 핏기 없는 손으로 바지 자락을 쓰다듬으며 말을 이었다.

"실은 내가 보낸 꽃에 대한 답례로 아주 예쁜 카드를 보내주었기에 고맙다는 말을 전하려고 들렀던 거요. 물론—우리끼리 이야기지만—공작님과 함께 파티에 간 것에 대해 가볍게 주의를 주려는 뜻도 있었지만……. 혹시 그 소식을 들었는지요…….”

아처 부인이 관대한 미소를 지으며 말했다.

“공작님께서 파티에 데려가셨다고요?”

“영국의 대공(大公)들이 어떤지 잘 알잖아? 모두 똑같아요. 아내와 나는 공작님을 아주 좋아해. 유럽 궁정에 익숙한 사람에게 그곳과는 다른 우리 작은 공화국의 예절에 일일이 신경 쓰기를 바라는 건 무리겠지. 게다가 공작님은 흥미 있는 곳은 어디든 찾아가는 분이니까.”

밴 더 루이든 씨가 말을 멈추었지만 아무도 입을 열지 않았다. 그러자 그가 다시 입을 열었다.

“맞아. 공작님이 어젯밤 올렌스카 부인을 레뮤얼 스트루더스 부인 집으로 데려간 모양이오. 실러턴 잭슨이 방금 와서 그 이야기를 전해주고 갔어. 아내는 좀 속상해하더군. 그래서, 올렌스카 부인에게 곧바로 가서 뉴욕에서 이런 일을 어떻게 받아들이는지 그저 넌지시 일러주는 게 상책이라고 생각했지. 그래도 예의에 벗어나는 일은 아니라고 생각했으니까. 우리가 함께 저녁을 한 날 그녀가…… 가르침을 주면 고맙겠다고 했으니……. 실제로 정말 고마워하더군.”

밴 더 루이든 씨는 일종의 자기만족이라고 할 만한 표정을 지으며 방을 둘러보았다. 이어서 그의 표정이 자애롭게 변하자 아처 부인의 얼굴에도 비슷한 표정이 떠올랐다. 아처 부인이 드디어 입을 열었다.

"두 분 모두 정말 친절하세요! 메이를 위해, 사돈 될 분들을 위해 이렇게 애써주시다니……. 뉴랜드가 특히 감사할 거예요."

그녀는 훈계하는 듯한 눈길을 아들에게 던졌다. 그러자 아들이 말했다.

"정말 감사합니다. 하지만 아저씨 자신도 올렌스카 부인이 마음에 드셨으리라고 믿습니다."

밴 더 루이든 씨는 한껏 상냥한 표정으로 뉴랜드를 바라보았다.

"뉴랜드 군, 나는 좋아하지 않는 사람이라면 절대로 집에 초대하지 않는다네." 그는 시계를 힐끔 보고 일어나면서 말했다. "아내가 기다리고 있어서 이만……. 공작님을 오페라하우스에 모시고 가야 해서 일찍 저녁을 들어야 하오."

손님이 나간 후에도 아처 가족들은 입을 열지 않았다.

"멋져! 정말 낭만적이야!" 마침내 제이니가 불쑥 말했다. 그녀의 애매한 말이 누구를 지칭하는 것인지 아무도 정확히 알 수 없었고 아무도 알려 하지 않았다.

제10장

아처 부인이 한숨을 내쉬며 고개를 가로저었다.

"일이 다 잘되기만 한다면야." 그녀는 그렇게 되지 않으리라고 확신한다는 투로 말했다. 이어서 그녀가 뉴랜드에게 말했다.

"뉴랜드, 오늘 저녁 실러턴 잭슨 씨가 올 때까지 외출하지 말고 있으렴. 그 사람에게 무슨 말을 해야 할지 정말 모르겠거든."

"불쌍한 어머니. 하지만 그는 오지 않을 겁니다." 아들이 웃으면서 몸을 굽혀 그녀의 이마에 입을 맞추었다.

제11장

두어 주 정도가 지났다. 뉴랜드 아처는 '레터블레어 · 램슨
앤 로 법률 사무소'의 자기 방에 멍하니 한가롭게 앉아 있던 중
에 회사 대표의 호출을 받았다.

고령의 레터블레어 씨는 삼대에 걸쳐 뉴욕 상류 사회를 고객
으로 공인 법률 자문 역할을 하고 있었다. 그는 이 회사 간판에
이름을 올린 창업자의 손자였다. 아처가 그의 집무실로 들어갔
을 때 그는 뭔가 당혹스러운 표정으로 마호가니 책상 뒤에 앉
아 있었다.

"선생……." 그가 아처를 보자 입을 열었다. 그는 아처에게
늘 '선생'이라는 존칭을 사용했다. "작은 문제를 하나 검토해 주
겠소? 스킵워스 씨나 레드우드 씨에게는 당분간 언급 않는 게

좋을 듯하오."

그의 입에서 나온 이름들은 아처의 고참 동료들의 이름들이었다. 레터블레어 씨는 눈살을 찌푸리며 의자에 등을 기대더니 덧붙였다.

"집안 문제라서……."

아처가 눈을 크게 뜨고 그를 바라보자 그는 마치 양해를 구하는 듯한 미소를 띠면서 말을 이었다.

"밍고트가의 일이오. 어제 맨슨 밍고트 노부인이 날 부르셨소. 손녀인 올렌스카 백작 부인이 남편에게 이혼 소송을 걸고 싶어 한다는 거요. 관련 서류들이 지금 내게 있소. 선생이 머잖아 그 집과 인척이 될 테니 미리 선생과 상의하고 싶어서……."

아처는 관자놀이까지 피가 치솟는 것 같았다. 올렌스카 백작 부인을 방문한 뒤로 그는 오페라하우스의 밍고트가 박스석에서 그녀를 딱 한 번 만났을 뿐이었다. 그사이 그녀의 강렬한 이미지는 그의 전경(前景)에서 흐릿해지고 대신 메이 웰랜드가 본래의 자기 자리를 되찾았다. 제이니가 올렌스카 백작 부인의 이혼에 대해서 되는 대로 한마디 하는 소리를 들은 것 같기는 했지만 그 외에는 들은 바가 없었기에 그는 근거 없는 뜬소문으로 치부해버린 터였다. 이론적으로는 어머니와 마찬가지로 그에게도 이혼이란 혐오스러운 것이었다. 따라서 그는 레터블레어 씨가 노골적으로 자신을 이 일에 끌어들이려 하는 데 대해 짜증이 났다. 분명히 캐서린 밍고트 노부인이 뒤에서 부추겼으리라. 이런 일에 나설 밍고트가 남자들이 얼마든지 있을 것이고, 게다가 자기는 아직 메이와 결혼도 하지 않은 상태가 아닌가.

레터블레어 씨가 서랍을 열고 꾸러미 하나를 꺼내며 말했다.

"이 서류들을 좀 훑어보면······."

아처가 얼굴을 찡그렸다.

"죄송하지만, 스킵워스 씨나 레드우드 씨가 맡을 수 없나요? 제가 곧 그 집 인척이 될 테니 좀 곤란해서······."

레터블레어 씨는 놀란 것 같았다. 기분이 좀 상한 것 같기도 했다. 아랫사람이 그런 식으로 다짜고짜 거절하는 것은 흔한 일이 아니었다.

레터블레어 씨가 고개를 숙이며 말했다.

"선생이 망설이는 것, 이해해요. 하지만 이번 경우는 상황이 미묘하니 시키는 대로 해줘야 하오. 실은 내 생각이 아니라 맨슨 밍고트 노부인과 아드님 뜻이거든. 로벨 밍고트 씨와 웰랜드 씨도 만났소. 모두 선생 이름을 거론하더군."

아처는 분노가 치밀었다. 앞으로 사위가 될 테니 이런 요구

제11장

121

를 해도 괜찮다는 말인가!

"그녀의 숙부님들이 일을 처리해줘야지요." 그가 말했다.

"지금까지는 그랬지. 가족들이 상의를 했소. 그들은 백작 부인의 생각에 반대야. 그런데 그녀가 뜻을 굽히지 않고 있소. 법적 판단을 요구한다는 거요."

젊은이는 잠시 말없이 있다가 물었다.

"그녀가 재혼을 원하던가요?"

"그런 것 같소. 하지만 본인은 부인하고 있어."

"그렇다면……."

"제발 이 서류를 좀 검토해 줄 수 없겠소? 그런 후 둘이 상의합시다."

아처는 달갑지 않은 서류를 마지못해 받아들고 나왔다.

지난번 만남 이후로 아처는 올렌스카 부인에 대한 짐을 떨쳐버리려고 애썼다. 게다가 그동안의 그녀 행동들을 보면서 자신의 입장이 정리되었고 희미해졌던 가정의 미덕이 다시 제빛을 발하게 되었다. 그는 메이 웰랜드가 제아무리 위급한 상황이라도 개인적인 어려움이나 속마음을 낯선 사람들에게 털어놓는 모습을 상상조차 할 수 없었다. 그러자 메이가 그 어느 때보다도 순수하고 옳게 보였다. 심지어 그는 약혼 기간이 길었으면

하는 그녀의 소망도 받아들였다. 결혼을 서두르자는 그의 간청에 그녀가 간단한 답으로 그를 단번에 굴복시킨 것이다.

그는 그녀에게 이렇게 주장했다.

"아니, 당신이 어릴 때부터, 중요한 문제가 있을 때마다 당신 부모님은 당신 뜻대로 하게 해주지 않았소."

그러자 그녀가 티 없이 맑은 표정으로 그에게 대답했다.

"그래요. 그래서 부모님 요구를 거절할 수 없는 거예요. 어린 소녀인 제게 마지막으로 하시는 부탁인걸요."

유서 깊은 뉴욕이 중시하는 것이 바로 그런 것이었다. 그리고 아내에게서 그가 언제나 기대하는 대답도 그런 것이었다. 뉴욕의 공기를 호흡하는 데 익숙해지면 그보다 덜 맑은 공기 속에서는 질식할 것 같은 때가 있는 법이다.

그가 들고 나온 서류를 통해 알 수 있는 것은 사실 별로 없었다. 서류들은 주로 올렌스키 백작의 법률 대리인들과 부인이 재정 문제 해결을 의뢰한 프랑스 법률 사무소 간에 오간 편지들이었다. 백작이 아내에게 보낸 짧은 편지도 한 장 포함되어 있었다. 서류들을 읽고 그는 그것들을 봉투에 넣은 후 다시 레터블레어 씨의 사무실로 들어갔다.

제11장

"자, 편지들을 받으십시오. 원하신다면 제가 올렌스카 부인을 만나보겠습니다." 그가 어색한 목소리로 말했다.

"선생, 고맙소, 정말 고마워. 오늘 밤 다른 약속이 없다면 함께 우리 집에서 저녁 식사를 합시다."

뉴랜드 아처는 사무실을 나섰다. 아무도 만나고 싶지 않았다. 올렌스카 부인의 비밀이 다른 사람들 눈에 드러나기 전에 그녀를 직접 만나야 했다. 그녀를 향한 거대한 동정의 물결이 무관심과 조바심을 쓸어가버렸다. 그녀가 그의 앞에 무방비로 노출된 채 가엾은 모습으로 서 있었다. 무슨 수를 써서라도 그녀가 운명에 대항해 마구 뛰어들다가 더 이상 상처를 입지 않도록 그녀를 구해주어야 했다.

웰랜드 부인이 그녀에게 그녀의 과거에서 '불쾌한 것'은 모두 지우라고 요구했다는, 그녀가 해준 말이 생각났다. 그는 뉴욕을 그토록 순수하게 만들어주는 것은 바로 그런 정신 자세가 아닐까 하는 생각에 움찔했다.

'우리는 결국 바리새인(위선자의 의미-옮긴이 주)일 뿐인가?'라고 그는 자문했다. 그는 인간의 사악함에 대한 본능적 혐오감과 인간의 나약함에 대한 역시 본능적인 동정심 사이에서 균형을 잡지 못하고 당혹스러워했다.

그는 처음으로 자신이 지켜온 원칙이라는 것이 그 얼마나 초보적이었는가를 깨달았다. 그는 모험을 두려워하지 않는 젊은이로 통했다. 그는, 저 가련하고 어리석은 솔리 러시워스 부인과의 밀애조차 이미 사람들에게 널리 알려진 만큼 그의 모험심을 별로 자극하지 않는다는 것을 알고 있었다. 어쨌든 그녀는, 그녀가 지닌 매력보다는 그저 밀애를 한다는 비밀스러움과 모험에 더 끌렸던 '그저 그렇고 그런' 여자였다. 그런 사건은 젊은이라면 으레 겪어야 하는 통과의례였고, 어머니, 숙모를 비롯한 연로한 여자들은 오히려 젊은이들이 그 통과의례를 겪도록 부추겼다. 그래야만 사랑하고 존경해야 할 여성과 단순히 즐기면서 불쌍히 여겨야 할 여성 사이의 엄청난 차이에 대한 확고한 신념이 생기고 차분한 양심을 지니게 된다는 것이었다. 그녀들은 모두 아처 부인과 마찬가지로 '그런 일이 벌어지면', 남자가 어리석은 짓을 저지른 것은 분명하지만, 죄를 지은 건 어쨌든 여자 쪽이라고 믿었다.

집에 도착하자마자 아처는 다음 날 몇 시쯤에 가면 만날 수 있는지 묻는 간단한 쪽지를 적어서 사환을 통해 올렌스카 백작 부인에게 보냈다. 사환은 백작 부인이 다음 날 오전은 밴 더 루이든 부부와 함께 스키터클리프에 가서 일요일을 보낼 예정이며, 저녁 식사 후에는 혼자 있을 것이라는 답을 갖고 돌아왔다.

아처는 정확히 저녁 7시에 레터블레어 씨 집에 도착했다. 그는 넘겨받은 서류들을 검토하자마자 이미 자기 의견을 정리해 두었지만, 상사와 그 문제에 대해 깊이 논의하고 싶지는 않았다. 레터블레어 씨는 홀아비였기에 그들은 판화가 걸려 있는 어둡고 침침한 방에서 단둘이 식사를 했다.

부드러운 굴 수프에 이어 청어와 오이가 나왔고, 잇따라 옥수수튀김을 곁들인 어린 칠면조 구이, 건포도 젤리와 샐러리를 곁들인 들오리 요리가 나왔다. 식사가 끝나자 레터블레어 씨는 담배를 피워 물면서 아처에게 말했다.

"가족 전부 이혼을 반대하고 있소. 내 생각엔 옳은 판단인 것 같아."

아처는 즉각적으로 반발심을 느꼈다.

"아니, 왜 그렇습니까? 일단 소송을 한 이상……."

"글쎄, 그게 무슨 소용이 있겠소. 그녀는 이곳에 있고 그 사람은 저기 있는데. 둘 사이에는 대서양이 놓여 있어. 그녀는 그가 자발적으로 그녀에게 넘겨주지 않는 한, 단 한 푼도 못 받게 될 거요. 저 망할 혼인계약서에 명시되어 있단 말이야. 어떻게 보면 올렌스키는 너그럽게 군 거라고 할 수 있소. 일이 모두 저쪽에서 진행되었으니까 말이오. 그녀에게 단 한 푼도 안 줄 수 있었어."

젊은이도 모두 알고 있는 사실이었기에 그는 아무 말이 없었다. 그러자 레터블레어 씨가 계속 말했다.

"그녀가 돈에 별로 관심이 없다는 것은 나도 알고 있소. 그러니 가족들 말대로 그냥 이대로 혼자 지내면 되는 것 아닌가?"

1시간 전에 이곳에 올 때까지만 해도 아처는 레터블레어 씨와 같은 의견이었다. 그런데 이 이기적이고 뱃가죽에 기름이 낀, 남의 일에 무관심하기만 한 노인의 이야기를 듣자 반발심이 일었다. 갑자기 노인의 말이 불쾌한 일과는 담장을 쌓으려 열심히 애쓰는, 이 사회의 바리새인 목소리처럼 여겨진 것이다.

"저는 그녀 자신이 결정해야 할 문제라고 생각하는데요."

"음……. 그녀가 이혼을 결심할 경우 벌어질 일에 대해 생각해 봤소?"

"남편이 편지에 쓴 협박 내용 말입니까? 그게 뭐 대단한 문제가 되겠습니까? 홧김에 악담을 퍼부은 것일 뿐인데요."

"그렇긴 하지. 그래도 소송에서 맞서다 보면 불쾌한 이야기들이 나올 수도 있소."

"불쾌하다니요……!" 아처가 폭발했다.

레터블레어 씨는 의아하다는 눈길로 그를 쳐다보았다. 아처는 자신의 속마음을 설명하려 해봤자 소용없으리라는 것을 깨닫고 잠자코 고개를 숙였다. 상사가 말을 이었다.

"이혼은 언제나 불쾌한 법이오. 어쨌든 밍고트가도 선생에게 기대를 걸고 있을 거요. 부인이 생각을 바꾸도록 선생이 힘써보지 않겠소?"

아처는 망설였다. 이윽고 그가 입을 열었다.

"올렌스카 백작 부인을 직접 만나기 전까지는 확답을 드릴 수 없습니다."

"아처 선생, 이해할 수가 없군. 이혼 소송으로 시끄러운 집안과 결혼하겠다 이거요?"

"제 결혼은 소송과는 무관하다고 생각합니다."

레터블레어 씨는 와인 잔을 내려놓고 젊은 동료를 신중하면서도 염려스러운 눈길로 바라보았다. 자칫하면 그가 명령을 철회할지도 모른다는 생각이 아처에게 들었다. 이유는 확실하지 않았지만, 그렇게 되는 것은 싫었다. 일단 그 일이 자기 손에 떨어진 이상 물러서고 싶지는 않았다. 그는 일단 이 융통성 없는 노인을 안심시켜야겠다고 생각했다.

"보고를 드리기 전까지는 확답할 수 없다는 뜻으로 말씀드린 겁니다. 올렌스카 부인의 이야기를 듣고 난 후에 제 의견을 말씀드리는 게 낫다는 뜻에서 말씀드린 거지요."

레터블레어 씨는 뉴욕의 최고 전통 가문에 어울리는, 과도하게 신중한 태도로 고개를 끄덕였고 아처는 시계를 흘낏 보면서 약속을 핑계로 그곳을 떠났다.

제12장

뉴욕 상류 사회에서는 7시에 저녁을 들고, 식사 후 사람들을 방문하는 것이 오랜 관습이었다. 아처가 경멸하는 그 관습은 여전히 널리 퍼져 있었다. 아처는 웨이버리 플레이스로부터 5번가까지 한가롭게 걸어갔다. 관례대로 다른 집을 방문하러 나선 사람들이 가끔 눈에 띨 뿐 거리는 대체로 한산했다.

아처 부인의 세계를 이루고 있다고 할 수 있는, 이 작으면서도 반들반들한 피라미드 바깥에 예술가, 음악가, '글쟁이'들이 살고 있는, 지도에도 나와 있지 않은 거리가 있었다. 인간 사회로부터 흩어져 나온 조각들이라고 할 수 있는 이 무리는 사회 구조에 통합되려는 그 어떤 욕망도 보이지 않았다. 그들은 기이한 삶을 살아간다는 말을 듣기는 했어도 대체로 꽤 존경을 받았다. 그러나 그들은 자기들 세계에 틀어박혀 있었다. 미도라 맨슨 노부인이 한창 잘나가던 시절, 그녀는 '문학 살롱'을 연 적이 있었다. 하지만 문인들이 발걸음을 꺼리는 바람에 곧 문을 닫고 말았다. 그녀 외에도 그런 시도를 아직 이어오고 있는 사람들이 있었고 그런 집에 가면 몇 안 되는 작가, 배우, 잡지 편집인들, 예술 비평가들을 만날 수 있었다.

아처 부인과 그녀가 속한 그룹은 그런 사람들에 대해 뭔가 두려움이나 소심함 비슷한 것을 지니고 있었다. 그들이 보기에 그 사람들은 뭔가 특별한 사람들이었으며 불확실한 사람들이었고, 그 삶과 정신의 배후에 자신들은 알 수 없는 그 무언가를 지닌 사람들이었다. 아처가 사람들은 문학과 예술에 대해 대단한 경의를 품고 있었다. 아처 부인은 항상 자녀들에게, 워싱턴 어빙(19세기 미국 작가, 수필가-옮긴이 주), 피츠그린 할렉(19세기 미국의 시인-옮긴이 주), 조지프 드레이크(19세기 미국의 시인-옮긴이 주) 같은 사람들이 있었기에 사회가 얼마나 더 쾌적하고 교양을 갖춘 곳이 될 수 있었는지 힘들여 말해주곤 했다.

하지만 그들은 함께 어울릴 수는 없는 사람들이었다. 그들이 비록 신사일지는 몰라도 그들의 출신과 외모, 그들의 머리 모양 등은 전통적인 뉴욕 기준에는 맞지 않았다.

제12장

만일 그 골을 메워줄 수 있는 사람이 있다면 캐서린 맨슨 밍고트 노부인이 유일했다. 그녀에게는 도덕적 편견이 없었고 계급이나 성향의 미묘한 차이에 대해서는 무관심했다. 하지만 그녀는 책이란 들춰본 적도 없었고 미술 작품을 들여다보지도 않았다. 그녀가 관심을 둔 것은 오직 음악뿐이었는데, 그녀가 파리 튈르리 궁전에서 한창 잘나가던 시절의, 이탈리아 극단의 갈라 콘서트를 상기해주었기 때문이었다. 억지로 찾아본다면 격식을 따지지 않고 대담하게 온갖 사람과 교제를 나누는 보퍼트도 그런 역할을 할 만했다. 하지만 그는 밍고트 노부인 만큼 문학과 예술에 문외한이었으며 '글쟁이들'을 돈을 받고 부자들에게 즐거움을 조달해주는 제조업자 정도로 여기고 있었다. 그리고 그의 의견에 영향을 미칠 만한 그 어떤 부자도 그의 그런 생각을 문제 삼지 않았다.

뉴랜드 아처는 그 모든 사실을 알고 있으면서, 그들을 그의 세계 구조의 일부로 받아들였다. 그는 화가나 시인, 소설가나 과학자, 심지어 위대한 배우들까지 공작 같은 귀족처럼 귀하게 여겨지고 추앙받는 사회가 있다는 것을 알고 있었다. 그는 가끔 메리메(19세기 프랑스의 소설가-옮긴이 주)나—메리메의 『어느 소녀에게 보낸 편지』는 그가 손에서 놓지 않는 책 중의 하나였다—새커리, 혹은 브라우닝(19세기 영국의 시인-옮긴이 주)이나 윌리엄 모리스(19세기 영국의 화가, 시인이자 사회 평론가-옮긴이 주)를 대화의 주제로 삼는 거실 분위기에서 지내는 모습을 그려보곤 했다. 하지만 그런 것은 뉴욕에서는 언감생심이었다. 아처는 '글쟁이들', 음악가, 화가들과 제법 교분이 있었고 센추리 문화클럽이나 소규모 음악·연극 클럽에서 그들과 가끔 대화를 나누기도 했다. 그러나 그들과의 대화가 즐겁기는 했어도 그들의 세계도 자신의 세계만큼 좁다는 것을 확인하고 벽을 느꼈을 뿐이었다.

그는 그런 생각을 하면서 올렌스카 부인의 집으로 향했다. 그는 밍고트 할머니와 웰랜드가 사람들이, 그녀가 '글쟁이들'이 모여 사는 '보헤미안' 구역에 사는 것을 반대한다고, 재미있는 표정으로 이야기해주던 그녀의 모습을 떠올렸다. 그들이 위험해서가 아니라 가난해서 반대한 것이었다. 하지만 그녀는 그런 미묘한 것까지는 생각할 수 없었다. 그녀는 다만 할머니와 가족들이, 문학을 체통 없는 것으로 여기기 때문에 그런다고만 생각했다. 하지만 그녀는 그런 것은 전혀 두려워하지 않았다. 그녀의 거실에는 주로 소설책들이 여기저기 흩어져 있었고 폴 부르제, 위스망스, 공쿠르 형제(모두 19세기 프랑스 소설가-옮긴이 주) 같은 낯선 이름들이 아처의 흥미를 끌었다.

그녀의 집과 가까워지면서 그는 그녀가 기묘한 방식으로 그의 가치를 뒤집고 있다는 것, 지금 그녀가 처해 있는 어려운 상황에서 진정으로 그녀에게 도움이 되려면 자기가 지금까지 익히 알고 있던 것들과는 믿을 수 없을 만큼 다른 조건들 내에서 사유할 필요가 있다는 것을 점점 더 절감했다.

하녀 나스타샤가 야릇한 웃음을 띠며 문을 열어주었다. 복도의 긴 의자 위에 놓인 외투와 모자, 목도리들이 그의 눈에 들어왔다. 이 값나가는 물건들의 임자가 누구인지 그는 금세 알아차릴 수 있었다. 바로 줄리어스 보퍼트였다.

아처는 화가 치밀었다. 그는 너무 화가 나서 명함에 몇 마디 휘갈겨 놓고 가버리려 했다. 그러나 올렌스카 부인에게 편지를 보내면서 너무 신중을 기하느라 단둘이 만나고 싶다는 말을 쓰지 않았던 것이 생각났다. 그는 방해가 되니 오래 머물지 말라는 눈치를 보퍼트에게 보내야겠다고 단단히 결심하고 거실로 들어섰다.

은행가는 벽난로에 기대어 서 있었다. 아처가 들어섰을 때 보퍼트는 뭔가 올렌스카 부인을 설득하는 중인 것 같았다.

"뉴욕은 아주 지루한 곳입니다. 정말 끔찍하게도 지루하지요. 그런데 당신을 위해 뉴욕에 활기를 주려고 하는데 저를 실망시키는군요. 스키터클리프에 가서 사흘을 지낼 작정이라고요? 정말 좋으시겠습니다!"

그의 마지막 말은 빈정거리는 투가 역력했다. 그가 계속 말했다.

"다시 생각해보세요! 일요일이 마지막 기회입니다. 캄파니니는 다음 주에 볼티모어와 필라델피아로 떠납니다. 스타인웨이 피아노가 놓인 내 방이 있습니다. 그들이 밤새 나를 위해 노래를 불러줄 겁니다."

"정말 멋져요! 한번 생각해보고 내일 아침에 연락을 드리면 안 될까요?"

상냥한 어조였지만 그 목소리에는 어렴풋이나마 거절의 뜻이 담겨 있었다. 보퍼트도 분명히 그 뜻을 느꼈다. 하지만 거절당하는 것에는 익숙하지 않았던 그였기에 미간을 잔뜩 찌푸린 채 그녀를 바라보았다.

"지금은 왜 안 됩니까?"

"이렇게 늦은 시각에 결정하기에는 너무 심각한 문제니까요."

"지금이 늦은 시각이라고 하시는 건가요?"

그녀는 쌀쌀하게 그의 시선을 맞받아치며 말했다.

제12장

135

"네. 아처 씨와 잠시 상의할 시간이 필요하거든요."

더 이상 매달릴 여지가 없는 말투였다. 보퍼트는 가볍게 어깨를 으쓱하더니 냉정을 되찾았다. 그는 그녀의 손을 잡고 능숙하게 입을 맞추더니 문으로 향했다. 그가 문을 나서면서 큰 소리로 아처에게 말했다.

"뉴랜드, 백작 부인이 스키터클리프로 가지 않고 여기 머물도록 설득한다면, 당신도 만찬에 끼어주겠소."

그 말과 함께 그는 느릿느릿 거만한 태도로 방에서 나갔다.

보퍼트가 나가자 그녀가 아처에게 말했다.

"정말 뿌리치기 힘든 유혹이에요. 여기 온 이후로 예술가라고는 스트루더스 부인 댁에 갔을 때 딱 한 번 봤을 뿐이거든요. 남편 집에는 극작가, 가수, 배우, 음악가들의 발길이 끊이지 않았어요. 나도 무척 그들을 좋아했고요. 내 삶이 온통 예술에 휩싸여 있었다고 할 정도였어요. 하지만 이제는 그러고 싶지 않아요."

"그러고 싶지 않다고요?"

"네. 과거의 모든 삶을 던져버리고 싶어요. 이곳 사람들과 같아지고 싶어요."

아처의 얼굴이 붉어졌다. 그가 말했다.

"당신은 결코 다른 사람들과 같아지지 않을 겁니다."

그녀는 곧은 눈썹을 약간 치켜떴다.

"아, 그런 말 말아요. 내가 남과 다르다는 걸 얼마나 싫어하는지 당신은 몰라요!"

그녀의 얼굴이 어두워지더니 그로부터 눈을 돌려 멀리 어두운 곳으로 시선을 던졌다.

"그 모든 것으로부터 도망치고 싶어요."

그는 잠시 기다렸다가 헛기침을 하며 말했다.

"알고 있습니다. 레터블레어 씨가 말씀해주셨습니다."

"네?"

"그래서 내가 온 겁니다. 그분이 부탁하셔서……. 내가 법률회사에 있는 건 알지요?"

그녀는 약간 놀란 듯했다. 그러나 금세 눈을 빛내며 말했다.

"나를 위해 그 일을 맡아주겠다는 말인가요? 레터블레어 씨 대신 당신께 말하면 되나요? 아, 그렇게 되면 일이 정말 더 쉬워질 거예요!"

그녀의 말을 듣고 그는 자신감이 생겼으며 자기 만족감마저 느껴졌다. 그와 동시에 화려한 드레스 때문에 더 창백해져 보이는 그녀의 얼굴 모습이 애처롭고 불쌍해 보였다.

제12장

잠시 침묵이 흐른 뒤 올렌스카 부인이 느닷없이 열띤 어조로
말했다.

"나는 자유로워지고 싶어요. 과거를 모두 지워버리고 싶어요."

"이해합니다."

그녀의 얼굴이 밝아졌다.

"그렇다면 나를 도와주겠지요?"

"우선……" 그가 주저하며 말했다. "좀 더 자세히 알 필요가
있습니다."

그녀는 놀란 것 같았다.

"내 남편에 대해서 알고 있지 않나요? 그 사람과의 결혼생활
에 대해서도……."

그가 고개를 끄덕였다.

"그런데…… 도대체…… 뭘 더? 이 나라에서는 이혼이 허용
되잖아요? 난 프로테스탄트예요. 우리 교회는 이혼을 금하지
않아요."

"물론 그렇지요."

두 사람은 동시에 입을 다물었다. 아처는 올렌스키 백작이
보낸 편지의 망령이 무시무시하게 찌푸린 얼굴로 두 사람 사이
에 놓여 있는 것처럼 느꼈다. 반 페이지에 불과한 그 편지는 성

난 악한이 홧김에 퍼부은 폭언에 불과한 것처럼 보였다. 하지만 그 뒤에 얼마만큼의 진실이 숨어 있을까?

마침내 그가 말했다.

"당신이 레터블레어 씨에게 준 서류를 검토해보았습니다."

"정말…… 그보다 더 끔찍한 게 있을까요?"

"없을 겁니다."

그녀가 자세를 약간 바꾸더니 손을 들어 눈을 가렸다. 아처가 계속 말했다.

"물론 알고 있겠지만…… 남편이 소송에 맞서겠다면 한다면……. 편지에서 협박한 대로……."

"그래서요……?"

"그가 이런저런 말을 할지도……. 당신께 불쾌할 수도 있는…… 그런 이야기를…… 공개적으로 그런 이야기를 해서 세상에 퍼진다면 당신에게 해를 끼칠 수도 있겠지요. 설령……."

"설령……?"

"그러니까, 아무리 근거 없는 이야기라 할지라도 말입니다."

그녀는 꽤 오랫동안 말이 없었다. 그는 그녀의 그늘진 얼굴을 피하고 싶어 그녀의 손으로 시선을 향했다. 그는 그녀가 손가락에 끼고 있는 세 개의 반지를 머릿속에 새길 만큼 오래 들

제12장

여다보았다. 그중에 결혼반지는 없었다.

이윽고 그녀가 입을 열었다.

"그 사람이 공개적으로 떠든다고 해도 그런 비난이 무슨 해가 되겠어요? 내가 이곳에 있는데 말이에요."

하마터면 그의 입에서 "딱한 사람 같으니……. 여기서는 그 어디에서보다 더 해가 된다고요!"라는 말이 튀어나올 뻔했다. 하지만 그는 차분히 가라앉은 어조로 말했다. 자기가 듣기에도 레터블레어 씨의 말투와 비슷했다.

"뉴욕 사회는 당신이 살고 있던 곳에 비해 아주 작은 세계입니다. 게다가 겉보기와는 달리 극소수의 사람이 지배하는 곳이고요. 사고방식도 다소 보수적인 그런 사람들 말입니다."

그녀가 아무 말이 없기에 그가 말을 이었다.

"결혼과 이혼에 대해서는 더더욱 보수적입니다. 법적으로는 이혼을 허용하지만…… 우리의 사회관습은 그렇지 않습니다."

"절대로요?"

"그러니까…… 여성이 제아무리 상처를 입었고, 흠잡을 데가 없다고 해도…… 겉보기에 조금이라도 불리한 모습을 지니고 있거나, 뭔가 인습에 벗어난 행동 때문에 뒤에서 손가락질을 받는다면……."

그녀가 고개를 약간 떨구었다. 그는 그녀가 화를 터뜨리거나 최소한 부정의 뜻으로 짧은 비명이라도 지르기를 간절히 바라며 기다렸다. 하지만 아무 일도 일어나지 않았다.

천지가 숨죽인 듯 고요했고, 방 전체가 아처와 함께 말없이 기다리는 것 같았다.

"그래요." 그녀가 마침내 입을 열었다. "내 가족들도 그런 이야기를 했어요."

그가 약간 주춤하며 말했다. "무리도 아니지요……."

"실은 우리 가족이네요." 그녀가 정정했고 아처는 얼굴을 붉혔다. 그녀가 상냥하게 덧붙였다. "당신은 곧 내 집안 식구가 될 테니까요. 당신도 같은 의견이에요?"

그 말을 듣자 그는 자리에서 일어나 방 안을 거닐다가 다시 그녀 곁으로 돌아왔다. 하지만 "그렇습니다. 당신 남편이 넌지시 비춘 말이 사실이라면, 당신이 그것을 부인할 길이 없다면……"이라고 어떻게 말할 수 있었겠는가.

그가 막, 말을 꺼내려는데 그녀가 한 마디 툭 던졌다.

"진심으로 말해줘요."

그가 난롯불을 내려다보며 말했다.

"진심으로라…… 그렇다면…… 온갖 추잡한 이야기들이 나

제12장

141

올지 모르는데……. 아니, 분명히 나올 텐데, 그 보상으로 무엇을 얻을 수 있다는 겁니까?"

"하지만 자유는…… 그건 아무것도 아닌가요?"

순간, 편지에 적힌 비난이 사실이며 그녀가, 함께 죄를 저지른 자와의 결혼을 원하고 있다는 생각이 번뜩 스치고 지나갔다. 그녀가 정말로 그런 계획을 품고 있다면 미국 법률이 이를 엄격하게 금하고 있다는 사실을 그녀에게 어떻게 말해주어야 할까? 그녀가 그런 계획을 품고 있을 수도 있다는 의혹만으로도 그녀에 대한 그의 감정이 냉정해졌고 모질게 변했다.

"하지만 지금 당신은 공기처럼 자유롭지 않나요? 누가 당신을 건드리겠어요? 레터블레어 씨 말로는 재정 문제는 해결이 되었다는데……."

"아, 그래요." 그녀가 건성으로 대답했다.

"그런데 뭐 하러 위험을 무릅쓰겠다는 거지요? 얼마나 불쾌하고 고통스러울 텐데요. 그놈의 신문들…… 정말 얼마나 비열한지! 정말 어리석고 편협하고 부당해요. 하지만…… 아무도 사회를 뜯어고칠 수는 없어요."

"맞아요." 그녀가 수긍했다. 그녀 목소리가 너무 가냘프고 절망적이어서 그는 자신이 너무 심했다는 가책이 들었다. 그가 다시 말했다.

"이런 경우 개인은 거의 언제나 집단의 이익으로 간주되는 것에 희생됩니다. 가족을 묶어주고 아이들을 보호해주는 관습이라면, 그것이 어떤 것이건 누구나 집착하니까요."

그는 그녀의 침묵으로 인해 더 그 실상이 드러나 보이는 것 같은 추한 현실을 덮어버리려는 듯 되는 대로 주워섬겼다. 그는 자기가 그녀의 비밀을 파헤치려 한다는 느낌을 그녀에게 주지 않기만을 바랐다.

그가 계속 말했다.

"아시겠지만 나는 당신을 돕고 싶어서 이러는 겁니다. 당신도, 당신이 가장 좋아하는 사람들이 이 일을 보는 것과 마찬가지로 이 일을 볼 수 있게 해주려는 겁니다. 밍고트가, 웰랜드가, 밴 더 루이든가를 비롯해 당신의 친구들과 친척들이 이 일을 보는 눈 말입니다. 그들이 이 문제를 어떻게 판단하고 있는지 당신에게 정직하게 말해주지 않는다면 공정하지 못한 일이 아니겠어요?"

그는 그녀의 침묵을 덮으려는 듯 집요하게 말했다.

"그래요. 공정하지 못한 일일 거예요." 그녀가 느릿느릿 대답했다.

장작불이 잿빛 가루가 되어 무너져 내렸고 등불 하나가 꺼질 듯 가물거렸다. 올렌스카 부인이 일어나 심지를 돋우고 난롯가로 돌아왔다. 그러나 그녀는 다시 자리에 앉지는 않았다.

그녀가 계속 서 있는 것으로 보아 둘 사이에 더 이상 나눌 말이 없다는 뜻 같아서 아처도 자리에서 일어났다.

"좋아요. 당신이 원하는 대로 하겠어요." 그녀가 불쑥 말했다. 아처는 이마로 피가 쏠리는 것 같았다. 그녀가 갑자기 항복을 선언한 사실에 당황한 나머지 그는 그녀의 두 손을 잡았다.

"나는…… 나는 당신을 돕고 싶을 뿐입니다." 그가 말했다.

"도움이 되었어요. 안녕히 가세요, 제부 씨."

그는 허리를 굽혀 그녀의 손에 입을 맞추었다. 생명이 없는 사람의 손처럼 싸늘했다. 그녀가 손을 거두자 그는 문으로 가서, 복도의 희미한 가스등 불빛 아래서 외투와 모자를 집어 들고 밖으로 나왔다.

제13장

그날 밤 월랙 극장에서는 디온 부시코가 주인공을 맡고 해리 몬테규와 애더 다이어스가 연인으로 등장하는 「방랑자」를 공연하고 있었다. 그 훌륭한 영국 극단은 대단한 인기를 누리고 있었기에 그들이 「방랑자」를 공연할 때면 극장은 늘 초만원을 이루었다.

관객들을 흥분시키는 장면이 아주 많았지만 1층부터 꼭대기 층까지 극장 전체를 특별히 사로잡는 장면이 있었다. 다이어스 양과의 슬픈 이별 장면 후 해리 몬테규가 그녀에게 이별을 고하고 돌아서는 장면이었다. 사람들을 사로잡는 이 침묵의 이별을 끝으로 연극은 막을 내렸다.

뉴랜드 아처가 「방랑자」를 보러 오는 것은 늘 그 장면 때문이었다. 그는 몬테규와 애더 다이어스가 연기하는 이별 장면이 그가 파리와 런던에서 보았던 이별 장면들과도 견줄 만하다고 생각했다. 말없이 보여주는 그 슬픔이 그 어떤 유명한 슬픔 토로 장면보다 그에게 더 큰 감동을 주었다.

그런데 그가 연극을 본 그날 저녁, 그 짧은 장면은 그에게 그 어느 때보다 더 짜릿한 전율을 느끼게 했다. 왜 그런지 이유는 알 수 없었지만, 일주일인가 열흘 전쯤 올렌스카 부인과 은밀한 대화를 나눈 후 작별했던 일이 떠올랐기 때문이었다.

하지만 두 장면 사이에 닮은 점이라곤 없었다. 아처와 올렌스카 부인은 비탄에 잠긴 채 말없이 헤어진 연인 사이가 아니었다. 그들은 고객과 변호사의 처지에서 만났으며 더욱이 변호사는 고객이 최악의 상태에 빠져 있다는 인상을 받고 고객과 헤어진 터였다. 그뿐인가? 아처와 올렌스카 부인의 외모는 연극 배우 몬테규와 다이어스 양과는 닮은 점이 전혀 없었다.

그렇다면 두 헤어짐 사이에 대체 어떤 닮은 점이 있었기에 젊은이의 마음을 일종의 새로운 감흥으로 뛰게 했단 말인가? 그것은 아마도 일상적인 경험들 밖에서 비극적이고 감동적인 일이 벌어질 가능성을 암시하는 올렌스카 부인의 신비스러운 능력 때문인 것 같았다. 그녀는 그가 그런 느낌을 갖게 할 만한 말을 한마디도 한 적이 없었다. 하지만 그것이 그녀의 신비스럽고 특이한 배경에서 기인한 것이건, 타고난 극적이고 정열적인, 비범한 그 무엇인가에서 기인한 것이건 그 능력은 그녀의 일부였다.

아처는 우연이나 환경은 사람의 운명을 결정하는 데 별로 큰 역할을 하지 않는다고 생각하는 편이었다. 그보다는 타고난 성격이 그 사람에게 일어난 일의 주원인이라고 그는 생각했다. 그는 처음부터 올렌스카 부인에게 그런 성격이 있다고 느꼈다. 조용하고 거의 수동적인 이 여인이, 제아무리 몸을 사리고 피하려고 애를 써도 무슨 일인가 일어나게 되어 있는 사람이라는 인상을 그에게 강하게 준 것이었다. 그녀에게서 흥미로운 것은, 그녀가 너무 극적인 상황 속에서 살아왔기에 그런 상황을 유발하는 그녀의 성향은 전혀 눈에 띄지 않게 되었다는 사실이다. 그녀가 그 무엇에도 놀라는 법이 없는 모습, 바로 그 모습이, 삶의 소용돌이를 하도 심하게 겪어 놀라움 자체를 잃어버린 사람이라는 느낌을 그에게 주었다. 그녀가 당연하게 받아들이는 것들이 역으로 그녀가 그 어떤 것들과 맞서 싸워왔는지를 능히 짐작할 수 있게 했다.

아처는 올렌스키 백작이 그녀에게 보낸 편지에서 쓴 비난이

제13장

147

전혀 근거 없지는 않다고 확신하며 그녀와 헤어졌다. 그녀의 과거에서 '비서'라는 모습을 하고 있는 그 비밀스러운 인물은 그녀의 탈출을 도와주면서 뭔가 자기 몫의 보상을 받았으리라는 것이 그 비난의 근거였다. 그녀는 이루 말로 표현하거나 믿기 힘든 상황, 도저히 참아내기 어려운 상황으로부터 도망쳤다. 그녀는 젊었고 겁에 질려 있었으며 절망적이었다. 그러니 자신을 도와준 사람에게 고마운 마음을 갖는다고 해서 이상할 것이 어디 있겠는가? 그런데 딱한 것은 법과 세상이 그녀의 고마움을 그녀의 가증스러운 남편과 같은 눈으로 본다는 사실이었다. 아처는 그녀에게 그 점을 이해시킬 수밖에 없었고, 그것이 그가 해야만 하는 일이었다. 그와 함께, 그녀가 분명히 큰 자비를 베풀 것이라고 기대하고 있는 뉴욕, 순진하고 친절해 보이는 뉴욕이 관용을 기대하기 가장 어려운 바로 그곳이라는 사실을 그녀에게 이해시켜야 했다.

그 사실을 그녀에게 분명히 밝혀주고 그녀가 체념하며 받아들이는 모습을 보는 것, 그것은 그에게 참을 수 없을 정도로 고통스러운 일이었다. 그는 질투와 동정이라는 모호한 감정에 의해 그녀에게 끌리는 것을 느꼈다. 말없이 과오를 고백하는 그녀의 모습이 마치 자신을 그의 처분에 맡기는 것 같았고 그녀를 초라하면서도 사랑스럽게 만들었던 것이다. 아처는 그녀가 레터블레어의 차가운 감시의 눈이나 가족들의 당혹스러워하는 시선 앞에서가 아니라, 자기에게 비밀을 밝혀준 것이 기뻤다. 그는 즉각 양쪽에 그녀가 이혼 노력을 포기했음을 전했다. 그들은 안도의 한숨을 내쉬며 자칫하면 그녀 때문에 겪을 뻔했던 '불쾌한 일'로부터 눈길을 돌렸다.

"우리 사윗감이 잘 해낼 줄 알았어"라고 웰랜드 부인은 장래의 사위를 자랑스럽게 여기며 말했다. 밍고트 노부인은 그를 은밀히 불러서 일을 참으로 슬기롭게 처리했다고 칭찬한 후 참지 못하고 덧붙였다.

"바보 같으니라고! 내가 누누이 무슨 말도 안 되는 짓이라고 말했건만. 아니, 기혼녀에 백작 부인으로 지낼 수 있는데 노처녀 엘렌 밍고트가 되고 싶다는 게 말이나 돼?"

그런 일들에 대해 생각하자니 올렌스카 부인과 마지막으로 나누었던 대화가 너무 생생하게 되살아나서, 두 배우의 이별 장면과 함께 연극의 막이 내리자 그는 눈물이 그렁해진 채 극장을 떠나려고 자리에서 일어났다.

그가 뒤쪽으로 몸을 돌리는 순간, 지금 그의 머릿속의 바로 그 여자가 보퍼트 부부, 로렌스 레퍼츠 부부와 함께 박스석에

제13장

149

앉아 있는 모습이 눈에 띄었다. 그날 저녁 이후 그는 그녀와 단둘이 이야기를 나눠본 적이 없었으며, 그녀와 함께 있을 수 있는 자리를 애써 피했다. 그런데 지금 두 사람의 눈이 마주친 데다 보퍼트 부인이 그를 알아보고 이리 오라고 손짓을 하는 바람에 박스석으로 가지 않을 도리가 없었다.

박스석으로 간 그는 보퍼트 부부, 레퍼츠 부부와 몇 마디 주고받은 후에 올렌스카 부인 뒤에 앉았다. 박스석 안에는 그들 외에도 실러턴 잭슨 씨가 있었다.

올렌스카 부인이 시선을 무대로 향한 채 몸을 약간 돌리고 나지막이 물었다.

"그가 내일 아침 노란 장미 한 다발을 보낼까요?"

아처의 얼굴이 벌겋게 되면서 놀람으로 가슴이 쿵쾅거렸다. 그는 딱 두 번 올렌스카 부인을 방문한 셈이었고 그때마다 그녀에게 명함 없이 노란 장미꽃 다발을 보냈다. 이제껏 그녀가 꽃에 대해 입도 뻥긋하지 않았기에, 그는 그녀가 꽃을 보낸 사람을 자기로 생각하지 않는 줄 알았다. 그런데 그녀가 느닷없이 선물을 잘 받았음을 인정하면서 동시에 무대 위에서의 감미로운 이별을 그 사실과 연결한 것이다. 그는 몸을 부르르 떨 정도로 기뻤다.

"나도 그 생각을 하고 있었습니다. 저 장면을 가슴에 담아 둔 채 극장을 떠나려던 참이었습니다." 그가 말했다.

놀랍게도 그녀의 얼굴이 보일락말락 붉어졌다. 그녀는 장갑 낀 손에 든 오페라글라스를 잠시 내려다보다가 물었다.

"메이가 없을 때는 무얼 하나요?"

"일에만 전념합니다." 그는 그녀의 질문에 은근히 부아가 나서 대답했다.

메이는 지난주 가족과 함께 세인트 오거스틴으로 떠난 참이었다. 웰랜드 가족들은 웰랜드 씨의 약한 기관지를 보호하기 위해 늘 그곳에서 후반기 겨울을 보냈다. 가족 간의 우애가 돈독하기로 유명한 웰랜드 가였기에 그의 아내와 딸은 웰랜드 씨를 혼자 그곳으로 보낸다는 생각은 아예 품어본 적도 없었다. 법조계에 몸을 담고 있는 두 아들은 겨울 동안 뉴욕을 떠날 수 없었기에 늘 부활절이 되어서야 가족들과 합류하여 함께 뉴욕으로 돌아왔다. 아처는 체념한 채 메이의 출발을 받아들일 수밖에 없었다.

아처는 자신을 쳐다보고 있는 올렌스카 부인의 시선을 의식하고 있었다. 그녀가 불쑥 말했다.

"당신이 원하는 대로, 아니 충고해준 대로 했어요."

제13장

151

"아……, 잘했습니다." 이 순간 그녀가 그 이야기를 꺼내자 그는 당황해서 황급히 대답했다.

"이제 나도 알아요……. 당신 말이 옳았다는 거……." 그녀가 약간 숨을 헐떡이며 계속했다. "하지만 때로는 사는 게 너무 어렵고……, 당혹스러워서……."

"압니다."

"당신이 옳았다는 걸 나도 느끼고 있다고 말해주고 싶었어요. 당신께 감사한다는 것도요."

아처는 곧바로 일어나서 박스석을 나와 극장을 나섰다.

그는 바로 전날 메이 웰랜드가 보낸 편지를 받은 터였다. 그녀는 그녀다운 솔직한 투로 자기가 없는 동안 불쌍한 엘렌에게 친절히 대해달라고 썼다. 메이는 그 편지에서 밍고트 할머니도, 로벨 밍고트 외삼촌도 엘렌을 제대로 이해하지 못한다고, 화려한 사람들 틈에서 살던 엘렌에게 뉴욕은 지루한 곳일 거라고, 뉴욕에서 자기가 좋아하는 것에 대해 마음 편히 대화를 나눌 수 있는 사람은 오직 뉴랜드 아처뿐일 거라고 썼다.

오, 나의 현명한 메이! 그 편지를 받고 그는 그녀가 너무 사랑스러웠다. 하지만 그녀의 말을 실행에 옮길 생각은 추호도 없었다. 우선 너무 바빴거니와 약혼한 남자의 몸으로서 너무 눈에 띄게 올렌스카 부인의 옹호자 노릇을 할 마음은 전혀 없었다. 그가 보기에 올렌스카 부인은 순진한 메이가 생각하는 것보다 훨씬 더 자신을 잘 돌볼 줄 알았다. 그녀는 보퍼트를 무릎 꿇렸고, 밴 더 루이든 씨를 마치 수호신처럼 그녀 위에서 맴돌게 했다. 그뿐인가. 수많은 후보들이―그중에는 로렌스 레퍼츠도 포함되어 있었다―주변에서 기회를 노리고 있었다.

그러나 뉴랜드 아처는 올렌스카 부인을 볼 때마다, 그리고 대화를 나눌 때마다, 메이의 천진난만함이 거의 예언적 수준의 통찰력을 지니고 있다는 느낌을 지울 수 없었다. 엘렌 올렌스카는 외로웠으며, 불행했다.

제13장

153

제14장

밖으로 나온 아처는 친구인 네드 윈셋과 마주쳤다. 제이니가 '똑똑한 사람들'이라고 부르는 사람들 중에서 아처가 깊이 있는 대화를 나눌 수 있는 유일한 친구였다.

둘이 악수를 나눈 후 윈셋은 길모퉁이 작은 독일 식당에서 흑맥주 한잔하자고 제안했다. 아처는 평소처럼 대화를 나눌 기분이 아니라서 집에 가서 할 일이 있다며 거절했다. 윈셋은 선선히 포기하고 함께 걸으며 간단히 이야기나 나누자고 했다.

둘이 함께 어슬렁거리며 걷던 중 윈셋이 말했다.

"이봐, 자네의 그 멋진 박스석에 있던 검은 옷 입은 여자 이름을 알고 싶다네. 보퍼츠 부부와 함께 있던 여자 말일세. 자네 친구 레퍼츠도 반한 것 같던데."

아처는 이유는 알 수 없었지만, 슬며시 화가 났다. 제길, 도대체 윈셋이 뭣 때문에 엘렌 올렌스카의 이름을 알고 싶어 한단 말인가? 게다가 그녀를 왜 레퍼츠와 연관시킨단 말인가? 그런 호기심을 드러내다니 윈셋답지 않았다. 하지만 그가 기자라는 사실에 생각이 미쳤다.

"인터뷰라도 하겠다는 건 아니겠지?" 아처가 웃으며 말했다.

"글세……. 잡지 때문이 아니야. 그냥 개인적으로 궁금해서……. 실은 이웃에 살거든. 저런 미인이 살기에는 좀 묘한 동네 아닌가. 어린 아들놈이 고양이를 쫓다가 넘어져 무릎을 다친 일이 있었는데 그녀가 여간 친절하게 돌봐준 게 아니야. 모자도 쓰지 않은 채 뛰쳐나와서 아이를 안고 들어가더니 정성스럽게 붕대를 감아주었다네. 너무 정겹고 아름다워서 넋이 나간 마누라가 이름 묻는 것조차 깜빡했다더군."

아처의 마음속에 기쁨의 불꽃이 환하게 일었다. 실은 대단할 것도 없는 이야기였다. 여느 여자라도 이웃집 아이에게 그 정도는 해주었을 것이다. 하지만 모자도 쓰지 않은 채 뛰쳐나와 아이를 안고 들어갔다든지 윈셋의 부인이 넋이 나가 이름조차 묻지 못했다는 이야기는 엘렌에게 어울린다고 그는 느꼈다.

"올렌스카 백작 부인이라네. 밍고트 노부인의 손녀야."

제14장

155

네드 윈셋이 휘파람을 휘익 불더니 놀란 듯 말했다.

"백작 부인! 백작 부인이 이웃에 사는 줄은 몰랐네. 어쩌다 우리 동네 같은 빈민가에 살게 된 거야?"

"어디 사는지 전혀 개의치 않는 여자니까. 혹은 사회적 간판 따위는 무시한달까……." 아처는 그녀에 대해 묘사하면서 은근히 자부심을 느꼈다.

"흠……. 큰물에서 놀다 와서 다르다 이거로군." 윈셋이 평을 하듯 말했다. "자, 난 여기서 이쪽으로 가야 하네."

윈셋은 구부정한 걸음걸이로 브로드웨이를 가로질렀다. 아처는 그의 뒷모습을 바라보며 그의 마지막 말을 곱씹었다.

네드 윈셋에게는 번뜩이는 통찰력이 있었다. 아처는 그 때문에 그에게 흥미를 느꼈다. 하지만 그런 통찰력을 지니고도 남들은 열심히 분투하며 사는 나이에 왜 저토록 무덤덤하게 실패를 감수하는지 늘 의아하게 생각했다.

윈셋은 사회적 관습을 끔찍이도 싫어했고, 복장도 제멋대로였다. 아처는 그런 그를 보헤미안인 척하는 것으로 보았고 그런 사람들을 일반 사람들보다 단순하고 자의식도 없는 인종으로 치부했다. 그럼에도 불구하고 아처는 늘 윈셋에게서 자극을 받았다. 아처는 덥수룩한 수염이 달린 이 기자의 야윈 얼굴과 우울한 눈이 눈에 띄면 언제나 그를 구석에서 끌어내어 한참 동안 이야기를 나누곤 했다.

윈셋이 기자가 된 것은 본인의 뜻에 의해서가 아니었다. 그는 원래 문학청년이었다. 하지만 그는 불운하게도 문학을 필요로 하지 않는 세상에, 때와 장소를 잘못 맞춰 태어난 셈이었다. 그는 문학 평론집 한 권을 출간하기도 했다. 그중 30부는 기증하고 겨우 120부가 팔렸을 뿐 나머지는 출판업자가 모두 폐기 처분하자 그는 소명을 저버리고 여성 주간지의 부편집자로 취직했다.

다음 날 아침, 아처는 노란 장미를 찾아 시내를 헤매고 다녔지만 허탕을 쳤다. 그렇게 시간을 허비하는 바람에 그는 사무실에 지각했다. 하지만 아무도 개의치 않았다. 그러자 쓸데없이 정확하고 꼼꼼하게 영위되고 있는 자신의 삶에 대해 화가 치밀었다. 그 순간 왜 메이 웰랜드와 함께 세인트 오거스틴의 백사장에 있으면 안 된단 말인가? 진짜 삶은 팽개친 채, 그저 습관대로 기계처럼 움직이며 사는 것은 아닌가? 법률회사에 근무하는 대다수 젊은이들처럼 그저 시간만 지킬 뿐 열의 없이 대충대충 일하는 태도에 자신도 물들어 있는 것은 아닌가?

물론 그에게는 취미도 있었고 다른 관심사도 있었다. 휴가 때면 유럽을 여행했고 제이니가 말하는 '똑똑한 사람들'과 교제하려 했으며 올렌스카 부인에게 말했듯이 '깨어 있으려고' 애썼다. 그러나 일단 결혼을 하게 되면, 진정한 경험들이 녹아 있는, 삶의 이 좁은 여백들은 어찌 될 것인가? 다른 젊은이들처럼 조용하고 사치스러운 일상 속으로 점점 침몰해갈 것인가?

그는 사무실에서 사환을 시켜, 오늘 방문해도 좋을지 클럽으로 답신을 해달라는 편지를 올렌스카 부인에게 보냈다. 하지만 클럽에는 답이 와 있지 않았고 다음 날에도 답신을 받지 못했다. 전혀 예상하지 못한 침묵이었고 그는 마음이 상했다. 다음 날 아침 꽃가게 유리창 너머로 탐스럽게 핀 노란 장미꽃 송이가 보였지만 그는 그대로 지나쳤다. 사흘째 되는 날 아침에서야 그는 올렌스카 백작 부인으로부터 짤막한 편지를 받았다. 놀랍게도 편지는 스키터클리프에서 보낸 것이었다. 밴 더 루이든 부부는 공작을 배에 태워 전송한 후 곧바로 그곳으로 가서 머물고 있었다.

편지는 일반적인 서두도 없이 '저는 도망쳤답니다'라는 돌발적인 글로 시작하고 있었다.

극장에서 당신을 만난 다음 날이었어요. 이 친절한 분들이 저를 맞아주셨어요. 조용히 지내며 생각을 정리하고 싶었어요. 당신 말대로 정말 친절하신 분들이에요. 이곳에 있으니 안전하다는 느낌이에요. 당신과 함께였다면 얼마나 좋을까요.

그녀는 언제 돌아올 것인지 일언반구도 없이 통상적인 맺음말로 편지를 끝냈다.

편지의 어투에 젊은이는 놀랐다. 도대체 무엇으로부터 도망간 것일까? 왜 안전하다고 느낄 필요가 있었던 것일까? 혹시 해외에서 무슨 위협이라도 오지 않았는가 하는 생각이 우선 떠올랐다. 이어서, 그저 실감나게 과장하는 그녀의 편지 스타일일 뿐이리라고 생각했다. 여자들은 과장하는 법 아닌가? 게다가 그녀는 영어를 능숙하게 구사하지 못해서 가끔 프랑스어를 번역한 듯한 투로 말하곤 했다. 첫 문장을 프랑스어로 'Je me suis evadée'로 옮겨 놓고 생각한다면 그저 지루하게 이어지는 약속들로부터 도피하고 싶었다는 뜻인지 모른다. 변덕스러워 보이는 그녀의 성격을 생각한다면 그편이 더 그럴듯했다.

밴 더 루이든 부부가 단 두 번째 방문에서 그녀를 스키터클

제14장

159

리프로, 그것도 기간도 정하지 않은 채 데려갔다고 생각하니 흥미로웠다. 스키터클리프가 방문객들에게 개방되는 일은 좀처럼 드문 일이었기 때문이었다. 그는 밴 더 루이든 부부가, 마치 연극에서처럼, 올렌스카 부인을 얼음처럼 차가운 현실로부터 구해낸 듯 보였다. 그들이 그녀에게 끌린 이유가 수없이 많았겠지만, 그런 이유들 저변에는 그녀에게 계속 구원의 손길을 내밀겠다는 따뜻하고도 확고한 결심이 자리 잡고 있다는 것을 아처는 알았다.

그는 그녀가 멀리 가고 없다는 사실에 분명히 실망감을 맛보았다. 순간, 거의 즉각적으로 한 가지 사실이 머리에 떠올랐다. 바로 전날 레기 치버스 부부가 허드슨의 자기 집에 와서 보내지 않겠냐고 그를 초대했던 것이다. 그 집은 스키터클리프에서 불과 몇 마일밖에 떨어지지 않은 곳에 있었다.

사실 그는 레기 치버스 부부의 하이뱅크에서 즐길 수 있는 것들, 예컨대 배 타고 연안을 유람하기, 썰매 타기, 눈 속 트래킹, 여자들과 가벼운 농담을 주고받는 파티 등에는 싫증이 난지 오래였다. 그저 런던으로부터 새로 도착한 책이나 읽으며 조용히 일요일을 보내는 게 훨씬 나았다. 그러나 그는 곧바로 클럽 서재로 들어가 서둘러 전보 글을 썼다. 그런 후 그는 하인을 불러 당장 전보를 부치도록 했다. 레기 부인은 손님이 갑자기 마음을 바꾸어도 전혀 개의치 않는 사람이었으며 그녀의 집에는 언제나 여분의 방이 있었다.

제15장

금요일 저녁에 치버스가에 도착한 뉴랜드 아처는, 하이뱅크에서 주말마다 열리는 모든 의식에 토요일 내내 성실하게 참여했다. 그리고 일요일 점심 식사 후 말이 끄는 썰매를 빌려 타고 스키터클리프로 갔다.

사람들은 늘 스키터클리프의 저택을 '이탈리아식 별장'이라고 말했다. 이탈리아에 가본 적이 있는 사람은 물론이거니와 한 번도 가본 적이 없는 사람도 그렇게 말했다. 그 저택은 밴더 루이든 씨가 젊은 시절 유럽 전역을 여행하고 돌아와서 지은 석조 건물이었다. 웅장한 저택이 서 있는 언덕부터 아래쪽 호수까지 가장자리에 난간이 달린 완만한 계단이 나 있었다.

천지가 온통 하얗게 눈에 덮여 있는 가운데, 회색 겨울 하늘을 배경으로 '이탈리아식 별장'이 다소 으스스한 모습을 어렴풋이 드러냈다. 그 저택은 겨울뿐 아니라 여름에도 감히 접근하기 어려운 풍모를 지니고 있었다.

아처가 종을 흔들자 종소리가 마치 거대한 무덤 안에서 울리듯 메아리쳤다. 종소리를 듣고 나온 집사는 마치 영면(永眠)으로부터 호출당한 듯 엄청나게 놀란 모습이었다.

비록 느닷없이 나타나긴 했어도 다행히 아처는 친척이었다. 그에게는, 올렌스카 백작 부인이 정확히 45분 전에 밴 더 루이든 부인과 함께 오후 미사에 참석하러 마차를 타고 나갔다는 정보를 들을 자격이 있었다. 집사는 밴 더 루이든 씨가 서재에서 신문을 읽고 있으니 원하신다면 오셨다고 전해드리겠다고 아처에게 말했고 아처는 고맙지만 먼저 숙녀분들을 만나러 가겠다고 말했다. 집사는 다행이라는 기색이 역력한 표정으로 위엄 있게 문을 닫았다.

아처는 다시 말이 끄는 썰매에 올라타고 공원을 지나 큰길로 나섰다. 스키터클리프 마을까지는 불과 2킬로미터 남짓한 거리였으나 밴 더 루이든 부인은 결코 걷는 법이 없었으니 마차를 따라잡으려면 큰길로 나서야만 했다. 그런데 그가 작은 길을 지나 큰길로 막 접어들려는 순간 큰 개를 앞세우고 걸어가

제15장

는 붉은 망토 차림의 가냘픈 여자가 눈에 들어왔다. 그가 서둘러 다가가자 올렌스카 부인이 걸음을 멈추고 활짝 반가운 미소를 지었다.

"어머, 왔어요!" 그녀가 머프에서 손을 빼내며 말했다.

그는 웃으면서 그녀의 손을 잡고 대답했다.

"당신이 무엇으로부터 도망갔는지 알려고 왔습니다."

그녀의 얼굴빛이 흐려졌다. 그녀는 "아, 곧 알게 될 거예요"라고 대답했다.

그녀의 대답에 그는 당황했다. 그가 말했다.

"그렇다면…… 따라잡혔단 말인가요?"

그녀는 어깨를 으쓱하더니 다시 밝은 목소리로 말했다. "우리 함께 걸을까요? 설교를 듣고 나오니 너무 추워요. 하지만 괜찮아요. 나를 지켜주려고 당신이 이렇게 왔잖아요."

아처는 관자놀이로 피가 솟구치는 것을 느끼며 그녀의 외투 깃을 잡았다.

"엘렌……, 무슨 일입니까? 어서 말해 봐요."

"아니, 곧 말해줄게요. 우선 좀 뛸까요. 발이 완전히 꽁꽁 얼어붙었어요."

그녀는 외투 자락을 그러모으고 눈밭을 가로질러 달려갔다.

아처도 그녀의 뒤를 쫓아 달려가기 시작했다. 그들은 공원으로 이어지는 쪽문에서 합류해, 숨을 헐떡이며 웃음을 터뜨렸다.

그녀가 그를 올려보며 미소를 지었다.

"당신이 올 줄 알았어요!"

"내가 오기를 바랐다는 말이로군요."

그는 이런 허튼 대화에서 턱없는 기쁨을 느끼며 대답했다. 나무들이 하얗게 반짝이며 신비스러운 빛으로 대기를 채웠고 눈 덮인 대지가 그들의 발걸음 밑에서 마치 노래를 부르는 것 같았다.

"어디서 오는 길이에요?" 올렌스카 부인이 물었다.

그는 치버스가에서 오는 길이라고 대답한 후 덧붙였다.

"당신의 쪽지를 받았기 때문입니다."

잠시 말없이 있던 그녀가 눈에 띄게 싸늘해진 목소리로 말했다.

"메이가 저를 돌봐주라고 부탁한 거로군요."

"어떤 부탁도 필요 없었습니다."

"그렇다면…… 내가 그토록 무력하고 의지할 곳 없다는 뜻인가요? 나를 그토록 가엾게 보는군요! 여기 여자들은 그런 것 같지 않던데……. 아무런 필요도 느끼지 않고……. 축복을 받아서 천국에서 지내는 것처럼……."

그가 목소리를 낮추며 물었다.

"어떤 필요 말인가요?"

"아, 묻지 말아요! 나는 당신들 말을 할 줄 모르니까요." 그녀가 화를 내며 쏘아붙였다.

그는 마치 강하게 일격이라도 받은 듯 그녀를 내려다보며 길에 그대로 서 있었다.

"내가 당신 말을 모른다면 왜 왔겠어요?"

"아, 당신은……!" 그녀가 손을 그의 팔에 가볍게 올려놓자 그가 간청하듯 말했다.

"엘렌……, 무슨 일이 있었는지 왜 말해주지 않는 겁니까?"

그녀는 다시 어깨를 으쓱했다.

"천국에서 무슨 일이 있겠어요?"

그는 입을 다물었고 두 사람은 꽤 오랫동안 말없이 걷기만 했다. 마침내 그녀가 입을 열었다.

"말해줄게요. 하지만…… 어디서? 도대체 어디서? 저 거대한 저택에서는 한순간도 혼자 있을 수 없어요. 모든 방의 문은 다 활짝 열려 있고 하인이 쉴 새 없이 들락날락하니……."

그들은 계속 걸어 퍼트룬의 옛 저택에 도착했다. 벽은 낮고 두

꺼웠으며 중앙의 굴뚝 주변에 네모난 작은 창문이 다닥다닥 몰려 있었다. 그런데 창의 덧문이 활짝 열려 있었고 방금 닦은 유리창 너머로 난롯불이 켜져 있는 모습이 아처의 눈에 들어왔다.

"어라, 집이 열려 있네!" 그가 말했다.

"아니, 오늘만이에요. 내가 옛 저택을 구경하고 싶다고 해서 밴 더 루이든 씨가 불을 피우고 창문을 열어놓게 한 거예요."

그녀는 계단 뛰어 올라가서 문을 열어 보았다.

"다행히 아직 안 잠갔어요! 들어와요. 조용히 이야기를 나눌 수 있을 거예요. 밴 더 루이든 부인은 숙모님들을 만난다고 라인벡에 갔으니까 한 시간 정도는 여유가 있어요."

그는 그녀를 따라 좁은 복도를 걸어갔다. 두 사람은 벽난로에서 큼지막한 장작이 불타오르고 있는 방으로 들어갔다. 방에는 의자 두 개가 서로 마주 보고 놓여 있었다. 아처는 허리를 굽혀 장작을 난로에 던져 넣었다. 올렌스카 부인은 망토를 벗고 의자에 앉았다. 아처는 벽난로에 기대어 그녀를 바라보았다.

그가 그녀에게 말했다.

"당신, 지금은 웃고 있네요. 하지만 내게 편지를 보낼 때는 우울했지요."

"맞아요." 그녀가 잠시 침묵했다. "하지만 당신이 여기 있으

제15장

니 우울하지 않아요."

"이곳에 오래 있지는 못합니다." 그는 필요한 말 외에는 하지 않으려 애쓰는 듯 입가에 힘을 주었다.

"네, 알아요. 하지만 나는 앞일은 생각하지 않아요. 행복할 때면 바로 그 순간 속에서 살아요."

그 말이 그의 마음속으로 파고들었다. 마치 유혹 같았다. 그는 그 유혹에 무감각해지려고 난롯가를 떠나 창가로 가서 눈 속에 서 있는 검은 나무를 바라보았다. 아처의 심장이 자신의 의지와는 달리 쿵쾅거렸다. 그녀가 자신을 피해 도망간 것이라면? 그녀가 그 말을 전하려고 그를 기다린 것이라면? 그래서 이렇게 은밀한 방에 단둘이 있게 된 것이라면?

"엘렌, 내가 정말 당신에게 도움이 된다면……, 당신이 내가 오기를 정말로 원했다면…… 뭐가 문제인지 내게 말해줘요. 당신이 무엇을 피해 도망치고 있는 건지 내게 말해줘요."

그녀는 한참 동안 말이 없었다. 순간 그는 상상 속에서, 그녀가 그의 뒤로 살금살금 걸어와 가벼운 팔로 그의 목을 감쌀 것만 같다고 느꼈으며 그녀가 다가오는 소리가 들리는 것만 같았다. 기적이 일어나기를 기다리는 동안 그의 영혼과 몸은 사정없이 두근거렸다. 그러나 그 순간 외투를 껴입은 한 남자가 그의 눈에 들어왔다. 한 남자가 저택으로 향하는 오솔길을 따라 걸어오고 있었다. 줄리어스 보퍼트였다.

"그래, 맞아!" 아처는 탄성을 내지르더니 웃음을 터뜨렸다.

올렌스카 부인이 벌떡 일어나 그의 옆으로 오더니 자기 손을 그의 손 위에 살짝 얹었다. 하지만 창밖을 흘낏 본 순간 얼굴이 창백해지더니 뒤로 물러섰다.

"그래, 저 사람 때문이었나요?" 아처가 확신에 찬 어조로 말했다.

"저 사람이 여기 온 줄은 몰랐어요." 올렌스카 부인이 중얼거렸다. 그녀는 여전히 아처의 손을 잡고 있었다. 그는 손을 빼내더니 복도를 걸어가서 문을 열었다.

"안녕하시오, 보퍼트. 이쪽이오! 올렌스카 부인이 당신을 기다리고 있었소."

다음 날 아침 뉴욕으로 돌아오면서 아처는 스키터클리프에서의 마지막 순간을 진력나도록 생생하게 다시 그려보았다.

보퍼트는 평소와 다름없이 자신만만한 태도로 집 안으로 들어섰다. 올렌스카 부인이 목적지조차 알려주지 않고 아무 설명 없이 뉴욕을 떠나버린 데 대해 그는 화가 나 있었다. 그가 이곳

제15장

169

에 나타난 표면상의 이유는 바로 지난밤 그녀에게 알맞은 '완벽한 작은 집'을 찾았다는 것이었다. 그는 그녀가 그 집을 잡지 않는다면 곧 팔릴 것이라고 했다. 이어서 세 명은 흔히 그런 자리에 어울릴 만한 빤한 이야기들을 주고받았다. 그리고 세 사람은 여전히 그런 이야기를 계속 주고받으며 '이탈리아식 별장'으로 돌아올 수 있었다. 돌아오는 동안 아처는 보퍼트가 마치 자신을 존재하지도 않는 것처럼 취급한다는 느낌을 받았다.

밴 더 루이든 부인은 아직 돌아오지 않았다. 아처는 작별 인사를 하고 보퍼트가 올렌스카 백작 부인을 따라 집 안으로 들어가는 동안 눈썰매를 가지러 갔다. 아마 보퍼트는 저녁 식사를 대접받고 역으로 돌아가 9시 기차를 탈 수 있으리라고 미리 계산했을 것이다. 그 집 주인들은 짐도 없이 불쑥 찾아온 손님에게 하룻밤 묵고 가기를 권하지는 않을 것이다. 더욱이 보퍼트처럼 일정한 거리를 두고 지내는 사람에게 그런 제안을 할 리는 만무했다.

보퍼트는 그 모든 것을 알고 있었고 예상했을 것이다. 그렇게 별로 얻을 것도 없으면서 그토록 먼 길을 달려온 것을 보면 그가 얼마나 안달이 났었는지 충분히 짐작할 수 있었다. 그가 올렌스카 부인의 뒤꽁무니를 쫓아다닌다는 것은 이제 의심의 여지가 없었다. 보퍼트는 예쁜 여자 뒤꽁무니를 쫓을 때는 눈에 보이는 게 없었다. 그는 자식도 없는 따분한 그의 집에 대해 오래전부터 아무런 흥미도 느끼지 못했다. 그는 자신과 같은 부류에 속하는 연애 상대를 늘 찾아다녔다. 올렌스카 부인은 바로 그런 남자로부터 도망쳤던 것이다. 그러나 그가 끈덕지게 치근대는 게 싫어서 도망간 것인지, 아니면 끝까지 버틸 자신이 없어서 도망간 것인지, 바로 그것이 문제였다. 만일 후자의 경우라면 도피에 관련된 그녀의 이야기는 모두 눈속임에 불과했다. 또한, 그녀의 도피는 책략에 불과할 뿐이었다.

아처는 보퍼트 입장에 서보기도 하고 그녀의 희생자 입장에 서보기도 하면서 사태를 공평하게 파악하려 애썼다. 하지만 그런 경우 사태를 공평하게 파악하려 한다는 것은 고통스럽기 짝이 없는 일이었다. 그런 고통스러운 생각 끝에 그는 후자의 경우를 부정했다. 그에게는 무엇보다 그녀의 눈을 뜨게 해주고 싶은 마음이 강했다. 자신이 진정으로 원하는 것은 바로 그것뿐이 아닐까 하는 생각이 때때로 그에게 들기도 했다.

그날 저녁 그는 런던에서 온 소포 꾸러미를 풀었다. 꾸러미는 그가 이제나저제나 하고 기다리던 책들로 그득했다. 허버트

제15장

171

스펜서(19세기 영국 철학자, 사회학자-옮긴이 주)의 새 책, 알퐁스 도데 (19세기 프랑스 소설가-옮긴이 주)의 멋진 단편집 등 그의 입맛에 맞는 책들이었다. 그는 책이 베푸는 향연을 맛보느라 만찬 초대를 세 건이나 거절했다.

책들을 읽던 중 갑자기 『생명의 집』이라는 시집이 눈에 띄었다. 읽다 보니 다른 책들에서는 느낄 수 없던 따뜻함, 풍요로움, 부드러움을 느꼈고 가장 기본적인 인간의 정열에 새로운 아름다움, 결코 잊히지 않을 아름다움을 부여하게 해주었다. 그는 밤새, 그렇게 마법에 걸린 책장 사이에서 엘렌 올렌스카의 얼굴을 하고 있는 여인의 환영을 보았다. 그러나 다음 날 아침에 잠에서 깨어나 거리 저편 갈색 사암으로 지은 저택들을 바라보니 사무실의 책상과 교회 가족석이 생각났고 스키터클리프의 공원에서 보냈던 시간은 지난밤의 환영처럼 도저히 있을 수 없는 일로 여겨졌다.

"어머나, 오빠 얼굴이 왜 그래?" 아침 식탁에서 제이니가 커피 잔을 앞에 두고 요란을 떨었다. 그러자 어머니도 가세했다. "애야, 요즘 기침을 하더구나. 너무 과로하는 거 아니니?"

두 명의 숙녀는 아처가 상사의 철권 독재하에서 격무에 시달리고 있다고 믿고 있었고 아처는 굳이 진실을 밝힐 필요를 느끼지 않았다.

마치 무겁게 질질 끄는 것 같은 사흘이 지나갔다. 매일 먹는 음식 맛이 모래를 씹는 것 같았고 매 순간순간 산 채로 자신의 미래 속에 묻히는 것 같았다. 올렌스카 부인의 소식은 어디에서도 들을 수 없었다. 클럽에서 보퍼트를 만났지만 서로 고개만 까딱하고 지나쳤을 뿐이었다.

나흘째 되는 날이었다. 저녁에 집으로 돌아오니 편지가 기다리고 있었다.

내일 늦게 와요. 설명해 줄게 있어요. -엘렌

그뿐이었다.

그날 저녁 연극을 보고 자정이 넘어 집으로 돌아온 그는 올렌스카 부인이 보낸 편지를 몇 번이고 읽고 또 읽었다. 답신을 보내는 방법은 여러 가지였다. 그는 밤잠을 이루지 못한 채 곰곰이 생각하고 또 생각했다.

아침이 되자 그는 커다란 여행 가방에 옷 몇 벌을 쑤셔 넣으며, 오후에 세인트 오거스틴으로 떠나는 배를 타기로 결심했다.

제15장

173

제16장

아처는 세인트 오거스틴의, 모래가 깔린 대로를 걷고 있었다. 그는 미래의 장인 웰랜드 씨 소유로 알려진 집으로 향했다. 머리에 햇볕을 받으며 목련 꽃 아래 서 있는 메이 웰랜드의 모습이 멀리서 보이자 이곳에 오기를 왜 그렇게 망설였는지 의아하게 생각되었다.

여기에 진실이 있었고 여기에 현실이 있었으며 여기에 그에게 속한 삶이 있었다. 그런데 억압적인 구속 따위는 경멸한다고 스스로 믿고 있던 그가, 휴가를 제멋대로 낸다고 사람들이 흉볼까 봐 두려워 사무실 책상 앞을 떠나지 못했던 것이다.

메이의 첫 마디는 "어머, 뉴랜드, 무슨 일이 있어요?"라는 외침이었다. 만일 그녀가 그의 눈에서 그가 이곳에 온 이유를 즉각 읽어냈더라면 더 '여성스러웠을' 것이라고 그는 생각했다. 하지만 그는 "물론 있지……. 당신을 봐야만 할 것 같아서"라고 대답했고 그녀는 놀란 표정을 행복한 미소로 바꾸며 얼굴을 붉혔다.

아처는 메이의 가족들을 만나기 전에 메이와 단둘이 있으면서 애정과 안타까움을 쏟아놓고 싶은 마음이 간절했다. 그 마음이 통했는지 메이가 선교사풍 정원 겸 오렌지 과수원까지 산책하자고 그에게 제안했다. 웰랜드가의 늦은 아침 식사 시간까지는 아직 한 시간이 남아 있던 덕분이었다. 햇볕이 금빛 잔물결을 이루며 그녀를 그 올가미 속에 잡아 놓은 것 같았다. 볕에 약간 그을린 그녀의 뺨 위에서, 그녀의 풍성한 머리칼이 은실처럼 반짝였다. 눈도 더 맑아진 듯 젊음으로 투명하게 빛났다. 아처 옆에서 경쾌하게 걷고 있는 그녀의 얼굴은 대리석으로 깎은 운동선수의 얼굴처럼 평온하기 그지없었다.

신경이 곤두서 있던 아처에게 그런 모습은 마치 푸른 하늘과 잔잔한 강의 풍경처럼 그의 마음을 진정시키는 역할을 했다. 그들은 오렌지 나무 아래 벤치에 앉았고, 그는 그녀를 팔로 감싸 안으며 키스했다. 태양이 떠 있는 차가운 샘물을 마시는 기분이었다. 하지만 그가 애당초 의도보다 훨씬 격렬하게 그녀를

제16장

175

끌어안았던지 그녀가 얼굴이 빨개지며 마치 놀란 듯 몸을 뒤로 뺐다.

"왜 그래?" 그가 웃으며 물었다. 그녀가 놀란 눈으로 그를 바라보며 "아무것도 아니에요"라고 대답했다.

둘 사이에 약간 어색한 분위기가 감돌았고 그녀는 슬며시 그에게 잡힌 손을 빼냈다. 보퍼트의 온실에서 은밀하게 포옹했던 것을 제외하면 처음으로 하는 키스였다. 그녀는 천진난만한 침착성을 잃고 어쩔 줄 몰라 하고 있었다.

아처는 어색한 분위기에서 벗어나려고 그녀에게 평상시에 무엇을 하며 지내는지 물었다. 그녀는 단순한 일상에 대해 길게 이야기했고 이야기 도중 다시 쾌활해졌다.

그녀가 갑자기 놀라며 아침 식사에 늦겠다고 외쳤다. 그들은 웰랜드가가 겨울 동안 머물러 있는 허름한 집으로 향했다. 현관도 허름했으며 제멋대로 자란 갯질경이와 제라늄이 울타리 구실을 하고 있었다.

엄청날 정도로 풍성하게 차려진 아침 식탁 너머로 미소를 보내며 웰랜드 씨가 아처에게 말했다.

"이보게, 보다시피 이렇게 천막생활을 하고 있다네. 정말로 야영을 하고 있는 셈이지. 아내와 메이에게 거친 생활을 견디는 법을 가르쳐주고 있는 셈이라네."

웰랜드 부부는 아처가 불시에 도착하자 딸만큼이나 놀랐다. 아처는 머리에 떠오르는 대로 심한 감기 기운이 있는 것 같아서 찾아오게 되었다고 둘러댔다. 웰랜드 씨에게는 그 정도라면 그 어떤 의무도 저버릴 만한 충분한 이유가 되는 것 같았다.

"그래, 정말 조심해야 하네. 특히 환절기에는 말이야."

웰랜드 씨가 말했고 웰랜드 부인도 "감기가 완전히 나을 때까지 머물러야 하네"라고 거들었다.

아처는 회사와 전보를 주고받으며 감기 앓을 기간을 일주일로 잡았다. 레터블레어 씨가 그토록 관대한 처분을 내린 것은, 올렌스키 백작의 이혼과 관련된 골치 아픈 문제를 그의 젊고 똑똑한 부하 직원이 만족스럽게 해결한 덕분이라는 것을 아처는 알고 있었다. 어찌 보면 역설적인 상황이었다. 레터블레어 씨는 아처가 '값으로 따질 수 없을 만큼' 큰일을 해냈으며, 맨스밍고트 노부인이 특히 기뻐했다고 웰랜드 부인에게 전했다.

그날 메이가 한 대뿐인 차를 타고 아버지와 드라이브를 나간 틈을 타서 딸 앞에서는 늘 피해왔던 화제를 부인이 뉴랜드 앞에서 꺼냈다.

"엘렌 생각이 우리와는 다른 것 같아 걱정이라네. 미도라 맨슨이 그 애를 유럽으로 다시 데려갔을 때 그 애 나이가 겨우 열여덟 살이었지. 그때 그 애가 사교계 데뷔 무도회에 검은 옷을 입고 나와서 다들 놀랐던 것 기억하나? 미도라의 별난 변덕이 또 나왔나 싶더니……. 이런 일이 벌어지리라는 예언 같은 거였어. 그게 최소한 11년 전 일일 거야. 그때 이후 엘렌은 단 한 번도 미국에 오지 않았지. 유럽 사람이 다 되었을 걸세."

"하지만 유럽 사회는 이혼을 허락하지 않습니다. 올렌스카 부인은 자유를 요구하는 것이 미국의 이상에 맞는 행동이라고 생각하고 있습니다."

아처는 스키터클리프를 떠난 이래 처음으로 그녀의 이름을 입에 올리면서 자신의 뺨이 붉어지는 것을 느꼈다.

웰랜드 부인이 딱하다는 듯 미소를 지었다.

"그건 다 외국인들이 지어낸 이상한 이야기일 뿐일세. 우리가 2시에 저녁을 든다는 둥, 이혼을 찬성한다는 둥! 그러니 그들이 뉴욕에 왔을 때 잘해주는 건 바보 같은 짓이야. 대접을 잘 받고 돌아가서는 그런 허튼소리나 되풀이한다니까."

아처가 별다른 이의를 달지 않자 부인이 계속했다.

"어쨌든 엘렌이 그런 생각을 포기하도록 설득해줘서 정말 고맙네. 그 애 할머니나 로벨 숙부도 어쩔 수 없었다고 하더군.

그 애가 마음을 바꾸게 된 건 오로지 자네 덕이라고 두 분이 편지를 보냈어. 자네를 입에 침이 마르도록 칭찬하더군. 딱한 엘렌……. 늘 고집불통 아이였지. 그 애 앞날이 어찌 될 건지……."

"우리 모두 그녀 앞날을 위해 노력하고 있잖습니까"라고 그가 말했다. 하지만 정작 하고 싶은 말은 이런 말이었다.

'모두 그녀가 점잖은 사람의 아내가 되기보다는 보퍼트의 정부(情婦)가 되기를 원하신다면 정말로 잘하신 겁니다.'

아처는 아직 미모가 남아 있는 웰랜드 부인의 모습에서 미래의 메이 모습을 보는 것 같아 씁쓸했다. 아! 안 된다. 메이가 저런 종류의 순수에 빠지면 안 된다. 상상력과 경험을 꽁꽁 봉해 버린 마음속에 또아리 튼 저 순수!

웰랜드 부인이 말을 이었다.

"만일 그런 끔찍한 일이 신문에 났더라면…… 정말이지, 바깥양반에게 치명타가 될 거야. 자세한 이야기는 모르네만 불쌍한 엘렌이 그 이야기를 하려 했을 때 내가 입을 막았다네. 환자를 제대로 돌보려면 내 마음이 밝고 행복해야 해. 어쨌든 바깥양반은 충격을 받았어. 일이 어떻게 결판날 건지 기다리던 때에는 아침마다 미열이 있었어."

웰랜드 부인의 이야기가 한없이 길어질 것만 같아 지루해지던 차에 웰랜드 씨와 메이가 차를 타고 오는 모습이 보여 그는 안도의 한숨을 쉬었다.

그곳을 떠나기 전날 그는 메이와 함께 이곳에 도착하는 날 둘이 갔던 스페인 선교사풍의 정원으로 산책을 나갔다. 내심 결혼을 앞당길 수 없느냐고 간청할 생각이었다. 아처는 그라나다와 알함브라에 대해 메이에게 이야기해주었다. 메이는 지나칠 정도로 맑은 눈에 신비스러운 그림자를 드리우는 챙 넓은 모자를 쓴 채 더할 나위 없이 사랑스러운 모습으로 그의 이야기에 귀를 기울였다.

"올봄이면 그런 것들을 다 볼 수 있을 거요. 세비야에서 부활절 의식을 볼 수 있을지도 모르지."

"세비야에서 부활절을요? 다음 주면 벌써 사순절인데요!" 그녀가 웃었다.

"사순절에 결혼하지 말라는 법이 있나?" 그가 맞받아쳤다. 그런데 그녀가 너무 충격을 받자 그는 실수했음을 깨달았다.

"아니, 뭐, 꼭 그런 뜻으로 말한 건 아니오. 하지만 부활절 이후에 곧바로 식을 올린다면 4월 말에는 신혼여행을 떠날 수 있을 거요."

그녀는 마치 그런 가능성을 꿈꾸듯이 미소를 지었다. 하지만 그녀에게는 꿈만으로도 충분하다는 것을 그는 알아차렸다. 마치 그의 시집 속에 들어 있는, 현실에서는 일어날 수 없는 아름다운 일을 그녀에게 읽어주는 것과 같았다.

"오, 뉴랜드, 계속해줘요. 듣기만 해도 너무 좋아요."

"하지만 왜 듣는 데서 그쳐야 하지? 왜 그걸 현실로 만들면 안 되는 거요?"

"물론 그렇게 될 거예요. 내년이면……." 그녀의 목소리에서 아쉬움이 묻어났다.

"왜 좀 더 빨리 현실로 만들길 바라지 않는 거지? 지금 바로 도망가자고 당신을 설득할 수는 없는 거요?"

그녀는 고개를 숙여 모자 챙 아래로 얼굴을 숨겼다.

"왜 우리 꿈을 내년으로 미뤄야 하지? 자, 나를 봐요! 내가 얼마나 당신을 내 아내로 맞고 싶어 하는지 모른단 말이오?"

그녀는 잠시 꼼짝 않고 있었다. 이윽고 그녀가 다정하면서도 절망적인 시선으로 그를 바라보았다. 그는 그녀의 허리를 안은 팔을 반쯤 풀었다. 순간 그녀의 표정이 바뀌었다. 헤아리기 어려울 정도로 심각한 표정이었다.

"제가 제대로 이해하고 있는 건지 확신이 안 서네요." 그녀가 말했다. "그러니까…… 저를 향한 사랑이 변치 않을 자신이 없어서 그러시는 건가요?"

아처가 벌떡 자리에서 일어났다.

"맙소사!…… 아니…… 도대체 무슨 말을!"

메이 웰랜드도 일어났다. 그렇게 서로 마주 보고 있자니 그녀가 여성답고 기품 있는 모습으로 성장한 것 같았다. 둘은 잠시 아무 말이 없었다. 둘 다 자기들 입에서 예상치 못한 말이 나온 것 때문에 경악하고 있는 것 같았다. 이윽고 그녀가 낮은 목소리로 말했다.

"그러니까…… 다른 누군가가 있는 건가요?"

"다른 누구라니?…… 당신과 나 사이에 말이오?"

그의 목소리에서 뭔가 반신반의하는 듯한 기색을 읽었는지 그녀가 심각한 어조로 말을 이었다.

"우리 솔직하게 이야기해요, 뉴랜드. 저는 가끔 당신에게서 뭔가 다른 모습을 느껴요. 특히 우리의 약혼을 발표한 다음에요."

"무슨…… 그런 말도 안 되는 소리를!"

그녀는 그의 항의에 보일락 말락 한 미소로 답하며 말했다. "당신 말씀대로라면 그 이야기를 해도 해가 될 건 없겠지요." 그녀는 잠시 말을 끊더니 우아한 동작으로 고개를 들면서 덧붙였다. "설사 사실이라 할지라도 우리가 그 이야기를 안 할 이유가 있나요? 당신이 별생각 없이 실수를 저질렀을 수도 있잖아요."

아처는 고개를 숙이고 발밑의 나뭇잎 그림자를 들여다보았다. 그가 입을 열었다.

"실수야 늘 쉽게 저지르는 법이지. 하지만 만일 내가 당신이 생각하는 그런 실수를 저질렀다면 결혼을 서두르자고 재촉하겠소?"

그녀가 잠시 적합한 표현을 찾는 듯 망설이더니 말했다.

"그럴 수 있지요. 문제를 해결하려고…… 결혼을 서두를 수도 있겠지요. 그것도 하나의 방법이니까요."

그녀는 다시 무너지듯 자리에 앉으며 말을 이었다.

"처녀가 부모님 생각처럼 아무것도 모른다고 생각하면 안 돼요. 듣는 말이 있고 눈치도 있어요. 감정도 있고 자기 생각도 있어요. 저를 사랑한다고 고백하기 오래전에 당신이 다른 누군가에게 관심이 있었다는 걸 알고 있어요. 2년 전 뉴포트에서는 모르는 사람이 없었어요."

그녀는 거의 속삭이듯 낮은 목소리로 말했다.

그녀의 이야기를 듣고 아처는 이루 표현할 수 없을 만큼 안도했다. 그는 그녀의 두 손을 부드럽게 잡았다.

제16장

183

"그래…… 그 이야기였소? 당신이 진실만 알았더라도!"

그녀가 재빨리 고개를 들었다.

"그렇다면 제가 모르는 다른 진실이 있단 말인가요?"

그가 그녀의 손을 놓지 않은 채 말했다.

"아니, 다른 이야기가 아니라 당신이 말한 그 이야기의 내막 말이오."

그런데 그녀가 자못 비장한 표정을 지으며 말했다.

"저도 그걸 알고 싶어요. 뉴랜드, 알아야만 해요. 누군가에게 옳지 못한 짓을 하고 그걸로 행복을 얻을 수는 없어요. 당신도 마찬가지일 거예요. 정말 오랫동안 이 말을 당신께 하고 싶었어요. 두 사람이 진정으로 사랑한다면…… 그럴 수 있다고……. 그러니까 세상 사람들과 등을 지는 것이 옳을 수도 있다고 저는 생각해요. 그리고 만일 당신이 맹세했다면…… 지금 우리가 이야기를 나누고 있는 그 사람에게 맹세했다면…… 어떻게 해서든…… 그 맹세를 지키겠다고 약속했다면…… 그녀가 이혼해서라도 그러기로 했다면……뉴랜드, 저 때문에 그녀를 포기하지 마세요!"

그는 이제 까마득히 옛날 일이 되어버린 솔리 러시워스 부인과의 밀애 사건에 대해 그녀가 두려움을 간직하고 있다는 사실이 놀라웠다. 하지만 그 놀라움은 그녀의 관대한 마음씨에서 느낀 경이감에 비하면 아무것도 아니었다.

그는 잠시 동안 입을 떼지 못했다. 마침내 그가 말했다.

"그런 맹세 같은 건 없었소. 의무 같은 건 더더욱……. 정말 아무 문제도 없소. 당신의…… 당신의 그 너그러움을 정말 소중하게 생각하오. 그런 일에 관한 한 내 생각도 마찬가지니까……. 나는 그런 일들은 그때그때 사안에 따라서 판단해야 한다고 생각하오……. 어리석은 관습 따위는 무시하고…… 말하자면 각각의 여성이 지니고 있는 자유를 누릴 권리는……."

그는 자기 속마음을 털어놓은 사실에 대해 스스로 놀라서 말을 끊었다가 미소 지으며 말을 계속했다.

"당신, 그렇게 많은 것을 이해하니 어리석은 인습 따위는 무시하고 조금 더 밀고 나갈 수는 없겠소? 우리 사이에 아무도, 아무것도 없다면 결혼을 더 미루는 것보다 빨리 결혼하는 게 낫지 않겠소?"

그녀는 기쁨으로 달아오른 얼굴을 들어 그를 바라보았다. 그녀의 눈에는 기쁨의 눈물이 가득 차 있었다. 그러나 다음 순간 그녀는 당당한 여성에서 다시 청순하고 가련한 소녀로 되돌아간 것 같았다. 그는 그녀의 용기와 결기가 다른 사람을 위해서

제16장

185

만 발휘된다는 것, 자신을 위해서는 전혀 그렇지 않다는 것을 알 수 있었다. 속에 담고 있던 말을 너무나 힘들게 꺼낸 뒤에 그에게서 안심할 수 있는 말을 듣자 그녀는 마치 지나치게 모험심에 들떴던 아이가 다시 어머니의 품에 안기듯 평상시 모습으로 돌아왔다.

아처는 더 이상 그녀에게 간청할 마음이 들지 않았다. 그를 꿰뚫어 보는 듯한 새로운 존재가 그녀의 투명한 눈에서 사라져 버린 사실에 대해 그는 실망했다. 메이는 그가 실망했다는 것을 눈치챈 것 같았다. 하지만 그를 어떻게 달래주어야 할지는 알 수 없었다. 둘은 자리에서 일어나 조용히 집으로 향했다.

제17장

"오빠, 올렌스카 백작 부인이 오빠 없는 동안 엄마를 만나러 왔었어."

아처가 돌아온 날 저녁, 식탁에서 제이니가 오빠에게 말했다.

아처가 놀라서 눈을 들었다. 어머니는 마치 딴전을 피우듯 접시만 들여다보고 있었다. 제이니가 계속 입을 놀렸다.

"새까만 단추가 달린 폴란드식 외투를 입고 작은 초록색 원숭이 머프를 끼고 왔어. 그렇게 멋지게 차려입은 모습은 처음 봐. 일요일 오후에 혼자 왔어. 오빠가 너무 잘해줘서 우리랑도 알고 지내고 싶었대."

뉴랜드가 웃으며 말했다.

"올렌스카 부인은 아는 사람에 대해서 늘 그렇게 말해. 고향 사람들과 다시 함께 지내게 된 걸 기뻐하고 있어."

"맞아, 그런 말을 하더구나." 아처 부인이 입을 열었다. "여기 있게 된 데 대해 감사해하는 것 같았다."

"어머니도 그녀가 마음에 들면 좋겠어요." 그가 대답했다.

그러자 제이니가 끼어들었다.

"어머니는 그녀가 순진하지 않다고 생각하셔."

"나야 구식이니까 그런 거지. 나 같은 사람에게는 메이가 마음에 들어." 어머니의 말이었다.

"아, 둘은 서로 다르지요." 아들이 말했다.

아처는 뉴욕으로 돌아온 지 이틀 후에 밍고트 노부인을 방문했다. 세인트 오거스틴에서 돌아오면서 그녀에게 전할 메시지를 잔뜩 갖고 온 때문이었다.

노부인은 아주 따뜻하게 그를 맞아주었다. 그녀는 올렌스카 백작 부인이 이혼을 포기하도록 애써준 데 대해 그에게 고마워했다. 아처가 무단결근을 하고 오로지 메이를 보기 위해 세인트 오거스틴으로 달려갔다고 말하자 그녀는 느끼하게 킬킬대면서 살찐 손으로 그의 무릎을 토닥였다.

"아, 구속을 걷어차버린 거로군. 그래, 목적을 이뤘나?"

노부인은 마치 다 안다는 투로 말했다.

"제아무리 간청해도 메이가 영 받아들이지를 않더군요. 저는 4월에 결혼식을 하겠다는 약속을 받아내고 싶었습니다. 1년을 허비할 필요가 없잖습니까?"

맨슨 밍고트 노부인은 장난스레 눈을 껌뻑이며 말했다.

"'엄마에게 물어보세요.' 이랬겠지, 뭐. 안 봐도 뻔해. 아, 밍고트 족속들이란…… 하나같이 똑같아! 판에 박힌 사람들이라서 자네가 어떻게 해볼 도리가 없을 걸세. 이 집을 지을 때도 얼마나 요란을 떨던지. 아무도 40번가 위쪽에 집을 지은 적이 없었으니까. 맞아, 누구도 남과 달라지고 싶어 하지 않아. 그런 걸 마치 천연두처럼 무서워한다니까. 나는 내가 천한 스파이서가 출신인 걸 하늘에 두고 감사해. 내 자손 중에 엘렌, 그 애를 제외하고는 나를 닮은 놈이 하나도 없다니까."

그녀는 잠시 말을 멈추더니 아처를 향해 눈을 끔뻑이며 노인 특유의 엉뚱한 말을 툭 던졌다.

"그런데 자네 도대체 왜 귀여운 엘렌과 결혼하지 않은 건가?"

아처가 웃으며 말했다.

"무엇보다도 그녀가 현장에 없었으니까요."

"맞아, 그랬지. 안된 일이야. 그리고 이제 너무 늦었지. 그 애

제17장

189

인생은 끝났어."

그때, 엘렌이 칸막이 커튼을 젖히고 거실에 나타났다. 웃음 띤 얼굴이었고 생기발랄한 모습이었다. 그녀는 할머니에게 입을 맞추려고 허리를 굽히면서 아처에게 손을 내밀었다.

밍고트 노부인이 말했다.

"애야, 네 이야기를 하던 참이란다. '왜 우리 귀여운 엘렌과 결혼하지 않은 건가'라고 물었지."

엘렌이 할머니에게 말했다.

"뭐라고 대답하던가요?"

"애야, 네가 직접 알아내렴. 저 사람은 애인을 만나러 플로리다에 다녀왔다는구나."

"알아요." 이어서 그녀가 아처에게로 눈길을 향하며 말했다. "당신 어머니를 만나러 갔었어요. 당신이 어디 갔는지 알고 싶어서요. 당신에게 쪽지를 전했는데 답이 없더군요. 혹시 병이라도 난 게 아닌가 걱정했어요."

그는 황급히 하이뱅크를 떠날 수밖에 없었다느니, 세인트 오거스틴에서 편지를 보낼 생각이었다느니 두서없이 주워섬겼다. 어머니를 만나러 와주어서 고맙다는 말을 하고 싶었지만, 노부인의 심술궂은 눈앞에서 혀가 굳어버린 듯 말이 나오지 않는 것 같았다.

아처는 엘렌이 할머니 곁에 앉아 자신을 찬찬히 살펴보고 있다는 것을 알고 있었다. 그는 거북해서 더 이상 그 자리에 있을 수 없을 것 같았다. 그는 자리에서 일어났다. 악수를 하려고 엘렌의 손을 잡았을 때 그가 답장을 보내지 않은 편지에 대해 몇 마디 말이라도 해주기를 그녀가 원하고 있다고 그는 느꼈다.

엘렌과 함께 문 쪽으로 발걸음을 옮기며 그가 물었다.

"언제 만날 수 있을까요?"

"언제고 좋아요. 하지만 나의 작은 집을 다시 보고 싶다면 빨리 와야 해요. 다음 주에는 이사하거든요."

"내일 저녁은 어때요?"

그녀가 고개를 끄덕였다.

"내일, 좋아요. 하지만 일찍 와야 해요. 외출할 거거든요."

다음 날은 일요일이었으므로 그녀가 저녁에 외출한다면 갈 곳은 레뮤얼 스트루더스 부인의 집뿐이었다. 그는 약간 짜증이 났다. 그녀가 그런 곳에 간다는 사실 때문이 아니었다. 그는 밴 더 루이든 부부의 뜻이야 어떻든 그녀가 가고 싶은 곳이라면 어디든 가기를 바랐다. 다만 그곳에 간다면 분명히 보퍼트를 만나게 될 것이고 그녀도 그 사실을 알고 있는 게 분명했기 때

제17장

191

문에 짜증이 난 것이었다. 어쩌면…… 그 목적으로 그곳에 가는 것인지도 몰랐다.

"좋습니다. 내일 저녁에."

그는 대답하면서 일찍 가지 않으리라고 속으로 다짐했다. 그녀의 집에 늦게 도착해서 그녀가 스트루더스 부인의 집에 가지 못하도록 막거나, 아니면 그녀가 이미 떠난 다음이거나 둘 중의 하나였다. 이리저리 머리를 굴려봐도 그것이 가장 쉬운 해결책이었다.

그런데 다음 날 그는 8시 반 정도가 될락 말락 한 시각에 그녀 집 앞 등나무 아래에서 벨을 울렸다. 마음먹고 있던 시간보다 30분 일찍 도착한 것이다. 야릇한 불안감에 진득하게 기다릴 수 없었기 때문이었다. 그래도 그는 스트루더스 부인의 일요일 모임은 일반 무도회와는 달리 일찍 시작할 것이라고 속으로 자신을 합리화했다.

집 안으로 들어서니 복도 소파에서 뜻밖에도 모자와 외투 두 벌이 눈에 띄었다. 그녀가 다른 사람들과 저녁 약속이 있었다면 왜 일찍 오라고 한 것일까? 외투는 얼핏 보아도 줄리어스 보퍼트의 것이 아님은 분명했다. 두 벌 모두 점잖은 집에서는 보기 힘들게 이상야릇했으며 그중 한 벌은 형편없이 낡은 것이었다.

나스타샤의 안내로 방으로 들어가니 여주인은 방에 없었다. 그런데 놀랍게도 난롯가에 서 있는 숙녀 한 명이 눈에 들어왔다. 큰 키에 야윈 몸매의 그 여자는 정신이 어지러울 정도로 요란한 무늬의 옷을 입고 있었고 희끗희끗해지기 시작한 머리에는 스페인식 빗 장식을 꽂고 스카프를 두르고 있었다.

두 명의 외투 주인은 그녀 옆에서 담배 연기를 구름처럼 내뿜고 있었다. 그중 한 명이 바로 네드 위셋임을 알아보고 아처는 놀랐다. 낯선 다른 한 명은 나이가 제법 들었으며 엄청난 거구를 자랑하고 있었다.

세 사람은 아처가 나타나자 깜짝 놀라며 몸을 돌렸다. 부인이 다가와 아처에게 손을 내밀며 말했다.

"오, 아처 씨…… 내 친척이나 다름없는 뉴랜드 씨! 내가 맨슨 후작 부인이랍니다."

아처가 머리 숙여 인사하자 그녀가 말을 이었다.

"엘렌이 며칠 여기 묵게 해주었답니다. 스페인 친구들과 쿠바에서 겨울을 보내고 왔어요. 이분은 제 친구인 카버 박사입니다. '사랑의 공동체 계곡'을 설립한 애거턴 카버 박사 이름을 못 들어봤나요?"

카버 박사가 사자 갈기 같은 머리를 숙여 인사했다. 후작 부인이 다시 말했다.

"윈셋 씨하고는 아는 사이겠지요? 자, 앉아요. 넷이 유쾌한 만찬을 즐긴 후 엘렌은 옷을 갈아입으러 올라갔답니다. 당신을 기다리더군요. 곧 내려올 거예요."

여전히 서 있던 윈셋이 입을 열었다.

"저는 이제 가봐야겠습니다. 올렌스카 부인에게 그녀가 이 거리를 버리고 떠나면 우리 모두 허전할 것이라고 전해주십시오. 이 집은 오아시스였는데……."

"아, 하지만 그 애가 당신을 버리는 건 아니에요. 시와 예술은 그 애에게 생명의 숨결이니까요. 시를 쓰시지요, 윈셋 씨?"

"오, 아닙니다. 가끔 읽기는 하지요." 그 말과 함께 모두에게 인사한 후 윈셋은 방에서 빠져나갔다. 그러자 카버 박사도 9시에 블렌커 부인 집에서 간단한 강연을 해야 한다며 아처에게 명함을 주고 그곳을 떠났다.

두 남자가 그곳을 떠나자 맨슨 부인은 아쉬움에서인지 안도감 때문인지 모를 한숨을 내쉬며 아처에게 다시 의자에 앉으라고 손짓했다.

"엘렌이 곧 내려올 거예요. 그 애가 오기 전에 당신과 이렇게 조용히 이야기를 나눌 수 있게 되어서 기뻐요."

아처도 만나 뵙게 되어 반갑다고 중얼거렸고 후작 부인이 나지막이 말을 이어 나갔다.

"아처 씨 다 알고 있어요……. 저 애가 다 이야기해주었어요. 당신이 저 애를 위해 애써주었다는 걸……. 현명한 충고를 해주고 용기 있고 단호한 모습을 보여주었다고요. 너무 늦지 않길 다행이에요."

"올렌스카 부인이 과장했군요. 저는 그녀가 묻는 대로 법적인 의견만 말해주었을 뿐입니다."

"아, 하지만…… 당신은 그 일을 하면서…… 뭐랄까…… 현대인은 신의 섭리 같은 걸 뭐라고 할까? …… 암튼 그 비슷한 것의 도구가 된 셈이에요." 그 말을 하면서 그녀는 머리를 한쪽으로 기울이더니 눈꺼풀을 신비스럽게 내리깔며 외쳤다. "그 순간 누가 내게 다가와서 호소를 해 왔는지 당신은 짐작도 할 수 없을 거예요……. 대서양 건너 저편에서!"

그녀는 누가 엿듣지나 않을까 두려운 것처럼 자기 어깨 너머로 뒤를 흘낏 바라보더니 의자를 앞으로 당긴 다음 상아 부채로 입을 가리며 속삭였다.

제17장

"바로 백작 자신이에요. 딱하고 멍청한 양반. 정신 나간 올렌스키. 그 사람이 내게, 엘렌이 자진해서 돌아오도록 설득해달라는 게 아니겠어요?"

"뭐라고요!" 아처가 벌떡 일어나며 외쳤다.

"끔찍하지요? 맞아요. 나도 알고도 남아요. 딱한 스타니슬라스, 나를 항상 가장 좋은 친구라고 불러주었지만, 그 사람 편을 들어줄 수는 없지. 암튼 그는 이제 자기변명 같은 건 안 해요. 그 애에게 완전히 무릎을 꿇은 거지요." 이어서 그녀가 가슴을 툭툭 치며 말했다. "내가 그의 편지를 가지고 왔어요."

"편지요? 올렌스카 부인이 그걸 봤단 말입니까?" 아처는 충격에서 벗어나지 못한 채 더듬거렸다.

맨슨 후작 부인이 고개를 가볍게 저었다.

"시간…… 시간이 필요해요. 나는 엘렌을 잘 알지. 도도하고 고집 세고…… 용서해줄 여지는 전혀 없는 걸까?"

"오, 하지만 용서한다는 것은……. 딱 한 가지…… 맙소사…… 그 지옥으로 되돌아간다는 것밖엔 없잖습니까?"

"맞아요. 그 애도 그렇게 표현했어요. 애도, 뾰족하기는! 하지만 물질적인 면을 고려한다면……. 아처 씨, 그 애가 뭘 포기했는지 알겠어요? 소파 위의 저 장미…… 저런 게 니스의 정원

온실에는 끝도 없이 펼쳐져 있다고요! 역사가 깃든 보석들……
진주며 에메랄드며 검은담비 모피며…… 그런 것들을 다 내팽
개치다니! 그뿐인가요. 온통 예술적인 것에 둘러싸여 지냈는
데……. 그 애도 그토록 좋아하고 제 목숨처럼 아꼈었는데…….
그림, 귀한 가구들, 음악, 재치 넘치는 대화들…… 아처 씨, 미
안한 말이지만 이곳 사람들은 꿈조차 꾸지 못할 것들이지요.
심지어 유럽 최고 화가들이 그 애 초상화를 아홉 번이나 그렸
다고요. 모두 그 애 초상화를 그리지 못해 안달이었는데…….
이런 게 아무것도 아닌가요? 친애하는 남편이 후회하고 있는
데도?"

그녀가 어찌나 신이 날 정도로 흥분했는지 아처조차도 흥이
날 지경이었다. 하지만 지금은 흥이 나거나 웃을 기분이 아니었
고 그런 상황도 아니었다. 그에게 맨슨 부인은 마치 엘렌 올렌
스카가 방금 겨우 탈출한 지옥에서 곧바로 온 사자(使者)처럼 보
였다.

"그녀는 아직…… 이 모든 걸 모르고 있습니까?"그가 불쑥
물었다.

맨슨 부인은 진홍빛 손가락을 입술에 갖다 대며 말했다.

"직접 들은 건 없지만…… 짐작이야 하지 않겠어요? 하긴 누

가 말해줄 수 있겠어요. 실은 아처 씨, 당신을 만나고 싶었다오. 당신이 그 애에게 아주 큰 영향력이 있다는 이야기를 들은 때부터……. 당신의 도움을 받고 싶었다오. 당신이 나서 준다면……."

"그녀가 돌아가도록 만드는 일에 말입니까? 차라리 그녀가 죽는 꼴을 보는 게 낫겠습니다." 젊은이가 격렬하게 외쳤다.

후작 부인은 화난 티를 내지 않은 채 다만 "아" 하는 신음만 내뱉었을 뿐이었다. 그녀는 상아 부채를 접었다 폈다 하며 안락의자에 앉아 있었다. 순간 그녀가 갑자기 고개를 들고 귀를 기울였다.

"그 애가 오는군요." 그녀가 재빨리 속삭이고는 소파 위의 꽃다발을 가리켰다.

"아처 씨, 당신은 저쪽이 더 낫단 말이로군. 어쨌든 결혼은 결혼인데…… 조카애는 아직 유부녀이고……."

제18장

"고모, 두 분이 무슨 꿍꿍이를 하고 계신 거예요?" 올렌스카 부인이 방으로 들어서며 외쳤다.

그녀는 무도회라도 갈 것 같은 차림이었다. 이어서 그녀가 미도라 맨슨 부인을 보며 말했다.

"고모, 카버 씨가 먼저 가셨으니 블렌커 씨 댁에 늦겠네요. 아처 씨, 고모님 좀 마차에 태워주시고 오실래요?"

복도까지 후작 부인을 따라 나온 올렌스카 부인은 맨슨 부인이 덧신이며 숄, 목도리를 주섬주섬 걸치는 모습을 보더니 문간에서 그녀에게 외쳤다.

"고모, 10시까지는 마차를 돌려보내야 해요! 내가 타고 가야 하니까요."

그녀는 거실로 되돌아갔다. 아처가 마차까지 후작 부인을 배웅하고 거실로 돌아오니 올렌스카 부인은 벽난로 앞에 서서 거울에 비친 자기 모습을 들여다보고 있었다.

아처가 거실로 들어서는 모습을 보자 그녀가 소파로 몸을 던지며 말했다.

"담배 한 대만 줄래요?"

그는 담뱃갑을 건네주고 불을 붙여 주었다.

그녀가 말했다.

"고모가 내 이야기를 했지요?"

"당신이 화려하고 재미있는 것들, 진귀한 것들에 익숙해 있었다고 하시더군요. 이곳에서는 우리가 당신에게 절대로 제공할 수 없는 것들 말입니다."

올렌스카 부인은 담배 연기 사이로 살짝 미소를 보였다.

"고모는 못 말리게 낭만적이라니까요. 무슨 일을 겪어도 그런 걸로 이겨내며 살아온 분이에요! 그런데 도대체 구체적으로 고모와 무슨 이야기를 나눈 거예요?"

아처는 난롯불로 눈길을 돌렸다가 다시 그녀의 빛나는 자태로 눈길을 향했다. 이것이 이 불가에서 그녀와 함께 지내는 마지막 저녁이리라는 것, 잠시 후면 마차가 그녀를 데리러 오리라는 것을 생각하니 그의 가슴이 조여왔다.

그는 잠시 망설이다가 솔직히 말하기로 결심했다.

"고모님 말씀이…… 그러니까…… 올렌스키 백작이 고모님께 부탁을 했다더군요. 당신이 그에게 돌아오도록 설득해달라고."

올렌스카 부인은 아무 대답도 하지 않았다. 그녀는 반쯤 들어 올린 담배를 쥔 채 미동도 하지 않았다. 표정에도 변화가 없었다. 아처는 그녀가 어떤 일에도 별로 놀라지 않는다는 사실을 기억해냈다.

"그렇다면…… 알고 있었나요?" 그가 침묵을 깼다.

그녀는 오랫동안 말이 없었다. 담뱃재가 바닥에 떨어졌다. 그녀는 재를 바닥에 문질렀다. 마침내 그녀가 입을 열었다.

"편지에 대해 넌지시 암시를 하시긴 했어요. 딱한 분! 그저 우물거리면서……."

"고모님이 갑자기 이곳에 오신 것도 당신 남편의 청에 의해서인가요?"

올렌스카 부인은 그 질문에 대해서도 곰곰이 생각하는 것 같았다.

"그것도 분명히 말하기는 어려워요. 내게는, '영성(靈性) 소환'이라나 뭐라나, 카버 박사의 일 때문에 왔다고 했어요. 고모가 카버 박사와 결혼이라도 하지 않을까 걱정이에요……. 불쌍한 고모, 늘 누군가와 결혼하지 않으면 못 배기시니……. 사실 고모가 왜 왔는지는 잘 모르겠어요."

"하지만 그분이 당신 남편의 편지를 가져왔다고는 믿지요?"

올렌스카 부인은 다시 한번 침묵에 잠겼다가 입을 열었다.

"어쨌든 예상하고 있던 일이에요."

아처는 자리에서 일어나 벽난로에 기대고 섰다. 그는 갑자기 초조함에 사로잡혔다. 이제 시간이 얼마 남지 않았다는 생각, 이제라도 마차 바퀴 소리가 들릴지도 모른다는 생각에 혀가 굳어버리는 것 같았다.

"고모님은 당신이 돌아가리라고 믿고 계시던데, 당신도 알고 있나요?"

올렌스카 부인은 그 말이 떨어지기 무섭게 고개를 들었다. 얼굴뿐 아니라 목과 어깨까지 온통 새빨갛게 물들어 있었다. 얼굴을 붉히는 일이 거의 없는 그녀였지만 마치 불에라도 덴 듯 고통스러운 표정이었다.

"당신, 나에 대한 잔인한 이야기들을 믿고 있군요." 그녀가 말했다.

"오, 엘렌…… 용서해줘요. 내가 바보 같은 말을 했소. 입에

담지 못할 말을."

그녀가 살짝 미소를 지었다.

"너무 그럴 것 없어요. 당신도 걱정거리가 있잖아요. 당신의 결혼을 두고 웰랜드가에서 이치에 맞지 않는 태도를 보인다고 생각하지요? 나도 그걸 알고 있고 당신 생각에 동의해요. 미국에서 왜 그렇게 약혼 기간을 길게 잡는지 유럽 사람들은 이해하지 못해요. 그 사람들은 우리처럼 차분하지 못해서 그런가?"

그녀는 '우리처럼'이라는 말을 약간 비꼬는 투로 약간 힘주어 발음했다.

하지만 그는 그런 건 개의치 않았다. 오로지 시간이 얼마 남지 않았다는 생각에 그는 필사적이 되었다.

"맞아요." 그가 무뚝뚝하게 말했다. "제가 남부로 가서 메이에게 부활절 직후 결혼해달라고 간청했습니다. 그때 결혼하면 안 될 이유가 없거든요."

"게다가 메이는 당신을 숭배하잖아요. 그런데도 개를 설득하지 못했나요? 그 애는 똑똑하니까 그런 터무니없는 미신의 노예가 되지는 않을 줄 알았는데."

"너무 똑똑해서 탈이지요. 미신의 노예가 아니라……."

올렌스카 부인이 그를 올려다보았다.

제18장

203

"아니 그렇다면……. 글쎄요, 난 이해가 안 되네요."

아처가 얼굴을 붉히며 황급히 말했다.

"솔직히 터놓고 이야기를 나눴어요……. 거의 처음으로…….
그녀는 내 조바심을 나쁜 징조로 생각하더군요."

"맙소사, 나쁜 징조라뇨?"

"변함없이 자기를 사랑할 자신이 없어서 그런다고 생각하더
군요. 간단히 말해, 내가 자기보다 더 사랑하는 그 누구로부터
도망가기 위해 결혼을 서두른다는 거예요."

그녀는 호기심에 따지듯 물었다.

"아니, 그 애가 그렇게 생각한다면…… 걔도 서둘러야 당연
한 거 아닌가요?"

"그녀는 그런 사람이 아니니까요. 그보다는 훨씬 고상하지
요. 오히려 약혼 기간이 길어야 한다고 주장해요. 내게 시간을
주기 위해……."

"다른 여자를 위해 자기를 포기할 시간……?"

"내가 그러길 원한다면 말입니다."

아처의 귀에 고요한 거리를 빠른 걸음으로 달려오는 마차 소
리가 들렸다.

"정말 고상하군요." 그녀가 약간 갈라진 목소리로 말했다.

"맞아요. 하지만 우스꽝스러운 일이지요."

"우스꽝스럽다고요? 당신이 다른 누군가를 사랑하는 게 아니니까?"

"다른 사람과 결혼할 생각은 전혀 없으니까요."

"아."

다시 한번 기나긴 침묵이 흘렀다. 마침내 그녀가 그를 올려보며 물었다.

"그 다른 사람 말이에요……. 그녀가 당신을 사랑하나요?"

"오, 다른 사람이란 건 없습니다. 내 말은, 메이가 생각하는 그런 사람은……. 그런 사람은 절대로……."

"그렇다면, 도대체 왜 그렇게 서두르는 건가요?"

"마차가 도착한 것 같습니다." 아처가 말했다.

그녀는 반쯤 몸을 일으키며 멍한 눈으로 주변을 둘러보았다. 그녀는 옆 소파에 놓여 있던 부채와 장갑을 기계적으로 집어 들었다.

"그렇군요. 가야겠네요."

"스트루더스 부인 집으로 가는 겁니까?"

"네." 그녀가 미소 지으며 덧붙였다. "초대받은 곳이니까 가야지요. 그러지 않으면 너무 외로울 테니까요. 함께 가시지 않

제18장

205

을래요?"

아처는 무슨 수를 써서라도 그녀를 자기 옆에 있게 해야겠다고, 남은 저녁을 자신과 함께 보내게 만들어야겠다고 느꼈다. 그는 그녀의 질문에는 대답하지 않은 채, 마치 시선으로 그녀의 손에서 장갑과 부채를 떨어뜨리겠다는 듯 그녀의 손을 뚫어져라 바라보았다.

"메이의 짐작이 맞았소." 그가 느닷없이 말했다. "다른 여자가 있어요……. 하지만 그녀가 생각하던 여자는 아니오."

엘렌 올렌스카는 대답하지도 않았고 꼼짝하지도 않았다. 잠시 후 그가 그녀 옆에 앉았다. 그는 그녀의 손을 부드럽게 폈고, 장갑과 부채가 소파 위 그들 사이에 떨어졌다.

그녀는 벌떡 일어나더니 그에게서 떨어져 난롯가 반대쪽으로 가버렸다.

"오, 제게 구애(求愛)하면 안 돼요! 수없이 많은 사람이 그랬어요." 그녀가 얼굴을 찌푸리며 말했다.

아처도 안색을 바꾸며 몸을 일으켰다. 그녀 입에서 나올 수 있는 가장 심한 힐책이었다.

"당신에게 구애한 적 없소." 그가 말했다. "그리고 앞으로도 그럴 일은 없을 거요. 하지만 우리 둘 중 어느 한쪽이 가능했다면 나는 당신에게 구혼(求婚)했을 거요."

"'우리 둘 중 한쪽이 가능했으면'이라고요? 내 이야기를 하는 건가요?" 그녀는 놀란 표정을 조금도 감추지 않고 그를 바라보았다. "어떻게 그런 말을……. 그걸 불가능하게 만든 건 바로 당신인데요?"

그는 어둠 속에서 한 줄기 빛을 더듬거리며 좇듯이 그녀를 응시했다.

"내가 불가능하게 만들었다고요……?"

"그래요, 당신, 바로 당신이에요!" 그녀가 울음이 터지기 직전의 어린아이처럼 입술을 바르르 떨면서 울부짖었다. "내가 이혼을 포기하게 만든 게 바로 당신 아닌가요? 이혼은 이기적이고 사악한 짓이라며……, 결혼의 존엄성을 지키기 위해 자기를 희생해야 한다며……, 한 가족이 추문에 빠지는 걸 막아야 한다며……. 우리 가족이 곧 당신 가족이 될 테니까, 메이 가족을 위해, 또 당신 가족을 위해 당신이 말한 대로 했단 말이에요. 당신이 하라는 대로 했단 말이에요."

그녀는 갑자기 웃음을 터뜨렸다.

"아, 당신을 위해서 포기했다는 말을 털어놓고 말았군요!"

그녀가 다시 무너지듯 소파에 주저앉았고 아처는 난롯가에 꼼짝하지 않고 서서 그녀를 바라보았다.

"오, 맙소사······." 그가 신음했다. "나는 그런 생각은······ 나는 그저 당신 남편 편지 생각만······."

그는 무슨 말을 해야 할지 몰라 그저 더듬거릴 뿐이었다.

"그런 편지 따위는 두려울 게 하나도 없어요! 내가 두려워했던 건······오로지 가족, 그리고 당신과 메이에게 오명과 수치를 안겨주는 것뿐이었어요."

"맙소사!" 그는 다시 신음을 토하며 손으로 얼굴을 감쌌다.

이어서 도저히 감당할 수 없을 것 같은 침묵이 두 사람을 무겁게 짓눌렀다. 아처는 마치 자신의 묘석(墓石)에 깔려 온몸이 부서지는 느낌이었다. 그 어떤 미래도 이 무거운 짐을 그의 마음으로부터 덜어줄 수 없을 것 같았다. 그는 여전히 두 손으로 얼굴을 감싼 채 겨우 입을 열어 말했다.

"어쨌든 당신을 사랑했소."

그의 귀에 마치 어린아이 울음소리처럼 억눌린 울음소리가 들렸다. 그는 놀라 그녀 쪽으로 갔다.

"엘렌! 무슨 바보 같은 짓을! 왜 우는 거요? 돌이킬 수 없는 일은 하나도 벌어진 게 없소. 나는 여전히 자유로운 몸이고 당신도 그렇게 될 거요."

그는 그녀를 팔로 안고 젖은 꽃 같은 그녀의 얼굴로 입술을 가져갔다. 그러자 그들을 사로잡았던 헛된 공포가 마치 동이 트면서 사라진 유령들처럼 흔적조차 없어졌다. 그 순간 아처는 오로지 한 가지 사실에 놀라고 있었다. 그녀에게 손길을 대는 것만으로 모든 것이 이토록 단순해지는 것을 각자 방 반대편에 서서 5분 동안 논쟁을 벌였단 말인가!

그녀는 그의 키스에 기꺼이 응했다. 그러나 잠시 후 그의 팔에 안긴 그녀의 몸이 굳어지는 것 같더니 그녀가 그를 밀어내며 자리에서 일어났다.

"아, 가엾은 뉴랜드……. 이럴 줄 알았어요. 하지만 바뀌는 건 아무것도 없어요." 그녀가 난롯가에서 그를 내려다보며 말했다.

"나는 삶 전체가 바뀌었소."

"아니, 안 돼요……. 그럴 수 없어요. 당신은 메이 웰랜드와 약혼한 몸이고 나는 유부녀예요."

그도 몸을 일으켰다. 상기된 얼굴에 단호한 표정이었다.

"말도 안 되는 소리! 그러기에는 너무 늦었소. 다른 사람이나 우리 자신을 속일 권리가 우리에게는 없소. 당신의 결혼 이야기는 젖혀둔다 칩시다. 하지만 이러고도 내가 메이와 결혼할 것 같소?"

그녀는 아무 말 없이 잠시 그대로 서 있었다. 얼굴이 초췌하다 못해 거의 나이 들어 보였다. 이윽고 그녀가 입을 열었다.

"당신이 똑같은 질문을 메이에게도 할 수 있나요? 그럴 수 없을걸요."

그는 상관없다는 듯 어깨를 으쓱했다.

"달리 어찌 해보기에는 이미 너무 늦었소."

"지금 이 순간, 그게 제일 쉬운 말이니까 그렇게 말하는 거예요. 그게 진실이라서가 아니라……. 현실적으로는, 우리 둘 다, 이미 결정한 대로 따르는 것 외에는……. 이미 너무 늦었어요."

"아, 무슨 말인지 모르겠소!"

그녀는 미소를 지었다. 하지만 얼굴이 부드러워지기보다는 일그러지게 만드는 처량한 미소였다. 그녀가 말했다.

"당신이 왜 무슨 말인지 모르는지 알아요? 당신이 나를 위해 상황을 어떻게 바꿔 놓았는지 당신 자신이 짐작도 못 하고 있기 때문이에요. 그래요, 처음부터……, 오래전부터 나는 당신이 무슨 일을 하는 건지 다 알았어요."

"내가 한 일?"

"그래요. 나는 처음에는 사람들이 나를 경원시한다는 것을

순수의 시대

210

조금도 눈치채지 못했어요. 나를 무슨 무서운 사람처럼 생각하고 있다는 걸……. 만찬 석상에서 나를 만나는 것조차 거부했지요. 나는 그런 걸 나중에야 알게 되었어요. 그 일 때문에 당신이 당신 어머니와 함께 밴 더 루이든 씨 댁에 찾아갔던 것도……. 당신이 나 때문에 보퍼트가에서 당신 약혼을 빨리 공표하도록 재촉한 것도……. 내가 든든한 후원 가문을 하나가 아니라 둘 갖게 하려는 배려였지요."

그녀가 그 말을 하자 그의 얼굴에 미소가 떠올랐다. 그녀가 말을 이었다.

"생각해봐요. 내가 얼마나 바보 같았고 눈치가 없었는지! 할머니가 어느 날 무심코 그런 말을 해주시기 전까지는 정말 아무것도 몰랐어요. 뉴욕은 내게 평화와 자유를 의미했어요. 고향 사람들과 함께 있는 게 마냥 기뻤고…… 만나는 사람마다 모두 친절하고 선량하며 나를 반가워하는 줄 알았어요. 그렇지만…… 나는 처음부터…… 당신만큼 친절한 사람은 없다고 느꼈어요. 그런 불필요해 보이는 일들을 왜 해야 하는지 그 이유를 납득할 수 있게 해준 사람은 당신뿐이었어요……. 그 선량한 사람들은 나를 설득할 수 없었어요. 그 사람들은 마치 유혹이라곤 받아본 적이 없는 사람들 같았어요. 하지만 당신은 알고 있었고 이해하고 있었어요. 당신은 바깥세상이 황금손으로 사람을 잡아당기고 있다는 것을 느끼고 있었어요. 그러면서도…… 당신은 바깥세상이 사람들에게 요구하는 것들을 증오했어요. 당신은 불성실과 잔인함, 무관심으로 사들일 수 있는 행복을 증오했어요. 나는 그런 건 당신을 만나기 전에는 전혀 알지 못했어요. 그리고 그건 내가 전에 알고 있던 그 무엇보다 값진 것이었어요."

그녀는 눈물을 보이거나 동요하는 기색 없이 낮은 목소리로 차분하게 말했다. 그녀의 말 한마디 한마디가 마치 불타는 납덩이처럼 그의 가슴에 떨어졌다. 그는 갑자기 무릎을 꿇고 그녀의 신발에 입을 맞추었다. 그녀는 허리를 굽혀 그의 어깨에 손을 올려놓고 그의 눈을 들여다보았다. 그녀의 눈길이 하도 그윽해서 그는 꼼짝 않고 그 눈길을 받을 수밖에 없었다.

"아, 당신이 한 일들을 헛되이 만들지 말아요." 그녀가 외쳤다. "이제 다른 쪽으로 생각을 돌릴 수가 없어요. 당신을 포기하지 않고는 당신을 사랑할 수 없어요."

그가 그녀를 향해 간절하게 팔을 뻗었다. 하지만 그녀가 몸을 뒤로 뺐고 둘은 그녀의 말이 만들어낸 거리만큼 떨어진 채 서로를 바라보았다. 순간 갑자기 그에게 분노가 치솟았다.

"그렇다면 보퍼트를? 나 대신 보퍼트를?"

그 말을 내뱉으며 그는 그녀로부터 분노로 이글거리는 대답이 터져 나오리라 예상했다. 그는 강하게 맞받아칠 준비가 되어 있었다. 그러나 올렌스카 부인은 얼굴이 약간 창백해졌을 뿐 머리를 약간 숙인 채 가만히 서 있을 뿐이었다.

"그 친구가 스트루더스 부인 집에서 지금 당신을 기다리고 있지. 그 친구에게 가보지 그래요?" 아처가 빈정거렸다.

그녀가 몸을 돌리더니 벨을 울렸다. 나스타샤가 오자 그녀가 말했다.

"오늘 저녁 외출하지 않을 거야. 마부에게 돌아가서 후작 부인을 모셔 오라고 전해."

문이 닫히자 아처는 그녀를 여전히 냉혹한 눈으로 바라보며 말했다.

"왜 그런 희생을? 당신이 외롭다고 말한 이상, 당신을 친구들로부터 멀어지게 할 권리가 내게는 없는데."

그녀는 젖은 속눈썹 안으로 보일락 말락 미소를 지었다.

"이제 외롭지 않을 거예요. 전에는 외로웠어요. 전에는 두려웠어요. 하지만 공허와 어둠은 이제 사라졌어요. 이제 나 자신으로 돌아오니, 한밤중에도 언제나 불이 켜져 있는 방으로 들

제18장

213

어가는 어린아이 같은 기분이에요."

그녀의 말투와 표정에는 범접하기 어려운 부드러움이 감돌고 있었다. 아처는 신음하듯 내뱉었다.

"당신을 이해할 수 없어!"

"반면에 메이는 이해하지요!"

그는 그녀의 응수에 얼굴이 붉어졌다. 하지만 그는 그녀에게서 눈길을 거두지 않은 채 말했다.

"메이는 나를 포기할 준비가 돼 있소."

"뭐라고요! 빨리 결혼해 달라고 무릎 꿇고 빈 게 겨우 사흘 전인데!"

"그녀가 거부했소. 그러니 내게는 권리가……."

"그런 게 얼마나 추한 말인지 바로 당신이 내게 가르쳐주었는데요." 그녀가 말했다.

그는 맥이 풀렸다. 다시 그녀에게 다가가고 싶은 마음이 간절했지만, 그녀의 표정과 태도에서 뭔가 거리가 느껴졌고, 범접하기 어려운 무게를 지니고 있었다. 그는 다시 애걸하기 시작했다.

"지금 이렇게 헤어진다면 나중에 더 나쁜 결과를 보게 될 거요……. 모두에게……."

"아니에요, 아니야!" 그녀는 그의 말에 겁에 질린 듯 거의 울부짖다시피 외쳤다.

그 순간 집 안 전체에 긴 종소리가 울려 퍼졌다. 문 앞에서 마차가 서는 소리를 듣지 못했기에 둘 다 꼼짝 않고 깜짝 놀란 눈으로 서로를 바라보았다.

잠시 후 나스타샤가 문 열어주는 소리가 들렸고 이어서 그녀가 전보 한 통을 가져와 올렌스카 부인에게 건네주었다. 올렌스카는 노란 봉투를 받아들고 봉투를 열어 불빛 가까이 가져갔다. 하녀가 밖으로 나가 문을 닫자 그녀는 아처에게 전보를 건넸다.

전보는 세인트 오거스틴에서 올렌스카 백작 부인에게 보낸 것이었다. 아처는 전보를 읽었다.

할머니의 전보 성공. 아빠 엄마 부활절 후 결혼 동의. 뉴랜드에게 전보 칠 예정. 소식 전하게 되어 너무 기쁨. 사랑을 보내며, 메이.

삼십 분 후 아처는 자기 집 현관문을 열다가 복도 탁자에 쌓여 있는 편지와 쪽지들 틈에서 비슷한 전보 봉투를 발견했다.

제18장

215

메이 웰랜드에게서 온 전보였고 내용은 다음과 같았다.

부활절 후 화요일에 그레이스에서 결혼식 올리기로 부모
님 합의. 신부 들러리 여덟 명. 신부님을 뵙기 바람. 행복
에 겨운 메이

아처는 노란 봉투를 구겨버렸다. 마치 그렇게 함으로써 전보
내용을 무효화 하려는 것 같았다.

그는 서둘러 제이니의 방문을 두드렸다. 그의 모습을 보자
제이니가 걱정스러운 표정으로 물었다.

"오빠…… 전보……, 무슨 나쁜 소식은 아니겠지? 일부러 기
다리고 있었어. 만일……."

뉴랜드는 동생의 질문을 듣지도 못한 듯 말했다.

"근데, 올해 부활절이 언제니?"

제이니는 교인답지 못한 질문에 충격을 받은 것 같았다.

"부활절? 아니, 오빠! 4월 첫째 주잖아! 왜 그러는데?"

"첫째 주라고? 첫째 주?"

"정말로, 왜 그러는데?"

"아무것도 아니야. 한 달 후면 내가 결혼하게 된다는 것뿐이지."

제
2
부

제19장

상쾌한 봄바람에 먼지가 뽀얗게 날리는 맑은 날이었다. 양가 노부인들은 빛바랜 검은담비 털옷과 누레진 흰담비 털옷을 차려입고 있었다. 제단 앞에 쌓인 백합에서 풍기는 봄의 향기가 앞쪽 예배석에서 풍겨 오는 장뇌 냄새에 거의 묻히다시피 했다.

뉴랜드 아처는 교회 관리인의 신호에 따라 제의실(祭衣室)에서 나와 신랑 들러리와 함께 그레이스 처치 설교단 아래 섰다.

"반지 잘 챙기셨나요?" 들러리 역을 처음 맡게 되어 무거운 의무감에 잔뜩 긴장해 있는 젊은 밴 더 루이든 뉴랜드가 속삭였다.

아처는 전에 수많은 신랑들에게서 익히 보아왔던 동작을 했다. 그는 장갑을 끼지 않은 오른손으로 진회색 조끼의 주머니를 더듬어 반지가 제자리에 잘 있는지 확인했다. '뉴랜드가 메이에게, 187*년 4월 **일'이라고 새겨진 작은 금반지였다. 반지를 확인한 후 그는 옅은 회색 장갑을 왼손에 쥐고 교회 문을 바라보았다. 헨델의 결혼 행진곡이 모조 석재로 된 아치형 천장에 울려 퍼졌다.

아처는 맨 앞줄에 앉은 낯익은 사람들 얼굴을 하나씩 살펴보았다. 부인들의 얼굴은 호기심과 흥분으로 달아올라 있었으며 남자들의 얼굴은 마치 '아침 식전에 프록코트를 차려입어야 한다니!'라며 불만에 차 있는 것 같았다.

아처의 눈길이 잠시 왼쪽 예배석에 머물렀다. 헨리 밴 더 루이든 씨의 팔에 기대어 교회로 들어선 어머니가 샹티이 베일을 쓰고 흰담비 털 머프를 낀 채 자리에 앉아 흐느끼고 있었다. 그는 그 옆에 앉은 제이니, 예배석에 앉은 보퍼트 부부, 레퍼츠 등을 둘러보며 이런저런 생각에 잠겼다.

"저들이 공연히 하찮은 일로 복닥거리며 사는 중에도 진정한 사람들이 어딘가에 살고 있었을 거야. 그리고 그들에게는 진짜 일들이 벌어졌겠지……."

"저기 그들이 와요!" 신랑 들러리가 흥분해서 외쳤다. 하지만 신랑이 이미 더 잘 알고 있었다.

제19장

219

교회 문이 조심스럽게 열리더니 마구간지기 브라운 씨가 일행을 안으로 안내하기 전에 미리 안쪽을 살펴보았다.

제일 먼저 웰랜드 부인이 장남의 부축을 받으며 들어섰다. 그녀의 핑크빛 얼굴은 적절하게 엄숙했다. 그러나 그녀가 위풍당당하게 드레스 자락을 바스락거리며 아처 부인 반대편 예배석에 미처 앉기도 전에 사람들은 누가 뒤따라오는지 보려고 목을 길게 뺐다. 맨슨 밍고트 노부인이 신체적 장애에도 불구하고 예식에 참석할 것이라는 소문이 전날까지 무성했던 것이다. 노부인은 무슨 수를 써서라도 참석하겠다고 고집했다. 하지만 교회 문에서부터 연단까지 이어지는 통로 양쪽 옆 쇠기둥을 없애지 않는 한 도저히 거구를 이끌고 안으로 들어갈 수 없다는 사실을 알고 가족들이 그녀를 설득했다. 노부인은 포기할 수밖에 없었다. 하지만 한 가지 조건이 있었다. 결혼식 조찬을, 한달음에 갈 수 있는 웰랜드가가 아니라, 특별 요금을 들여 마차로 가야 하는 변두리 자기 집에서 열겠다는 약속을 받아내고 나서야 노부인은 가족의 설득을 받아들였다.

사실, 가족 내의 이러한 거래 내역은 이미 잭슨의 입을 통해 사람들에게 널리 퍼져 있었다. 하지만 일부는 여전히 캐서린 노부인이 교회에 모습을 보이리라고 기대하고 있었기에 노부인의 며느리인 로벨 밍코트 부인이 대신 자리를 잡고 앉은 다음에야 겨우 분위기가 가라앉았다. 이어서 사람들은 로벨 밍고트 부인의 검은색 샹티이 레이스와 밝은 연보라색 보닛이 웰랜드 부인의 파란색과 진보라색 복장과 좋은 대비를 이룬다고 입을 모았다. 그런데 그 뒤를 따라 밍고트 씨의 부축을 받으며 야위고 호리호리한 여자가 어지러울 정도로 요란한 줄무늬 옷을 입고 마지막으로 들어서자 사람들은 자신도 모르게 눈살을 찌푸렸다. 그녀의 모습이 시야에 들어오자 아처는 심장이 오그라들어 그대로 멎어버릴 것만 같았다.

아처는 맨슨 후작 부인이 당연히 워싱턴에 머물러 있으리라고 생각했다. 그녀가 4주 전 조카인 올렌스카 부인과 함께 워싱턴으로 떠났기 때문이었다. 그들이 갑자기 그곳으로 떠난 이유는, 올렌스카 부인이 고모를 애거턴 카버 씨의 그 위험한 달변으로부터 떼어내기 위해서임을 다들 알고 있었다. 카버 씨는 맨슨 후작 부인을 '사랑의 골짜기'의 신참으로 끌어들이는 데 거의 성공 일보 직전이었다. 그런 상황에서 그녀가 결혼식 때문에 돌아오리라고는 아무도 기대하지 않았다.

아처는 미도라 맨슨의 기상천외한 모습에서 눈을 떼지 못한 채 그녀 뒤에 누가 따라오는지 보려고 잔뜩 긴장해 있었다. 하지만 짧은 입장 행렬은 그것으로 끝이었고, 여덟 명의 키 큰 들러리들이 곁문을 통해 미끄러지듯 로비로 입장하고 있었다.

"뉴랜드…… 저기…… 그녀가!" 신랑 들러리가 속삭였다.

아처는 퍼뜩 정신을 차렸다.

그의 심장 고동이 한참 동안 멎어 있었던 게 분명했다. 실제로 흰색과 장미색 행렬이 예배석 사이 통로를 이미 반쯤 지나고 있었고 감독과 목사, 흰 제복 차림의 조수 두 명은 꽃으로 덮인 제단 가까이 이르러 있었으며 슈포어 교향곡의 첫 음률이 마치 신부 앞에 꽃잎을 날리듯 음표를 흩뿌리고 있었던 것이다.

아처는 눈을 떴다(하지만 자신의 상상대로 정말 눈을 감고 있었을까?). 그는 심장이 본래의 과업을 완수하기 시작했다고 느꼈다. 이미 수없이 보아 온 결혼식장의 익숙한 장면, 하지만 신랑 당사자로서는 처음 보는 모든 광경과 소리들, 이루 형언할 수 없을 정도로 낯설고 무의미한 그 광경과 소리들이 그의 머릿속에서 어지러이 뒤섞였다.

"맙소사! 반지를 챙겼던가?" 느닷없이 그를 찾아온 생각이었다. 그는 다시 한번 신랑답게 허둥댔다.

이윽고 메이가 그의 옆에 섰다. 그녀에게서 흘러나오는 광채가, 뻣뻣하게 굳은 그의 몸에 온기를 전해준 듯 그는 자세를 바로잡고 그녀의 눈에 미소를 보냈다.

"친애하는 여러분, 우리 모두 이렇게 한자리에 모여……." 목사가 예식을 시작했다.

그녀의 손에 반지가 끼워졌고, 감독 목사의 축도가 있었으며 신부 들러리들이 다시 제자리를 찾아 늘어섰고, 오르간은 멘델스존의 〈결혼 행진곡〉 첫 음을 연주했다.

"팔을, 당신 팔을 어서 신부에게 줘요!" 젊은 들러리가 거의 신경질적으로 그에게 속삭였다. 순간 아처는 자신이 다시 한번 아득한 미지의 세계를 헤매고 있었음을 깨달았다. 무엇 때문에 그가 그렇게 정신을 놓고 있었을까? 아마도 기도석에 앉은 익명의 군중 속에서 모자 아래로 늘어선 검은 곱슬머리가 눈에 들어왔기 때문이었으리라. 하지만 잠시 후 드러난 긴 코의 그녀 모습은 그녀의 곱슬머리가 연상시킨 이미지와는 너무나 달라서, 그는 자신이 환각에 사로잡힌 것이나 아닌지 의심할 정도였다.

이제 그와 그의 아내는 멘델스존의 선율을 따라 예배석 사이로 천천히 걸어 내려갔다. 이윽고 옷깃에 흰색 리본을 단 하인이 메이를 하얀 망토로 덮어주었고 아처는 마차에 올라 그녀 옆자리에 앉았다. 그녀는 승리의 미소를 띤 채 그를 향해 고개

제19장

223

를 돌렸고 둘은 그녀의 베일 아래서 두 손을 맞잡았다.

"달링!" 아처가 그녀에게 말했다. 그러자 갑자기 그의 앞에 검은 심연이 입을 쩍 벌린 것 같았다. 그는 부드럽고 쾌활한 자신의 목소리를 들으면서 점점 더 그 심연 속으로 깊이 가라앉는 것 같았다.

"글쎄, 반지를 잃어버린 줄 알았지 뭐요. 결혼식장에서는 멍청한 신랑이 그런 실수를 하기 마련인가 보지. 하지만 당신이 내게 여유를 주었소. 당신 덕분에 정신을 차릴 수 있었지."

5번가를 지날 때 그녀가 갑자기 몸을 돌려 그의 목을 껴안는 바람에 그는 놀랐다. "여보, 우리 둘이 함께하는 한 아무 일도 생기지 않겠지요?"

아주 세심하게 그날 일정을 준비해두었기에 젊은 부부는 결혼식 조찬을 마친 후에 충분한 여유를 갖고 여행복으로 갈아입을 수 있었다. 부부는 환호하는 들러리들과 눈물짓는 부모들 사이를 지나 밍고트가의 계단을 내려와서, 기다리고 있던 유개 마차에 올랐다. 이윽고 역에 도착한 부부는 예약 칸에 자리를 잡고 앉았다.

라인벡에 살고 있는 친척인 뒤락 아주머니들이 뉴욕에서 아처 부인과 함께 일주일을 보내기로 하고 집을 통째로 신혼부부에게 내주었다. 아처는 필라델피아나 볼티모어의 흔한 '신혼부부용 호텔 객실'을 면하게 된 것이 반가워 흔쾌히 받아들였다. 메이도 신혼여행을 시골집에서 보낼 수 있다는 생각에 들떠 있었다.

일단 객실에 자리를 잡은 다음, 숲이 끝없이 펼쳐진 교외를 기차가 빠져나와 창백한 봄 풍경 속으로 들어가자 두 사람은 아처가 예상했던 것보다는 편하게 대화를 나눌 수 있었다. 아처가 보기에 메이는 어제의 소녀 모습 그대로였다. 아처는 메이가 속으로 떨리는 마음을 감추려고 이렇게 태연한 척한다고 처음에는 생각했다. 하지만 그녀의 맑은 두 눈은 그녀가 정말로 평온하고 무심한 상태임을 보여주고 있었다. 그녀는 생전 처음으로 남편과 단둘이 있게 되었다. 그러나 그녀의 남편은 어제의 매력 있는 친구 그 사람일 뿐이었다. 그녀가 그만큼 좋아하는 사람도 없었고 그만큼 완벽하게 믿는 사람도 없었다. 그리고 약혼과 결혼이라는 즐거운 모험의 정점이라 할 수 있는 '놀이'가, 마치 어른처럼, 마치 유부녀처럼 그와 단둘이 여행길에 오름으로써 시작되고 있었다.

아처가 세인트 오거스틴의 선교사 정원에서 이미 깨달은 것

제19장

225

이지만, 이렇게 감정의 깊이와 상상력의 부재가 공존할 수 있다는 것은 경이로운 일이었다. 그때 그녀는 양심의 짐을 덜어버리자마자 소녀다운 무표정으로 쉽게 되돌아가서 그를 놀라게 했었다. 살아가는 동안 그녀는, 이미 겪은 경험을 바탕으로 최선을 다해 새로운 경험에 대처해 나가리라. 하지만 힐끗 옆을 훔쳐보며 미리 무언가를 예상하는 일은 결코 없으리라.

어쩌면 그렇게 무심할 수 있는 능력 덕분에 그녀의 눈이 투명하게 빛나는 것이며 그녀의 얼굴에서 개성보다는 그 어떤 전형을 느끼게 되는 것이리라. 그녀는 마치 '시민의 여신'이나 '그리스 여신'의 모델로 선택받은 것 같았다. 그녀의 맑은 피부 밑에 흐르는 피는 파괴적 요소는 전혀 품지 않은 보존의 피일 것 같았다. 그리고 파괴할 수 없는 그녀의 젊음 덕분에 그녀의 표정은 냉혹함이나 우둔함과는 거리가 멀었고, 원초적이었으며 순수했다.

아처는 이런 생각에 깊이 빠져 있다가 그녀가 마치 낯선 사람처럼 놀란 눈으로 그를 보고 있다는 것을 깨달았다. 그가 다정한 눈길을 그녀에게 보내자 그녀는 신이 나서 결혼식 때 이야기를 늘어놓았다.

"전 정말 놀랐어요. 당신은 안 그랬어요? 미도라 이모가 오

실 줄이야. 둘 다 몸이 안 좋아서 여행할 수 없다고 엘렌 언니
가 써 보냈거든요. 언니가 회복되었으면 얼마나 좋았을까요!
엘렌 언니가 보내준 정교한 옛날 레이스 봤어요?"

그는 이런 순간이 오리라는 것을 알고 있었다. 하지만 의지
의 힘으로 버틸 수 있으리라고 생각했었다.

"응…… 아니……. 그래, 봤소. 아름답더군." 그는 멍한 눈으
로 메이를 바라보았다. 그리고 '엘렌'이라는 두 철자를 들을 때
마다 간신히 쌓아 올린 그의 세계가 마치 카드로 만든 집처럼
무너져 내리지나 않을까 두려웠다.

"피곤하지 않소? 도착해서 차를 마시면 나을 거야. 틀림없이
아주머니들이 모든 걸 확실하게 준비해 놓으셨을 거야."

황혼에 접어들 무렵 그들은 라인벡 역에서 내렸다. 그들은
승강장을 지나 마차가 기다리고 있는 곳으로 향했다. 그런데
마차 옆에는 밴 더 루이든 부부가 보낸 사람이 부부를 기다리
고 있었다.

그들을 보자 밴 더 루이든 씨가 보낸 사자(使者)가 말했다.

"정말 죄송하게 됐습니다. 뒤락 양 댁에 경미한 문제가 생겼
습니다. 물탱크에 누수가 발생한 겁니다. 어제 그런 일이 있었
고 밴 더 루이든 씨께서 오늘 아침 그 소식을 들으셨습니다. 루

제19장

227

이든 씨께서는 하녀를 첫차로 보내 퍼트룬 저택을 준비해 놓도록 조치하셨습니다. 가보시면 아시겠지만 안락하게 지내실 수 있을 겁니다. 뒤락 양께서는 두 분이 라인벡에서와 똑같이 지내실 수 있도록 요리사를 보내셨습니다."

메이는 퍼트룬 저택이 더 좋을 것이라며 기뻐했다. 마차에 오르자 메이가 들떠서 계속 떠들었다.

"퍼트룬 저택! 상상해보세요. 전 아직 한 번도 들어가 본 적이 없어요. 당신은요? 밴 더 루이든 씨는 사람들에게 그곳을 거의 안 보여주잖아요. 엘렌 언니에게는 열어주는 것 같아요. 언니 말로는 정말 아름답고 아담한 곳이래요. 미국에 있는 집들 중, 거기 살면 정말로 행복할 거라는 느낌을 주는 유일한 집이래요."

"좋아……. 우리도 그렇게 되지 않을까?"

그녀의 남편이 짐짓 쾌활하게 대답했다. 메이는 순진한 미소를 지으며 이렇게 말했다.

"아, 우리의 행운이 이제 시작되는 거예요……. 우리가 함께 누리게 될 멋진 행운 말이에요!"

제20장

　"물론 카프리 부인과 저녁 식사를 해야지, 여보." 아처가 말했다. 아내는 아침 식탁에 놓인 커다란 브리타니아 식기 너머로, 걱정스레 얼굴을 찌푸린 채 그를 바라보았다.

　줄기차게 비가 내리는 황량한 런던에서 뉴랜드 아처가 아는 사람이라고는 단 두 명뿐이었다. 부부는 이 두 사람을 애써 피했다. 외국에서 아는 사람을 굳이 찾는 것은 '품위 있는' 행동이 아니라는 뉴욕의 오랜 전통 때문이었다.

　아처 부인과 제이니도 전에 유럽 여행 때 이 원칙을 철저하게 고수하여 호텔과 기차역 종사자들 외에는 '외국인'과 단 한마디 말도 나누지 않는 기록을 달성했다. 두 여자는 여러 달에 걸쳐 유럽 여행을 하는 중에 우연히 치버스가나 대거닛가, 밍고트가 사람들과 마주치지 않는 한 단둘이 머리를 맞대고 지냈다.

하지만 아무리 극도로 주의를 해도 소용이 없는 경우가 생기는 법이다. 모녀가 이탈리아 볼차노의 어느 호텔에 여장을 풀었을 때였다. 복도 건너편 방에 묵고 있던 두 여인 중 한 명이 한밤중에 문을 두드리고는 혹시 연고(軟膏)가 있느냐고 아처 부인에게 물었다. 침입자의 언니인 카프리 부인이 갑자기 기관지염 증세를 보인다는 것이었다. 아처 부인은 여행 중에는 반드시 '가정 약국'을 꾸려서 다니다시피 했기에 다행히 필요한 처방을 해줄 수 있었다.

카프리 부인은 증상이 심했다. 단둘이 여행 중이었던 그녀와 그녀의 동생 할 양은, 필요한 약을 제공했을 뿐 아니라 유능한 하녀를 보내어 환자가 건강을 회복할 때까지 돌봐주게 해준 아처 모녀에게 깊이깊이 감사했다.

볼차노를 떠날 때까지만 해도 모녀는 카프리 부인과 할 양을 다시 만날 생각은 추호도 없었다. 어쩌다 도움을 준 '외국인'에게 일부러 연락을 취하는 것만큼 '품위 없는' 행동은 없다는 것이 아처 부인의 신조였다. 하지만 그런 '관점'에 대해 아는 바 없었을 뿐더러 설령 안다고 해도 도저히 이해할 수 없었을 두 자매는 그녀들에게 친절을 베풀어준 '기분 좋은 미국인들'에게 계속 감사를 전함으로써 관계를 유지하려 했다. 그녀들은 아처 부인과 제이니가 유럽 여행을 오면 모녀가 언제 런던에 오게 될 것인지 귀신같이 알아내서 그녀들을 만날 기회를 결코 놓치지 않았다. 아처 부인은 그녀들이 교양이 있음을 알게 되었으며 그녀들과 만남으로써 '또 하나의 런던'을 알게 된 셈이라고 여겼다. 아처 부인과 제이니는 그녀들과 친교를 끊기 어렵게 되었으며 뉴랜드가 약혼했을 무렵에는 두 영국 숙녀에게 당연히 초대장을 보내야겠다고 생각할 만큼 유대가 깊어졌다. 두 자매는 답례로 알프스의 말린 꽃다발을 유리 상자에 넣어 보냈다. 뉴랜드와 메이가 외국으로 신혼여행을 떠날 때 아처 부인이 아들에게 마지막으로 해준 말은 "메이를 카프리 부인에게 소개해줘야 해"였다.

사실 뉴랜드와 메이는 이 지령에 복종할 생각이 전혀 없었다. 하지만 카프리 부인이 예의 날카로움을 발휘해서 그들의 동정을 놓치지 않았고 급기야 부부에게 만찬 초대장을 보냈다. 메이 아처가 차와 머핀을 앞에 두고 얼굴을 찌푸린 것은 바로 이 초대장 때문이었다.

"여보, 당신은 그 사람들을 아니까 별문제 없을 거예요. 하지만 나는 처음 만나는 사람들 앞에서는 부끄럼을 탄단 말이에요. 그나저나 어떤 옷을 입지요?"

뉴랜드는 의자에 등을 기대며 그녀를 보고 웃었다. 그 어느 때보다도 매력이 넘쳤으며 마치 다이애나 여신 같았다. 습한 영국의 공기 때문이거나 내면으로부터 우러나오는 행복의 광채 덕분이리라.

"옷? 여보, 지난주에 파리에서 가방 한가득 오지 않았소?"

"물론 그렇지요. 옷이 없다는 게 아니라 어떤 옷을 입어야 할지 모르겠다는 거예요." 그녀는 입을 약간 삐죽거렸다. "런던에서는 만찬에 참석해본 적이 없잖아요. 조롱거리가 되고 싶지는 않아요."

옷에 관한 대화는 대충 그 정도로 끝났다.

부부는 3개월간의 신혼여행을 마치고 귀국하는 길이었다. 메이는 옛 친구에게 쓴 편지에서 '더없이 행복했다'라는 한마디 말로 신혼여행을 요약했다.

부부는 이탈리아 호반에는 가지 않았다. 파리에서 양장점을 돌며 한 달을 보낸 메이는, 7월에는 등산을, 8월에는 수영을 하고 싶어 했다. 부부는 그 계획을 어김없이 정확하게 완수했다.

7월은 인터라켄과 그린델발트에서 보냈고 8월은 프랑스 노르 망디의 에트르타라는 작은 마을에서 보낸 것이다.

여행하면서 메이는 즐거워했지만 사실상 뉴랜드가 기대했던 만큼 흥미로워한 것은 아니었다. 메이에게 여행은 단지 걷고, 말을 타고, 수영하고, 잔디에서 근사한 테니스 게임을 즐길 기회가 더 많이 생기는 것을 의미했다. 그리고 런던에 도착하자—아처는 옷을 주문하느라 보름을 보낼 작정이었다—그녀는 한시라도 빨리 떠나고 싶은 마음을 숨기지 않고 드러냈다. 따라서 여행 중 그녀는 매우 편하고 유쾌한 길동무이긴 했어도 외국 여행 자체에 활기를 불어넣어 주지는 못했다.

부부가 묵고 있는 메이페어로부터 사우스 켄싱턴의 카프리 부인 집으로 오랜 시간 마차를 타고 가는 도중 뉴랜드가 메이에게 말했다.

"카프리 부인 댁에 손님은 우리뿐인지도 몰라. 이 계절이면 런던은 텅텅 비게 마련이거든. 그런데 당신 정말 너무 아름답게 차려입었군." 하늘색 망토를 입고 있는 그녀의 모습은 티끌 한 점 없이 빛을 발하고 있어서 우중충한 런던에 내놓기 민망할 정도였다.

"우리가 미개인처럼 옷을 입는다고 생각하면 안 되잖아요."

제20장

233

포카혼타스(16세기 말~17세기 초에 영국인 존 롤프와 결혼한 아메리카 원주민으로, 런던으로 건너가 유명 인사가 되었다-옮긴이 주)가 들었더라면 분개했을 법한, 냉소를 띤 어조로 메이가 대답했다. 뉴랜드는 옷이 지닌 사회적 힘을 거의 종교적으로 숭배하고 있는 미국 여성의 전형을 가장 세속에 물들지 않은 아내에게서 발견하고 충격을 받았다.

'갑옷인 셈이로군.' 그는 생각했다. '낯선 자들로부터 자기를 방어하는 수단이자 그들에 대한 도전이야.' 그는 자기를 유혹하기 위해서는 머리에 리본 하나 맬 줄 모르는 메이가 비싼 옷을 고르고 주문하는 일을 왜 그토록 엄숙한 의식처럼 행하는지, 처음으로 이해했다.

카프리 부인 댁에서의 파티가 조촐하리라는 그의 예상은 들어맞았다. 냉기가 도는 길쭉한 거실에는 안주인과 그녀의 누이동생 외에 숄을 두른 숙녀 한 명, 온화하게 생긴 남자,─그는 부인의 남편으로서 목사였다─부인이 조카라고 소개한 조용한 젊은이, 눈에 생기가 넘치는 작은 키의 가무잡잡한 신사가 있을 뿐이었다. 부인은 그 신사를 가정교사라고 소개했다. 그는 자신의 이름을 프랑스어로 발음했다.

어두침침한 사람들이 모여 있는 어두침침한 곳에서 메이 아처는 마치 등에 석양빛을 받고 둥실 떠다니는 백조 같았다. 남편의 눈에 그녀는 그 어느 때보다도 더 크고 더 청초해 보였으며 그녀의 옷에서 나는 소리가 어느 때보다도 더 사각거리는 것 같았다. 뉴랜드 아처는 아내의 볼이 평소보다 더 장밋빛으로 물들었을 뿐 아니라 몸짓에서 평소보다 더 사각거리는 소리가 나는 것은 그녀가 어린아이처럼 극도로 수줍어하고 있기 때문임을 알아차렸다.

그녀의 눈부신 출현이 모두의 가슴속에 똑같이 경이감과 기대감을 불러일으킨 그 순간 그녀는 난감한 표정으로 남편을 바라보며 '도대체 저 사람들은 내가 무슨 말을 하기를 기대하고 있는 걸까요?'라는 질문을 간절한 눈길로 보내고 있었다. 하지만 아름다움이란 남자들의 마음에 일종의 자신감을 일깨워주기도 하는 법이다. 목사와 프랑스 이름의 가정교사가 그녀의 마음을 편하게 해주려고 나섰다.

하지만 그들이 최선의 노력을 다했음에도 불구하고 저녁 식사 자리에는 활기가 없었다. 아처가 보기에, 아내가 마음 편하게 자신의 모습을 보여주려 하면 할수록, 외국인들 앞에서 점점 더 강경하게 본래의 고향 방식을 고수하는 모습이 되어 갔다. 따라서 그녀의 아름다운 자태는 사람들의 감탄을 자아냈

제20장

235

지만, 그녀와의 대화는 재치 있는 답변이라고는 없는 무미건조한 것이 되었다. 목사는 곧 노력을 포기했다. 하지만 가정교사는 유창한 영어 솜씨로 친절하게 쉴 새 없이 메이에게 말을 걸었다.

목사는 포트 와인 한 잔으로 목을 축인 다음, 모임이 있다며 서둘러 자리를 떴고 환자처럼 보이는 조카는 잠자리로 쫓겨났다. 하지만 아처와 가정교사는 와인을 마시며 계속 자리를 지켰다. 대화 도중 아처는 불현듯 지난 심포지엄에서 네드 윈셋과 대화를 나눈 이래 처음으로 자신이 이런 대화를 하고 있다는 것을 깨달았다. 프랑스 이름의 사내는 결핵 징후를 보이는, 카프리 부인 조카의 가정교사 역할을 하고 있다고 했다. 그는 조카가 스위스 르망호수 부근에서 요양할 때 그곳에서 그의 가정교사 노릇을 하다 조카가 영국으로 돌아올 때 함께 왔다. 그의 이름은 리비에르였으며 내년 봄에 조카가 옥스퍼드에 들어갈 때까지 함께 지낼 예정이라고 했다. 그렇게 되면 자신은 다른 일자리를 찾아봐야 할 것이라고 리비에르 씨는 심드렁하게 덧붙였다.

아처는 이처럼 관심거리도 다양하고 재주도 많은 사람이 오랫동안 일자리 없이 지내지는 않으리라고 생각했다. 서른 살쯤 되어 보이는 그는 야위고 못생긴 얼굴이었으며 자신의 생각을 표정에 그대로 드러냈다. 그러나 경박하다거나 싸구려 같다는 느낌은 그의 생기 있는 모습 어느 구석에서도 찾아볼 수 없었다.

요절한 그의 부친은 외교관이었고 가족들은 그가 당연히 외교관이 되리라고 기대했다. 그러나 그는 문학에 대한 열정을 이기지 못해 언론계에 뛰어들었고 저술 활동을 했다(성공을 거두지 못한 것이 분명했다). 아처에게 일일이 다 들려주지는 않았지만 그는 이런저런 직업을 전전하며 산전수전 다 겪다가 결국 스위스에서 영국 청년의 가정교사가 되었다. 하지만 그전에는 주로 프랑스 파리에서 살았으며 모파상으로부터 글을 쓰지 말라는 충고를 들은 적도 있고 어머니의 집에서 메리메와도 여러 차례 이야기를 나눌 기회도 있었다고 했다. 그는 한눈에 보기에도 내내 가난에 시달렸으며 어머니와 미혼인 여동생을 부양해야만 하는 근심 걱정에 차 있었고 문학에 대한 야망도 꺾인 상태였다.

사실상 그의 처지는 최소한 '물질적'으로는 네드 윈셋보다 나은 것이 없어 보였다. 하지만 그는 자신의 말마따나 '사유'를 사랑하는 사람이라면 '정신적'으로 허기를 느끼지 않을 세상에

제20장

237

서 살아온 셈이었다. 윈셋이 허기를 느끼는 것은 바로 그러한 정신적 사유에 대한 사랑이었다. 아처는 가난 속에서도 그토록 풍요를 누리고 살아온 이 열정적인 무일푼 젊은이를 마치 자신이 윈셋이라도 되는 양 질투 섞인 눈길로 바라보았다.

리비에르는 자신이 지적 자유를 얼마나 소중하게 생각하는지 말했고, 이 세상에 들이마실 공기가 있다면 그것은 오직 사유의 공기뿐이라고 덧붙였다. 그렇기에 그는 집안에서 권하는 외교관직이나 기자직을 포기하고도 후회하지 않는다고 말했다. 그는 담배에 불을 붙인 다음 형형한 눈빛으로 아처를 바라보며 말했다.

"선생님, 삶을 정면으로 바라보기 위해서라면 말입니다, 다락방 같은 곳에서 지낸들 대수이겠습니까? 하지만 다락방이라도 얻을 수 있는 돈은 벌어야 하겠지요. 고백하지만 개인 가정교사나 뭐 그 비슷한 일이나 하면서 늙어갈 생각을 하면 소름이 끼칩니다. 부쿠레슈티에서 두 번째로 비서 노릇을 할 때 느꼈던 끔찍했던 기분과 비슷합니다. 가끔은 무모한 도박이라도 해보겠다는 마음이 들곤 합니다. 그래서 하는 말인데 혹시 뉴욕 같은 데서 일자리를 구할 수는 없겠습니까?"

아처는 놀란 눈으로 그를 바라보았다. 공쿠르와 플로베르와

도 교분이 있었고 사유로 가득 찬 삶만이 살아볼 만한 가치가
있다고 생각하는 젊은이에게 뉴욕이라니! 아처는 뉴욕에서야
말로 그가 지닌 우수성과 장점이 그의 성공을 방해하는 확실한
요인이 되리라는 사실을 그에게 어떻게 설명해줘야 할지 몰라
당혹스러운 눈길로 리비에르 씨를 빤히 쳐다보았다.

집으로 돌아오는 마차 안에서 아처는 리비에르와의 짧은 만
남에 대해 깊이 생각해보았다. 리비에르와의 짧은 대화는 그의
허파에 새바람을 불어넣어 주었다. 그에게 다음 날 그를 만찬
에 초대해야겠다는 생각이 충동적으로 떠올랐다.
그는 자신의 생각을 아내에게 말했다. 그러자 메이가 눈이
휘둥그레지면서 말했다.
"아니, 그 사람을요? 너무 상스럽지 않아요? 그런 사람은 늘
교제에 서툰 법이잖아요."
아처는 자신의 생각과 너무 다른 아내의 말에 기분이 좀 상
했다. 그렇지만 그는 웃으며 말했다.
"아, 그렇다면 초대는 그만둬야겠군! 그냥 한 번 더 이야기를
나눠보고 싶어서 그런 거요. 뉴욕에서 일자리를 찾고 싶다더군."
그녀는 놀란 듯 남편을 바라보았다. 아처는 놀란 그녀의 모

습에서, '혹시 외국물을 잘못 먹은 거 아니에요?'라는 의심의 눈초리를 보는 것 같았다.

"뉴욕에서 일자리를요? 어떤 일자리를요? 사람들은 프랑스어 가정교사는 필요 없을 텐데요. 무슨 일을 하고 싶대요?"

"그냥 유익한 대화를 즐기는 일인 것 같아." 남편이 삐딱하게 대답했다. 그러자 그녀가 깔깔 웃음을 터뜨렸다. 무슨 뜻인지 다 안다는 투였다.

"오, 여보! 너무 재밌어요! 프랑스식 농담인가요?"

순간 뉴랜드는 리비에르를 초대하겠다는 자신의 말을 아내가 진지하게 받아들이지 않아 오히려 다행이라는 생각이 들었다. 그를 초대하게 되면 당연히 뉴욕 이야기를 하게 될 것이고 이야기하면 할수록 뉴욕에 있는 리비에르의 모습을 상상조차할 수 없을 것 같았기 때문이었다. 하지만 그와 동시에 앞으로 많은 문제들이 이런 식으로 자신의 뜻과는 다르게 해결될 수도 있으리라는 생각이 스쳐 지나가면서 등골이 서늘해졌다. 그러나 마차 삯을 치르고 아내의 긴 옷자락을 따라 집 안으로 들어가면서, '결혼생활에서 첫 여섯 달이 가장 힘든 법'이라는 진부한 잠언을 위안 삼아 그는 마음을 달랬다.

'그 기간만 넘기고 나면 서로 모난 면들이 닳아서 둥글둥글

해질 거야'라고 그는 생각했다. 하지만 무엇보다 최악이었던 점은, 메이가 가하는 압력이 그가 가장 잃고 싶지 않은 모난 면을 향하고 있다는 사실이었다.

제21장

　반짝거리는 작은 잔디밭이 눈부신 바다까지 부드럽게 펼쳐져 있었다. 바다까지 이어지는 구불구불한 길을 따라 제라늄과 피튜니아 화분들이 줄지어 놓여 있었고, 절벽 끝과 목조건물 중간쯤에 커다란 과녁 두 개가 관목 숲을 등지고 놓여 있었다.

　뉴포트 양궁 클럽의 8월 모임은 늘 보퍼트의 별장에서 열렸다. 이제껏 크로케 외에는 경쟁 상대가 없던 이 스포츠는 차츰 테니스에 밀려나는 중이었다. 그렇지만 아직 테니스가 사교계 행사로서는 거칠고 우아하지 못하다고 여겨지고 있었기에 활과 화살이 아름다운 드레스와 우아한 자태를 과시할 기회로 대접받고 있었다.

　아처는 베란다에 선 채로 그곳 풍경과 양궁 시합을 준비하고 있는 사람들의 모습, 그에게 낯익은 그 모습을 내려다보면서 일종의 경이로움을 느꼈다. '삶'이라는 것에 대한 자신의 반응이 그토록 완벽하게 바뀌었는데도 불구하고 삶은 여전히 옛 방식대로 흘러가고 있다는 것이 놀라웠다.

사실, 지난겨울 메이와 함께 뉴욕의 새로운 집에 정착한 후 그는 안도감을 느끼며 익숙한 일상으로 돌아갔고 이전의 자신을 되찾았다. 그는 이전과 다름없이 사무실에 출근했으며 서재를 자신의 취향에 맞게 꾸몄고 센추리에서 윈셋을, 상류층 클럽에서 자신과 같은 부류의 친구들을 만났다. 법전에 파묻혀 지내면서, 외식하거나 집으로 친구들을 초대하면서, 저녁이면 가끔 오페라나 연극을 보러 가면서 그는 진짜로 현실적 삶을 영위하는 것 같았고 그 모든 것이 불가피한 일처럼 여겨졌다.

하지만 이곳 뉴포트는 의무로부터 완벽한 휴가 분위기로의 도피를 의미했다. 그리고 아무 생각 없이 당연시하던 일상에서 벗어나자 뉴랜드 아처는 자신이 변했음을 새삼 느끼게 된 것이다.

사실 메이는 모든 면에서 완벽했다. 그녀는 평화와 안정과 우정의 상징이었으며 떨쳐버릴 수 없는 확고한 의무감의 상징이었다. 바로 그 때문에 그는 씁쓸한 뒷맛만 남긴 연애 행각 뒤에 메이를 배우자로 선택한 것이다. 게다가 메이는 그가 그녀에게 기대했던 바를 완벽하게 수행했으므로 그의 선택이 잘못되었다고 할 수도 없었다. 뉴욕에서 가장 아름답고 인기 있는 젊은 여자의 남편으로 살아간다는 것은 분명 만족스럽기 그지 없는 일이었다. 게다가 그녀가 부드러운 마음씨의 소유자인 데다 분별력도 있었으니 더 말할 것도 없었다. 아처 역시 그 모든 것을 잘 알고 있었다. 결혼을 앞두고 그를 사로잡았던 일시적인 광기에 대해서도 그는 자신이 이제는 포기한 경험들 중의 하나로 삼기로 마음먹었다. 자기가 올렌스카 백작 부인과 결혼할 꿈을 꾸었다는 사실 자체가 이제 멀쩡한 정신에서는 생각조차 할 수 없는 일이 되었다. 이제 그녀는 그의 기억 속에서 다만 애처로우면서 가슴 저린 환영으로만 남아 있을 뿐이었다.

하지만 그 모든 것은 구체적인 것을 추상화하고 지워버린 것과 같았으니, 그로 인해 그의 마음속은 공허한 메아리만 울리는 곳이 되어버렸다. 보퍼트 별장 잔디 위에서 활기 있게 움직이는 사람들이 마치 묘지에서 놀고 있는 아이들인 양 그에게 충격을 준 것은 그 때문인지도 모른다고 그는 생각했다.

그때 옆에서 치맛자락 스치는 소리가 들렸다. 고개를 돌려보니 맨슨 후작 부인이 평소와 다름없이 요란한 복장으로 거실 창문 앞에 바람을 맞으며 서 있었다. 그녀가 뉴랜드를 보고 말했다.

 "오, 뉴랜드, 자네와 메이가 온 줄은 몰랐었어! 어제야 왔다며? 그놈의 일…… 일…… 의무…… 이해해. 주말 말고는 아내와 함께 이곳에 올 수 있는 남편이 어디 있겠어? 하긴 결혼이란 건 기나긴 희생이지. 내가 엘렌에게도 늘 해주는 말이 바로 그거라오."

 아처의 심장이 전에도 한번 그랬듯이 기묘한 경련을 일으키더니 멈춰버렸다. 마치 자신과 바깥 세계 사이의 문이 쾅 하고 닫힌 것 같았다. 그러나 자신이 던진 게 분명한 질문에 미도라가 곧바로 대답하는 말이 들린 것으로 보아 그 단절은 순식간에 불과했음이 분명했다.

 "아니, 난 여기가 아니라 블렌커가에 묵고 있다오. 포츠머스에 있는 아주 한적한 곳이지. 보퍼트가 친절하게도 자기 말을 보내주는 바람에 이 근사한 정원 파티를 구경하게 된 거야. 오늘 저녁이면 전원생활로 돌아가요. 나는 단조로운 게 싫어서 늘 극과 극을 오간다오. 단조로운 삶은 내게 죽음과 마찬가지야. 난 엘렌에게 단조로움을 피하라고 늘 말해주지. 단조로움이 모든 치명적인 죄를 낳는다니까. 하지만 그 불쌍한 애는 세상의 단맛, 쓴맛을 너무 많이 봤어. 뉴포트에서 보낸 초대를 모두 거절했다나? 그 애는 정말 우울하고 부자연스럽게 살고 있다오. 아직 희망이 있을 때 진즉 내 말만 들었어도……. 그때는 문이 열려 있었는데……. 자, 내려가서 양궁 시합 보지 않으려오? 메이도 시합에 나선다지?"

그들이 사람들 쪽으로 천천히 걸어가는데 육중한 몸집의 보퍼트가 평소처럼 비웃는 듯한 웃음을 흘리며 그들 곁으로 다가왔다.

"안녕하시오, 미도라! 말들이 제대로 달리던가요? 오시는 데한 40분 걸렸을 걸요, 아마……."

그는 아처와 악수를 나눈 다음 그들과 함께 잔디밭 양궁장에 쳐진 천막 안으로 들어갔다. 하늘거리는 베일로 마치 소녀 같은 분위기를 낸 보퍼트 부인이 그들을 맞았다.

그들이 천막에 들어섰을 때 메이 웰랜드가 막 천막을 나서고 있었다. 흰 드레스에 연녹색 허리띠를 매고 담쟁이 장식이 달린 모자를 쓴 그녀의 자태는 약혼 발표를 하던 날 밤 보퍼트가의 무도회에 등장했을 때와 마찬가지로 다이애나 여신처럼 돋보였다.

그녀는 활과 화살을 들고 잔디밭에 표시해 놓은 자리에 서서어깨높이까지 화살을 들어 올리고 겨냥했다. 고전적 우아함이 흘러넘치는 그녀의 모습에 여기저기서 속삭이듯 한 탄성이 터졌다. 아처는 그녀를 소유하고 있다는 기쁨을 잠시나마 맛보았다. 종종 자신이 행복하다는 착각에 그를 빠뜨리곤 하던 일시적 기쁨이었다. 메이의 경쟁 상대인 레기 치버스 부인, 메리가의 딸들, 솔리가 사람들, 대거닛가, 밍고트가 여자들이 그녀 뒤에서 예쁜 자태를 뽐내며 약간은 초조하게 기다리고 있었다.

경기가 끝났고 메이는 그녀의 우아한 자태 중에서도 으뜸이라고 할 수 있는 순진한 모습으로 경쟁자들과 나머지 일행의 축하를 받았다. 아무도 그녀의 승리에 대해 질투할 수 없었다. 만일 그녀가 승리를 놓쳤다 하더라도 여전히 보여주었을 그런 차분한 모습을 유지하고 있었기 때문이었다. 그러나 그녀의 눈이 남편의 눈과 마주치자 남편의 눈길에서 기뻐하는 기색을 눈치채고 그녀의 얼굴이 환해졌다.

웰랜드 부인의 마차가 그들을 기다리고 있었다. 메이가 고삐를 잡고 아처는 그 옆에 앉았다. 메이는 이리저리 흩어지는 마차들 사이로 마차를 몰았다.

"할머니께 가보는 게 어때요?" 메이가 갑자기 제안했다. "내가 우승했다고 직접 말씀드리고 싶어요. 아직 저녁 식사 때까지는 시간이 많이 남았잖아요."

제21장

247

아처가 동의하자 메이는 마차를 돌려 스프링가(街)를 가로지른 다음 바위투성이 황무지로 마차를 몰았다. 캐서린 여제는 아직 젊은 시절, 이 인적 드문 지역, 만(灣)이 내려다보이는 땅을 싼값에 사서 별장을 지었다. 애당초 방이 네 개였지만 노부인의 몸이 엄청나게 붇자 그중 한 방을 침실로 바꾸고, 옆방에는 문과 창문 사이에 안락의자를 갖다 놓고 문을 활짝 열어놓았다. 밍고트 노부인은 낮 동안 안락의자 앉아 부채질을 하며 지냈다. 그녀는 야자 잎으로 만든 부채를 끊임없이 흔들었지만 엄청나게 튀어나온 가슴 때문에 부채와 그녀의 몸 사이의 거리가 너무 멀어서 부채 바람은 의자 팔걸이 덮개 끝자락에 간신히 닿을락 말락 할 뿐이었다. 캐서린 밍고트 노부인은 결혼을 앞당길 수 있도록 결정적 도움을 준 이래로 아처를 더할 나위 없이 살갑게 대했다. 그녀는 억누를 수 없는 젊음의 열정 때문에 아처가 조급하게 굴었다고 믿고 있었다. 부인은 충동에 대한 열정적인 찬미자였기에—물론 돈을 써야만 하는 경우가 아닌 때에 한해서였지만—아처를 볼 때마다 마치 공범을 만나듯 눈을 빛내면서 암시를 보냈지만 다행히 메이는 아무 눈치도 채지 못했다.

그녀는 우승 상품으로 받아 메이의 가슴에 꽂혀 있는 화살을 마치 감정가를 따지듯 꼼꼼히 살펴본 후—화살촉에는 다이아몬드가 박혀 있었다—자기네 시절에는 금세공 브로치로 충분했을 것이지만 어쨌든 보퍼트가 일을 잘 처리한 것은 부정할 수 없는 사실이라고 말했다.

"얘야, 가보로 삼아도 되겠다." 노부인이 쿡쿡 웃으며 말했다. "잘 간수했다가 맏딸에게 물려주렴."

그녀의 말에 메이의 얼굴이 빨개졌다. 그러자 노부인이 계속 말했다.

"저, 얼굴 빨개진 것 보게. 내가 해서는 안 될 말이라도 한 건가? 그래, 딸은 싫다는 거냐? 아들만 낳겠다는 거야? 저런, 얼굴이 더 빨개지네! 아니, 내가 그런 말도 못 하니? 머리 위에서 신들이 지켜주고 있어서 어떤 일에도 꿈쩍 않는 나인데!"

아처는 웃음을 터뜨렸고 메이도 눈이 빨갛게 될 정도로 따라 웃었다.

"자, 얘들아, 이제 파티 얘기를 좀 해주렴. 저 멍청한 미도라에게는 들으나 마나일 테니."

그러자 메이가 외쳤다.

"미도라 이모라고요? 포츠머스로 돌아가지 않으셨어요?"

노부인이 조용히 대답했다.

"맞아, 그러려고 했지. 그런데 먼저 엘렌을 데려가려고 들렀단다. 아, 엘렌이 여기 와서 나와 함께 지내는 줄 몰랐지? 어휴, 뭘 그런 애가 있는지……. 여름내 여기 있자고 해도 싫다고만 하니……. 하지만 젊은 애들하고 말다툼하는 건 벌써 50년 전에 그만두었다. 얘! 엘렌, 엘렌!"

부인은 베란다 바깥의 잔디밭으로 몸을 향하려고 애쓰며 새된 목소리로 외쳤다.

아무 대답이 없자 밍고트 노부인은 지팡이로 반짝이는 마룻바닥을 조급하게 두드렸다. 그러자 하녀가 와서 엘렌 양이 해변 쪽으로 내려가는 것을 보았다고 주인에게 알려주었다. 밍고트 노부인은 아처 쪽으로 몸을 돌리며 말했다.

"냉큼 달려가서 그 애 좀 데려오지 않겠나, 우리 착한 손녀사위. 그동안 이 예쁜 숙녀는 파티 이야기를 좀 해주고."

아처는 마치 꿈속에서인 양 몸을 일으켰다.

1년 반 전에 올렌스카 백작 부인을 마지막으로 만난 이래로 그는 그녀에 대한 소식을 수도 없이 들었고 그사이 그녀에게 일어난 주요 사건들에 대해서도 잘 알고 있었다. 그녀는 지난여름 뉴포트에 머물면서 사교계에도 자주 드나들었다. 그러나 가을이 되자 보퍼트가 구해준 '완벽한 집'을 전대(轉貸)하고 워싱턴에 머물기로 결정했다. 이어서 그녀가 워싱턴의 '화려한 외교관 사교계'에서 빛을 발했다는 소식도 들렸다. 그는 그녀에 대한 다양한 소식들을 오래전에 죽은 사람을 회상하듯 담담하게 들어 넘겼다. 그런데 양궁장에서 미도라의 입에서 엘렌 올렌스카라는 이름이 갑자기 튀어나오는 순간 그녀는 다시 그에게 생생하게 살아 있는 존재로 모습을 드러냈다. 미도라가 아무 생각 없이 그 이름을 내뱉는 순간, 작은 난롯불이 타고 있는 작은 집 거실의 모습이 다시 떠올랐고 적막한 거리를 되돌아가던 마차 바퀴 소리가 다시 들려왔다. 그것은 마치 무덤 속에서 오랫동안 침묵에 잠겨 있던 망령을 다시 불러낸 것과 같았다.

집이 있는 언덕으로부터 해변까지는 길가에 수양버들이 자라고 있는 산책로가 있었다. 산책로로부터 나무로 된 가느다란 부두가 툭 튀어나와 있었고 그 끝에는 탑처럼 생긴 별장 한 채가 있었다. 그리고 그 탑 안에 여자 한 명이 해변을 등진 채 난간에 기대어 서 있었다. 아처는 그 모습을 보고 마치 꿈에서 깨어난 듯 발걸음을 멈추었다. 과거의 환영(幻影)은 꿈이었고 머리 위쪽 언덕의 집에서는 현실이 그를 기다리고 있었다. 웰랜드 부인의 마차가 문 앞에서 타원형을 그리며 빙빙 돌고 있고 메

제21장

251

이가 부끄러움이라고는 모르는 올림포스 신들 아래 은밀한 희망에 벅찬 채 앉아 있으며, 벨뷰가(街) 끝에는 웰랜드가(家)의 별장이 있고 웰랜드 씨는 이미 저녁 식사 복장을 한 채, 손에 시계를 들고 위장병 환자의 초조함을 감추지 않으며 복도를 서성이고 있다. 어느 때 어떤 일이 벌어질지 누구나 정확히 알 수 있는 그런 집이었으니…….

'나는 누구지? 그 집 사위…….' 아처가 생각했다.

부두 끝 인물은 미동도 하지 않았다. 아처는 언덕길 중턱에 멈춰선 채 한참 동안 범선, 대형 보트, 어선, 바지선들을 바라보았다. 그 광경을 바라보며 아처에게는 느닷없이 「방랑자」에서 몬테규가 애더 다이어스 몰래 그녀의 리본을 입술에 갖다 대던 장면이 떠올랐다.

'그녀는 모르는군……. 짐작조차 못 하고 있어. 그녀가 이렇게 내 뒤에 왔다면 나도 몰랐을까?' 그는 생각에 잠겼다. 그러더니 갑자기 중얼거렸다. "저 돛단배가 라임 록 등대를 지나갈 때까지 그녀가 돌아보지 않는다면 그냥 돌아가야지."

돛단배는 썰물을 타고 멀어져 갔으며 등대를 지나 바다로 나아갔다. 아처는 잠시 기다렸다. 그러나 탑처럼 생긴 여름 별장 속의 인물은 여전히 꼼짝도 하지 않았다. 그는 돌아서서 언덕을 걸어 올라갔다.

"당신이 엘렌 언니를 못 찾아서 아쉬워요. 정말로 다시 만나고 싶었는데……." 어둠을 헤치고 집으로 돌아오는 마차 안에서 메이가 말했다. "하지만 언니는 별로 상관하지도 않을걸요. 정말 많이 변한 것 같다고들 하던데……."

"변했다고?" 남편이 조랑말에게 눈길을 준 채 덤덤하게 물었다.

"친구들에게 신경도 안 쓴대요. 뉴욕이랑, 뉴욕에 있는 자기 집은 내팽개친 채 이상한 사람들하고 어울린대요. 언니가 블렌커가(家)에 있으면서 얼마나 끔찍하게 불편해할까! 미도라 이모가 무슨 엉뚱한 짓이라도 벌일까 봐, 이모 곁을 지키는 거래요. 그렇지만 우리랑 있으면서도 따분해하는 것 같다는 생각이 가끔 들어요."

아처는 아무 대답도 하지 않았다. 그러자 메이가 덧붙였다.

"무엇보다 왜 남편과 잘 지내지 못하는지 모르겠어요."

아처는 웃음을 터뜨리고 말했다.

"순진한 자들에게 축복 있으라!"

메이가 당황해서 얼굴을 찌푸렸고 그는 덧붙였다.

"당신이 그렇게 잔인한 말을 하는 건 처음 듣는군."

"잔인하다고요?"

"그래, 저주받은 자의 사지(四肢)가 뒤틀린 꼴을 보는 게 천사들에게는 즐거운 여흥이겠지. 하지만 그런 천사들도 사람들이 지옥에서 더 행복하리라는 생각은 안 할 거야."

메이는 "언니가 외국에서 결혼한 건 안 된 일이에요"라고 차분하게 대답했을 뿐이었다.

그들은 웰랜드가 별장에 도착하자 마차에서 내려서 안으로 들어갔다. 아처는 아내의 뒤를 따라 복도로 들어서면서 미묘한 분위기의 반전(反轉)을 의식할 수 있었다. 웰랜드가의 호사스러움과 빽빽한 분위기에는 뭔가 미세하게 감시하고 강요하는 것이 있어서 마치 마취제처럼 그에게 은밀하게 스며들었다. 묵직한 카펫, 조심스러운 하인들, 쉬지 않고 째깍거리는 정확한 시계 소리, 탁자 위에 쉬지 않고 새롭게 쌓이는 초대장들, 사람들을 매 순간 얽어매는 사소한 일과들, 이 모든 것들 속에서, 그 시스템에서 조금이라도 벗어나는 행동이나 존재는 비현실적이고 불안정해 보였다. 그런데 이제는, 이 웰랜드가(家), 그가 이끌어가야만 하는 이 삶이 비현실적이고 의미가 없어 보였으며 해변에서의 그 짧은 장면, 그가 언덕길 중턱에서 망설이며 서 있었을 때의 그 장면이 그의 혈관 속을 흐르는 피처럼 그에게 가깝게 다가왔다.

그는 커다란 침실에서 메이 곁에 누워 카펫 위로 비스듬히 새어 들어오는 달빛을 바라보며 밤새 잠을 이루지 못했다. 보퍼트의 마차 뒷자리에 앉아 어슴푸레한 해변을 따라 집으로 돌아가고 있는 엘렌 올렌스카 생각에 잠겨서……

제21장

제22장

"블렌커가(家)를 위한 파티?…… 블렌커가라고?"

웰랜드 씨가 나이프와 포크를 내려놓으며 점심 식탁 너머로 아내에게 걱정과 의혹이 뒤섞인 눈길을 던졌다. 아내는 금테 안경을 고쳐 쓰며 마치 하이 코미디를 연기하는 듯한 투로 초대장을 큰소리로 읽었다.

에머슨 실러턴 교수 내외는, 웰랜드 부부께서 8월 25일 수요일 오후 3시 정각에 저희 집에서 열리는 모임에 함께 해주시는 기쁨을 베풀어주시기를 앙망합니다. 블렌커 모녀와 함께 하는 자리가 될 것입니다.

캐서린가(街), 레드 게이블스, 회신 바람

"맙소사······." 웰랜드 씨는 말도 안 된다는 듯 숨 막혀 했다.

"딱한 에이미 실러턴······. 다음번에는 남편이 또 무슨 짓을 저지를지 모를 판이네." 웰랜드 부인이 한숨지으며 말했다. "블렌커가 사람들과 알고 지낸 지 얼마나 되었다고······."

에머슨 실러턴 교수는 뉴포트 사교계에서는 말하자면 눈엣가시 같은 존재였다. 하지만 가문이 가문인 만큼 시원하게 뽑아버릴 수도 없는 가시였다. 웰랜드 부인은 에머슨 실러턴 같은 사람이 어쩌다 고고학자니 뭐니 하면서 교수 나부랭이가 되었는지 도무지 이해할 수 없다고 종종 말하곤 했다. 그런 이상한 직업을 갖고, 사교계를 우롱하는 이상한 짓을 할 셈이었다면 애당초 에이미 대거닛과 결혼하지 말았어야 했다는 것이 그녀의 지론이었다.

"2년 전에는 줄리아 밍고트가 무도회를 여는 날에 흑인을 위한 파티를 열더니······. 그나마 이번에는 다른 파티와 겹치지 않아서 다행이네요. 우리 중 몇 사람은 가야 할 판이니······." 부인의 말이었다.

웰랜드 씨가 짜증이 난다는 듯 한숨을 내쉬며 말했다.

"우리 중 몇 사람이라니! 한 명이면 되지 않나? 게다가 오후 3시면 어중간한 시간이란 말이오. 약을 제시간에 먹으려면 3시

반까지는 집을 나설 수가 없거든."

주름진 그의 뺨이 걱정 때문에 달아올랐다.

"여보, 걱정할 필요 없어요." 아내가 몸에 습관처럼 배어 있는 명랑한 말투로 말했다. "저도 벨뷰가(街)에 볼일이 있어서 3시 반은 돼야 갈 수 있을 거예요."

이어서 그녀는 딸에게로 시선을 돌렸다.

"쟤들 부부에게 별일이 없다면 메이가 당신을 마차로 태워다 줄 수 있을 거예요."

메이가 즉각 대답했다.

"물론 태워다 드려야지요." 이어서 그녀는 아무런 반응을 보이지 않는 남편을 바라보며 마치 일깨우기라도 하는 듯 말했다. "저이는 뭔가 혼자 할 일을 찾아낼 수 있을 거예요."

말은 그렇게 했지만 막상 실러턴가의 리셉션 날이 다가오자 메이는 남편이 혼자 잘 지낼 수 있을지 걱정스러운 기색을 감추지 못했다. 그녀는 남편에게 치버스가에서 테니스를 치거나 보퍼트의 범선을 타는 것이 어떻겠냐고 말하며 덧붙였다.

"여보, 6시까지는 돌아올 거예요. 아빠는 그 시간 이후로는 마차를 타지 않으시니까요."

아처가 무개 마차를 빌려서 종마 사육장에 가보겠다고, 거기서 그녀의 소형 마차를 끌 두 번째 말을 골라보겠다고 말하자 그녀는 그제야 안심했다. 그들은 요즘 새 말을 찾는 중이었기 때문이었다.

사실 종마 사육장에 가서 말을 골라보겠다는 생각은 에머슨 실러턴의 초대장 이야기가 나온 바로 그날 아처의 머리에 떠오른 생각이었다. 하지만 그는 그 계획에 무슨 비밀스러운 것이라도 숨어 있는 양 발설하지 않고 마음속에 간직해 왔다. 마치 그 계획이 발각되면 실행에 옮기지 못할 것만 같았다. 그는 소형 무개 마차 예약조치를 이미 취해 놓았었다. 당일 2시가 되자 그는 서둘러 점심 식탁에서 일어나 경(輕)마차에 몸을 실었다.

완벽한 날씨였다. 북쪽에서 불어오는 미풍이 작은 흰 구름을 군청색 하늘을 가로질러 몰고 가고 있었고 그 아래 눈부신 바다가 펼쳐져 있었다. 이 시간에 벨뷰가(街)는 텅 비어 있었다. 아처는 밀가(街) 모퉁이에서 마부를 내리게 한 다음, 마차를 손수 몰고 올드 비치 로드로 내려가서 이스트맨 비치를 가로질렀다.

그는 마치 학교 반(半)공일에 알지 못하는 곳을 쏘다니는 학생처럼 이상야릇한 흥분을 느꼈다. 마차를 느긋하게 몰면서 그는 3시 전에 파라다이스 록에서 별로 멀리 떨어져 있지 않은 말 사육장에 닿을 수 있으리라고 생각했다. 그렇다면 말을 천천히 구경한 뒤에도 금쪽같은 네 시간을 자기 마음대로 쓸 수 있는 셈이었다.

실러턴가에서 파티가 열릴 것이라는 이야기를 듣자마자 그는 맨슨 후작 부인이 분명히 블렌커 가족과 함께 뉴포트로 올 것이며 올렌스카 부인은 할머니와 함께 하루를 보내리라고 예상했다. 어쨌든 그녀가 고모와 함께 묵고 있는 블렌커가의 별장은 빌 것이 분명했고 그렇게 되면 별 어려움 없이 그 집에 대한 막연한 호기심을 채울 수 있으리라고 생각했다. 그는, 자신이 올렌스카 백작 부인을 다시 만나고 싶어 하는지 아닌지조차 확신할 수 없었다. 하지만 만(灣) 위의 길에서 그녀를 본 이래, 왠지 모르게 그녀가 사는 곳을 직접 두 눈으로 보고 싶었고 상상 속에서만 그렸던 그녀의 모습을 실제로 확인하고 싶었다. 아니, 확인하고 싶은 정도가 아니라, 자나 깨나 그에게서 그 소망이 떠나지 않았다. 그는 자신이 올렌스카 부인과 이야기를 나누고 싶어 하는 것인지, 아니면 오로지 그 목소리만이라도 듣고 싶어 하는 것인지 알지 못했기에 그 열망 너머에 무엇이 있는지 볼 수도 없었고 그 결과가 어떻게 될 것인지 그려볼 수도 없었다. 다만 그녀가 발 디뎠던 장소의 환영을 떨쳐낼 수만 있다면, 그 환영을 둘러싸고 있는 하늘과 바다를 떨쳐낼 수만 있다면 세상이 조금 덜 공허하게 느껴질 것만 같았다.

말 사육장에 들러 대충 말들을 살펴본 그는 오후 3시가 되자 말고삐를 휘둘러 포츠머스로 향하는 샛길로 접어들었다. 과수원의 농가들과 건초 밭, 떡갈나무 숲, 다시 농가들을 지나자 판자에 칠해진 흰색 페인트가 벗겨진 다 쓰러져 가는 집이 한 채 나타났다.

마차를 세운 아처는 잠시 문에 기대어 서 있었다. 아무도 보이지 않았고 열려 있는 창문에서는 아무런 소리도 들리지 않았다. 그는 그냥 돌아설까, 경치 구경이나 할까 한참을 망설이다가 갑자기 집 안을 한번 둘러보고 싶어졌다. 그렇게 하면 올렌스카 부인이 앉아 있던 방을 상상으로라도 그려볼 수 있지 않을까 하는 생각에서였다. 문까지 걸어가서 벨을 누르지 못할 이유는 아무것도 없었다. 만일 그녀가 집안 식구들과 함께 외출하고 없다면 자연스럽게 이름을 말해주고 '죄송하지만, 안으로 들어가 쪽지라도 한 줄 써놓고 가면 안 되겠냐'고 청하면 될 것이다.

하지만 마음뿐, 그는 잔디밭을 가로질러 회양목 정원 쪽으로 걸어갔다. 그가 정원으로 들어섰을 때 정자 안에서 뭔가 밝은 색깔의 물체가 눈에 띄었다. 분홍색 양산이었다. 그 양산이 마치 자석처럼 그를 끌어당겼다. 그녀의 것이 분명했다. 그는 정자로 들어갔다. 그는 곧 망가질 듯한 의자에 앉아 비단 천으로 된 양산을 들고 조각이 새겨진 손잡이를 들여다보았다. 그윽한 향기를 풍기는 진귀한 나무로 만든 양산이었다. 아처는 양산 손잡이에 입술을 갖다 댔다.

그때였다. 회양목에 치마 스치는 소리가 들렸다. 그는 양산 손잡이를 꼭 쥔 채 꼼짝도 하지 않았다. 소리가 점점 가까워졌지만 그는 눈을 들지 않았다. 그래, 언젠가는 이런 일이 일어날 줄 알고 있었어…….

"어머, 아처 씨!" 젊은 목소리가 크게 외쳤다. 아처는 고개를 들었다. 그의 앞에는 블렌커 집안 딸들 중에서도 가장 뚱뚱한 막내딸이 금발을 풀어헤친 모습으로 서 있었다. 아마 낮잠을 자다 나온 듯 반쯤 잠에 취한 그녀는 반갑다기보다는 어리둥절한 기색으로 아처를 바라보았다.

"세상에……. 어디에서 오시는 길이세요? 해먹에 누웠다가 깜빡 잠이 들었나 봐요. 다른 사람들은 모두 뉴포트에 가고 없답니다."

아처는 당황해서 더듬거렸다.

"아, 그냥 근처에 볼일이 있어서 왔다가…… 겸사겸사 블렌커 부인과 이 집 손님들을 좀 만날까 하고요……. 그런데 집이 빈 것 같아서…… 이렇게 앉아서 기다리고 있었습니다."

"집은 비어 있어요. 어머니도 안 계시고, 후작 부인도……. 저 혼자뿐이에요."

그녀 입에서 '후작 부인'이라는 단어가 나오자 아처는 자연스럽게 물을 수 있었다.

"그렇다면 올렌스카 부인도…… 그녀도 뉴포트에 갔나요?"

블렌커 양은 놀란 눈으로 그를 바라보았다.

"올렌스카 부인이요……? 불려 간 걸 모르시나요?"

"불려 가다니요?"

"예, 엘렌은 어제 떠났어요. 우리보고 엘렌이라고 불러도 좋다고 했어요. 보스턴에서 전보가 왔어요. 한 이틀 걸릴 거라던데요. 어머, 그 양산 제건데요. 제가 정말 좋아하는 건데……."

그녀가 계속 뭐라고 조잘거렸지만 아처의 귀에는 한마디도 들어오지 않았다. 왜 갔을까? 이 칠칠치 못한 여자에게 물어봐야 헛일일 거야. 그렇다면……. 오만 가지 생각이 그의 머릿속을 맴돌았다. 자신의 미래가 갑자기 눈앞에 본모습을 드러낸 것 같았다. 공허함에서 공허함으로 끝없이 이어지는 삶, 그런 삶을 살다가 아무 일도 일어나지 않은 채 쪼그라든 한 남자의

제22장

모습이 보였다. 그는 주변을 둘러보았다. 어스름이 깔리기 시작한 정원, 쓰러져 가는 집, 떡갈나무 숲……. 올렌스카 부인을 꼭 찾아낼 수 있을 것만 같은 장소였다. 그런데 그녀는 멀리 가고 없었으며, 분홍 양산도 그녀의 것이 아니었다.

그는 눈살을 찌푸린 채 잠시 망설이다가 더듬거리듯 말했다.

"실은……그러니까…… 내일 보스턴에 가려고요. 그녀를 만날 수 있을까 해서……."

"아, 그래요? 엘렌이 파커 하우스에 묵을 거라고 했어요. 이 계절에 정말 끔찍할 텐데……."

그는 가족들이 돌아오기를 기다렸다가 함께 차를 마시고 가라는 그녀의 끈질긴 청을 물리치고 서둘러 그곳을 떠났다.

제23장

다음 날 아침 아처는 푹푹 찌는 한여름의 보스턴에 모습을 드러냈다. 역 근처 거리에는 맥주와 커피, 썩은 과일 냄새가 진동하고 있었고 셔츠 바람의 군중들이 그 냄새 속을 오가고 있었다. 아처가 엘렌 올렌스카에게 어울리지 않을 만한 곳을 상상해본다면 더위와 피로에 찌든 이 황량한 보스턴 말고 다른 곳을 떠올릴 수는 없을 것 같았다.

그는 마차를 타고 서머싯 클럽으로 가서 아침을 들었다. 멜론 한 조각을 먹고 토스트와 스크램블 에그가 나오기를 기다리는 동안 그는 느긋하게 신문을 읽었다. 어젯밤 메이에게 보스턴에 볼일이 생겨서 밤에 곧바로 뉴욕으로 가봐야겠다고 말한 이후로 그는 새로운 활력과 생기에 사로잡혀 있었다. 모두 그가 주초에 뉴욕으로 돌아갈 것으로 알고 있었다. 그런데 일이 되려고 그랬는지, 포츠머스로부터 별장으로 돌아와 보니 마침 탁자 위에 편지 한 통이 놓여 있었다. 뉴욕 사무실에서 온 편지였고, 덕분에 그가 갑자기 계획을 변경했어도 전혀 의심을 사지 않을 수 있었다.

식사를 마친 후 그는 담배를 피워 문 채 신문을 계속 훑어보았다. 시계를 보니 9시 반이어서 그는 호텔 서재로 들어갔다. 그곳에서 그는 쪽지에 몇 자 적은 다음 사환을 불렀다. 그는 사환에게 마차를 잡아타고 가서 쪽지를 전하고 답장을 받아오라고 했다. 그런데 잠시 후 사환은 "숙녀분께서 외출하셨답니다"라는 답을 갖고 돌아왔다. 아처는 마치 외국어를 발음하듯 떠듬떠듬 "외출했다고……?"라고 되물었다.

그는 자리에서 일어나 복도로 나왔다. 분명히 뭔가 잘못된 거다. 그녀가 이 시각에 외출했을 리 없다.

그는 모자와 지팡이를 찾아들고 거리로 나왔다. 마치 머나먼 나라에서 여행 온 이방인인 듯, 도시가 낯설고 텅 빈 것 같았다. 그는 문 앞에 서서 잠시 망설인 끝에 파커 하우스로 직접 가보기로 결심했다. 사환이 잘못 전해 들은 것이고 그녀가 만일 거기에 있다면?

그는 도시 중앙 공원을 가로질러 걷기 시작했다. 그런데 공원 첫 번째 벤치 나무 아래 그녀가 앉아 있는 모습이 보였다. 그녀는 머리 위에 회색 비단 양산을 쓰고 있었다. 도대체 왜 그녀의 양산을 분홍색이리라고 상상했던 것일까? 그녀에게 가까이 다가가며 그는 기운 없어 보이는 그녀의 모습에 놀랐다. 그녀는 마치 그렇게 앉아 있는 것밖에는 다른 아무 할 일이 없다는 듯 그곳에 멍하니 앉아 있었다. 그가 두어 발자국 더 다가가자 그녀가 몸을 돌려 그를 바라보았다.

"어머나!" 그녀가 입을 열었다. 그가 그녀의 놀란 모습을 본 것은 이번이 처음이었다. 그러나 그 놀란 모습은 곧바로 경탄과 기쁨의 미소로 바뀌었다. 그녀가 무슨 말이라도 하려는 듯 입을 달싹거리더니 그에게 벤치에 앉으라고 자리를 내주었다.

"일 때문에 이곳에 왔습니다. 지금 막 도착해서……." 이어서 그도 그녀를 보고 놀란 척했다. 무의식적으로 나온 행동이었다.

"그런데 도대체 이런 황량한 곳에서 뭘 하고 있는 겁니까?"

그는 자신이 지금 무슨 말을 하고 있는지도 전혀 의식하지 못했다. 마치 한없이 멀리 떨어진 채 고함을 지르고 있는 것 같았고, 그녀를 따라잡기 전에 그녀가 다시 사라져버릴 것만 같았다.

제23장

"나요? 나도 일 때문에 왔지요."

"혼자 파커 하우스에 묵고 있습니까?"

그녀가 묘한 표정을 지으며 되물었다.

"왜요? 위험할 것 같아요?"

"아뇨, 위험하다니요……."

"어쨌든 관습에는 어긋나지요? 알아요. 정말 그럴 거예요."
그녀는 잠시 생각에 잠겼다가 다시 말했다.

"그 생각은 미처 못 했네요. 그것보다 훨씬 더 관습에 어긋나
는 짓을 한 참이니까요." 그녀의 눈에 희미하게 빈정거리는 듯
한 기색이 떠올랐다. "나는 지금 꽤 많은 돈을 돌려받는 걸 거
절하고 온 참이거든요. 내 돈인데도……."

아처는 벌떡 일어나며 뒤로 한두 걸음 물러섰다. 그녀는 양
산을 접더니 그 끝으로 자갈 위에 그림을 그렸다. 그가 다시 그
녀 앞으로 다가와서 말했다.

"그렇다면 누군가가…… 당신을 만나러 여기 온 겁니까?"

"네."

"돈을 주겠다고 제안하러?"

그녀가 고개를 끄덕였다.

"그런데 당신이 거절했다?…… 조건이 안 맞아서?"

"거절했어요." 그녀가 잠시 뜸을 들이다가 말했다.

그가 다시 그녀 옆에 앉았다.

"그래, 어떤 조건이었소?"

"별로 까다로운 것도 아니었어요. 이따금 그의 식탁 머리에 앉아 주면 되는 거였어요."

다시 침묵이 흘렀다. 아처의 심장이 전에도 그랬듯 이상하게 쿵쿵거렸다. 무슨 말을 해야 할지 도무지 적당한 말을 찾을 수 없었다.

"그는 당신이 돌아오기만을 바라는군요. 무슨 대가를 치르더라도……."

"맞아요……. 상당한 대가였죠. 어쨌든 내게는 꽤 큰 액수예요."

그는 다시 입을 다물었다. 꼭 하고 싶은 질문을 어떤 식으로 해야 할지, 적당한 말을 찾기 위해서였다.

"그를 만나기 위해 이곳에 온 겁니까?"

그녀는 그를 빤히 쳐다보더니 웃음을 터뜨렸다.

"그 사람을?…… 남편을? 여기서요? 이맘때면 늘 카우스나 바덴에 있는데요."

"사람을 보냈나요?"

"네."

"편지와 함께?"

그녀는 고개를 가로저었다. "아뇨, 그냥 말만 전했을 뿐이에요. 편지라고는 써본 적이 없는 사람이에요. 딱 한 번 제게 편지를 보냈을 뿐이에요. 다 비서가 써줘요."

'그렇다면 비서를 보냈단 말이로군요'라는 말이 아처의 입가를 맴돌았다. 그러나 올렌스키 백작이 딱 한 번 직접 써서 아내에게 보냈다는 편지가 너무 생생하게 떠올라서 그는 잠시 침묵을 지켰다. 이윽고 그가 과감하게 질문을 던졌다.

"그렇다면 그 사람은……?"

"사자(使者) 말인가요?" 올렌스카 부인이 여전히 미소를 띤 채 대답했다. "그 사람은 벌써 떠났을지도 모르지만, 아무런 상관 없어요. 어쨌든 오늘 저녁까지 기다리겠다고 했지만……. 그러니까…… 뭔가 기대하면서…… 곧 다시 찾아올 거예요."

"그렇다면 당신은 찬찬히 다시 생각해보려고 여기 나온 거군요."

"바람 좀 쐬려고 나왔어요. 호텔은 너무 숨이 막혀서요. 오후에 기차 편으로 포츠머스로 돌아갈 거예요."

그들은 한동안 오가는 사람들만 쳐다보며 말없이 앉아 있었다. 아처가 갑자기 몸을 벌떡 일으키더니 주위를 둘러보며 말했다.

"여긴 정말 끔찍하군요. 잠깐 만(灣)으로 나가보지 않겠어요? 미풍이 불어서 좀 시원할 겁니다. 기선을 타고 포인트 알리까지 가봐도 좋을 거고."

그녀가 주저하자 그가 말을 이었다.

"내가 탈 기차는 저녁에나 출발할 겁니다. 뉴욕으로 오늘 돌아갑니다. 안 될 게 뭐 있습니까?"

그녀는 여전히 망설였다. 그러자 그가 결심한 듯 말했다.

"우리가 할 수 있는 일은 다 하지 않았소? 자, 오늘 하루만이라도 내게 줘요! 당신을 그 남자로부터 떼어놓고 싶소. 그 사람이 몇 시에 온다고 했소?"

그녀가 얼굴을 붉히며 대답했다.

"11시요."

"그렇다면 지금 당장 갑시다."

그녀는 아직 마음을 정하지 못한 듯 불안한 눈길로 그를 바라보았다. 순간 그녀가 엉뚱한 이야기를 꺼냈다.

"왜 나를 데리러 해변까지 내려오지 않았어요? 내가 할머니 댁에 갔던 날 말이에요."

"당신이 돌아보지 않아서……. 내가 거기 있는 줄 당신이 모르고 있어서……. 당신이 돌아보지 않는 한 절대로 내려가지 않겠다고 마음먹고 있었소."

너무 유치한 고백 같아서 그는 웃고 말았다.

"나는 일부러 돌아보지 않았어요."

"일부러?"

"당신이 거기 있는 줄 알았거든요. 당신이 마차를 타고 왔을 때 메이 마차의 조랑말을 알아봤어요. 그래서 해변으로 내려간 거예요."

"가능한 한 내게서 멀어지려고?"

그녀가 낮은 목소리로 그의 말을 되풀이했다.

"가능한 한 당신에게서 멀어지려고요."

그는 다시 웃음을 터뜨렸다. 하지만 이번에는 순진할 정도로 만족스러운 웃음이었다.

"정말, 그럴 필요 없었는데. 나도 털어놓겠소. 내가 이곳에 와서 할 일이란 건 바로 당신을 찾는 일이었소. 자, 어쨌든 지금 바로 출발해야 하오. 그렇지 않으면 우리 배를 놓칠 거요."

"'우리' 배라고요?" 그녀는 당황한 듯 이맛살을 찌푸리더니 곧 미소를 지었다. "하지만 먼저 호텔로 돌아가야 해요. 쪽지를 남겨야 하잖아요."

"쪽지를 남기고 말고는 당신 마음대로요. 하지만 호텔 방까지 갈 필요는 없소. 자, 여기 만년필이 있고 종이도 있소. 봉투까지 있으니 금상첨화로군."

그녀는 종이 위에 몸을 구부리고 뭔가 적기 시작했다. 아처는 몇 발자국 떨어져서 오가는 행인들을 바라보았다. 이윽고 쓰기를 마친 올렌스카 부인은 쪽지를 봉투에 집어넣고 봉투 위에 이름을 쓴 다음 주머니에 넣고 일어섰다.

그들은 편지를 맡기기 위해 호텔로 갔다. 아처가 호텔 앞에 서 있는 마차 옆에서 기다리는 동안 올렌스카 부인이 문을 열고 호텔 안으로 사라졌다. 시계를 보니 벌써 10시 반이었다.

그는 마차 앞에서 하릴없이 왔다 갔다 하면서 호텔 문을 여닫고 드나드는 사람들을 살펴보았다. 그들은 분명 다른 사람들이었지만 너무 닮아 있었고, 아처는 새삼 그 사실에 놀랐다.

바로 그때였다. 다른 얼굴들과는 도저히 연결이 불가능한 얼굴 하나가 갑자기 나타났다. 멀리서 왔다 갔다 하면서 흘낏 보았을 뿐이지만 야위고 지쳐 보이면서도 활기차고 놀란 듯한 모습, 턱이 홀쭉하면서도 온화한 모습, 한꺼번에 다른 여러 모습을 보여주는 듯한 얼굴이 그저 그렇게 엇비슷한 얼굴들 사이에서 불쑥 튀어나온 것이다. 아처는 어디서 본 것 같아서 기억을 더

제23장

273

듣었지만 누구인지 생각이 나지 않았고 그 사내는 곧 인파 속으로 사라졌다. 아처는 다시 왔다 갔다 하는 일로 되돌아 왔다.

곧이어 엘렌이 문을 열고 나타났다. 그들은 마차에 올랐다. 시계를 꺼내어 확인해보니 엘렌이 사라졌던 시간은 고작 3분에 불과했다. 마차는 울퉁불퉁한 자갈길을 달려 선창으로 향했다.

승객이 반쯤 찬 배의 좌석에 나란히 앉으니 그들은 별로 할 말이 없었다. 어쩌면 그들이 하고 싶은 말은 그들이 각자 떨어져 홀로 있을 때, 그 축복받은 침묵 상태에서 가장 잘 소통되는지도 몰랐다.

배가 부둣가에서 멀어지자 아처는 오랜 습관의 세계 역시 멀어지는 것 같았다. 그는 올렌스카 부인 역시 자신과 같은 느낌인지, 그녀도 결코 돌아오지 않을 기나긴 항해에 나서는 기분인지 묻고 싶었다. 하지만 그는 그 말을 꺼내기가 두려웠다. 그를 향한 그녀의 아슬아슬한 신뢰감을 깨뜨릴 것 같아서였다. 그녀가 자신의 곁에서 미지의 세계로 흘러가고 있는 지금, 손길만 닿아도 산산이 흩어져 버릴, 아슬아슬하면서도 깊은 친밀감에 겨우 도달해 있는 것만 같았다.

배가 항구를 떠나 바다로 나아가자 미풍이 그들을 쓰다듬어 주었다. 도시는 여전히 후텁지근한 안개로 뒤덮여 있었지만, 그들 앞에는 잔물결이 이는 신선한 바다가 펼쳐져 있었다.

그들은 선실 식당으로 내려갔다. 내심 단둘이 그곳에 있기를 바랐지만 식당에서는 순진해 보이는 젊은 남녀들의 파티가 한창이었다. 식당 주인 말로는 휴가를 맞은 학교 선생님들이라고 했다. 아처는 이렇게 시끄러운 곳에서 이야기를 나눠야 한다는 생각에 암담해졌다.

"여긴 안 되겠군. 별실을 달라고 해야겠소."

올렌스카 부인은 별로 이의를 달지 않았고 두 사람은 곧 별실에 단둘이 있을 수 있었다. 남의 이목을 피하고 싶은 커플에게 은밀한 장소를 제공하겠다는 의도가 노골적으로 드러나 있는 곳이었다.

아처는 보일락 말락 즐거운 미소를 띠면서 맞은편에 앉은 올렌스카 부인의 얼굴에서 얼핏 안심하는 기색을 본 것 같았다. 남편으로부터 도망친 여자……. 그것도 풍문에 의하면 다른 남자와 도망친 여자……. 그녀는 그 어떤 일이든 당연한 듯 받아들이는 기술을 완벽하게 터득했는지도 모른다. 그러나 그녀의 침착한 모습에는 그의 그런 삐딱한 생각을 꺾어버리는 그 무언가가 있었다. 그렇게 차분하고 침착하며 순진해 보이는 그녀의 모습에는 관습 따위는 멀리 쓸어버리는 그 무언가가 있었

제23장

다. 그녀의 그런 모습을 보면서 아처는 서로에게 할 말이 그토록 많은 두 친구가 자연스럽게 둘만의 공간을 찾게 된 것이라고 느꼈다.

제24장

그들은 천천히 점심을 들었다. 그들은 말을 많이 쏟아놓았지만, 간간이 침묵하며 깊은 생각에 잠기곤 했다. 일단 주문(呪文)이 풀리자 할 말이 무척 많았으나 아직 말 없는 대화를 통해 전해지는 것이 더 많았고 말은 기나긴 침묵 끝에 부속물로 따라오는 것일 뿐이었다. 아처는 자신의 이야기는 별로 하지 않았다. 의도적으로 그런 것이 아니라 그녀의 지난 일에 대해 단 한마디도 놓치고 싶지 않아서였다. 그녀는 두 손으로 턱을 괴고 그들이 만나지 못했던 1년 반 동안의 이야기를 그에게 해주었다.

그녀는 이른바 '사교계'에 점점 더 싫증이 났다. 뉴욕은 친절했고 거의 숨이 막힐 정도로 호의적이었다. 하지만 시간이 흐를수록 그녀는 그녀 말마따나 자신이 너무 '달라서' 뉴욕의 관심사를 공유할 수 없다는 것을 깨달았다. 그녀가 워싱턴으로 거처를 옮기기로 결심한 것은 좀 더 다양한 사람, 다양한 의견을 접하리라는 기대에서였다. 그리고 워싱턴에 정착하게 되면 미도라 고모, 이제 친척들 모두 인내심이 바닥나 버린 그녀에게 보금자리를 마련해줄 수 있다는 기대도 있었다. 하지만 워싱턴도 마찬가지였다. 그녀는 따분했다는 이야기 끝에 "크리스토퍼 콜럼버스가 셀프리지 메리가(家) 사람들과 오페라에 가기 위해 그런 고생을 했겠어요?"라고 말했다.

아처가 그녀의 말에 화답하듯 말했다.

"우리는 지겨울 정도로 따분한 사람들이오. 우리에게는 개성도, 색깔도, 다양성도 없어요." 그 말과 함께 그가 불쑥 물었다.

"그렇다면 왜 돌아가지 않는 거요?"

그녀의 눈빛이 어두워졌다. 아처는 그녀에게서 분노에 찬 대꾸가 나오리라고 예상하고 있었다. 그러나 그녀는 그의 질문들 곱씹는 듯 아무 말이 없었다. 아처는 그녀가 자기도 왜 그런지 궁금하다고 맞받아칠까 봐 긴장해 있었다.

마침내 그녀가 입을 열었다.

"당신 때문일 거예요."

그렇게 아무 감정도 드러나 있지 않은 고백, 상대방의 허영심을 채워주는 구석이라고는 전혀 없는 고백 같은 건 존재할 수 없을 것이다. 아처는 관자놀이까지 온통 새빨개진 채로 꼼짝할 수도, 입을 열 수도 없었다. 그녀의 입에서 나온 말은 마치 가벼운 움직임에도 날개를 퍼덕이며 날아가버릴 나비 같았다.

그녀가 계속했다.

"최소한 당신은 그런 지루함 밑에 아름답고 민감하고 섬세한 그 무엇이 있다는 것을 내가 알 수 있게 해주었어요. 내가 이전의 삶에서 좋아했던 것들도 그에 비하면 싸구려처럼 보였어요. 어떻게 설명해야 할지 모르겠지만……." 그녀는 미간을 모았다. "최상의 기쁨을 얻으려면 힘들고 초라하고 천한 일들을 얼마나 많이 대가로 치러야 하는지 전에는 몰랐던 것 같아요."

아처는 아무 말이 없었다. 그러자 그녀가 계속했다.

"당신에게는 정말로 솔직해지고 싶어요. 나 자신에게도…… 오랫동안 이런 기회가 오기만 바랐어요. 당신이 내게 얼마나 도움이 되었는지 말할 수 있는 기회가……. 당신이 나를 어떻게 바꿔 놓았는지를……."

아처는 눈살을 찌푸린 채 그녀를 뚫어져라 바라보고 있었다. 그가 웃음을 터뜨리며 그녀의 말 중간에 끼어들었다.

"그리고 당신이 나를 어떻게 바꿔 놓았는지를?"

제24장

279

그녀의 얼굴이 약간 창백해졌다.

"당신을?"

"그렇소. 내가 당신을 바꿔 놓은 것보다 당신이 나를 훨씬 더 많이 바꿔버렸소. 나는 한 여자가 시키는 대로 어느 한 여자와 결혼한 사내 아니요?"

그녀의 창백한 안색이 순식간에 빨갛게 변했다.

"나는…… 당신이 약속했다고 생각했는데……. 오늘, 당신이 그런 말은 하지 않기로……."

"오, 여자란! 나쁜 일이란 그저 외면하겠다는 거로군!"

그녀가 목소리를 낮추더니 말했다.

"그건…… 내가 아니라…… 메이에게 나쁜 일 아닌가요?"

그는 창가로 가서 섰다. 그는 열려 있는 창틀을 두드리면서 그녀가 메이의 이름을 입에 올릴 때 묻어나는 절절한 애정을 느꼈다.

"우리는 언제나 그 생각을 해야 하니까요……. 그렇지 않은 가요? 당신 입으로도……." 그녀가 강한 어조로 말했다.

"내 입으로?" 그가 멍한 눈길을 바다로 향한 채 되물었다.

그녀가 힘겹게 말을 이었다.

"만일…… 많은 것을 포기해버린 것이 헛일이라면……, 다른 사람들이 환멸과 불행에서 벗어날 수 있기 위해 한 그 일이 아무 가치 없는 일이라면……. 만일 그렇다면 이 모든 일이, 내가 이곳에서 절감했던 것들, 내가 이전에 겪었던 삶을 그토록 빈약하고 초라하게 만들었던 모든 것들이—그곳에서는 아무도 그런 건 신경 쓰지 않으니까요—전부 가짜거나 꿈에 불과할 뿐이에요."

아처는 그 자리에서 꼼짝 않고 몸만 돌렸다.

"그렇다면 당신이 돌아가지 않을 이유가 아무것도 없지 않소?" 그는 마치 결론 내리듯 말했다.

그녀가 절망적인 눈길로 그를 뚫어져라 바라보았다.

"오, 아무 이유도 없다고요?"

"당신이 내 결혼생활의 성공 여부에 모든 것을 걸었다면 말이오." 그가 매몰차게 말했다. "내 결혼생활이 어찌 되나 보려고 이곳에 머물 필요는 없지 않소."

그녀가 아무 대답이 없자 그가 계속 말했다.

"그럴 필요가 어디 있소? 당신은 내게 처음으로 진짜 삶을 엿보게 해주었소. 그러면서 동시에 당신은 가짜 삶을 살아가도록 내게 요구하고 있소. 그건 도저히 참을 수 없는 일이요. 할 말은 그뿐이오."

제24장

281

"아, 그런 말 말아요! 내가 얼마나 힘들게 견디고 있는데!" 그녀가 눈물이 그렁그렁한 채 외쳤다.

그녀는 탁자 아래로 팔을 늘어뜨린 채, 자신을 응시하고 있는 그의 시선을 피하지 않았다. 마치 그 어떤 치명적인 위험이 닥쳐오더라도 상관없다는 듯이 보였다. 그녀의 얼굴은 그녀라는 존재 뒤의 영혼까지 포함해서 그녀의 모든 것을 드러내 보여주고 있었다. 아처는 그녀의 얼굴을 통해 전해지는 그 무언가에 압도되어 말문이 막힌 채 서 있었다.

마침내 그가 입을 열어 더듬더듬 말했다.

"당신도?…… 당신도 내내?"

대답 대신 그녀의 눈물이 눈꺼풀 위로 흘러넘치더니 천천히 아래로 떨어졌다.

그들은 방 전체 너비의 반 정도 떨어져 있었고, 둘 다 꼼짝도 하지 않았다. 아처는 자신이 그녀의 육체적 존재에 대해 이상하리만치 무관심하다는 것을 의식하고 있었다. 그는 애무의 손길에 의해 깊어지는 사랑, 그래서 더 애무하게 되는 그런 사랑을 했었다. 그러나 뼛속 깊이 스며든 이 사랑은 그렇게 피상적인 접촉으로 충족될 사랑이 아니었다. 그는 혹시 그녀의 말이 남긴 소리와 인상을 지워버릴 그 무슨 짓인가를 자기가 저지를

까 봐 두려울 뿐이었다. 그리고, 이제는 절대로, 자신이 오직 혼자라는 느낌을 갖지 않게 되리라는 생각에만 사로잡혀 있었다.

하지만 잠시 후 공허감과 삭막함이 그를 사로잡았다. 그곳에 그들이, 단둘이 함께, 닫힌 공간에, 안전하게 있었다. 하지만 그들은 각기 다른 운명의 사슬에 묶여 있었기에 마치 이 세상 반대편에 떨어져 있는 것 같았다.

"무슨 소용이 있겠소? 당신이 돌아간다면……." 그가 절망적으로 말했다. 그의 그 말 속에는 도대체 어떻게 하면 당신을 잡아둘 수 있겠소? 라는 간절한 절규가 숨어 있었다.

그녀는 눈을 내리깐 채 꼼짝도 하지 않았다.

"아……, 나는 아직 가지 않을 거예요!"

"아직? 그렇다면 언젠가는? 이미 언제일지 예정하고 있단 말이오?"

그러자 그녀가 맑디맑은 눈을 들었다.

"약속할게요. 당신이 견디고 있는 한……, 우리가 지금처럼 똑바로 마주 보고 있는 한, 가지 않을게요."

그는 의자에 무너지듯 주저앉았다. 그녀의 대답은 이런 뜻이었다. '당신이 손가락만 까딱해도 나는 돌아갈 거예요. 당신이 알고 있는 그 혐오스러운 것들 곁으로……. 당신이 짐작하고 있는 유혹들 곁으로……' 그는 마치 그녀가 그런 말을 직접 입 밖에 낸 듯 분명히 알아들을 수 있었다. 그는 일종의 감동적이고 신성한 복종심에 사로잡혀, 제자리에 못 박힌 듯 꼼짝하지 못했다.

"오, 당신에게 삶이란!" 그가 신음하듯 내뱉었다.

"아……, 내 삶이 당신 삶의 일부인 한." 그녀가 말했다.

"내 삶은 당신 삶의 일부이고?"

그녀가 고개를 끄덕였다.

"그러면 전체가 된다? 우리 둘 모두?"

"그래요. 하나가 되는 거예요."

그 말에 그는 그녀의 사랑스러운 얼굴 외에는 다 잊고 자리에서 벌떡 일어났다. 그녀도 조용히 일어났다. 그를 맞이하려는 것도 아니었고 그를 거부하려는 것도 아니었다. 다만 가장 어려운 과업을 완수했으며 마치 오로지 이 순간만을 기다렸다는 것 같았다. 그 동작이 너무나 조용해서, 그가 다가가자 앞으로 뻗은 그녀의 손길이 그를 막는 것이 아니라 오히려 인도하는 것 같았다. 그가 그녀의 두 손을 잡았다. 그녀는 팔을 더 뻗었다. 비록 완강하지는 않았지만, 그녀의 얼굴이 말하고 있는 뜻을 그가 충분히 읽어낼 수 있는 거리를 두려는 것 같았다.

둘이 얼마나 오래 그런 자세로 서 있었는지는 모른다. 그러나 그녀가 침묵으로 해야 할 말을 전하기에 충분한 시간이었으며, 그가 중요한 단 한 가지 사실을 느끼기에 충분한 시간이었다. 이 만남을 최후의 만남으로 만들 그 어떤 행동도 해서는 안 된다는 것! 그들의 미래를 오로지 그녀에게 맡긴 채 그것을 꽉 붙잡고 있어 달라고 그녀에게 부탁하는 것!

"불행해지면 안 돼요." 그녀가 손을 빼내면서 갈라진 목소리로 말했다. 그가 대답했다.

"돌아가지 말아요……. 돌아가지 않을 거죠?" 오로지 그것만 아니라면 무엇이든 견딜 수 있다는 듯이…….

"돌아가지 않을게요." 그녀는 그 말과 함께 몸을 돌리더니 문을 열고 별실 밖으로 나갔다.

제25장

　다시 선상에서 다른 사람들과 함께 있으면서 아처는 평온함을 느꼈다. 그는 자신의 평온함에 놀라는 한편 힘을 얻기도 했다.

　통상적으로 따진다면 그날은 어처구니없는 실패에 가까웠다. 올렌스카 부인의 손에 입을 맞추지도 못했고 다음번 기회를 기약하는 말을 그녀에게서 한마디도 듣지 못했다. 그런데도 충족되지 못한 사랑으로 애 끓이는 남자, 열정의 대상과 만날 기약도 없이 헤어진 남자치고는 쑥스러울 정도로 평온하고 침착했다. 그녀가 너무 훌륭하게 타인에 대한 성실함과 자신들에 대한 정직함 사이의 균형을 잡아주었기에 그는 그토록 흥분했다가도 평정을 찾을 수 있었다. 그녀의 눈물과 머뭇거림에서 알 수 있듯이 그 균형은 인위적으로 계산된 것이 아니었다. 그것은 그녀의 당당한 성실성으로부터 자연스럽게 우러난 것이었다. 그것은 그를 부드러운 경외감으로 그득 채워 주었다. 폴리버 역에서 작별의 악수를 하고 그녀와 헤어져 혼자가 된 다음에도 그는 그 만남으로 인해 희생한 것보다는 구한 것이 훨씬 많다는 믿음을 여전히 간직하고 있었다.

기차를 타고 돌아오면서도 그는 여전히 그런 생각에 사로잡혀 있었고 그 때문에 조금은 멍한 상태였다. 기차가 뉴욕에 도착했고 그는 기차에서 내렸다. 더위에 지친 얼굴들이 그를 지나쳤고 그는 여전히 몽롱한 상태에서 그들의 모습을 바라보았다. 그런데 갑자기 한 얼굴이 부각되면서 그의 의식을 뚫고 들어왔다. 바로 전날 파커 하우스에서 보았던 얼굴, 그 어떤 유형에도 걸맞지 않으며 미국 호텔에 어울리지 않는 바로 그 얼굴이었다.

외국인 티가 완연한 모습으로 주변을 둘러보던 젊은이는 아처를 향해 다가오더니 모자를 벗어들고 인사했다.

"맞아요, 선생님! 우리 런던에서 만났지요?"

"그렇군! 런던에서!" 아처는 호기심과 호감을 동시에 느끼며 그의 손을 잡았다. "결국, 이곳에 온 건가요?" 그는 프랑스인 가정교사의 해쓱하면서도 영리해 보이는 얼굴을 놀란 눈으로 쳐다보며 말했다.

"아, 여기에……. 그래요, 여기 온 셈이네요." 리비에르는 일그러진 입술로 미소를 지었다. "하지만 오래 있지는 않을 겁니다. 모레 돌아갑니다. 이렇게 선생님과 마주치다니 정말 다행입니다. 혹 괜찮으시다면……."

"아, 네, 그렇지 않아도 제가 먼저 말씀드리려던 참입니다. 점심 함께 드시지 않겠습니까? 시내에서 말입니다. 제 사무실로 찾아오시면 근처 괜찮은 식당으로 모시겠습니다."

리비에르 씨는 눈에 띌 정도로 놀라고 감동한 것 같았다.

"정말 친절하시군요. 저는 그저 짐꾼이 눈에 띄지 않아 짐을 어떻게 옮겨야 할지 여쭤보려던 것뿐인데……."

"아, 네, 따라오시면 제가 짐꾼을 구해드리지요. 암튼 저와 점심을 꼭 드셔야 합니다."

짐꾼을 구해준 후 아처는 오후에 찾아오라며 사무실 주소를 적어주었다. 프랑스인은 과장된 몸짓으로 거듭 감사를 표하더니 마차를 타고 떠났고 아처는 길을 걸어갔다.

리비에르 씨는 약속한 시각에 정확히 아처의 사무실에 나타났다. 사무실에는 아처 혼자였다. 리비에르 씨는 아처가 권한 의자에 앉기도 전에 불쑥 말했다.

"어제 보스턴에서 선생님 모습을 본 것 같습니다."

아처는 별 의미 없는 말 정도로 치부하고 적당히 말대꾸를 하려 했다. 그런데 집요하게 그를 바라보는 방문객의 시선에서 뭔가 심상치 않은 기색을 느끼고 말문이 막혔다.

"이상한 일입니다. 정말 이상해요" 리비에르 씨가 계속했다. "제가 그런 상황에 처해 있을 때 선생님을 만나다니."

"그런 상황이라뇨?" 아처는 혹시 돈이라도 요구하려는 것은 아닌지 약간은 의아해하면서 되물었다.

리비에르 씨는 주저하는 눈길로 계속 아처를 살펴보며 계속했다.

"제가 이곳에 온 건, 지난번 만났을 때 말씀드린 것처럼 직업을 찾기 위해서가 아닙니다. 좀 특별한 임무를 띠고……."

"아……!" 아처가 탄성을 발했다. 홀연 그와의 두 번의 만남이 그의 머릿속에서 연결이 된 것이다. 그는 갑자기 밝혀진 상황을 이해하려는 듯 잠시 말을 멈추었고 리베에르 씨도 더 이상 설명이 필요 없다는 듯 침묵을 지켰다.

"특별한 임무라……." 마침내 아처가 리비에르가 한 말을 되풀이한 다음 물었다. "그렇다면 나와 상의하고 싶었던 게 바로 그 특별한 임무입니까?"

제25장

"실은 그렇다고도……. 저에 관한 일은 나름대로 정리가 되었으니까요. 괜찮으시다면, 올렌스카 백작 부인에 대한 이야기를 나누고 싶었습니다."

아처는 그의 입에서 그 이야기가 나오리라고 이미 짐작하고 있었다. 하지만 막상 그의 입을 통해 그녀의 이름이 나오자 피가 거꾸로 솟는 느낌이었다.

"누구를 위해서 이 일을 하시는 겁니까?" 아처가 물었다.

리비에르는 전혀 동요하지 않고 그의 질문에 응했다.

"글쎄요……. 백작 부인을 위해서라고 할까요. 좀 방자하게 들릴지 모르겠지만 말입니다. 아니면 이렇게 말할까요? 추상적인 정의를 위해서라고."

아처는 약간 빈정거리는 투로 말했다.

"여러 말 할 것 없이, 당신이 올렌스키 백작의 사자(使者)로군요."

그러자 리비에르의 창백한 얼굴이 빨갛게 물들었다.

"선생님께는 아닙니다! 제가 선생님께 온 건 전혀 다른 이유에서입니다."

"이런 상황에서 당신에게 무슨 다른 이유가 있을 수 있겠소? 사자면 사자인 거지."

젊은이가 약간 생각에 잠겼다가 말했다.

"사자로서의 제 임무는 끝났습니다. 올렌스카 백작 부인 당사자에 관한 한 저는 실패했습니다."

"나는 도울 수 없소." 아처가 여전히 빈정거리는 말투로 말했다.

"아니, 도와주실 수 있습니다." 리비에르가 장갑 낀 손으로 모자를 돌리며 모자 안쪽을 바라보다가 다시 아처의 얼굴을 바라보며 말했다. "도와주실 수 있습니다. 선생님, 선생님이라면 제가 백작 부인의 가족들 설득에도 실패한 것으로 만들어주실 수 있으리라고 저는 확신합니다."

아처는 의자를 뒤로 밀고 일어났다. 그의 이글거리는 두 눈이 자그마한 체구의 프랑스인을 노려보았다. 프랑스인도 따라서 일어났다. 그의 얼굴은 아처의 눈보다 몇 센티미터 정도 아래에 있었다. 아처가 분노의 고함을 질렀다.

"제길, 도대체 어떻게 그런 생각을! 내가 왜 나머지 가족들과는 생각이 다르다고 믿는 거요? 게다가 백작 부인과 가까운 사람들이 많은데 왜 하필 내게 온 거요?"

리비에르는 아처의 맹공에 당황한 듯 안절부절못했다.

"선생님, 선생님과 상의하려던 건 제가 띠고 온 임무가 아니라, 제 개인적인 일입니다."

"그렇다면 더더욱 내가 들을 필요가 없겠군."

리비에르는 다시 한번 모자로 눈길을 주었다. 이 마지막 말이 자리를 뜨라는 선고인지 곰곰이 생각하는 것 같았다. 그런데 그가 갑자기 단호한 말투로 말했다.

"선생님……, 딱 한 가지만 말씀해주실 수 있겠습니까? 선생님께서는 제가 지금 무슨 권리로 이 자리에 있느냐고 묻고 계신 겁니까, 아니면 이미 모든 문제가 결판이 났다고 보시고 그러시는 겁니까?"

리비에르가 조용한 어조로 차분히 묻자 아처는 자신이 꼴사납게 큰소리를 쳤다고 느꼈다. 리비에르는 효과적으로 정곡을 찌른 셈이었다. 아처는 얼굴을 붉히며 의자에 앉으면서 그에게도 앉으라고 손짓했다.

"미안합니다. 그런데 왜 문제가 아직 결판이 나지 않았다는 겁니까?"

리비에르는 괴로운 듯 아처를 바라보았다.

"그렇다면 선생님도 다른 가족분들과 마찬가지 생각이신가요? 제가 갖고 온 새로운 제안 정도라면 올렌스카 부인이 돌아가지 않는 건 거의 불가능하다고 생각하시는 건가요?"

"맙소사! 다른 가족들이라니! 그게 무슨 소리요!"

그러자 리비에르가 나지막이 털어놓았다.

"실은 백작 부인을 만나기 전에 로벨 밍고트 씨를 만났습니다, 올렌스키 백작의 요청 때문이었습니다. 보스턴으로 가기 전에 로벨 밍고트 씨를 여러 번 만났습니다. 제가 보기에 그분은 모친의 의견을 그대로 따르시는 것 같았습니다. 그리고 맨슨 밍고트 노부인의 영향력이 가족 전체에 미치고 있다는 것도 알았습니다."

아처는 그의 몇 마디 말로 상황을 짐작할 수 있었다. 그는 마치 절벽 끄트머리에 매달린 기분이었다. 그리고 불현듯 뉴포트로부터 돌아오면서 올렌스카 부인에 대해 메이와 나눈 몇 마디 대화가 생각났다. 그렇다. 그녀가 지나가는 말처럼 흘린 말은 분명 그의 의중을 떠보려는 미끼였다. 그는 자신이 분개해서 대꾸했던 것과 그 이후 아내 입에서 백작 부인의 이름이 한 번도 거론되지 않았다는 사실도 되짚었다. 그의 의중은 메이를 통해 가족들에게 전달되었을 것이고 그 후부터 아처는 암묵적으로 가족회의에서 배제되었을 것이다. 아처는 메이를 가족의 결정에 복종하게 만든 이 부족 내 규율에 대해 경탄할 수밖에 없었다. 그가 아는 한, 만일 양심에 걸리는 일이었다면 메이는 그렇게 하지 않았을 것이다. 하지만 메이는 올렌스카 부인이 홀몸으로 사느니 불행한 아내로 지내는 게 낫다는 가족의 의견에 내심 동의했을 것이다. 그리고 그렇게 당연한 일을 받아들이지 않고 이상한 이야기나 늘어놓는 아처와는 상의해봤자 아무 소용없다는 가족의 의견에도 동의했을 것이다.

아처는 마음을 추스르고 젊은 프랑스 청년에게 물었다.

"그건 그렇고 내게 이런 이야기를 하는 목적이 뭡니까?"

그 말이 떨어지기 무섭게 리비에르가 곧바로 대답했다.

"선생님, 제발 부탁입니다. 진심으로 부탁드립니다. 그녀가 돌아가지 않게 해주십시오. 제발, 그러지 못하게 해주십시오!"

그는 거의 고함치듯 했다. 아처는 어안이 벙벙해서 그를 쳐다보았다. 그의 태도나 표정으로 보아 절대로 거짓이 아니었다. 모든 것이 실패로 돌아가게 하기로 단단히 결심한 것이 분명했다.

이윽고 아처가 입을 열고 말했다.

"그게 올렌스카 백작 부인에 대해 당신이 일관되게 가졌던 생각인지 물어도 되겠습니까?"

리비에르는 얼굴을 붉혔으나 두 눈에는 주저하는 기색이 없었다.

"아닙니다. 그녀가 돌아가는 게 좋다고 믿고 임무를 받아들인 겁니다. 굳이 말씀드릴 필요가 있는지 모르겠지만 저는 부인이 자신의 지위와 재산, 남편의 지위 덕분에 얻을 수 있는 사회적 존경을 되찾는 것이 나으리라고 생각했습니다."

"그런데 왜? 이제 와서 왜?"

"그녀를 두 차례 만나 이야기를 듣고 나서 생각이 바뀌었습니다. 여기 있는 것이 낫다는 것을 알았습니다."

"무엇 때문에 당신 생각이 바뀌었는지 물어도 될까요?"

"단 하나, 그녀가 변한 것을 알았기 때문입니다."

"그녀가 변했다? 그렇다면 그 전부터 그녀를 알고 있었단 말입니까?"

젊은이가 다시 얼굴을 붉혔다.

"그분 남편 댁에서 가끔 뵈었습니다. 올렌스키 백작과는 수년간 알고 지냈거든요. 이런 일에 모르는 사람을 보낼 리는 없지 않습니까?"

"그래, 변화라니, 어떤 종류의 변화를 말하는 겁니까?"

"아, 선생님, 어떻게 설명을 해드려야 할지……." 그는 잠시 멈췄다가 다시 말을 이었다. "그러니까, 전에는 생각하지도 못했던 것을 발견했달까……. 그녀는 미국인이었습니다. 그리고 다른 나라에서는 당연하게 받아들이는 것, 최소한 편의상 타협하면서 넘어갈 수 있는 것이 미국인에게는 생각조차 할 수 없는 일일 수도 있다는 것, 그것을 발견한 겁니다. 부인의 가족들이 그 사실을 알고 인정한다면 그녀가 돌아가는 것을 그녀 자신만큼 분명히 반대할 겁니다. 그분들은 남편이 그녀를 돌아오길 원하는 것이 가정생활을 유지하고 싶은 간절한 소망 때문이라고 보는 것 같습니다."

리비에르는 잠시 말을 끊었다가 덧붙였다.

"하지만 사정이 그렇게 간단하지는 않습니다."

아처는 무슨 말을 해야 좋을지 알 수 없었다. 방문객을 바라보니 그의 마음도 자기 못지않게 착잡한 듯했다.

아처는 "감사합니다"라고 짧게만 말했다.

"제게 고마워하실 것 하나도 없습니다, 선생님, 오히려……."

리비에르는 말하기가 힘겨운 듯 잠시 말을 멈추었다. 그러더니 더 단호해진 목소리로 말을 이었다.

"한 가지만 더 말씀드리고 싶습니다. 제가 올렌스키 백작에게 고용되어 있느냐고 물으신 것 같은데요, 지금은 그렇습니다. 몇 달 전에 그에게 다시 돌아갔었습니다. 병들고 늙은 가족, 자신에게만 의지하고 있는 그런 가족이 딸린 사람에게는 늘 있는 일이지요. 하지만 선생님께 이런 말을 하려고 이 계단을 올라온 순간 저는 그 짐을 벗었다고 생각합니다. 돌아가면 백작에게 사실을 이야기하고 그 이유도 말할 작정입니다. 이상입니다, 선생님."

리비에르는 고개 숙여 인사하고 한 발짝 뒤로 물러섰다.

"감사합니다." 아처는 다시 한번 고맙다고 말하면서 그와 악수했다.

제26장

해마다 10월 15일이면 5번가(街)는 덧문을 열고, 카펫을 깔고, 세 겹으로 된 창문 커튼을 걸었다. 11월에 이런 식의 집안 정리가 끝나면 15일경부터 사교계는 절정을 맞이했다. 이맘때면 아처 부인은 늘 뉴욕이 변했다는 말을 입버릇처럼 하곤 했다.

뉴랜드 아처가 결혼한 지 두 해째 되었다. 이번 겨울에 아처 부인의 집에서 열린 추수감사절 만찬 때도 뉴욕이 변했다는 사실이 화제로 등장했다.

만찬에 모인 사람들은 이런저런 이야기를 나눈 끝에 여자들을 중심으로 패션 유행 이야기가 화제로 떠올랐다. 아처 부인은 요즘 여자들이 파리제(製) 새 드레스를 자기 세대들처럼 옷장 속에서 한두 해 묵혀 두지 않고 세관에서 찾아오자마자 뽐내며 입고 다닌다고 개탄했다.

그러자 잭슨 양이 말했다.

"새 옷이 도착하자마자 그 옷을 아내에게 입혀서 새로운 유행을 불러일으키는 사람이 바로 보퍼트예요. 레지나는 경쟁자들과 달라 보이려고 너무 기를 쓰는 것 같아요."

레지나 보퍼트 이야기가 나오자 아처 부인이 말했다.

"불쌍한 레지나! 추수감사절이 별로 즐겁지 않을 거야. 보퍼트의 투기에 대한 소문 들었어요, 실러턴?"

실러턴 잭슨 씨는 심드렁하게 고개를 끄덕였다. 모두 아는 소문이었고, 잭슨 씨는 이미 다 알려진 이야기를 확인해주는 일 따위는 경멸했다.

만찬에 모인 사람들 사이에 갑자기 우울한 침묵이 흘렀다. 아무도 보퍼트를 좋아하지 않았기에 그가 개인적으로 최악의 상태에 빠진다고 해서 전적으로 기분이 상할 일은 아니었다. 하지만 보퍼트의 투기 때문에 그의 처가까지 곤경에 빠진다는 것은 충격적인 일이어서 그의 적이라 할지라도 그의 실패를 마냥 즐겁게 받아들일 수는 없었다. 뉴욕은 사생활에서의 위선에 대해서는 너그러워도 사업 문제에 관한 한 투명하고 흠잡을 데 없는 정직성을 요구했다. 남편의 비합법적인 투기에 관한 소문

제26장

299

에 일말의 진실이라도 들어 있다면 댈러스가의 친척들이 아무리 힘을 모아도 레지나를 구해내지는 못할 것이다.

사람들은 덜 불길한 쪽으로 화제를 돌리려고 애썼다. 하지만 건드리는 화제마다 세상이 너무 급속하게 변하고 있다는 아처 부인의 느낌을 확인시켜 주는 것 같았다. 그녀가 아들에게 말했다.

"그래, 뉴랜드, 메이를 스트루더스 부인의 일요일 모임에 보냈다며?"

그러자 메이가 쾌활한 어조로 끼어들었다.

"어머니, 이제 누구나 스트루더스 부인 댁에 가는 거, 어머니도 아시잖아요. 할머니께서도 지난번 리셉션에 부인을 초대하셨는걸요."

스트루더스 부인이 일요일마다 베푸는 환대에 일단 맛을 들이자, 사람들은 그녀가 대접하는 술이 샴페인에서 싸구려 술로 바뀌었어도 얌전히 집에 앉아 있을 수가 없었다.

"얘야, 나도 안다, 알아." 아처 부인이 한숨을 내쉬며 말했다. "사람들이란 재밋거리를 찾게 되어 있으니 그럴 수밖에 없지. 하지만 제일 먼저 스트루더스 부인에게 호의를 보인 사람이 네 사촌 엘렌이라는 건 별로 너그럽게 봐줄 수가 없구나."

젊은 아처 부인의 얼굴이 순식간에 상기되었다. 남편도 식탁에 앉아 있던 다른 사람들 못지않게 놀랐다.

"아, 엘렌 언니……." 메이는 그녀의 부모가 "오, 블렌커 집안!"이라고 말할 때와 마찬가지로 비난조로 웅얼거렸다.

그녀의 반응은 올렌스카 백작 부인의 이름이 거론될 때마다 그녀의 가족들이 보이는 반응 바로 그것이었다. 올렌스카 백작 부인이 남편의 제안을 고집스럽게 거부한 사실이 놀랍고 불편했기 때문이었다. 아처는 아내가 주변 사람들과 같은 투로 말하는 것을 볼 때면 종종 엄습해오는 낯설음을 느끼며 아내를 바라보았다.

올렌스카 백작 부인이 그녀 친척들의 눈 밖에 났다는 것은 누구나 다 아는 일이었다. 그녀를 헌신적으로 감싸주었던 맨슨 밍고트 노부인조차도 그녀가 남편에게 돌아가기를 거부한 사실에 대해서는 옹호해줄 말을 찾을 수 없었다. 가족들은 그녀가 남편이라는 안전하고 따뜻한 보금자리를 거부하고 보헤미안이 되었다고 생각했으며 일반 사람들도 그렇게 생각하기는 마찬가지였다. 사람들은 '어쨌든 젊은 여자는 남편이라는 지붕 아래 있어야 하잖아. 게다가 그런 식으로 남편 품을 떠났던 여자라면……. 맞아……. 그 속을 자세히 들여다본다면…….' 이

제26장

301

라고 수군거렸다.

잠시 후 숙녀들은 거실의 램프 불빛 아래 모였고 아처와 실러턴 잭슨 씨는 고딕식 서재로 물러갔다.

난로 앞에 자리를 잡고 앉은 잭슨 씨는 미흡했던 식사의 아쉬움을 맛있는 담배로 달랜 후 진지하게 이야기할 자세를 취했다.

"만일 보퍼트가 파산한다면 온갖 일이 다 벌어질 걸세." 그가 선언하듯 말했다.

아처가 고개를 쳐들었다. 보퍼트라는 이름만 들어도 스키터 클리프에서 호사스러운 모피로 몸을 감싼 채 눈길을 헤치고 나아가던 그의 육중한 몸매가 떠올랐다.

잭슨 씨가 이어서 말했다.

"온갖 악취 나는 일이 다 까발려질 거야. 레지나에게만 돈을 쓴 게 아니거든."

아처는 대답하지 않았다. 그의 생각이 다른 곳에 가 있었기 때문이었다.

'올렌스카 백작 부인 이야기가 나왔을 때 메이의 얼굴이 벌겋게 된 건 무슨 의미일까?'

아처가 한여름에 엘렌과 단둘이 있었던 이래로 넉 달이 흘렀으며 그 후로 그는 그녀를 보지 못했다. 그는 그녀가 미도라 맨슨과 함께 워싱턴의 작은 집으로 갔다는 것은 알고 있었다. 아처는 그녀에게 딱 한 번 편지를 썼다. 언제 만날 수 있냐고 묻는 아주 간단한 편지였다. 그녀의 답장은 훨씬 더 짧았다.

"아직은요."

그 후로 둘 사이에는 더 이상 연락이 없었다. 그는 자신의 마음속에 일종의 성소(聖所)를 만들어 놓았으며 그녀는 그곳에서 그의 비밀스러운 생각, 그의 열망 한가운데 군림하고 있었다. 그리고 그 성소는 차츰차츰 그의 진정한 삶, 그의 이성적인 활동이 벌어지는 유일한 장소가 되어갔다. 그 성소에 그는 자신이 읽은 책, 자신의 자양분이 된 사유와 감정들, 그의 판단과 비전들을 갖다 놓았다. 반대로 실제 생활이 펼쳐지고 있는 그 성소 바깥의 세계는 비현실적이고 불만족스럽다는 느낌을 점점 더 강하게 주었으며 그는 이제껏 익숙해 있던 편견, 전통적인 관점들과 이리저리 충돌했다.

잭슨 씨가 헛기침을 했다. 무언가 새로운 것을 폭로하겠다는 예고임을 아처는 알고 있었다.

"항간에 떠도는 이야기를 자네 처가에서 얼마나 알고 있는지는 모르네만⋯⋯. 올렌스카 부인이 남편의 최근 제안을 거절한 일 말일세⋯⋯."

제26장

303

아처가 대꾸하지 않자 그가 에둘러 말했다.

"쯧쯧, 딱한 일이야. 암, 정말 딱하게 됐지. 그걸 거부하다니……."

"딱하다고요? 대관절 왜요?"

잭슨 씨는 저 아래 양말까지 자신의 다리를 내려다보았다.

"그래……. 단도직입적으로 말하네만…… 그녀가 이제 뭘로 먹고 살겠나?"

"이제라니요?"

"만일 보퍼트가……."

아처는 벌떡 일어나 주먹으로 책상을 내리쳤다.

"도대체 무슨 뜻으로 하시는 말씀이십니까?"

잭슨 씨는 자세만 약간 바꿨을 뿐 의자에 앉은 채로 젊은이의 달아오른 얼굴을 조용히 응시했다.

"암……. 내가 정확히 알고 있지……. 캐서린 노부인에게 직접 들었으니까……. 가족들은 올렌스카 백작 부인이 남편에게 돌아가기를 거부하자 그녀에게 주는 생활비를 줄였어. 게다가 그 바람에 그녀가 결혼하면서 받을 수 있던 돈도 날려버린 셈이야. 올렌스키 백작은 그녀가 돌아와야 주겠다는 거지. 자네야말로 무슨 뜻으로 '무슨 뜻입니까?'라고 묻는 건가?"

"저는 그런 속사정 같은 건 모릅니다. 다만 보퍼트 운운하신 건……?"

"알았어, 알았다고. 보퍼트가 파산하기 전에 그녀가 돌아가지 못해서 딱하다는 말이야. 지금에서야 그녀가 돌아가고, 곧바로 보퍼트가 파산한다면 세간의 소문을 확인시켜 주는 셈이니까."

"그녀는 결코 돌아가지 않을 겁니다. 절대로!" 아처는 그 말을 하자마자 잭슨 씨가 바로 자기 입에서 그런 말이 나오기를 기다리고 있었다는 느낌을 받았다.

노신사는 주의 깊게 아처를 바라보았다.

"그게 자네 의견인가? 물론 자네라면 잘 알고 있겠지. 하지만 미도라 맨슨이 그녀 앞으로 남겨 놓은 몇 푼의 돈도 모두 보퍼트 수중에 들어가 있다는 걸 모르는 사람이 없다네. 보퍼트에게서 돈이 나오지 않으면 두 여자가 어떻게 근근이라도 살아갈 수 있을지 도무지 상상이 안 돼. 물론 캐서린 노부인이 좀 도와줄지도 모르지. 하지만 다 아는 사실이네만 노부인은 선뜻 큰돈을 내놓는 사람이 아니야. 나머지 가족들도 그녀가 올렌스카 부인이 여기 머물러 있다고 해서 득 볼 게 하나도 없고……."

아처는 무력한 분노에 휩싸였다. 그는, 자신이 빤히 어리석은 짓을 저지르고 있는 줄 알면서도 그런 짓을 저지르는 사람의 심정과 비슷했다. 하지만 그는 지금 잭슨 씨가 어머니의 집 지붕 아래 있고 그는 어머니의 손님이라는 사실을 잊지 않고 자제했다. 손님과 토론을 벌일 수는 있다 할지라도 토론이 논쟁으로 비화하는 것은 금기였다. 그는 더 이상 말을 삼갔다.

마차를 타고 집으로 돌아오는 동안 메이는 이상할 정도로 말이 없었다. 여전히 붉게 물들어 있는 그녀의 얼굴에서는 뭔가 위협적인 게 느껴질 정도였다. 그 위협의 내용이 무엇인지는 알 수 없었지만 올렌스카 부인의 이름 때문이라는 사실만으로도 그는 잔뜩 긴장해 있었다.

집에 도착하자 그들은 계단을 올라갔고 이어서 그는 서재로 들어갔다. 평소라면 그녀가 곧 그를 따라 들어오는 것이 당연했다. 그런데 그녀가 그녀의 침실로 들어가는 소리가 들렸다.

"여보!" 그는 참지 못하고 그녀를 불렀다. 그녀는 그의 어조에 약간 놀란 듯한 모습으로 서재로 들어섰다.

"이 램프에서 또 연기가 나. 하인들이 신경 써서 심지를 잘라 주었으면 좋겠군." 그가 신경질적으로 투덜거렸다.

"미안해요. 다시는 그런 일이 없도록 할게요." 메이는 어머니에게서 배운 대로 밝은 어조로 대답했다. 아처는 메이가 자신을 벌써 젊은 웰랜드 씨처럼 대한다는 생각에 화가 치밀었다.

메이는 허리를 굽혀 심지를 낮추었다. 불빛에 드러난 그녀의 하얀 어깨와 얼굴의 선명한 곡선을 바라보며 그는 생각했다.

'오, 그녀는 얼마나 젊은가! 얼마나 더 기나긴 세월을 이렇게 살아가야만 할 것인가!'

그는 자신의 강인한 젊음을, 혈관 속에서 용솟음치는 피를, 일종의 두려움과 함께 느꼈다.

그가 불쑥 말했다.

"여보, 며칠 동안 워싱턴에 다녀와야 할지도 모르겠소. 아마 다음 주쯤……."

그녀는 램프 갓에서 손을 떼지 않은 채 천천히 몸을 돌렸다.

램프 불빛에 얼굴이 발갛게 달아올라 있는 것 같았지만 고개를 들고 보니 그녀의 얼굴은 창백했다.

"일이 있으세요?" 그녀가 물었다. 그 외에 무슨 다른 이유가 있겠느냐고, 다만 남편의 말을 받아주느라 자동적으로 나온 질문일 뿐이라는 투였다.

"물론 일 때문이지. 대법원에 올라갈 특허 건이 있어서……."

그가 출원자의 이름을 말해주면서 로렌스 레퍼츠가 부인에게 하듯 세부 사항들을 둘러대는 동안 그녀는 간간이 "네"라고 대답할 뿐 주의 깊게 듣기만 했다. 그가 꼭 가봐야 하는 것은 아니었지만 특허와 연관된 소송 건이 있는 것은 사실이었다.

"분위기를 바꿔보는 것도 좋을 거예요." 그녀는 그가 말을 마치자 단지 그 말만 했을 뿐이었다.

잠시 후 그녀가 티 없이 맑은 미소를 띤 채 그를 똑바로 바라보며 덧붙였다.

"엘렌 언니를 꼭 만나보셔야 해요."

귀찮다고 해서 가족에 대한 의무를 게을리하지 말라고 당부하는 말투였다.

그 문제를 놓고 둘 사이에 오간 대화는 그것이 전부였다. 하지만 둘 다 충실히 익혀서 몸에 배어 있는 코드에 맞춰본다면 그녀의 말은 이런 뜻이었다.

'나는 사람들이 엘렌 언니에 대해 이러쿵저러쿵 말이 많다는 걸 알아요. 내가 그걸 알고 있다는 걸 당신도 아시지요? 언니를 돌아가게 하려고 애쓴 우리 가족들에게 내가 진심으로 공감하고 있다는 것도 아시지요? 그리고 무슨 이유 때문인지는 몰라도─당신이 말해주지 않았으니까요─당신이 언니에게 그와 반대되는 충고를 해주었다는 것도 알아요. 할머니를 비롯해 모든 집안 어른이 언니가 돌아가기를 원했는데 말이에요. 엘렌이 우리 모두에게 맞선 것도 당신이 격려해주었기 때문이라는 것도 알아요. 그 때문에 언니가 사람들의 비난의 표적이 되었다는 것도 알아요. 아마 실러턴 잭슨 씨가 당신에게 그런 암시를 했겠지요. 그래서 당신은 애가 탄 거고⋯⋯. 나는 당신이 언니를 만나러 일부러 거기 간다는 것을 알고 있어요. 언니를 달래주기 위해서라는 걸⋯⋯. 나는 내가 그 모든 걸 알고 있다는 암시를 이렇게 내 방식으로 전하는 거예요. 당신은 분명히 언니를 만나겠지만 그건 나의 분명한 동의하에서일 뿐이에요. 언니를 만난 김에 당신이 해준 충고를 따른 결과가 어떤 건지도 알려 줬으면 좋겠어요.'

그녀는 자신의 그 말 없는 메시지가 그에게 모두 전달될 때까지 램프에서 손을 떼지 않고 있었다. 그녀는 심지를 낮추고 램프 등피를 들어 올린 다음 약해진 불에 입김을 불었다.

"이렇게 불어서 꺼버리면 연기가 덜 날 거예요." 그녀는 현명한 주부답게 설명했다. 그녀는 문 앞에서 멈춰서더니 몸을 돌려 남편과 입을 맞추었다.

제27장

다음날 월스트리트는 보퍼트의 근황에 대하여 다소간 밝은 소식을 전했다. 확실한 것은 아니었지만 희망적이었다. 그가 비상사태에 대비해 유력한 인사들을 방문해서 상당한 성공을 거두었다는 것이었다. 바로 그날 저녁 레지나 보퍼트가 새로운 에메랄드 목걸이를 한 채 미소 띤 얼굴로 오페라에 나타나자 사교계는 깊은 안도의 한숨을 내쉬었다. 뉴욕에서 가장 크고 훌륭한 무도회장을 잃을지도 모른다는 염려에서 벗어날 수 있었기 때문이었다.

아처는 워싱턴에 가기로 굳게 결심했다. 그는 메이에게 말해주었던 소송이 개시될 날만 기다렸다. 그런데 다음 주 화요일, 레터블레어 씨를 통해 그 소송이 몇 주 연기될지도 모른다는 말을 전해 들었다. 그럼에도 불구하고 그는 다음 날 저녁 출발하기로 단단히 마음먹었다. 그의 회사 일에 대해서는 아무것도 모르고 관심조차 없는 메이였기에 소송이 연기된 사실을 알 리가 없으리라고 생각한 것이다. 어쨌든 올렌스카 부인과의 만남을 더 이상 미룰 수는 없었다. 그녀에게 해줄 이야기가 너무 많았다.

수요일 아침 아처가 사무실에 도착하자 레터블레어 씨가 착잡한 표정으로 그를 맞았다. 결국 보퍼트가 위기를 넘기지 못했다는 것이었다. 그가 위기를 넘겼다는 소문을 퍼뜨려 예금주들을 안심시키자 전날 저녁까지 상당한 금액이 은행에 쏟아져 들어왔다. 그런데 다시 불길한 소문들이 우세해지기 시작했다. 그 결과 예금 인출이 쇄도하기 시작했고 하루가 가기 전에 은행은 문을 닫을 것 같았다. 보퍼트가 저지른 행각에 대해 온갖 추문이 난무하기 시작했고 그의 파산은 월스트리트 역사에서 가장 수치스러운 사건 중의 하나가 될 것이 분명했다.

레터블레어 씨는 엄청난 재난 앞에 망연자실해 있었다. 그는 보퍼트 부인의 앞날에 대해 걱정했고 항상 보퍼트를 신뢰했던 맨슨 밍고트 노부인이 입게 될 충격에 대해서도 염려했다.

레터블레어 씨가 심각한 표정으로 아처에게 앞일에 대한 걱

제27장

311

정을 늘어놓고 있을 때 노크 소리가 들렸다. 사환이었다. 사환은 아처 앞으로 온 편지를 전해주고 물러갔다. 아처는 겉봉에서 아내 필적을 알아보고 봉투를 열었다.

되도록 일찍 퇴근해주실래요? 할머니께서 지난밤 가벼운 뇌졸중 증세를 보이셨어요. 어디서 들으셨는지 모르겠지만, 누구보다 먼저 끔찍한 은행 파산 소식을 들으셨대요. 로벨 외삼촌은 사냥을 나가서 안 계시고 아빠는 열이 올라 방에서 한 발자국도 나가실 수가 없어요. 엄마는 당신이 할머니 곁에 꼭 있어주기를 바라세요. 당신이 할머니 댁으로 곧장 와주셨으면 해요.

아처는 편지를 레터블레어 씨에게 보여주었고, 몇 분 후 그는 사람들이 들어찬 철도마차를 타고 북쪽으로 향했다. 그는 14번가에서 5번가를 운행하는 합승 마차로 갈아탔다. 마차가 그를 캐서린 노부인의 집 앞에 내려놓았을 때는 12시가 지나 있었다.

메이가 문 앞에서 그를 맞아주었다. 메이는 얼굴이 창백했으나 그를 보자 미소를 지었다. 막 두 번째 왕진을 온 벤컴 박사가 희망적인 전망을 전해주었으며 무엇보다 죽지 않고 건강을 되찾겠다는 밍고트 노부인의 불굴의 의지가 가족들에게 효과를 발휘하고 있었다. 메이는 아처를 노부인의 거실로 안내했다.

거실에 있던 웰랜드 부인이 아처에게 재난의 전모를 상세하게 들려주었다.

전날 저녁 8시경, 밍고트 노부인이 저녁 식사 후 평소처럼 혼자 카드놀이를 하고 있을 때였다. 갑자기 초인종이 울렸다. 하인이 나가보니 즉시 알아보지 못할 정도로 베일로 얼굴을 꽁꽁 가린 숙녀 한 명이 노부인을 뵙기를 청했다. 하인은 목소리로 보퍼트 부인임을 알 수 있었다.

이어서 밍고트 노부인과 보퍼트 부인은 한 시간 정도 자리를 함께 한 것 같다고 했다. 밍고트 노부인이 다시 벨을 울렸을 때 보퍼트 부인은 이미 사라진 뒤였다. 부인은 한눈에도 상심한 기색이 역력했지만 정신적으로나 육체적으로나 별 이상은 없어 보였다. 하녀는 부인을 침대에 눕히고 평소대로 차 한 잔을 갖다준 후 방을 정돈하고 나갔다. 그런데 새벽 3시에 다시 벨이 울렸다. 이례적인 호출에 놀라서—캐서린 노부인은 평소에는 어린아이처럼 깊이 잠들었다—하인 두 명이 달려왔다. 놀랍게도 여주인은 얼굴에 일그러진 미소를 띤 채, 팔을 늘어뜨리고 베개에 기대어 앉아 있었다.

알아들을 수 있게 발음을 하고 의사 표시를 할 수 있는 것으로 보아 심각한 발작은 아닌 것이 분명했다. 곧바로 의사가 왔다 간 후, 그녀는 다시 얼굴 근육을 움직일 수 있었다. 밍고트 노부인이 떠듬거리며 하는 말을 들어보니 레지나 보퍼트가 남편을 지원해달라고, —뻔뻔스럽게도!—자기들을 두루 살펴봐 달라고,—레지나의 표현대로라면 자기네들을 '버리지 말아' 달라고—부탁했다는 것이었다. 사정을 알고 며느리인 로벨 밍고트 부인과 딸 웰랜드 부인은 놀랍다기보다는 분개했다. 자기네 끔찍한 불명예를 감싸고 묵인해주도록, 온 친척을 설득해달라는 청이나 다름없었기 때문이었다.

밍고트 노부인은 딸의 귀에 대고 반쯤은 마비된 목소리로 떠듬떠듬 말했다.

"내가 이렇게 말해 주었지. '네가 친척이긴 해도 맨슨 밍고트 가에서는 언제나 명예는 명예이고 정직은 정직이다. 널 보석으로 휘감아 줄 때도 너는 보퍼트였으니 그가 너를 수치로 휘감아 준 지금도 너는 보퍼트다.'"

아처는 창가에 앉아 황량한 거리를 멍하니 바라보았다. 딱히

도울 일이 있어서라기보다는 괴로움에 빠진 여인들을 위로해 주라고 자기가 호출된 것이 분명했다. 노부인의 아들 로벨 밍고트 씨에게는 전보를 쳤고 뉴욕에 사는 친지들에게는 인편으로 소식을 전하는 중이었다.

다른 방에서 열심히 편지를 쓰고 있던 로벨 밍고트 부인이 나타났다. 시누이와 올케는 열심히 레지나를 성토했다. 이 나이 든 부인들은, 남편이 불명예스러운 짓을 저질렀으면 최대한 남의 눈에 띄지 않도록 몸을 사리고, 남편과 함께 사라지는 게 아내로서의 당연한 행동이라고 입을 모았다. 자기네들이 젊었을 때는 그 외에 다른 생각은 할 수도 없었다는 것이었다.

아처는 그녀들의 가차 없는 험담을 덤덤하게 듣고만 있었다. 신사가 첫 번째로 지켜야 할 규칙은 무엇보다 '금전 문제에 관한 정직성'이라는 생각이 그에게 하도 깊이 뿌리박고 있었기에 감상적인 배려는 끼어들 여지가 없었다. 레뮤얼 스트루더스 같은 협잡꾼이 수많은 부당 거래로 수백만 달러에 달하는 구두약 회사를 세운 경우도 있었지만, 흠 한 점 없는 정직성은 옛 뉴욕 재계의 노블리스 오블리주였다. 그는 입을 모아 분개하고 있는 부인들과는 달리 보퍼트 부인에게 동정심을 느꼈다. 하지만, 성공을 누리고 있을 때는 깨질 수 있는 부부관계라 할지라도 불운에 빠졌을 때는 더욱 확고부동해야 마땅한 것이라고 그는 생각했다. 남편이 곤경에 처했을 때 아내가 있어야 할 자리는 남편 곁이었다. 사교계는 남편 곁이 아니었고 보퍼트 부인은 주제넘게 나섰다가 스스로 남편의 공범이 된 셈이었다. 무엇보다 여자가 친척에게 남편의 사업상 불명예를 감싸 달라고 호소하는 것은 용납될 수 없었다. 명문가에서는 절대로 행해서는 안 될 불문율이었기 때문이다.

하녀가 거실로 오더니 노부인이 며느리인 로벨 밍고트 부인을 부른다고 전했다. 잠시 후 부인은 얼굴을 찡그린 채 나타났다.

"엘렌 올렌스카에게 전보를 치라고 하시네. 물론 엘렌과 미도라에게 이미 편지를 부쳤어. 하지만 그것만으로는 안 될 것 같아. 당장 전보를 쳐서 혼자만이라도 오라고 해야겠어."

모두 아무 말이 없었다. 그러자 마룻바닥에 흩어진 신문을 정리하고 있던 메이가 말했다.

"그럼요, 그렇게 해야지요. 할머니 뜻대로 해드려야 해요. 외숙모, 제가 대신 전보를 칠까요? 지금 바로 보내면 엘렌 언니는 내일 아침 기차를 탈 수 있을 거예요."

그러자 로벨 밍고트 부인이 말했다.

"당장 전보를 보낼 수는 없어. 하인들이 둘 다 편지랑 전보를 갖고 나갔어."

그러자 메이가 미소 지으며 남편을 돌아보았다.

"뉴랜드가 있잖아요. 여보, 전보 좀 쳐주시겠어요? 점심 식사까지는 시간이 있을 거예요."

아처가 "물론이지"라고 중얼거리며 몸을 일으키자 메이는 책상에 앉아 전보 내용을 적기 시작했다. 그녀는 전보 내용을 적은 쪽지를 아처에게 전하며 말했다.

"어쩌죠? 당신과 엘렌 언니가 길이 엇갈리게 생겼으니!" 이어서 그녀는 고개를 돌려 어머니와 외숙모에게 말했다. "저이는 일 때문에 워싱턴으로 가야 한대요. 저이에게 중요한 회사일을 포기하라고 할 수는 없겠지요? 내일 밤 외삼촌이 돌아오실 거고 할머니도 상태가 좋아지셨으니 말이에요."

메이는 대답을 기다리는 듯 잠시 말을 멈추었다. 그러자 웰랜드 부인이 황급하게 힘주어 말했다,

"안 되고말고. 할머니도 절대로 원치 않으실 거다."

아처가 전보를 들고 밖으로 나갈 때 장모가 아마도 올케인 로벨 밍고트 부인에게 하는 듯한 말이 귀에 들어왔다.

"그런데 도대체 왜 엘렌 올렌스카에게 전보를 보내라고 하신 걸까요?"

제27장

317

이어서 메이의 맑은 목소리가 들렸다.

"언니한테 남편과 함께 있는 게 당연하다는 걸 다시 한번 일러주시려는 걸 거예요."

아처는 등 뒤로 대문이 닫히자 서둘러 전신국을 향해 걸어갔다.

제28장

그날 오후 보퍼트의 파산 소식이 온 신문 지면을 뒤덮었다. 덕분에 맨슨 밍고트 노부인이 쓰러졌다는 소식은 가려졌다. 두 사건 사이의 내밀한 얽힘에 대해 들은 극소수의 사람들만이 노부인의 발병이 비만과 고령 때문만은 아닐 것이라고 짐작했을 뿐이었다.

보퍼트의 불명예에 대한 이야기로 뉴욕 전체가 어둠에 휩싸였다. 레터블레어 씨의 말대로, 자신의 직접적인 기억은 물론 먼 선조까지 더듬어 보아도 이보다 더 나쁜 사건은 전례가 없었다. 게다가 보퍼트 부인이 맨슨 밍고트 노부인을 한밤중에 찾아간 목적이 알려진 후로 상황은 더욱 악화되었다. 그녀가 남편보다 더 믿지 못할 여자로 통하게 된 것이다. 어쨌든 뉴욕 사교계는 보퍼트 부부 없이 지내게 된 셈이었고 그것으로 사태는 종결되었다. 아처 부인은 마치 진단하고 처방을 내리는 투로 이 사건을 이렇게 요약했다.

"그들 부부가 할 수 있는 최선의 길은 노스캐롤라이나에 있는 레지나의 작은 집으로 가서 사는 거야. 보퍼트는 말 사육장을 갖고 있고 늘 좋은 말을 길렀잖아. 말 장수로 성공할 자질은 충분한 사람이니까."

모두 그녀의 말에 동의했지만 보퍼트 부부가 실제로 어떻게 할 것인지는 아무도 묻지 않았다.

다음 날 맨스 밍고트 노부인은 상태가 훨씬 좋아졌다. 목소리도 충분히 회복되어 아무도 자기 앞에서 다시는 보퍼트의 이름을 거론하지 말라는 명령을 내릴 정도가 되었고, 벤컴 박사가 재차 왕진을 오자 가족들이 왜 자기 건강을 두고 이렇게 소란을 피우는지 모르겠다고 힐난할 정도가 되었다.

"나 같은 늙은이가 저녁으로 치킨 샐러드를 먹었으니 두말하면 잔소리가 아니겠어?"라고 부인은 말했고 의사는 부인의 식습관을 교정해줄 요량으로 뇌졸중이라는 병명을 소화불량에 의한 급체로 바꾸었다. 부인은 별로 힘들이지 않고 보퍼트의 재난을 머릿속에서 떨쳐낸 것 같았다. 하지만 노부인도 약간은 변한 게 있었다. 그녀는 생전 처음으로 자신의 병세에 깊은 관심을 가졌으며 가족 중에 이제까지 경멸스럽게 냉대했던 대상에게 다소 감상적인 관심을 갖게 되었다. 그중에서도 웰랜드 씨는 특히 부인의 관심을 끄는 특혜를 누렸다. 그는 부인의 사위들 중에서도 가장 무시를 당했었다. 남편을 강인한 성격에 뛰어난 지적 능력을 지닌 남자처럼 보이려고 부인이 아무리 애를 써봐도 비웃음과 조롱만 샀을 뿐이었다. 하지만 이제는 지나치게 건강에 신경을 쓰는 '건강 염려증' 환자라는 처지 덕분에 그는 노부인의 관심을 독차지하는 대상이 되었다. 밍고트 노부인은, 고열이 진정되는 즉시 그녀에게로 와서 식단을 비교해보라는 특명을 사위에게 내렸다. 캐서린 노부인은, 발열이 아무리 주의해도 모자랄 정도로 중요하다는 것을 그 누구보다 인정하는 사람이 된 것이다.

올렌스카 부인에게 전보를 띄운 지 하루 만에 그녀가 다음 날 저녁 워싱턴으로부터 도착하리라는 소식이 전해졌다. 문제는 누가 그녀를 저지 시티까지 마중 나가느냐는 것이었다. 마침 뉴랜드 아처는 웰랜드가에서 함께 점심을 들고 있었다. 점심 식사 자리에서 가족들은 그 문제로 갑론을박하며 골머리를 앓았다. 웰랜드 부인은 다음 날 오후 남편과 함께 캐서린 노부인에게 가야 하니까 불가능했고 웰랜드가의 아들들은 당연히 시내에 볼일이 있었다. 로벨 밍고트 씨는 사냥에서 돌아오지 않았고 밍고트가의 마차는 그를 맞으러 가야 했다. 메이에게 마차가 있었지만 저물녘에 저지 시티까지 혼자 배를 타고 가라고 할 수도 없었다. 그렇다고 올렌스카 부인을 역에서 아무도 맞아주지 않는다면 가족들이 그녀를 홀대하는 것처럼 보일 테니 그럴 수도 없었다. 그건 무엇보다도 노부인의 소망을 거스르는 일이었기 때문이었다.

벽에 걸려 있는 그림을 뚫어지게 바라보며 가족들의 열띤 토론을 듣고만 있던 아처가 고개를 돌리며 말했다.

"제가 데리러 갈까요? 메이가 선착장까지 마차를 보내주기만 하면 제가 시간 맞춰 사무실에서 그곳으로 갈 수 있을 겁니다." 그 말을 하면서 그의 가슴은 요란하게 고동쳤다.

웰랜드 부인이 고맙다는 듯 무거운 한숨을 토해냈고 멀리 창가에 서 있던 메이도 아처를 향해 찬성의 뜻으로 환한 미소를 보냈다.

메이의 마차가 문 앞에서 기다리고 있었다. 아처가 브로드웨이에서 마차를 잡아타고 사무실까지 갈 수 있도록 유니온스퀘어까지 태워다 줄 생각이었다. 자리에 앉자마자 그녀가 말했다.

"엄마를 걱정시키지 않으려고 말하지 않았는데요, 당신, 내일 어떻게 엘렌 언니를 마중 나가서 뉴욕까지 데리고 올 수 있다는 거예요? 당신, 워싱턴으로 가야 하지 않나요?"

"아, 가지 않을 거요." 아처가 대답했다.

"안 간다고요? 왜요? 어떻게 된 거예요?" 그녀의 목소리는 종처럼 맑았으며 아내로서의 근심에 가득 차 있었다.

"사건이 연기되었소." 아처가 대답했다.

"연기되었다고요? 어머, 이상해라! 오늘 아침 레터블레어 씨가 엄마에게 보낸 편지에서 당신이 큰 소송 건 때문에 내일 워싱턴 대법원에 가야 한다고 했는데. 당신이 말한 특허 건이 그 사건 아니었어요?"

"맞아, 그거야. 하지만 사무실 전체가 다 갈 수는 없잖아. 레터블레어 씨가 오늘 아침 가기로 결정했소."

"그럼 연기된 게 아니에요?" 평소의 그녀답지 않게 집요하게 묻자 그는 얼굴을 붉혔다.

"아니오. 어쨌든 난 안 갈 거요."

그는 대답하면서, 워싱턴에 가겠다고 했을 때 공연히 이런저런 설명을 했던 것을 저주했다. 적당히 교활한 거짓말쟁이들은 세세한 부분을 설명해주지만 진짜 거짓말쟁이는 아예 아무 말도 하지 않는 법이라는 글을 어디선가 읽은 것 같았다. 어쨌든, 눈치 못 챈 척하는 그녀의 모습을 보는 괴로움에 비하면 그녀에게 거짓말을 하는 괴로움은 아무것도 아니었다.

"나중에 가도 될 거요. 덕분에 당신 가족들에게 도움을 줄 수 있게 된 거 아닌가?"

메이의 눈길이 느껴지자 그는 그녀의 눈길을 피하는 것처럼 보이지 않으려고 고개를 돌려 그녀를 마주 보았다. 두 눈길이 잠시 마주쳤다. 두 눈길은 그들의 의도와는 달리, 보다 깊은 의미를 드러내고 있었다.

메이가 쾌활하게 그의 말을 받았다.

"그래요, 정말 잘된 일이에요. 결국 당신이 엘렌 언니를 맞아주게 됐으니 말이에요. 당신 말씀에 엄마가 얼마나 고마워하시는지 보셨죠?"

"나도 그럴 수 있어서 기뻐." 그가 말했다.

마차가 멈추고 그가 뛰어내리자 메이는 그에게로 몸을 숙이고 자기 손을 그의 손 위에 포갰다.

"잘 가요, 여보." 그녀가 말했다. 그녀의 눈이 너무 파랗게 반

짝여서 혹시 눈물 때문에 그런 것은 아닐까, 그는 잠시 의아해
했다.

그는 몸을 돌려 유니언스퀘어 광장을 가로지르면서 마치 노
래 부르듯 속으로 되뇌었다.

'저지 시티에서 할머니 댁까지는 두 시간이 걸려. 온전히 두
시간이⋯⋯. 더 걸릴지도 몰라.'

제29장

아내의 검푸른 마차가 선착장에서 아처를 기다리고 있다가 저지 시티의 펜실베이니아 종점으로 그를 편안하게 데려다주었다.

눈이 내리는 음침한 날이었다. 왁자지껄 시끄러운 소리가 울려 퍼지는 역에는 가스등이 켜져 있었다. 그는 승강장으로 걸어가 워싱턴 발 기차가 도착하기를 기다렸다. 그는 행복한 상상의 나래를 펴며, 눈앞에 나타날 그녀의 모습, 그녀와 만나게 될 순간, 마차에서 그녀와 나눌 이야기들을 마음속으로 그렸다. 어떻게 이토록 하고 싶은 말이 많은지, 그 말들이 어떻게 이렇게 입가에 술술 떠오르는지 믿을 수 없을 정도였다.

기차의 기적 소리와 으르렁거리는 소리가 점점 더 가까워지더니 기차가 천천히 역으로 들어섰다. 아처는 지나치는 객실 창문들에서 눈을 떼지 않은 채 천천히 앞으로 걸어 나갔다. 그때 갑자기 올렌스카 부인의 창백하고 놀란 얼굴이 바로 옆에 나타났다.

그들은 가까이 다가갔고, 그들의 두 손이 만났으며, 그의 팔이 그녀의 팔을 잡아당겼다.

"이쪽으로……. 마차를 갖고 왔어요." 그가 말했다.

그다음의 일들은 그가 예상했던 그대로였다. 그녀의 가방을 받아 신고 그녀를 마차에 오르도록 도와주고, 할머니에 대해 적당히 안심시키고, 보퍼트의 처지에 대해 간단히 요약해서 설명해주고……. 그는 이 모든 것을 나중에 희미하게 기억할 수 있었다. 그는 엘렌의 차분한 반응에 놀랐다. 마차는 휘청휘청하는 석탄 마차, 허둥대는 말들, 마구잡이로 짐을 실은 짐마차, 빈 영구차 —아, 그 빈 영구차!—등, 역 주변의 북새통을 뚫고 부두 쪽으로 천천히 나아갔다. 그녀는 영구차가 지나갈 때 두 눈을 감고 아처의 손을 꼭 잡았다,

"오, 나쁜 조짐은 아니겠지요……. 불쌍한 할머니!"

"아니, 그럴 리 없소. 할머니는…… 아주 좋아지셨소. 정말로 괜찮아요. 저 봐요, 이미 지나갔잖소!"

그는 그것 보라는 듯 큰 소리로 외쳤다. 그녀는 여전히 그의 손을 잡고 있었다. 그들이 탄 마차가 비틀거리며 배와 부두를 연결하는 다리를 건너 나룻배에 오르자 그는 그녀의 장갑 단추를 풀고 마치 유물에 입을 맞추듯 그녀의 손에 키스했다. 그녀는 희미한 미소를 띠며 손을 빼냈다.

"내가 마중 나오리라고는 기대하지 않았나요?"

"아뇨."

"당신을 보러 워싱턴에 갈 작정이었소. 이미 준비가 다 되었었는데…… 하마터면 당신과 엇갈릴 뻔했소."

"어머나……." 그녀는 마치 가까스로 위험에서 벗어났다는 듯 탄성을 질렀다.

"당신 알겠소? 내가 당신을 거의 잊다시피 했다는 것을……."

"잊다시피 해요?"

"그러니까…… 어떻게 설명해야 할까? 나는…… 늘 그랬소. 언제나 당신이 내게 불쑥 새롭게 나타날 것 같았소."

"아, 그래요. 알겠어요! 알겠어요!"

"늘 그랬소. 당신도……, 당신도 그랬소?"

그녀는 창밖을 내다보며 고개를 끄덕였다.

그녀는 아무 말도 하지 않았다. 그는 어스름을 배경으로 점점 흐릿해져 가는 그녀의 옆모습을 바라보았다.

그녀는 기나긴 넉 달 동안 무엇을 하고 있었을까? 오, 우리는 서로에 대해 이토록 아는 것이 없단 말인가! 귀중한 시간이 흘러가고 있었지만, 그는 그녀에게 하려던 말을 모두 잊고 말았다. 다만 그들이 왜 이토록 가까우면서도 이토록 멀게만 느껴지는지 무력하게 곱씹고 있을 뿐이었다. 그들이 그토록 가깝게 앉아 있으면서도 서로 마주 볼 수 없다는 사실이 그 모든 것을 상징하고 있는 것만 같았다.

"정말 예쁜 마차네요! 메이 거예요?" 그녀가 갑자기 창으로부터 고개를 돌리며 물었다.

"그렇소."

"그렇다면 메이가 나를 마중하라고 당신을 보낸 거로군요? 친절하기도 해라!"

그는 잠시 아무 대꾸도 없다가 갑자기 터뜨리듯이 말했다.

"우리가 보스턴에서 만났던 다음 날 당신 남편의 비서가 날 보러 왔었소."

그는 그녀에게 보낸 편지에서 리비에르가 방문했던 사실에 대해서는 전혀 내비치지도 않았다. 그는 그 사건을 가슴속에 묻어둘 작정이었다. 그런데 그들이 메이의 마차 안에 타고 있

제29장

329

다는 사실을 그녀가 일깨우자 그녀에게 앙갚음하겠다는 충동이 인 것이다. 메이 이름을 들먹인 것과 리비에르 이름을 들먹인 것 중에 어느 게 더 심한지 두고 보라지! 그러나 그녀는 전혀 놀란 기색을 보이지 않았다. 그는 '아마 그에게서 편지를 받은 모양이로군'이라고 결론 내렸다.

"리비에르 씨가 당신을 보러 갔었다고요?" 그녀가 거의 담담하게 물었다.

"그렇소. 몰랐소?"

"몰랐어요." 그녀는 짧게 대답했다.

"그런데도 놀랍지 않다는 거요?"

그녀는 머뭇거렸다.

"왜 놀라야 하죠? 그가 당신과 아는 사이라고 전에 말했잖아요. 영국에서 만났다고 하지 않았나요."

"엘렌…… 한 가지만 묻겠소."

"말하세요."

"당신이 남편 곁을 떠났을 때…… 당신이 도망칠 수 있도록 도와준 사람이 리비에르였소?"

그의 가슴이 숨도 쉬지 못할 정도로 쿵쾅거렸다. 그녀는 이 질문에도 마찬가지로 침착하게 대답할까?

"그래요. 그 사람에게 큰 빚이 있어요." 그녀는 조금도 흔들림 없는 차분한 목소리로 대답했다.

그녀의 대답이 자연스럽다 못해 무심해 보여서 동요하던 아처의 마음도 가라앉았다. 그녀는 다시 한번 그녀의 천진난만함을 통해 자신이 어리석을 정도로 인습적이라는 사실을 그에게 일깨워준 것이다. 자기가 인습 따위는 던져버리고 있다고 믿고 있던 바로 그 순간에…….

"당신처럼 솔직한 여자는 본 적이 없소!" 그가 외쳤다.

"어머나, 아니에요……. 그래도 까다롭지 않은 여자 축에는 끼겠네요." 그녀는 웃음기가 감도는 목소리로 대답했다.

"뭐라고 표현해도 상관없어요. 당신은 뭐든 있는 그대로 보는 사람이요."

"아, 그래야만 했어요. 나는 고르곤(그리스 신화의 괴물 중의 하나. 이를 본 사람은 누구나 돌로 변한다-옮긴이 주)을 봐야만 했던 거예요."

"하지만…… 고르곤이 당신을 눈멀게 하지는 못했소! 당신은 고르곤이 늙은 요물에 불과하다는 것을 본 거요."

"고르곤은 눈을 멀게 하는 게 아니에요. 대신 눈물을 말려 버리지요."

그 대답이 아처에게 아무 말도 못 하게 만들었다. 그 대답은 그가 닿을 수 없는 그녀의 저 깊은 경험에서 나온 것 같았다. 천천히 앞으로 나아가던 나룻배가 거칠게 조선대(造船臺)에 충돌하면서 마차가 기우뚱거렸고 아처와 올렌스카 부인이 부딪쳤다. 젊은이는 그녀의 어깨 감촉을 느끼고는 떨리는 손으로 그녀를 감싸 안았다.

"당신이 눈이 먼 것이 아니라면, 그렇다면, 이런 게 오래 갈 수 없다는 것을 알겠군요."

"뭐가요?"

"우리가 함께 있으면서도 함께 있지 못하는 것."

"그래요, 당신은 오늘 나오지 말았어야 했어요."

그녀가 달라진 목소리로 말했다. 그녀가 갑자기 몸을 돌리더니 양팔로 그를 부둥켜안고 그의 입술에 자신의 입술을 포갰다. 그 순간 마차가 움직이기 시작했고 조선대 맨 앞의 가스등 불빛이 마차 창문을 비추었다. 그녀는 몸을 빼내더니 마차가 선착장 주변에서 붐비는 마차들 사이를 빠져나가는 동안 꼼짝 않고 앉아 있었다. 이윽고 마차가 거리로 나서자 아처가 황급히 입을 열었다.

"나를 겁내지 말아요. 그렇게 구석에 웅크리고 있을 필요 없어요. 억지로 키스하고 싶지는 않으니까. 자, 봐요. 당신 옷깃도 스치지 않으려 하고 있지 않소. 우리 사이의 이 감정이 그저 그런 은밀한 불륜으로 전락하길 원치 않는 당신의 마음을 내가 모른다고 생각하지 말아요. 어제만 해도 이런 말을 할 수는 없었을 거요. 서로 떨어진 채 당신을 애타게 보고 싶어 하면서 모든 생각이 온통 불꽃으로 훨훨 불타오르고 있었으니 말이오. 그런데 이렇게 당신이 왔소. 그리고 당신은 내가 기억하던 모습 그 이상이오. 내가 지금 원하는 건, 애타는 기다림 속에서 시간을 허비해 가면서 가끔 한두 시간씩 만나는 게 아니오. 내가 이렇게 얌전히 당신 곁에 앉아 있을 수 있는 건 내 마음속에 다른 꿈이 있기 때문이며 그 꿈이 실현되리라고 믿고 있기 때문이오."

그녀는 한동안 아무 대답도 하지 않았다. 그러더니 그녀가 속삭이듯 물었다.

"실현되리라고 믿는다니 무슨 뜻이에요?"

"아니……, 당신도 알고 있지 않소?"

"당신과 내가 함께 하는 꿈이요?" 그녀가 갑자기 격하게 웃음을 터뜨렸다. "정말 알맞은 곳에서 내게 그런 이야기를 하는군요!"

"아내의 마차 안에 타고 있다는 뜻이오? 그럼 우리, 나가서 이야기할까? 눈을 맞아도 괜찮겠소?"

그녀가 이번에는 좀 더 상냥하게 다시 웃었다.

"아니, 되도록 빨리 할머니께 가야겠어요. 그냥 내 옆에 앉아서, 우리 함께, 꿈보다는 현실을 봐요."

"당신에게 현실이 무엇을 뜻하는지 모르겠군. 내게 유일한 현실은 바로 이것이오."

그녀는 꽤 오랫동안 침묵을 지켰고, 그사이 마차는 5번가로 들어서고 있었다.

"그렇다면 당신 생각은 내가 당신 정부(情婦)로 살아가야 한다는 건가요? 내가 당신 아내는 될 수 없으니……." 그녀가 물었다.

그녀의 노골적인 질문에 그는 놀랄 수밖에 없었다. 그가 속한 사회의 여자라면 설혹 대화가 그런 주제 근처로 간다고 할지라도 그런 단어는 애써 피할 것이다. 그녀의 질문에 그는 허둥거렸다.

"나는…… 나는 어떻게든, 그런 단어…… 그런 구분이 존재하지 않는 곳에 당신과 함께 가고 싶소. 우리가 오로지 서로 사랑하고, 서로에게 삶의 전부가 되는 그런 존재로서만 지낼 수 있는 곳, 그 밖의 것은 하등 중요하지 않은 그런 곳으로……."

그녀는 깊은 한숨을 내쉬더니 다시 웃음을 터뜨렸다.

"오, 당신…… 그런 곳이 어디 있어요? 그런데 가봤어요?" 그녀가 물었다.

그가 시무룩한 채 아무 말이 없자 그녀가 계속했다.

"그런 곳을 찾으려고 했던 사람들을 많이 알아요. 그런데 그들은 모두 잘못된 역에서 내렸어요. 불로뉴, 피사, 몬테카를로 같은 곳……. 하지만 그곳들은 그들이 떠나온 곳과 조금도 다르지 않았어요. 그저 더 작고 음침하고 난잡했을 뿐이에요."

그는 그녀가 이런 투로 말하는 것을 들은 적이 없었다. 그는 조금 전에 그녀가 한 말을 기억해 냈다.

"그래, 고르곤이 당신의 눈물을 말려버렸으니까." 그가 말했다.

"그리고 내 눈을 뜨게 해주기도 했어요. 고르곤이 사람들 눈을 멀게 한다는 건 잘못된 생각이에요. 고르곤이 해주는 건 그 반대예요. 사람들의 눈꺼풀을 고정해서 눈을 감지 못하게 해놓는 거예요. 그래서 다시는 그 축복 받은 어둠 속에 있지 못하게 만드는 거예요. 중국에 그 비슷한 고문이 있지 않나요?"

마차가 42번가를 지나갔다. 아처는 헛된 말로 시간을 낭비하고 있다는 생각에 숨이 막혔다.

"그렇다면 우리들을 위한 당신의 계획은 정확히 뭐요?" 그가 물었다.

"'우리들을 위한'이라고요? 그런 의미의 우리는 없어요! 우리는 서로 멀리 떨어져 있어야만 가까이 있는 거예요. 그때라야 우리는 우리 자신이 될 수 있어요. 그렇지 않은 경우에는 엘렌 올렌스카의 사촌의 남편인 뉴랜드 아처, 뉴랜드 아처의 아내의 사촌인 엘렌 올렌스카일 뿐이에요. 뉴랜드 아처와 엘렌 올렌스카를 신뢰하는 사람들 뒤에서 행복하려고 애쓰는……."

"나는 그런 건 넘어섰소." 그가 신음하듯 말했다.

"아뇨, 그렇지 않아요! 당신은 넘어선 적이 없어요. 나는 넘어가 봤어요." 그녀가 야릇한 목소리로 말했다. "거기가 어떤 모습인지 나는 알아요."

그는 형언할 수 없는 고통으로 얼이 빠진 채 말없이 있었다. 그는 어두운 마차 안을 더듬어 종을 찾았다. 메이가 마차를 세우고 싶을 때면 종을 두 번 울렸던 것을 그는 기억해 냈다. 그가 종을 울리자 마차가 연석(緣石) 옆에 섰다.

"왜 마차를 세우는 거예요? 아직 할머니 댁에 안 왔는데." 올렌스카 부인이 큰 소리로 말했다.

"맞소. 난 여기서 내리겠소." 그는 더듬더듬 말하고는 마차 문을 열고 인도로 내려섰다. 놀란 그녀가 본능적으로 그를 붙잡으려 하는 모습이 가로등 불빛에 보였다. 그는 마차 문을 닫고 잠시 창으로 문을 기울였다.

"당신이 옳소. 나는 오늘 오지 말았어야 했소." 그는 마부가 듣지 못하도록 낮은 목소리로 속삭였다. 그녀가 몸을 구부리고 뭔가 말하려 했으나 그는 마부에게 출발 신호를 보냈고 마차는 길모퉁이에 그를 남겨둔 채 떠났다. 눈은 그쳐 있었고 매서운 바람이 불어와 마차를 응시하고 있는 그의 얼굴을 세차게 때렸다. 갑자기 속눈썹에서 뭔가 딱딱하고 차가운 것이 느껴졌다. 그는 자신이 울고 있었고 바람에 눈물이 얼어붙은 것을 알아차렸다.

그는 주머니에 손을 찔러 넣은 채 빠른 걸음으로 5번가를 내려가 자기 집으로 향했다.

제29장

337

제30장

그날 저녁 식사를 하려고 아래층으로 내려와 보니 거실에 아무도 없었다. 평소에는 언제나 메이가 먼저 내려와 있었기에 아처는 놀랐다. 잠시 후 메이가 나타났다. 아처는 그녀가 지쳐 보인다고 생각했다. 얼굴은 거의 핏기가 없다고 할 정도로 창백했다. 하지만 그녀는 평소와 다름없이 그에게 상냥했으며 눈은 전날처럼 푸르게 반짝였다.

"어떻게 된 거예요, 여보?" 그녀가 아처에게 물었다. "할머니 댁에서 기다리고 있는데 엘렌 언니가 혼자 왔더군요. 당신이 도중에 급한 볼일이 있다며 마차에서 내렸다면서요. 무슨 문제라도 생겼나요?"

"편지 몇 통을 잊고 있었소. 저녁 전에 부쳐야 할 편지들이었소."

"아, 급한 편지만 아니었다면 할머니 댁에 오셨으면 좋았을
텐데……."

"급한 편지였소."

그는 그런 식으로 되는 대로 둘러대면서 조금은 곤혹스러웠
다. 그는 곤혹스러움을 감추려고 할머니는 좀 어떠시냐고 물었
다. 그녀는 할머니가 점점 좋아지고는 있지만, 보퍼트가에 대한
최근 소식 때문에 좀 심란해하신다고 대답했다.

"무슨 소식?"

"그들이 뉴욕에 머물 작정인 것 같아요. 무슨 보험 사업 같은
걸 하려는가 봐요. 작은 집을 찾고 있대요."

더 이상 논의의 여지조차 없는 터무니없는 이야기였다. 부부
는 식탁에 마주 앉았다. 식사 중의 대화는 평소의 제한된 범위
를 넘지 않았다. 그런데 아처는 아내가 올렌스카 부인에 대해
서나 노부인이 그녀를 어떻게 맞아주었는지에 대해서 입도 뻥
끗하지 않는다는 사실을 알아차렸다. 아처는 그 사실이 고마우
면서도 한편으로는 막연하게나마 불길한 느낌이 들었다.

부부는 커피를 마시러 서재로 자리를 옮겼다. 아처는 담배
에 불을 붙인 후 미슐레(『프랑스사』를 쓴 19세기 프랑스 역사학자-옮긴이

주)의 역사책을 꺼내 들었다. 그는 이 시간이면 역사책을 읽는 버릇을 들였다. 그가 시집을 꺼내 읽으면 메이가 낭송해 달라고 부탁하면서 서서히 생긴 버릇이었다. 자기 목소리가 마음에 들지 않아서가 아니었다. 자신이 낭송한 시에 대해 메이가 어떤 견해를 말할 건지 너무 뻔했기 때문이었다. 약혼 시절 메이는 자기가 해준 이야기를 앵무새처럼 따라 하기만 했다.―그는 그 사실을 최근에야 깨달았다―그런데 그가 자신의 의견을 말해주지 않자 그녀는 과감하게 자신의 의견을 말하기 시작했고, 그녀의 평(評)은 작품의 맛과 흥을 깨버리기 일쑤였다.

그가 역사책을 꺼내 드는 것을 보고 그녀는 바느질 바구니를 들고 왔다. 그녀의 바느질 솜씨는 썩 좋은 편은 아니었다. 그녀의 큼직한 손은 승마나 노 젓기 등 야외 활동에 걸맞았다. 그러나 다른 부인들이 으레 남편들을 위해 쿠션에 수를 놓았으므로 그녀도 이 최후의 내조 활동을 절대로 빼놓지 않았다.

아처는 눈을 살짝 들어 아내의 모습을 바라보았다. 수틀 위에 구부린 그녀의 몸, 주름 장식이 달린 소맷자락, 왼손에 낀 결혼반지와 약혼반지, 힘겹게 바늘을 꽂는 오른손 등이 눈에 들어왔다. 불빛을 받고 있는 그녀의 이마를 바라보며 그는 그녀의 머릿속에 든 생각을 자기가 언제나 훤히 알고 있을 것이라고, 아무리 세월이 흐르더라도 그녀가 예기치 못한 기분이나 새로운 생각으로, 혹은 나약함이나 잔인함 같은 감정을 드러내어 자신을 놀라게 할 일은 없으리라고 생각하며 내심 낙담했다. 그녀는 짧은 연애 기간 중에 그녀의 시정(詩情)과 로맨스를 다 써버렸고, 더 이상 그런 게 필요가 없어지자 그 기능은 메말라 버렸다. 이제 그녀는 오로지 어머니와 닮은 꼴로 '숙성되어' 가는 중이었고, 그 과정을 통해 불가사의하게도 자신을 웰랜드 씨로 변화시키려 하고 있는 중이었다. 그는 책을 내려놓고 초조한 듯 의자에서 일어섰다. 그러자 그녀가 고개를 들었다.

"왜 그러세요?"

"좀 답답하군. 바람 좀 쐬어야겠소."

그는 커튼을 젖히고 창틀 밖으로 얼굴을 내민 채 차가운 밤공기를 들이마셨다. 어두워서 아무것도 보이지 않는 바깥으로 눈길을 향하기만 해도 머릿속이 좀 맑아지고 숨을 쉬기가 좀 편해졌다.

그런데 얼마 후 메이의 목소리가 들렸다.

"여보! 창문 닫아요. 독감에 걸리면 어쩌려고요."

그는 창문을 내리고 돌아섰다. 그와 그녀의 시선이 마주쳤다. 그녀의 눈이 휘둥그레진 것으로 보아 자신이 이상한 모습으로 보이는 것이 분명했다.

"여보, 어디 아파요?"

그는 고개를 가로젓고 안락의자로 갔다. 그녀는 다시 수틀 위로 몸을 구부렸고 그는 지나가면서 그녀의 머리에 손을 얹고 말했다.

"불쌍한 사람!"

"불쌍하다고요? 왜 불쌍하다는 거예요?" 그녀가 억지웃음을 지으며 말했다.

"내가 창문을 열 때마다 당신에게 걱정을 끼치게 되니까." 아처도 웃으면서 대꾸했다.

그녀는 잠시 말이 없었다. 그녀는 일감 위로 고개를 숙인 채 들릴락말락 하게 말했다.

"당신만 행복하다면 아무 걱정 없어요."

"아니, 여보. 창문도 마음대로 열 수 없는데 어떻게 행복할 수 있다는 거요!"

"이런 날씨에요?" 그녀가 항의했다. 그는 한숨을 내쉬며 다시 책에 머리를 묻었다.

일주일 정도가 흘렀다. 올렌스카 부인에게서는 아무런 소식도 없었고 가족 중 그 누구도 자기 앞에서는 그녀 이름을 꺼내기를 꺼린다는 것을 그는 깨달았다. 그는 그녀를 만나려 하지 않았다. 그녀가 캐서린 노부인의 침대 곁에 있는 동안은 그녀를 만나는 것이 거의 불가능했기 때문이었다.

그러던 어느 날이었다. 할머니가 그를 보고 싶어 한다고 메이가 그에게 말했다. 맨슨 밍고트 노부인은 점차 몸이 좋아지고 있었고, 손녀사위들 중에서도 아처가 제일 마음에 든다고 공언해 왔으므로 별로 놀라운 일은 아니었다.

아처가 아내에게 말했다.

"좋소. 오늘 오후에 함께 갈까?"

아내의 얼굴이 밝아졌다. 그러나 그녀는 곧바로 대답했다.

"당신 혼자 가시는 게 나을 거예요. 같은 얼굴을 너무 자주 보시면 할머니도 좀 지겨우실 거예요."

밍고트 노부인 댁 벨을 누르면서 아처의 심장은 격렬하게 두근거렸다. 올렌스카 백작 부인을 만날 수 있으리라는 기대에서였다. 그녀가 그를 병실로 안내할 것이고 그사이 몇 마디 말이라도 나눌 수 있으리라.

그는 딱 한 가지 질문만 하고 싶었다. 그러고 나면 자신이 취할 행로가 분명해질 것 같았다. 그는 그녀가 워싱턴으로 언제

제30장

343

돌아갈 것인지 묻고 싶었다. 그 질문에 대답을 거부하지는 않으리라.

그러나 그의 기대와 달리 그를 노부인 앞으로 안내한 것은 하녀였다. 노부인은 침대 옆 옥좌처럼 생긴 커다란 의자에 앉아 있었다. 그녀에게서 뇌졸중 후유증이라고는 찾아볼 수 없었다. 안색이 약간 창백해졌고 주름 잡힌 곳의 피부 색깔이 좀 더 짙어졌을 뿐이었다.

그녀가 하녀에게 말했다.

"아무도 들이지 마라. 딸애가 불러도 자고 있다고 해."

하녀가 나가자 그녀는 손녀사위를 보며 말했다.

"자네, 내 몰골이 끔찍스럽지?"

"무슨 말씀을요! 전보다 훨씬 더 풍채가 보기 좋으신데요." 아처가 말하자 그녀가 고개를 뒤로 젖히고 웃음을 터뜨렸다.

"보기 좋다고? 하지만 엘렌만은 못 하지!" 그녀는 불쑥 엘렌의 이름을 내뱉고는 그를 심술궂은 표정으로 바라보았다. 그가 미처 대답도 하기 전에 그녀가 덧붙였다. "마차로 그 애를 데려올 때도 그렇게 보기가 좋던가?"

그가 웃음만 보이자 그녀가 계속했다.

"그래서 그 애에게 도중에 내려달라고 한 건가? 내가 젊을 때는, 피치 못할 사정이 아니라면 젊은 남자가 예쁜 여자를 그렇게 혼자 두고 가지는 않았는데." 그녀는 다시 쿡쿡 웃더니 갑자기 웃음을 멈추고 투덜대듯이 말했다.

"그 애가 자네와 결혼하지 않은 건 안 된 일이야. 그 애한테 늘 그렇게 말했어. 만일 그랬다면 이런 걱정 같은 건 안 했을 텐데 말이야. 하지만 누군들 할머니 걱정을 덜어줄 생각을 하겠어?"

아처는 병 때문에 노인의 정신이 흐려진 것이나 아닌가 의아하게 생각했다. 그런데 노부인이 갑자기 외치듯 말했다.

"그래, 어쨌든 다 끝난 일이지. 그 애는 다른 가족들이 뭐라고 하건 내 곁에 있을 걸세. 이곳에 채 5분도 머물지 않으려는 걸 내가 마룻바닥에 무릎 꿇고 빌다시피 했어. 뭐, 지난 20년간 마룻바닥이 어떻게 생겼는지 보지도 못했지만! 말이 그렇다는 거지, 뭐."

아처는 말없이 듣고만 있었다. 그러자 노부인이 계속했다.

"자네도 알겠지만 죄다 나를 설득하려 했어. 로벨이니 레터블레어니 웰랜드니 전부 다 나보고 마음 단단히 먹고 그 애 생활비를 끊어버리라는 거야. 올렌스키에게 돌아가는 게 자기 의무라는 걸 깨닫게 하자는 거지. 비서인지 뭔지 하는 자가 마지막 제안을 들고 왔을 때는 모두 이제는 나도 항복하리라고 믿는 눈치더군. 내가 보기에도 썩 괜찮은 제안이었으니까. 어쨌든 결혼은 결혼이고 돈은 돈이니까……. 둘 다 나름대로 쓸모가 있지. 나도 대답이 궁하긴 했어……."

그녀는 힘겨운 듯 말을 끊고 긴 숨을 몰아쉬더니 계속 말을 이었다.

"하지만 그 애를 앞에 두고 내가 이렇게 말했지. '요 귀여운 새야! 다시 새장에 갇힐래? 절대로 안 돼!' 그래서 여기 머물면서 돌봐줘야 할 할머니가 있는 한 이 할미를 돌보기로 한 거지. 뭐, 그 애에게 딱히 즐거운 일은 아니겠지만 그런 건 개의치 않는 애야. 물론 그 애에게 적당한 생활비를 주도록 레터블레어에게 이미 말해 뒀어."

아처는 그녀의 말을 들으면서 후끈 달아오를 정도로 흥분했다. 하지만 이 소식이 자신에게 기쁜 소식인지 고통스러운 소식인지 갈피를 잡을 수 없었다. 앞으로 어떻게 해야 할지 마음을 이미 정해놓은 터였기에 이 새로운 소식 앞에 더욱 생각의 갈피를 잡기 어려웠다. 하지만 난관이 사라지고 기적적으로 기회가 주어졌다는 달콤한 생각이 점차 그의 마음속에 자리 잡았다. 엘렌이 할머니와 살겠다고 동의했다면, 그것은 자기를 포기할 수 없다는 것을 깨달았기 때문임이 분명했다. 그렇다. 이것은 전에 그가 마지막으로 했던 호소에 대한 그녀의 답변이다! 그가 간청했던 극단적인 방법까지는 아니더라도 임시방편이라도 써보기로 한 것이리라.

"그녀는 돌아갈 수 없어요. 그건 불가능해요." 그가 자신도 모르게 외쳤다.

"그래, 난 자네가 그녀 편이라는 걸 늘 알고 있었어. 그래서 오늘 보자고 한 거야. 자네의 예쁜 처가 같이 오겠다기에 내가 이렇게 말했지. '아니다, 얘야, 뉴랜드하고만 이야기하고 싶단다. 다른 사람이 끼어드는 건 싫어.'라고."

노부인은 턱을 당길 수 있는 데까지 당기고 그를 바라보았다.

"이보게, 우리에게는 아직 싸움이 남아 있어. 가족들은 그 애가 여기 머물기를 원치 않아. 내가 병들고 약한 노인네라서 그 애가 나를 구워삶았다고 할 거야. 난 아직 가족들을 한 명씩 상대할 만큼 몸이 좋아지진 않았어. 그러니 자네가 나 대신 나서 줘야겠어."

"제가요?"

"그래, 자네 말일세. 안 될 게 뭐 있어?" 노부인은 눈을 날카롭게 치켜뜨면서 핏기 없는 손으로 그의 손을 움켜잡았다. 그리고 다시 한번 "왜 안 돼?"라고 물었다.

아처는 그녀의 눈길을 받으며 냉정을 되찾았다.

"제게 무슨 힘이…… 하찮은 제게……."

"아니, 자네는 레터블레어와 일하잖는가? 레터블레어를 통해 그들과 접촉하면 되잖아? 나설 이유가 없다고 생각한다면 할 수 없지만……."

"할머님, 제 도움 없이도 모두와 맞서실 수 있도록 힘껏 도와드리겠습니다. 하지만 마음만 먹으신다면 할머님 혼자도 해내실 수 있을 겁니다." 그는 노부인을 안심시켰다.

"그래야 그 애와 내가 안전하다 이거지!" 그녀는 한숨을 내쉬었다. 이어서 그녀는 노회한 표정으로 그를 바라보며 미소를 지었다. 그녀는 쿠션에 머리를 묻으며 덧붙였다. "자네가 우리 편이라는 건 늘 알고 있었지. 그 애가 남편에게 돌아가는 게 그 애의 의무라고 모두 입 모아 말하면서도 자네 의견을 말해 준 적은 없었거든."

그는 노부인의 무서울 정도로 날카로운 통찰력에 약간 움찔했다. 그는 '그럼 메이는요? 메이의 의견에 대해서는 말하던가요?'라고 묻고 싶었다. 하지만 그는 질문을 바꿨다.

"그렇다면 올렌스카 부인은요? 언제 그녀를 만나볼 수 있을까요?"

노부인은 다시 킬킬거리면서 짓궂은 표정을 지었다.

"오늘은 안 돼. 한꺼번에 다 하려 들지 말게. 걔는 외출했어."

그는 실망해서 얼굴을 붉혔다. 그러자 부인이 말했다.

"내 마차를 타고 레지나 보퍼트를 만나러 갔다네."

그녀는 자신의 말을 효과를 알아보려는 듯 잠시 말을 멈추었다.

"진작부터 나를 설득하려고 했어. 여기 온 다음 날 모자를 쓴 채로 아주 침착하게 레지나 보퍼트를 만나러 가겠다는 거야. '그게 누구야? 난 누군지 모르는데'라고 내가 말했지. 그랬더니 그 애가 '할머니 조카 손녀뻘이잖아요. 누구보다 불행한 여자고요'라고 말하더군. '악당의 마누라야'라고 내가 대답했지. 그랬더니 '그렇다면 저도 마찬가지잖아요. 가족들은 모두 제가 돌아가기를 원하고 있고요'라고 대답하더군. 그래서 두 손을 들 수밖에 없었지. 어쨌든 레지나는 용감한 여자고 그 애도 마찬가지야. 나는 그 무엇보다 용감한 걸 좋아하거든."

아처는 허리를 굽혀 아직 자기 손을 잡고 있는 그녀의 손에 입을 맞추었다.

"어럽쇼! 자네 누구 손인 줄 알고 키스하는 건가? 자네 마누라 손인 줄 알아?" 노부인은 놀리듯 깔깔 웃었다. 그가 가려고 일어나자 그녀가 뒤에 대고 외쳤다.

　"메이에게 안부 전해줘. 하지만 우리가 나눈 이야기는 말해 주지 않는 게 좋겠구나."

제31장

    아처는 캐서린 노부인의 이야기를 듣고 아연실색할 수밖에 없었다. 올렌스카 부인이 할머니의 부름에 응해 워싱턴으로부터 부랴부랴 온 것은 당연했다. 하지만 할머니와 한집에서, 그것도 밍고트 노부인의 건강이 거의 회복되었는데 함께 지내기로 했다는 것은 설명이 쉽지 않았다.

    그녀가 할머니 곁에 머물기로 결정한 것이 금전적인 상황 때문이 아닌 것은 분명했다. 미도라 맨슨 마저 파산한 마당이니 두 사람이 지내기 어려운 것은 분명했다. 하지만 그녀는, 그녀 친척들에게는 필수품인 것 없이도 잘 지낼 수 있었다. 그녀는 노부인의 지원금이 확 줄어든 지 몇 개월이 지났어도 할머니의 호의를 다시 얻으려는 노력을 전혀 하지 않았다. 그러니 그녀가 행동을 바꾼 데는 분명히 다른 이유가 있을 것이었다.

그는 그 이유를 멀리서 찾지 않았다. 나룻배에 실려 돌아오는 길에 그녀는 그들 둘이 떨어져 있어야 한다고 말했었다. 그러나 그 말을 하면서 그녀는 그의 가슴에 머리를 기대고 있었다. 그는 그녀의 말에 계산된 교태 따위는 없다는 것을 잘 알고 있었다. 그녀는 그가 자신의 운명과 싸우듯이 그녀의 운명과 싸우고 있었다. 그러면서 그들을 신뢰하고 있는 사람들의 믿음을 깨버리면 안 된다는 결심에 처절하게 매달려 있었다. 그러나 그녀가 뉴욕으로 돌아온 지 열흘이 지나도록 자신이 침묵하고 있다는 사실, 자신이 그녀를 만나려는 노력을 전혀 하지 않는다는 사실로부터, 자신이 그 어떤 결정적인 한 발자국, 다시는 돌아올 수 없는 한 발자국을 디디려는 계획을 세우고 있다고 짐작했을 것이다. 그러자 갑자기 나약해져서, 이런 경우에 합당할 만한 타협을 받아들이고 저항을 최소한 줄이는 길을 택하는 편이 나으리라고 느꼈을 것이며 그 때문에 할머니 댁에 머물겠다고 결심했을 것이다.

한 시간 전쯤 밍고트 노부인 댁 벨을 누를 때만 해도 아처는 자기가 갈 길이 분명히 정해졌다고 생각하고 있었다. 그는 올렌스카 부인과 직접 대화를 나누거나 그것이 안 되면 할머니를 통해서라도 그녀가 언제 어느 기차로 워싱턴으로 돌아갈 것인지 알아낼 작정이었다. 그는 그 기차에서 그녀를 만나 워싱턴까지, 혹은 그녀가 응한다면 더 멀리까지 여행할 작정이었다. 그의 상상은 일본으로까지 뻗어 나갔다. 어쨌든 그녀는 자기가 어디를 가든 그가 곁에 있다는 것을 깨닫게 될 것이다. 메이에게는 다른 가능성을 단념하게 만들도록 편지를 남겨 놓을 작정이었다.

그는 이런 식의 도박을 꿈꾸면서 힘이 솟았을 뿐 아니라 당장이라도 실행에 옮기고 싶어 안달이 날 지경이었다. 그러나 밍고트 노부인을 만난 후 상황이 바뀐 것을 알게 되자 그에게 제일 먼저 찾아온 느낌은 안도감 비슷한 것이었다.

그런데 노부인을 만나고 집으로 돌아오면서 그는 자기 앞에 펼쳐진 상황에 대한 혐오감이 점점 더 커가는 것을 느꼈다. 그가 이제부터 밟게 될 길은 미지의 길도 아니었고 생소한 길도 아니었다. 하지만 예전에 그가 그 길을 밟았을 때 그는 자유로웠다. 자기 행동에 대해 누구에게도 책임질 필요도 없었고 역할이 요구하는 대로 경계하고, 발뺌하고, 감추고, 순종하면서 즐거운 마음으로 게임에 응할 수 있었다. 그 길을 먼저 밟은 선배들은 '여성의 명예를 보호하기 위하여'라는 그럴듯한 명분을

제31장

내걸면서 그에게 게임의 세부 규칙을 낱낱이 전수해주었다.

그러나 아처가 속한 작은 세계에서 결혼 후에도 여자를 쫓아 다니는 자는 비난의 대상이 되었다. 때로는 야생 귀리를 수확 해야 할 때도 있지만 야생 귀리 씨는 한 번 이상 뿌리면 안 되 는 법이다.

아처도 그런 의견에 동조하고 있었기에 그는 레퍼츠를 언제 나 비열하게 여겨왔다. 그렇지만 엘렌 올렌스카를 사랑한다는 것은 레퍼츠와 같은 부류가 되는 것과는 달랐다. 엘렌 올렌스 카는 다른 그 어떤 여인과도 달랐고 그도 다른 남자와 달랐다. 따라서 그들의 상황은 그 어떤 다른 상황들과도 닮은 점이 없 었으며, 그들 스스로 내리는 판단 외에는 그 어떤 판결도 기대 할 수 없었다.

어쨌든 10분 후면 그는 자기 집 계단을 오를 것이다. 그리고 그곳에 메이가, 습관이, 명예가, 그와 주변 사람들이 언제나 신 봉해 온 오래된 예의범절이라는 것이 기다리고 있으리니…….

그는 길모퉁이에서 잠시 주저하다가 5번가를 따라 걸어 내 려갔다.

겨울밤, 그의 앞에 불 꺼진 대저택이 어렴풋이 모습을 드러냈다. 아처는 저택을 향해 발걸음을 옮겼다. 온실에서 메이의 입술을 처음으로 빼앗았던 그곳, 화려한 무도회가 수없이 열리던 그곳, 메이가 다이애나 여신처럼 등장했던 그곳이 지금은 위층 방 한 군데서 흘러나오는 불빛을 제외하고는 마치 무덤 속 같은 어둠에 잠겨 있었다. 뉴랜드가 모퉁이를 돌아가니 문 앞에 마차 한 대가 서 있는 것이 보였다. 맨슨 밍고트 노부인의 마차였다.

그는 발걸음을 멈추고 불이 켜진 창을 바라보았다. 분명히 저 방안에 두 여자가 앉아 있을 것이다. 보퍼트는 아마 다른 곳에서 위안을 찾고 있으리라. 그가 이런저런 생각에 잠겨 있을 때 문이 열리더니 엘렌이 밖으로 나왔다. 엘렌은 몸을 돌리고 누군가와 이야기를 나누었고 이어서 문이 닫히더니 그녀가 계단을 내려왔다.

"엘렌!" 그녀가 보도에 내려서자 그가 나지막이 불렀다.

그녀는 가볍게 놀라며 발걸음을 멈추었다.

"이제야 당신을 만나게 되었군……. 이제 함께 있게 될 거고……." 그는 자기가 무슨 말을 하고 있는지도 모르는 채 불쑥 말했다.

"어머, 할머니께 들었어요?" 그녀가 말했다.

제31장

355

"내일 당신을 만나야겠소. 단둘이 있을 수 있는 곳이라면 어디든지……."

엘렌은 주저하다가 마차 쪽으로 발걸음을 옮겼다.

"하지만 할머니 댁에 있어야 해요. 당분간은……."

"우리 둘만 있을 수 있는 곳이라면……." 그가 고집스레 되풀이했다.

그녀는 희미하게 웃음을 지었다. 어딘가 거슬리는 웃음이었다.

"뉴욕에서요? 하지만 교회도 없고…… 유적도……."

"미술관이 있어요. 센트럴 파크에……."

그녀가 당혹스러운 표정을 짓자 그가 다시 설명했다.

"2시 반에. 문 앞에서 기다리겠소."

그녀는 대답도 없이 몸을 돌리더니 재빨리 마차에 올랐다. 마차가 떠나자 그녀는 앞으로 몸을 기울였다. 그는 그녀가 어둠 속에서 손을 흔들었다고 생각했다. 그는 모순되는 감정들이 소용돌이치는 가운데 그녀의 뒷모습을 눈으로 좇았다. 사랑하는 여자가 아니라 어느 다른 여자, 한때 쾌락을 빚졌으나 이제는 싫증이 난 여자에게 말한 것만 같았다. 자신이 이렇게 케케묵은 어휘에 갇힌 사람이라는 것을 발견하고 그는 혐오감을 느꼈다.

"올 거야!" 그는 거의 경멸조로 중얼거렸다.

미술관 내 '올프 컬렉션' 전시실에는 관람객들이 들끓었다. 그들은 전시실을 피해 고대 유물들이 전시된 한적한 방으로 이어지는 복도를 서성였다. 그들은 중앙 난방기를 둘러싸고 있는 긴 의자에 앉아 트로이 유물을 전시해 놓은 상자를 말없이 응시하고 있었다.

"정말 이상하네요." 올렌스카 부인이 말했다. "전에 여길 한 번도 와본 적이 없다니."

그 말과 함께 그녀는 자리에서 일어나 작은 파편들이 전시되어 있는 유리 상자 앞으로 다가갔다. 유리, 점토, 변색된 청동 등과 세월의 흐름에 퇴색된 물건들이 가득 들어 있었다.

"세월이 흐르면 모두 이렇게 작은 부스러기에 불과한 것이 되다니 잔인한 것 같아요. 한때는 누군가에게 아주 소중한 것이었을 텐데." 그녀가 말했다.

"그렇지. 하지만 반면에……."

"반면에요?"

긴 물개 가죽 코트를 입고 작고 동그란 머프에 손을 넣은, 베일을 길게 드리운 채 그가 준 제비꽃 다발을 들고 있는 그녀의

제31장

357

모습을 보니 이 순수한 선과 색채의 조화가 어리석은 변화의 법칙을 따르리라고는 믿을 수 없었다.

"반면에 당신과 관계있는 것이라면…… 그 어떤 것이라도 소중하오."

그녀는 그를 주의 깊게 살펴보더니 다시 긴 의자로 돌아왔다. 그는 그녀 옆에 앉아 기다렸다. 그런데 멀리 빈방들에서 발자국 소리가 울리며 들려오자 그는 시간이 얼마 없다는 조급함을 느꼈다. 분명 관리인의 발자국 소리였다.

"제게 하고 싶은 말이 뭐예요?" 그녀도 똑같은 경고를 느낀 듯 말했다.

"당신에게 하고 싶은 말?" 그가 대꾸했다. "그래, 나는 당신이 두려움 때문에 뉴욕으로 왔다고 생각하오."

"두려움 때문에?"

"내가 워싱턴으로 갈까 봐."

그녀는 머프를 내려다보았다. 그녀의 손이 불안하게 떨리는 것을 볼 수 있었다.

"맞소?"

"…… 네, 맞아요." 그녀가 머뭇거리며 대답했다.

"두려웠소? 알고 있었고?……"

"네. 알고 있었어요."

"그래서?" 그가 재촉했다.

"그러니까, 이러는 게 낫지 않아요?" 그녀가 긴 한숨을 내쉬며 되물었다.

"낫다고요?"

"다른 사람들에게 상처를 덜 주잖아요. 당신이 늘 원하던 게 이것 아닌가요?"

"그러니까, 당신이 여기…… 손이 닿으면서 손 닿지 않는 곳에 있는 것 말이오? 이런 식으로 남들 눈을 피해 만나는 거? 그건 내가 원하던 것과는 정반대요. 내가 무엇을 원하는지는 전에 말했을 텐데……."

그녀가 주저하더니 말했다.

"그렇다면 당신은 여전히…… 이게 더 나쁘다는 건가요?"

"천배 만배 더!" 그는 잠시 말을 끊었다. 이윽고 그가 더 이상 참지 못하고 벌떡 일어나며 말했다.

"좋아, 그렇다면…… 내가 묻겠소. 도대체 당신이 더 낫다고 생각하는 게 뭐요?"

엘렌은 대답 대신 중얼거렸다.

"여기 머물겠다고 할머니께 약속한 건, 여기가 더 안전할 것 같아서였어요."

"나한테서?"

그녀는 그를 쳐다보지도 않고 고개를 끄덕였다.

"나를 사랑하게 될 위험으로부터 안전하게 벗어나려고?"

그녀의 옆모습은 미동도 하지 않았지만 눈물 한 방울이 그녀의 속눈썹을 타고 흘러 베일의 망사에 맺히는 게 보였다.

"돌이킬 수 없는 화(禍)를 피하기 위해서요. 우리가 다른 사람들처럼 되지는 말아요!" 그녀가 항변하듯 말했다.

"다른 사람들? 내가 다른 사람들과 다르다고는 하지 않겠소. 나도 똑같은 욕망과 갈망에 시달리고 있으니까."

그녀는 두려운 듯 그를 바라보았다. 그녀의 뺨이 약간 붉어진 것 같았다.

"이제 당신을 만났으니…… 집으로 가야겠지요?" 그녀가 갑자기 나지막하면서도 단호한 목소리로 말했다.

아처는 피가 한꺼번에 머리로 쏠리는 기분이었다. "오, 당신!" 그는 꼼짝도 하지 않은 채 외쳤다. 마치 조금만 움직여도 가득 찬 물이 넘쳐버릴 컵을 든 것처럼, 심장을 손에 쥐고 있는 것 같았다.

그녀의 마지막 말이 그에게 충격을 주었고, 그는 얼굴이 어두워졌다.

"집으로 간다고? 집으로 간다는 게 무슨 뜻이오?"

"남편이 있는 집으로요."

"아니, 내가 그 말에 동의할 것 같소?"

그녀는 고통스러운 눈길을 들어 그를 바라보았다. "무슨 다른 수가 있나요? 여기 있으면서 내게 잘해준 사람들에게 거짓말을 할 수는 없어요."

"그러니까 함께 멀리 가자는 거 아니오?"

"내가 새 삶을 살도록 도와준 사람들의 삶을 망쳐놓으라고요?"

아처는 벌떡 몸을 일으키더니 뭐라 표현하기 어려운 절망감에 빠져 그녀를 내려다보았다. 지금 당장이라도 그녀가 "그래요, 가요. 지금 당장 가요"라고 말할 것만 같았다. 그 말 한마디가 그에게 그 얼마나 큰 힘을 줄 것인지 그는 알고 있었다.

하지만 그는 한마디 말도 할 수 없었다. 그녀가 지닌 그 열정적인 정직성이 그녀를 그 흔하디흔한 덫으로 이끄는 것을 막고 있었다.

그가 혼신의 힘을 다해 다시 입을 열었다.

"결국 우리에게는 각자의 삶이 있는 것을…… 불가능한 것을 시도해 보아야 소용이 없겠지. 하지만 당신은 편견이 없는 사

제31장

361

람이고 당신 말대로 고르곤을 본 사람이오. 그런데 왜 우리 일은 똑바로 보기를 두려워하는지 모르겠소. 왜 실제로 있는 그대로 보지 않으려 하는지…… 희생을 치를 가치가 없다고 보는 건지…….”

그녀가 몸을 일으켰다. 얼굴을 잔뜩 찌푸린 채 입술을 꽉 다물고 있었다.

“거기까지만 해요……. 가야겠어요.” 그녀는 품 안에서 작은 시계를 꺼내며 말했다.

그녀가 몸을 돌리자 그가 그녀의 팔목을 잡으며 말했다.

“자, 한 번만 더 내게 와 줘요.”

그녀를 잃을지도 모른다는 생각이 그의 뇌리를 스쳤다. 짧은 순간 그들은 마치 적을 노려보듯 상대방을 노려보았다.

“언제? 내일?” 그가 재차 말했다.

그녀가 망설였다.

“모레요.”

그녀는 잡힌 손을 빼내며 말했다. 그들은 잠시 상대방의 눈을 응시하며 서 있었다. 그는 창백했던 그녀의 얼굴이 내면 깊은 곳에서 우러나는 빛으로 흘러넘치는 것을 보았다. 그의 가슴이 경외감으로 세차게 뛰었다. 사랑이 이렇게 구체적인 모습으로 나타난 것은 처음 본다고 그는 느꼈다.

"어머, 늦겠어요. 아니, 더 이상 나오지 마세요." 그녀는 황급히 걸어 나가면서 말했다. 그녀는 문에 이르자 작별의 표시로 잠깐 손을 흔들어주었다.

아처는 혼자 걸어서 집으로 갔다. 그가 집에 들어섰을 때는 어둠이 깔리고 있었다. 그는 복도의 낯익은 물건들을 마치 무덤 저편에서 바라보듯 둘러보았다.

그의 발소리를 들은 하녀가 계단을 달려 올라와 층계참 위층에 가스 불을 밝혔다.

"마님, 안에 계신가?"

"안 계십니다. 점심 식사 후 마차를 타고 나가셔서 아직 돌아오시지 않으셨습니다."

그는 안도감을 느끼며 서재로 들어가 안락의자에 무너지듯 주저앉았다. 하녀가 따라 들어와 난롯불에 석탄을 넣었다. 하녀가 나간 뒤에도 그는 무릎에 팔꿈치를 얹고 턱을 괸 채 꼼짝 않고 앉아 있었다.

"그럴 수밖에 없었어, 그때는…… 그럴 수밖에 없었어." 그는 운명의 손아귀에 잡힌 사람처럼 되풀이해서 중얼거렸다.

제31장

문이 열리고 메이가 들어섰다.

"제가 너무 늦었죠? 7시가 넘었네요." 그녀가 평소와는 달리 그의 어깨에 손을 올려놓고 쓰다듬으며 말했다. "할머니를 뵈러 갔었어요. 막 나서려는데 엘렌 언니가 산책하고 돌아오더군요. 그래서 좀 더 있으면서 언니랑 길게 이야기를 나누었어요. 툭 터놓고 이야기를 나눈 게 얼마 만인지……."

메이는 그가 무슨 말이라도 해주기를 기다리는 눈치였다. 그러나 그가 말이 없자 부자연스러울 정도로 생기 있게 계속 말했다.

"정말 좋았어요. 언니는 정말 다정했어요. 옛날 그대로……. 요즘 언니에게 공정하게 대해주지 못한 건 아닌지 모르겠어요. 가끔 이런 생각이……."

아처는 몸을 일으키더니 램프 불빛이 비치지 않는 곳으로 가서 벽난로에 몸을 기대었다.

"그래, 가끔 무슨 생각이……?" 그가 그녀의 말을 그대로 받았다.

"있잖아요, 언니를 제대로 판단하지 못했던 것 같아요. 우리랑은 정말 다른데……. 적어도 겉으로는 말이에요. 그렇게 이상한 사람들과 어울리고……. 정말로 남들 눈에 띄고 싶은가 봐요. 저 멀리 유럽에서 그렇게 살았던 것 같아요. 언니가 보기에 우리는 끔찍할 정도로 지루하겠지요. 하지만 언니를 부당하게 판단하고 싶지는 않아요."

그녀는 평소답지 않게 길게 말을 한 때문인지 약간 숨 가빠하며 말을 멈췄다. 그녀는 의자에 앉았다. 입술이 약간 벌어져 있었고 두 뺨은 새빨갛게 달아올라 있었다.

'엘렌을 미워하는군.' 그는 생각했다. '감정을 이겨내느라 애쓰고 있는 거야. 그걸 이겨낼 수 있도록 내게 도움을 청하는 거야.'

그 생각을 하자 그의 마음이 움직였고 그는 순간적으로 둘 사이의 침묵을 깨고 아내에게 용서를 빌 뻔했다. 그런데 메이가 다시 말문을 열었다.

"우리 가족이 왜, 가끔 속을 태웠는지 당신도 아시지요? 우리 모두 처음에는 언니를 위해 할 수 있는 건 다 했어요. 하지만 언니는 그걸 도통 모르는 것 같았어요. 그런데 이제는 보퍼트 부인을 만나러 갈 생각까지 하다니! 그것도 할머니 마차를 타고 가다니! 누군가 거기 서 있는 마차를 봤대요. 언니가 밴 더 루이든 부부와도 사이가 멀어질까 봐 걱정이에요."

아처는 참지 못하고 웃음을 터뜨렸다. 둘 사이에 열리려던

문이 다시 닫혔다.

"옷 갈아입을 시간이로군. 나가서 저녁 먹을까?"그가 불가로부터 몸을 움직였다. 메이도 몸을 일으켰으나 난롯가에서 잠시 꾸물거렸다. 그가 옆을 지나가자 그녀는 마치 그를 붙잡으려는 듯 충동적으로 앞으로 몸을 움직였다. 그들의 시선이 마주쳤다. 그의 눈에 그녀의 눈이 들어왔다. 그가 그녀 곁을 떠나저지 시티로 가던 때 보여주었던, 마치 눈물이 그렁그렁한 듯한 푸른 눈이었다.

그녀는 두 팔로 그의 목을 두르고 그의 뺨에 자신의 뺨을 비볐다.

"오늘 제게 키스해 주지 않으셨어요."그녀가 속삭였다. 그의 팔 안에서 그녀가 떨고 있는 것이 느껴졌다.

제32장

"튈르리 궁전에서는 그런 일 정도는 눈감아 줬는데." 실러턴 잭슨 씨가 회상에 잠긴 듯 미소를 띠며 말했다.

　장소는 매디슨가(街)에 있는 밴 더 루이든가(家)의 거실이었고, 때는 뉴랜드 아처가 미술관을 방문한 다음 날 저녁이었다. 밴 더 루이든 부부는 스키터클리프에서 며칠을 머물다가 방금 돌아온 참이었다. 그들은 보퍼트가 파산하자 귀찮은 일을 피하려고 황급히 스키터클리프로 갔다. 하지만 보퍼트의 파산으로 뉴욕 사교계가 혼란에 빠지자 그들이 뉴욕에 있어야 할 필요성이 그 어느 때보다 더욱 절실해졌기에 그들은 며칠 후 뉴욕으로 돌아왔다. 아처 부인의 표현대로, 이럴 때일수록 오페라에 모습을 나타내고 자기 집 문을 열어주는 것이 '사교계에 대한 그들의 의무'였다.

밴 더 루이든 부부는 이 의무를 모른 척할 수 없었기에 마음 내키지는 않았지만 결연히 뉴욕으로 돌아왔다. 그리고 두 번의 만찬과 한 번의 리셉션 초대장을 발송했다.

이 특별한 저녁에 부부는 실러턴 잭슨, 아처 부인과 뉴랜드 부부를 초대했다. 만찬 후 함께 그해 겨울의 『파우스트』 초연을 감상하러 오페라하우스에 갈 예정이었다. 손님은 네 명뿐이었 지만 부부는 이른 시각인 저녁 7시에 성찬을 준비했다. 서두르 지 않고 코스 요리를 즐긴 후 신사들이 여유 있게 끽연할 수 있 는 시간을 충분히 주기 위해서였다.

아처는 전날 저녁 이후 아내를 보지 못했다. 아침 일찍 사무 실로 가서 산적해 있는 자질구레한 일들을 처리한 후 오후 늦게 집에 도착해보니 메이는 먼저 밴 더 루이든가로 간 뒤였다. 그 는 아내가 돌려보낸 마차를 타고 혼자 밴 더 루이든가로 왔다.

지금, 스키터클리프에서 가져온 카네이션과 풍성한 음식 접 시 너머로 보이는 그녀의 모습은 눈에 띌 정도로 창백하고 기 운이 없어 보였다. 하지만 그녀의 두 눈은 여전히 반짝였다. 그 녀는 과장되게 활기찬 모습으로 사람들과 대화를 나누었다.

보퍼트의 파산, 아니 차라리 파산 이후의 그의 태도는 거실의 도덕론자들에게는 풍성한 입방앗거리였다. 그 화제가 한동 안 도마 위에 올라 샅샅이 난도질당한 후에 밴 더 루이든 부인 이 메이 아처에게 준엄한 눈길을 보내며 말했다.

"내가 들은 이야기가 사실인가? 밍고트 노부인 마차가 보퍼 트 부인 집 앞에 서 있는 걸 본 사람이 있다던데."

메이의 얼굴이 붉어졌고 그녀의 시어머니 아처 부인이 황급 히 끼어들었다.

"만일 그랬다면 분명히 그분 모르게 벌어진 일일 거예요."

"아, 그렇다면?……" 밴 더 루이든 부인은 한숨을 내쉬며 남 편을 바라보았다.

그러자 밴 더 루이든 씨가 말했다.

"올렌스카 부인이 워낙 정이 많아서 경솔하게도 보퍼트 부인 을 방문한 모양이오."

"올렌스카 부인이 그런 짓을 했다니 유감이에요." 밴 더 루이 든 부인이 말했다.

바로 그 순간 잭슨 씨가 기회를 놓치지 않고 대화에 끼어들 었다.

"하지만 올렌스카 부인이 외국에서 자랐기에 좀 특별하다는 것은 고려해주는 게……."

제32장

"어쨌든 세상 보는 눈이 우리와는 영 딴판이에요." 아처 부인
이 정리하듯 말했다.

이마까지 새빨개진 채 대화를 듣고 있던 메이가 식탁 건너편
의 남편을 바라보며 황급히 말했다.

"언니는 친절한 마음에서 그런 걸 거예요."

"경솔한 사람들이 친절한 법이지." 아처 부인이 정상참작의
여지도 없다는 듯 잘라 말했다. 그러자 밴 더 루이든 부인이 중
얼거렸다.

"누군가와 상의라도 했더라면……."

"엘렌이 그런 상의 같은 건 절대로 할 리가 없죠!" 아처 부인
이 응수했다.

1막이 끝나자 아처는 일행으로부터 떨어져 나와 박스석 뒤
쪽으로 향했다. 그는 그곳에 앉아 치버스가, 밍고트가, 러시워
스가 사람들 어깨너머를 살펴보았다. 2년 전 엘렌 올렌스카를
처음 만나던 날과 똑같은 장면이었다. 그는 그날처럼 밍고트
노부인의 박스석에 엘렌이 와 있지나 않을지 내심 기대했다.
하지만 박스석은 텅 비어 있었다.

아처의 눈길이 잠시 무대를 향했다가 메이가 아처 부인과 밴

더 루이든 부인 사이에 앉아 있는 곳으로 향했다. 2년 전, 메이가 외숙모 로벨 밍고트 부인과 갓 도착한 '외국인' 사촌 사이에 앉아 있었을 때처럼 메이는 온통 하얀색으로 치장하고 있었다. 그때까지도 아내의 복장에 대해서는 무심했던 아처는 아내가 웨딩드레스 차림인 것을 알아보았다. 푸른빛이 도는 흰색 새틴과 고풍의 레이스가 그의 눈에 들어왔다. 옛 뉴욕에서는 신부들이 결혼 후 한두 해 동안은 이렇게 호사스러운 차림으로 나타나는 것이 관례였다.

아처는 유럽 신혼여행으로부터 돌아온 이래 메이가 결혼식 때 입었던 새틴 옷을 입은 적이 한 번도 없다는 사실을 문득 깨달았다. 결혼식 복장의 그녀 모습을 놀란 가운데 바라보면서 아처는 2년 전 행복한 기대에 넘쳐 바라보던 당시의 젊은 처녀와 지금의 그녀 모습을 자신도 모르게 비교했다.

약간 통통해지기는 했지만, 운동으로 다져진 곧게 뻗은 몸매와 소녀처럼 티 없이 맑은 표정은 여전했다. 그렇다. 그녀는 여전히 순수했다. 그녀의 순수함에는, 아무런 의심 없이 손을 꼭 잡는 어린아이의 순수함처럼 감동적인 면이 있었다. 그러자 그에게 그녀의 그 무심한 듯한 평온함 밑에 숨어 있는 '열정적인 너그러움'이 생각났다. 그는, 자기가 보퍼트의 무도회에서 약

제32장

371

혼을 발표하자고 재촉했을 때 그녀가 보였던, 이해한다는 듯한 눈빛을 떠올렸다. 그리고 선교사 정원에서 "누군가에게 옳지 못한 짓을 하고 그걸로 행복을 얻을 수는 없어요"라고 했던 그녀의 말이 귓전을 맴돌았다. 그러자 그녀에게 진실을 말해주고 그녀의 너그러움에 자신을 던져버리자는 열망이, 그렇게 해서 자유를 되찾겠다는 충동적인 열망이 그를 사로잡았다.

그는 건물 뒤편의 반원형 복도를 따라 걸어가, 마치 미지의 세계로 향하는 문을 열듯이 밴 더 루이든 부인의 박스석 문을 열었다. 무대에서는 여주인공이 환희에 찬 목소리로 "사랑한다!"라고 외치듯 노래하고 있었다. 박스석에 앉아 있던 사람들은 모두 놀라서 뉴랜드 아처를 바라보았다. 가수가 독창 중일 때 박스석에 들어와서는 안 된다는 금기를 그가 깬 것이었다. 하지만 뉴랜드 아처는 이미 관습 같은 것에 신경 쓰는 사람이 아니었다.

그는 밴 더 루이든 씨와 실러턴 잭슨 씨 사이를 비집고 들어가 아내에게 몸을 숙이고 속삭였다.

"머리가 깨질 듯이 아파요. 아무에게도 말하지 말고 집으로 가지 않겠소?"

메이는 그에게 알았다는 듯 눈짓을 하고는 시어머니에게 뭐라고 속삭였다. 시어머니가 고개를 끄덕이자 그녀는 밴 더 루이든 부인에게 양해를 구하고 자리에서 일어났다.

마차가 집 앞에 도착하자 마차에서 내리던 메이는 마차 계단에서 스커트를 밟아서 아처 쪽으로 쓰러졌다.

"다치지 않았소?" 아처가 팔로 그녀를 부축하며 물었다.

"예. 그런데 드레스가…… 드레스가 찢어져 버렸어요!" 메이가 소리쳤다. 그녀는 허리를 굽혀 진흙투성이가 된 치마폭을 감싸 쥔 채 그를 따라 계단을 올라갔다. 하인들은 부부가 이렇게 일찍 올 줄 몰랐기에 위층 층계참에는 가스등 하나만이 켜져 있었다.

서재로 들어가자 탁상 위에 놓인 은제 상자를 열어 담배를 꺼내는 그에게 메이가 말했다.

"지금 바로 잠자리에 드시는 게 낫지 않겠어요?"

아처는 담배를 탁자 위에 던지고는 늘 앉는 난롯가 의자 쪽으로 걸어갔다.

"아니, 그 정도로 두통이 심한 건 아니오." 그는 잠시 말을 멈추었다가 다시 말했다. "게다가 당신에게 할 말이 있소. 중요한 이야기요. 지금 당장 해줘야 할……."

메이는 안락의자에 앉으며 고개를 들고 "그래요? 뭔데요?" 라고 물었다. 그녀의 대답이 하도 부드러워서 그는 이런 식으로 서두를 꺼냈는데도 어떻게 저렇게 의아해하지 않고 담담할 수 있는지, 오히려 의아해했다.

"여보……." 그는 그녀의 의자에서 몇 발자국 떨어지지 않은 곳에 서서 그녀를 내려다보며 입을 열었다. 마치 그와 그녀 사이의 짧은 거리 사이에 건널 수 없는 심연이 있는 듯 느껴졌다.

"당신에게 할 이야기가 있소. 나 자신에 대해서……."

그녀는 차분하게 앉아 있었다. 얼굴은 여전히 창백했지만 마치 내면의 은밀한 샘에서 길어온 듯한 평온함이 그 얼굴에 서려 있었다.

아처는 입에서 판에 박힌 듯한 자책의 말이 나오려는 것을 자제했다. 그는 쓸데없이 죄를 고백하거나 변명을 늘어놓는 짓은 하지 말고 단도직입적으로 말하기로 결심했다.

"올렌스카 부인 말인데……." 그가 말을 꺼내자 그녀가 그의 입을 막으려는 듯 손을 들었다. 결혼 금반지가 가스등 불빛에 반짝였다.

"왜, 오늘 밤 엘렌 언니 이야기를 해야 하지요? 우리가 언니를 부당하게 대했고 당신이 늘 언니에게 잘 해주었다는 건 나도 알아요. 하지만 이제 다 끝난 일인데 이야기한들 무슨 소용 있겠어요?"

아처는 멍하니 그녀를 바라보았다. 지금 자신을 사로잡고 있는 비현실감을 아내에게 전한다는 것이 가능하기나 할 것인가?

"다 끝난 일이라니……. 그게 무슨 말이오?" 그가 더듬거리며 물었다.

메이는 맑은 눈으로 여전히 그를 바라보며 말했다.

"그래요……. 언니가 곧 유럽으로 돌아가게 됐으니까요. 할머니도 이해하시고 허락해주셨어요. 언니가 남편과 독립해서 살 수 있도록 다 처리해주셨어요."

아내가 말을 멈추었다. 아처는 떨리는 한 손으로 벽난로 모서리를 잡고 몸을 지탱해야 했다. 어지러운 생각의 갈피를 잡으려고 애썼지만 소용이 없었다.

그의 귀에 아내의 목소리가 계속 들렸다.

"오늘 아침에 결정된 일인 것 같아요."

아처는 자기 눈빛에서 모든 것이 드러날 것만 같아서 몸을 돌려 벽난로 선반에 팔꿈치를 괴고 얼굴을 가렸다. 그의 귀에서 뭔가 격렬하게 쿵쿵 울렸다. 자신의 혈관을 흐르는 피 소리인지 선반 위 시계 소리인지 분간할 수조차 없었다.

제32장

375

메이는 5분 정도 시간이 흐르도록 꼼짝도 하지 않았고 아무 말도 하지 않았다. 마침내 아처가 돌아서서 그녀의 얼굴을 마주 보았다.

"그럴 수 없어." 그가 외쳤다.

"그럴 수 없다니요?"

"당신은 어디서 들었소? 지금 한 이야기를……."

"어제 엘렌 언니를 만났어요. 할머니 댁에서 만났다고 했잖아요."

"그때 말한 건 아니지?"

"네. 오늘 오후에 언니에게서 쪽지를 받았어요. 보실래요?"

그는 목소리가 나오지 않았다. 그녀는 서재를 나가더니 곧바로 돌아왔다.

"당신도 아는 줄 알았어요." 그녀는 다만 그렇게 말했을 뿐이었다.

그녀가 탁자 위에 종이를 놓자 아처는 손을 뻗어 집어 들었다. 편지에는 단지 몇 줄만 적혀 있을 뿐이었다.

사랑하는 메이, 내가 할머니를 방문하는 게 방문 이상이
될 수 없다는 것을 결국 할머니도 이해하셨어. 할머니는
늘 그렇듯 친절하고 너그러우셨어. 할머니는 내가 유럽

으로 간다 해도 내가 혼자 살거나, 나와 함께 가게 될 미
도라 고모와 살아야 한다는 것을 알고 계셔. 곧바로 워싱
턴으로 가서 짐을 꾸리고 다음 주에는 배를 타게 될 거
야. 내가 없더라도 할머니를 잘 보살펴 드려줘. 내게 항상
그랬듯이 말이야. -엘렌

혹시 내 친구 중 누군가가 내 마음을 돌리려 한다 해도
아무 소용없다고 말해 줄 수 있겠어?

아처는 자신의 웃음소리에 스스로 놀랐다.

"그녀가 왜 이런 편지를 쓴 거요?" 그가 웃음을 참으려고 안
간힘을 쓰며 물었다.

메이는 여전히 흔들림 없이 솔직하게 그의 질문에 대답했다.

"아마 어제 우리가 나눈 이야기를 해주었기 때문인 것 같아요."

"무슨 이야기?"

"그동안 언니를 올바로 대해주지 못한 것 같다고 했거든요.
친척이면서도 낯선 사람들 틈에서, 사정도 모르면서 비판만 해
대는 사람들 틈에서 언니가 얼마나 어렵게 지내고 있는지 몰랐
던 것 같다고……." 그녀가 잠시 말을 끊었다. "언니가 늘 의지

할 수 있었던 사람이 당신이었다는 걸 나는 알아요. 나는 언니에게…… 당신이나 나나 언니를 향한 감정이 똑같다는 걸 알려주고 싶었어요."

그녀는 그의 말을 기다리는 듯 잠시 망설이더니 천천히 덧붙였다.

"언니는 이 말을 꼭 하고 싶었던 내 맘을 이해해주었어요. 언니는 모든 걸 다 이해한 것 같아요."

그녀가 아처에게 다가오더니 그의 차가운 두 손을 잡고 자신의 뺨에 재빨리 갖다 댔다.

"저도 머리가 아파요. 여보, 안녕히 주무세요." 그녀는 문 쪽으로 몸을 돌리더니 진흙이 묻은, 찢어진 드레스 자락을 질질 끌며 방을 가로질러 갔다.

제33장

아처 부인이 사돈인 웰랜드 부인에게 말했듯이 젊은 부부가 처음으로 거창한 만찬을 연다는 것은 보통 일이 아니었다.

뉴랜드 아처 부부는 이제까지 서너 명의 친지들을 만찬에 자주 초대했다. 아처는 사람들 초대하기를 좋아했고 메이는 어머니가 보여준 모범대로 손님들을 밝은 모습으로 반갑게 맞았다.

하지만 요리사를 별도로 부르고, 하인을 두 명 빌려 오고, 로마식 펀치와 장미꽃을 준비하고, 금테가 둘린 메뉴판을 내놓아야 하는 대규모 만찬은 전혀 다른 문제였고 가볍게 시작할 일이 아니었다.

젊은 부부의 첫 번째 정식 초대는 누구에게나 흥미로운 일이었으며 그 초대가 거절을 받는 일은 거의 없었다. 그렇다 할지라도 밴 더 루이든 부부가 올렌스카 백작 부인을 위한 만찬에 와달라는 메이의 청을 받아들여, 그 만찬에 참석하기 위해 뉴욕에 좀 더 머물기로 한 것은 누가 보아도 대성공이었다. 그들 외에 초대받은 손님들의 면면은 다음과 같았다. 로벨 밍고트 부부, 레기 치버스 부부, 로렌스 레퍼츠 부부, 셀프리지 메리 부부, 실러턴 잭슨, 반 뉴랜드와 그의 아내, 주빈이라 할 수 있는 올렌스카 백작 부인.

올렌스카 백작 부인이 뉴욕을 떠난 지도 열흘이 지났다. 그 열흘 동안 뉴랜드 아처는 그녀에게서 아무런 기별도 받지 못했다. 그러나 그는 그녀가 아직도 자신의 운명과 싸우고 있다고 믿었다. 그녀는 유럽으로 돌아가더라도 남편에게 돌아가지는 않을 것이다. 그러니 자기가 그녀를 따라가더라도 걸림돌이 될 것은 아무것도 없다. 그가 돌이킬 수 없는 한 발자국을 내디딘 다음, 돌이킬 수 없다는 것을 그녀에게 증명하기만 하면 자기를 뿌리치지는 못하리라.

그는 그러한 확신이 있었기에 지금 맡은 일을 착실히 해나가면서 버틸 수 있었다. 하지만 쉽게 넘기기 어려운 순간도 있었다. 예컨대 맨슨 밍고트 노부인이 그를 보자고 해서 그녀를 만났을 때 그의 마음은 괴로웠다.

노부인은 상심해 있었고 불만에 차 있었다.

"그 애가 나를 버리고 떠난다는 걸 아는가?" 그녀가 그를 보자마자 입을 열더니 그의 대답도 듣지 않고 말을 이었다. "아, 이유는 묻지 마! 하도 이유를 많이 대는 바람에 다 잊어버렸어. 나 혼자 생각인데, 지루해서 못 견디겠나봐. 어쨌든 오거스타와 며느리들 생각은 그래. 그러니 나도 함께 그 애를 욕해야 할지 모르겠어. 올렌스카는 정말 끝내주는 악당이야. 그래도 5번가에 사는 것보다는 그놈과 사는 게 더 즐거울 게 분명해. 물론 불쌍한 엘렌은 남편에게 돌아갈 생각이라곤 없어. 언제보다 완강히 버티더군. 그래서 그 바보 같은 미도라와 파리에 정착할 모양이야……. 그래, 파리는 파리지. 그 애는 새처럼 명랑했어. 보고 싶을 거야." 노인의 눈에서 두 줄기 눈물이 흘러내려 통통한 뺨으로 흘러내리더니 깊이 팬 가슴속으로 사라졌다.

그녀가 결론처럼 말했다.

"내가 원하는 건 더 이상 나를 괴롭히지 말라는 거야. 환자용 죽이나 마음 놓고 먹게 만들어줬으면……." 그런 후 그녀는 뭔가 약간은 아쉬운 듯 아처를 향해 눈을 반짝였다.

바로 그날 저녁 그가 집으로 돌아오자 메이가 엘렌이 유럽으로 떠나기 전에 환송 만찬을 열겠다는 뜻을 밝혔다. 올렌스카 백작 부인이 워싱턴으로 간 이후 둘 사이에 그녀 이름이 나온 것은 그때가 처음이었다. 아처는 놀라서 아내를 바라보았다.

"만찬? 왜?" 그가 물었다.

그녀의 얼굴이 빨개졌다. "당신이 언니를 좋아하잖아요. 당신이 기뻐할 줄 알았는데……."

"정말 훌륭하군. 당신이 그런 생각을 하다니……. 하지만 왜 해야 하는지는 도무지……."

"그러고 싶어요, 여보." 그녀가 조용히 일어나 책상 앞으로 가며 말했다. "여기 초대장도 써놓았어요. 어머니가 도와주셨어요. 어머니도 찬성이시고요."

"그래, 알았소." 그는 멍한 눈으로 그녀가 건네준 손님 명단을 바라보며 말했다.

아처가 거실로 들어가니 메이가 난롯불 위로 몸을 구부린 채 난로 안에서 타오르고 있는 통나무 위치를 바로잡느라 애쓰고 있었다. 메이는 등불을 모두 밝히고 밴 더 루이든 씨가 보내준 난을 여러 화병에 담아, 눈에 잘 띄는 곳에 놓아두었다. 소파와 의자, 은제 장식품들, 액자들도 잘 정리, 배치되어 있었다.

곧이어 밴 더 루이든 부부가 도착했다고 하인이 알렸다. 다른 손님들도 속속 도착했다. 밴 더 루이든 부부가 늘 정확한 시간에 저녁을 든다는 사실을 모두 알고 있었기에 손님들은 늑장을 부리지 않고 서둘러 왔다. 이내 방이 거의 다 찼다. 아처는 셀프리지 메리 부인에게 페르베크호벤(19세기 네덜란드 화가-옮긴이 주)의 소품 〈양의 습작〉을 보여주고 있었다. 메이의 아버지 웰랜드 씨가 그녀에게 크리스마스 선물로 준 작품이었다. 그때였다. 아처는 올렌스카 부인이 곁에 와 있는 것을 발견했다.

그녀의 얼굴은 지나치다 싶을 정도로 창백했다. 그 때문에 검은 머리숱이 더 진해지고 묵직해 보였다. 그 안색에 호박 목걸이는 괴로울 정도로 어울리지 않았고 옷도 마찬가지였다. 얼굴에 윤기라고는 없는 것이 거의 추하다 싶을 정도였다. 하지만 아처는 바로 그 순간 그녀가 그 어느 때보다 더 사랑스러웠다. 둘은 손을 맞잡았다. 그의 귀에 그녀의 속삭임이 들리는 듯했다. '그래요, 내일 우리 러시아로 떠나요.'

하지만 정작 그의 귀에 들려온 것은 문이 열리는 무의미한 소리였다. 그리고 곧바로 메이의 목소리가 들렸다.

"여보! 만찬이 시작될 거예요. 엘렌 언니를 안내해줄래요?"

올렌스카 부인이 그의 팔에 손을 얹었다. 장갑을 끼지 않은 손이었다. 그 손을 보자 아처는 23번가(街), 그녀의 작은 거실에

제33장

그녀와 함께 앉아 있던 저녁, 그녀의 손에서 눈길을 떼지 못했던 그날 저녁이 생각났다. 그녀의 얼굴을 버리고 떠난 모든 아름다움이 그의 소매를 붙잡고 있는 이 창백한 긴 손가락에, 희미한 손가락 마디에 숨어든 것만 같았다. 그는 속으로 중얼거렸다.

'오직 이 손을 다시 볼 수 있기 위해서라도 그녀를 따라갈 거야……'

밴 더 루이든 부인이 만찬 자리에서 주인의 오른쪽 자리를 양보하고 왼쪽에 앉을 때는 오로지 만찬의 주빈이 명백히 '외국 손님'일 경우에 한해서였다. 뉴욕에서는 만찬 자리에서 외국인을 상석에 앉히는 것이 관례였다. 이번 작별 만찬만큼 올렌스카 부인이 외국인이라는 것을 효과적으로 강조한 경우는 없었을 것이다. 밴 더 루이든 부인은 주인 왼쪽에 앉았으며 그녀는 이러한 좌석 배치를 당연히 여기고 흔쾌히 받아들였다.

언제 어디서나 꼭 해야만 하는 일이 있는 법이다. 그리고 그 일을 꼭 해야만 한다면 깔끔하고 철저하게 처리하는 것이 상책이다. 뉴욕에서는 가문으로부터 추방당한 친척 여자를 중심으로 친족 회합을 여는 것이 오랜 관례 중의 하나였다. 올렌스카 백작 부인이 유럽으로 떠나기로 한 만큼, 웰랜가와 밍고트가는 그녀를 향한 변치 않을 애정을 분명하게 보여주기 위해서라면 못할 것이 아무것도 없었다.

식탁 상석에 앉은 아처는 친족 전체가 합의하여 그녀의 인기를 되살리고, 그녀에 대한 불만을 잠재우고, 그녀의 과거를 묵인하고, 그녀의 현재를 빛내기 위해 은밀한 가운데 모두 끈기 있게 행동하는 것을 보고 아연해 있었다. 밴 더 루이든 부인은 거의 상냥하다고 할 만큼 따뜻하게 그녀를 대했고 메이의 오른편에 앉은 밴 더 루이든 씨는 자기가 스키터클리프에서 보낸 카네이션을 좀 인정해 달라는 듯한 시선을 식탁에 던졌다.

아처는 마치 자신이 기묘하게 공중에 붕 뜬 상태에서 그 광경을 보고 있는 것 같았다. 그는 마치 상들리에와 천장 사이에 떠 있는 것 같았고 그것이 이 행사에서 자신이 떠맡을 당연한 몫인 것처럼 여겨졌다. 아처는 평온하고 기름진 얼굴들을 죽 살펴보았다. 메이의 들오리 요리에 열중하고 있는, 악의 없어 보이는 사람들이 말 없는 음모자 무리로 보였고 자신과 자신의 오른편에 앉은 여인이 그들의 음모의 중심 대상인 것 같았다. 순간, 그들 모두에게 그와 올렌스카 부인이 연인 사이라는 것, 그것도 '외국인'이라는 어휘에 부여된 극단적인 의미에서의 연

제33장

385

인이라는 생각이 마치 무수한 빛의 파편들로 이루어진 섬광처럼 강렬하게 아처의 뇌리를 쳤다. 여러 달 동안 말없이 자신을 주시하며 끈기 있게 귀를 기울이는 사람들의 한복판에 자신이 있었으리라. 그는 이제 알 수 있었다. 자신이 아직도 모르고 있는 그 어떤 수단을 통해 자신과 자신의 불륜 상대를 갈라놓는 일이 성사 중이라는 것, 그러면서도 친족 전체가 자기들은 아무것도 모르고 상상조차 해보지 않았으며, 이 접대 행사는 메이 아처가 자신의 친구이자 사촌에게 애정 어린 작별 인사를 하기 위해 마련한 자리일 뿐이라는 것을 보여주기 위해 시침 뚝 떼고 아내 주변에 모여 있다는 것을 알 수 있었다.

그것이 '피를 흘리지 않고' 목숨을 빼앗는 오랜 뉴욕의 방법이었다. 질병보다 스캔들을 더 두려워하고, 용기보다 체면을 중시하고, '소동'을 일으키는 짓보다 더 교양 없는 짓은 없다고 생각하는 사람들의 방법이었다.

이런 생각들이 줄지어 떠오르자 아처에게는 자신이 무장한 병영 한가운데 포로로 잡혀 있는 것 같다는 느낌이 들었다. 그는 식탁을 둘러보았다. 플로리다산 아스파라거스를 앞에 두고 보퍼트와 그의 부인을 난도질하는 그들 모습이 더없이 잔인해 보였다. '내게 시위하려는 거로군.' 그는 생각했다. '내게 어떤

일이 벌어질지 보여주려는 거야.'

직접적인 행동이나 거친 말보다 암시나 유추와 침묵이 훨씬 무시무시하다는 느낌이 마치 가족 납골당의 문처럼 그를 서서히 조여 왔다.

그는 웃음을 터뜨렸다. 보퍼트와 그의 부인에 대한 험담이 절정에 달했을 때였다. 그의 눈이 밴 더 루이든 부인의 놀란 눈과 마주쳤다.

"그게 웃을 일이라고 생각하나?" 이어서 그녀가 억지 미소를 지으며 말했다. "물론 뉴욕에 남겠다는 레지나의 생각에 우스운 점이 있긴 하지."

아처는 "물론입니다"라고 중얼거렸다.

그가 올렌스카 부인을 향해 고개를 돌리자 그녀가 창백한 미소를 보냈다. 마치 '끝까지 다 두고 보지요'라고 말하는 것 같았다.

"여행이 힘들지는 않았습니까?" 그가 물었다. 너무나 자연스러운 말투여서 자신도 놀랄 정도였다. 그녀는 별로 불편하지 않았다고 대답한 후 덧붙였다.

"기차 안이 무척 덥기는 했어요."

그는 그녀가 가게 될 곳에서는 그런 고생은 하지 않을 것이라고 말하고 덧붙여 말했다.

"4월에 칼레에서 파리로 가는 동안 얼어 죽을 뻔했습니다."

그녀는 그럴 수도 있다며 어쨌든 여분의 담요를 준비해야 한다고, 여행에는 언제나 힘든 일이 따라오는 법이라고 대답했다. 그녀의 말이 끝나기 무섭게 '멀리 떠난다'는 축복에 비한다면 그런 고생쯤은 아무것도 아니라고 그가 불쑥 말했다. 그녀의 안색이 바뀌었고 그는 목소리를 높여 덧붙였다.

"머지않아 나도 긴 여행길에 오르리라는 뜻에서 한 말입니다."

순간 그녀의 얼굴이 파르르 떨렸다. 아처는 레기 치버스 쪽으로 몸을 기울이며 큰 소리로 말했다.

"이봐, 레기! 우리 세계 일주 한번 하면 어떻겠나? 다음 달에 말일세. 자네만 좋다면 나도……."

그 말에 레기 부인이 남편은 국제 폴로 경기 대회 연습 때문에 당분간 외국에 갈 수 없다고 차분히 대꾸했다.

이어서 일행은 세계 일주에 대해 이런저런 이야기를 나누기 시작했고 그 이야기를 끝으로 여자들은 거실로 자리를 옮겼고 남자들은 서재로 갔다.

서재에서는 로렌스 레퍼츠가 대화를 주도했다. 대화는 여전히 보퍼트 사건을 중심으로 전개되었으며 레퍼츠는 열을 올리며 기독교적인 남성다움을 미화하고 가정의 신성함을 찬미했다.

대화는 무심한 강물처럼 그칠 줄 모르고 아처를 스쳐 지나갔다. 그는 즐겁다 못해 환희에 찬 얼굴들을 둘러보았다. 젊은 이들은 끊임없이 웃고 있었고 밴 더 루이든 씨와 메리 씨는 아처가 내놓은 마데이라 백포도주를 칭찬하고 있었다. 그는 모두 자신에게 호의를 베풀기 위해 애쓰고 있다는 것을 알았다. 마치 간수가 죄수의 마음을 달래주려는 것 같다고 그는 느꼈다. 그리고 그런 느낌을 받으면 받을수록 자유로워지겠다는 강렬한 결의는 더욱 굳어졌다.

곧이어 남자들도 거실에서 여자들과 합류했다. 아처는 그곳에서 메이의 의기양양한 눈과 마주치면서 만사가 훌륭하게 '처리되었다는' 확신을 읽을 수 있었다. 그녀가 올렌스카 부인 옆에서 일어나자 밴 더 루이든 부인이 올렌스카 백작 부인을 자기가 앉아 있는 금박을 입힌 소파로 불렀다. 그러자 셀프리지 메리 부인이 거실을 가로질러 그들과 합류했다. 아처는 그 모습에서도 복권(復權)과 동시에 제거의 음모가 진행 중임을 뚜렷이 볼 수 있었다. 이 작은 세계에서 움직이고 있는 이 말 없는 조직은 올렌스카 부인의 행동의 올곧음에 대해서, 또한 아처 가정의 완벽한 행복에 대해서 한 치도 의심할 구석이 없다는 것을 증거로 남기기로 결정한 것이다. 상냥하면서도 냉혹한 이 모든 사람들은 그 사실과 배치되는 그 어떤 암시도 들은 적이 없고, 의심해본 적도 없으며 그런 생각은 아예 품어보지도 않은 척, 결연하게 자신의 역할을 연기했다. 이렇게 정교하게 짜인 일사불란한 눈가림 연극을 보면서 아처는 뉴욕이 자신을 올렌스카 부인의 정부로 믿고 있다는 사실을 점점 더 분명하게 확인할 수 있었다. 그렇게 그날 저녁은 멈출 줄 모르는 무심한 강물처럼 흐르고 또 흘러갔다.

마침내 올렌스카 부인이 자리에서 일어나 작별 인사를 하려는 모습이 보였다. 그녀가 곧 가버리겠다는 것을 알고 그는 만찬 석상에서 자신이 그녀에게 무슨 말을 했는지 기억해 내려고 애썼다. 하지만 둘이 무슨 말을 나누었는지 단 한 마디도 기억나지 않았다.

그녀가 메이에게 다가가자 다른 일행들이 둥그렇게 주변을 에워쌌다. 두 젊은 여인은 손을 맞잡았다. 이어서 메이가 앞으로 몸을 숙이며 사촌에게 키스했다.

잠시 후 그는 복도에서 올렌스카 백작 부인의 어깨에 외투를 걸쳐주고 있었다.

정신이 온통 혼란에 빠져 있었지만 그는 그녀를 놀라게 하거나 당혹스럽게 만드는 말은 하지 않겠다고 단단히 마음을 다잡고 있었다. 이제 그 어떤 힘으로도 그의 목표를 되돌리게 만들 수는 없으리라고 확신하고 있었기에 그는 사태가 흘러가는 대로 내버려 둘 수 있었다. 그런데 올렌스카 부인의 뒤를 따라 복도를 걸어가면서 그는 마차 문 앞에서 잠시라도 그녀와 단둘이 있고 싶다는 강한 열망을 느꼈다.

"당신이 타고 갈 마차가 기다리고 있소?" 그가 물었다. 그 순간 검은담비 외투를 품위 있게 두른 밴 더 루이든 부인이 상냥하게 말했다.

"우리가 엘렌을 집까지 태워다 줄 거야."

아처는 숨이 턱 막혀 왔다. 올렌스카 부인은 외투를 여민 다음 한 손에 부채를 든 채 다른 손을 그에게 내밀었다.

"안녕히." 그녀가 말했다.

"잘 가요. 하지만 곧 파리에서 봐요." 그가 큰소리로 말했다. 자신에게는 마치 고함처럼 들렸다.

"아," 그녀가 중얼거렸다. "당신과 메이가 함께 온다면……!"

밴 더 루이든 씨가 그녀 앞으로 가서 팔을 내밀었다. 아처는 밴 더 루이든 부인을 향해 몸을 돌렸다. 그는 어두운 대형 마차 안의, 그녀의 갸름한 얼굴과 빛나는 눈을 잠시나마 희미하게

제33장

391

볼 수 있었다. 그리고…… 그녀는 가버렸다.

"정말 멋지게 치렀어요. 그렇지요?" 메이가 서재 문 앞에서 물었다.

아처는 깜짝 놀라 벌떡 일어났다. 마지막 인사를 하고 떠난 레퍼츠의 마차가 멀어지자마자 그는 서재로 들어와 처박혀 있었다. 내심 아직 아래층에서 서성이고 있는 아내가 곧장 자기 방으로 갔으면 하는 기대를 그는 품고 있었다. 그런데 그녀가, 창백하고 지쳐 있으면서도 피로를 뛰어넘는 뭔가 인위적인 힘을 내뿜으며 그곳에 서 있었다.

"들어가서 얘기 좀 할 수 있어요?" 그녀가 물었다.

"당신만 괜찮다면 물론이지. 하지만 무척 졸릴 텐데……."

"아뇨, 졸리지 않아요. 잠시 당신과 앉아 있고 싶어요."

"좋소." 그가 그녀의 의자를 난롯가로 끌어당기며 말했다.

그녀가 앉자 그도 다시 의자에 앉았다. 하지만 둘 다 한동안 말이 없었다. 이윽고 아처가 불쑥 말했다.

"당신이 피곤하지 않고 이야기를 하고 싶다니, 내가 당신에게 해줄 말이 있소. 지난밤에 하려던 이야기인데……."

그녀가 재빨리 그를 쳐다보았다.

"그래요, 여보. 당신에 관한 이야기예요?"

"내 이야기요. 당신은 피곤하지 않다고 했지. 그런데 나는 피곤하오. 너무나 피곤해서……."

그러자 그녀가 단번에 걱정스럽고 다정한 표정이 되었다.

"아, 여보, 그럴 줄 알았어요. 당신, 너무나 과로해서……."

"그럴지도 모르지. 어쨌든 그만두고 싶어져서……."

"그만둔다고요? 변호사 일을 포기하려고요?"

"어쨌든 좀 떠나 보려고. 당장…… 아주 먼 곳으로 아주 긴 여행을……. 모든 것에서 벗어나서……."

그는 말을 멈추었다. 변화를 갈망하면서도 막상 변화를 반길 수도 없을 정도로 지친 사내처럼 무심하게 말하려 했지만 뜻대로 되지 않았기 때문이었다. 정작 하고 싶은 말을 꺼내고 싶어 목구멍이 근질근질했지만 그는 "모든 것에서 벗어나서……"라는 말만 되풀이했다.

"아주 먼 곳이라니요? 예를 들면 어디요?" 그녀가 물었다.

"모르겠소. 인도건 일본이건……."

그녀가 일어섰다. 그는 고개를 숙인 채 양손으로 턱을 받치고 앉아 있었다. 그녀가 향기를 풍기며 부지런히 서성거리는 것을 느낄 수 있었다.

제33장

393

"그렇게 멀리요? 하지만 여보, 그럴 수는……." 그녀가 고르지 못한 목소리로 말했다. "당신이 저를 데려가지 않는 한……." 그가 아무 말이 없자 그녀가 계속 말했다. 너무 또렷하고 차분한 어조라서 음절 하나하나가 작은 망치로 그의 뇌를 때리는 것 같았다. "그러니까, 의사들이 보내준다면…… 하지만 허락하지 않을 거예요. 여보, 오늘 아침, 확신하게 되었어요. 내가 그토록 기다렸고 바랐던 게 이루어졌다는 걸……."

그가 힘없는 눈길로 그녀를 올려다보았다. 그녀는 눈물을 뿌리며 무너지듯 주저앉아 그의 무릎에 얼굴을 묻었다.

"오, 여보." 그는 차가운 손으로 그녀의 머리를 쓰다듬으면서 그녀를 끌어안고 중얼거렸다.

오랫동안 침묵이 이어졌다. 침묵 속에서 악마들이 귀에 거슬리는 웃음을 마구 터뜨리고 있었다. 이윽고 메이가 그의 팔을 풀고 일어났다.

"짐작 못했어요?"

"했지……. 아니, 못했소. 그러니까…… 물론 기대하긴 했지만……."

그들은 잠시 서로를 바라보았다. 다시 침묵이 흘렀다. 그가 그녀에게서 눈길을 돌리며 불쑥 물었다.

"누구, 다른 사람에게 이야기했소?"

"엄마랑 시어머님께만요." 그녀는 잠시 말을 멈췄다가 급히 덧붙였다. 이마까지 새빨개져 있었다. "그리고…… 엘렌 언니에게도요. 우리가 어느 날 오후에 긴 이야기를 나눴다고 했지요……. 언니가 얼마나 다정하게 대해 줬는지도요."

"오……." 아처의 심장이 멎는 것 같았다.

그는 아내가 자신을 뚫어져라 바라보고 있다는 것을 느꼈다.

"여보, 언니에게 제일 먼저 말했어도 괜찮지요?"

"괜찮냐고? 그렇지 않을 이유가 어디 있소?" 그는 온 힘을 다해 정신을 가다듬었다. "하지만 그건 보름 전 일이 아니오? 오늘 아침에야 확신했다면서……."

그녀의 얼굴이 더욱 새빨개졌다. 하지만 그녀는 그의 시선을 피하지 않았다.

"맞아요. 그때는 확신하지 못했어요. 하지만…… 엘렌 언니에게는 확실하다고 말했어요. 그리고 제 말이 옳았잖아요!" 그녀가 외쳤다. 그녀의 푸른 눈은 승리감으로 촉촉하게 젖어 있었다.

제33장

제34장

뉴랜드 아처는 이스트 39번가(街)의 그의 집 서재에서 책상 앞에 앉아 있었다.

그는 메트로폴리탄 미술관의 새 전시실 개막 축하 공식 리셉션에서 막 돌아온 길이었다. 고대 유물로 가득 찬 전시실을 세련된 신사 숙녀들이 둘러보는 광경을 바라보고 있자니 갑자기 옛 추억이 녹슨 스프링처럼 튀어 나왔다.

서재에 앉은 그는 그 추억 속 비전들이 연상시킨 온갖 것들을 되씹고 있었다. 이 서재는 30년 이상 그의 고독한 명상과 가족 간 담소의 장 역할을 해왔다. 그는 새삼스러운 눈으로 서재를 둘러보았다.

그의 삶에서 대부분의 중요한 일들이 벌어진 곳이 바로 이 서재였다. 26년 전에 바로 이곳에서 아내가 얼굴을 붉힌 채 자신이 임신했음을 에둘러 알렸다. 바로 이곳에서 첫아들 댈러스가 아장아장 걸음마를 하며 "아빠"라고 불렀고 메이와 유모는 문 뒤에서 웃었다. 바로 이곳에서 엄마를 쏙 빼닮은 둘째 아이 메리가 레기 치버스 가의 아들들 중에 하필이면 가장 둔하지만 제일 믿음직스러운 아들과 약혼 발표를 했다. 바로 이곳에서 아처는 메리의 면사포 위에 키스를 해준 다음, 자동차를 타고 그레이스 처치로 데려다주었다. 모든 것이 뿌리째 뽑혀 정신없이 돌아가는 중에도 그레이스 처치에서의 결혼식만은 변치 않는 관행으로 남아 있었다.

바로 이 서재에서 그와 메이는 아이들의 장래에 대해 의논을 했다. 장남 댈러스와 둘째 아들 빌의 학업에 대해, 교양을 쌓는 데는 관심이 없고 온통 스포츠와 자선 활동에만 열성을 쏟는 메리의 장래에 대해, '예술'에 대해 막연한 취향을 갖고 있다가 결국 뉴욕의 전도유망한 건축 설계 사무소에 자리를 잡은, 활동적이고 호기심 많은 댈러스의 장래에 대해 의논했다.

그러나 그 무엇보다도 어느 날 올버니에서 온 뉴욕 주지사가—그는 만찬에 초대를 받았고 하룻밤 묵고 갈 작정이었다— 불끈 쥔 주먹으로 탁자를 내리치며 이렇게 말했던 곳도 바로

제34장

이 서재였다.

"망할 놈의 직업 정치꾼들! 아처 씨, 조국이 필요로 하는 것은 바로 당신 같은 사람입니다. 외양간을 깨끗이 청소하려면 당신 같은 분들이 손을 빌려주셔야 합니다."

"당신 같은 분……," 그 표현에 아처는 그 얼마나 가슴이 벅찼던지! 그런 부름이라면 언제건 떨치고 일어날 용의가 있었으니!

하지만 지난 일을 되돌아보면 자기는 그 표현에 걸맞은 사람은 아니었다. 시 의회 의원으로 1년 일하고 재선에 실패한 후 기꺼이 뒤로 물러나 개혁 성향의 주간지에 가끔 논설을 썼을 뿐 그는 적극적인 정치 활동은 하지 않았다. 그는 행동가라기보다는 천성적으로 사색가이자 딜레탕트였다. 그에게는 늘 사색의 대상이 될 만한 고상한 주제가 있었으며 기쁨을 줄 예술 작품이 있었다.

한마디로 말해 그는 이른바 '훌륭한 시민'이었다. 지난 수년 동안 뉴욕에서 자선 사업, 행정 분야, 예술 분야를 막론하고 새로운 활동이 있으면 사람들은 그의 의견을 물었고 그의 이름을 필요로 했다. 장애아 학교 개교 때도, 미술관을 개편할 때도, 새로운 클럽을 설립할 때도, 새로운 도서관을 개관하거나 새 실내악단을 구성할 때도 사람들은 "아처 씨에게 자문해 보라"고 말했다. 그는 충만한 나날을 보냈고 그 나날들은 품격 있는 일들로 채워졌다. 그는 자신의 삶을 남자라면 누구나 추구해볼 만한 삶이라고 여겼다.

그러나 그는 자신이 그 무언가 놓친 것이 있음을 알고 있었다. 바로 '삶의 꽃'이었다. 하지만 이제 그는 그것을 손에 넣을 수 없던 일, 있을 법하지 않던 일로 생각했고 그렇기에 그에 대해 불평하는 것은 마치 복권에서 1등에 당첨되지 못했다고 한숨짓는 것과 마찬가지라고 여겼다. 수백만 개의 복권이 있었고 1등은 단 하나였다. 그리고 그에게는 그것을 잡을 행운이 없었던 것이 분명했다.

엘렌 올렌스카를 생각하면 책이나 그림 속에서 볼 수 있는 상상 속의 연인을 보듯 평온한 가운데 막연하게만 그 모습이 떠오를 뿐이었다. 그녀는 그가 놓친 것들을 모두 합쳐 놓은 상(像)이 되었다. 그 상은 비록 흐릿하고 미약했지만, 그 상 덕분에 그는 다른 여자 생각은 해본 적이 없었다. 그는 이른바 충실한 남편이었고 아내가 막내를 간호하다 옮은 폐렴으로 갑자기 죽었을 때도 그는 진심으로 슬퍼했다. 그녀와 함께 오랜 세월 지내다 보니, 결혼이 비록 따분한 의무에 불과할지라도, 그 의무의 존엄성이 유지되는 한 그런 것은 별로 중요한 문제가 아니

제34장

라는 것을 그는 알 수 있었다. 그는 자신의 주변을 둘러보며 자신의 과거에 경의를 표하는 한편, 애도하기도 했다. 어쨌든 흘러간 옛날은 좋았다.

그는 서재를 한 바퀴 빙 둘러보다가 탁자 위에 놓여 있는 메이의 첫 번째 사진으로 눈길을 돌렸다. 한 번도 치우겠다는 생각을 해본 적이 없는 사진이었다.

큰 키에 봉긋한 가슴을 한, 날씬한 모습의 그녀가 거기에 있었다. 그가 선교사 정원 오렌지 나무 아래에서 보았던, 빳빳이 풀 먹인 모슬린 옷을 입고 펄럭이는 밀짚모자를 쓰고 있던 모습 그대로였다. 그녀는 그가 그날 보았던 모습 그대로 남아 있었다. 더 높이 올라가지도 않았고 더 내려가지도 않았다. 그녀는 너그럽고 충실했으며 지칠 줄 몰랐다. 하지만 상상력이 부족했고 성장을 멈추고 있었기에 젊은 시절의 세상이 와해되고 재건되어도 그녀는 그러한 변화를 알아채지 못했다. 이 견고하면서도 해맑은 맹목성 덕분에 그녀의 코앞의 세계는 늘 변하지 않은 모습 그대로였다. 그녀가 세상 변화를 전혀 인식하지 못했기에 자식들은 엄마 앞에서 자신들의 견해를 감추었고 아처도 마찬가지였다. 집안에는 처음부터 일종의 순수한 가족적 위선, 허식이 존재했고 아버지와 자식들은 암묵적으로 협력했다.

메이는 세상이 자기 집처럼 사랑스럽고 조화로운 가족들로 가득 찬 행복한 곳이라고 믿으며 죽었다. 그녀는 무슨 일이 일어나더라도 아들들이 아버지의 가르침을 받아들여 그 원칙을 지킬 것이라고 믿었으며 딸 메리를 자신의 분신이라고 믿었기에 마음 편하게 눈을 감았다.

전화가 울렸다. 아처는 사진으로부터 눈을 돌려 옆에 있는 수화기를 들었다. 제복을 입은 사환의 두 다리가 뉴욕의 유일한 긴급 연락 수단이었던 때에 비해 지금은 그 얼마나 멀리 와 있는 것인가!

"시카고에서 온 전화입니다." 전화 교환원이 말했다.

그렇다, 아들 댈러스에게서 온 장거리 전화임이 분명했다. 아들은 어느 젊은 백만장자의 레이크사이드 대저택 설계 건으로 시카고에 출장 중이었다. 회사에서는 그런 중요한 일에는 늘 댈러스를 보냈다.

"여보세요. ……아버지, 저 댈러스예요. 수요일에 배를 타면 어떻겠어요? 모리타니아호예요. 네, 다음 주 수요일이요. 고객이 이탈리아 정원들을 좀 둘러본 다음 결정하는 게 어떻겠냐고 해서요. 그러면서 당장 다음 배에 오르라는 거예요. 저는 6월 1일까지는 돌아와야 해요." 댈러스의 목소리가 유쾌한 웃음으

제34장

로 바뀌었다. "그래야 우리가 무사할 수 있을 거잖아요, 하하. 아빠, 도와주세요. 제발 같이 가요."

댈러스는 호텔 방에서 전화를 하고 있는 것 같았다. 아들의 목소리가 더없이 자연스럽게 들렸다. 수화기에서 아들의 목소리가 계속 들렸다.

"무슨 일이 있어도 6월 1일에는 돌아와야 하잖아요. 패니 보퍼트와 제가 5일에 결혼식을 올릴 거니까요. 생각해보시겠다고요? 안 돼요, 아버지. 지금 당장 결정해주셔야 해요. …… 그럼 결정하신 걸로 알겠어요. 내일 아침에 큐나드 선박 회사에 전화부터 해주세요. 마르세유에서 돌아오는 배를 예약하시는 게 좋을 거예요. 아버지, 우리가 이런 식으로 함께 지낼 수 있는 마지막 기회가 될 거예요. …… 네, 좋아요! 그렇게 알고 있겠어요."

아들과의 통화가 끝나자 아처는 서재 안을 이리저리 거닐기 시작했다.

이런 식으로 지낼 수 있는 마지막 기회가 될 것이다……. 아들의 말이 맞았다. 물론 아들이 결혼한다고 해도 아들 부부와 계속 사이좋게 지낼 것은 분명했다. 하지만 변화는 변화이고, 달라지는 것은 달라지는 것이다. 며느릿감도 마음에 들었지만, 아들과 단둘이 있을 수 있는 마지막 기회를 뿌리치기는 어려웠다.

여행하는 습관을 잃어버렸다는 이유 말고는 이 기회를 포기해야 할 이유는 아무것도 없었다. 신혼여행 때 이미 알았지만, 메이가 여행을 별로 즐기지 않았기에 아처도 덩달아 여행을 별로 하지 않았다. 거의 2년 전쯤에 메이가 죽은 후로는 여행을 마다할 이유가 사라졌다. 아이들은 여행을 가자고 졸라댔다. 그러나 아처는 어느새 습관과 기억에 꽉 매인 몸이 되어 뭔가 새로운 일에는 화들짝 놀라며 움츠러들었다.

이제 과거를 되돌아보니 아처는 자신이 그 얼마나 관습에 깊이 빠져 있는가를 알게 되었다. 자신에게 주어진 의무를 다한다는 것의 가장 나쁜 점은 그 밖의 다른 일을 하기에는 아주 부적합한 사람이 된다는 것이었다. 적어도 그의 세대 사람들이 지닌 관점은 그러했다. 옳은 것과 그른 것, 정직과 부정직, 존경할 만한 것과 그렇지 못한 것 사이의 구분이 너무 분명해서 예측할 수 없는 것이 존재할 여지가 거의 없었다. 그러나 둘러싸인 환경에 지나치게 억눌려 있던 상상력이 갑자기 일상 수준을 넘어 용솟음칠 때가, 그리하여 기나긴 운명의 굽이굽이를 살펴보게 될 때가 있는 법이다. 아처는 지금 그 상상력에 매달려 의아해하고 있었다.

그가 성장해온 작은 세계에서 과연 남은 것이 무엇이란 말인가? 대체 누구의 기준이 그를 억누르고 속박해 왔단 말인가? 아처는 바로 이 방에서 오래전에 로렌스 레퍼츠가 예언하듯 비웃으며 했던 말을 떠올렸다.

"이런 식으로 된다면 우리 아이들은 보퍼츠의 사생아와 결혼하게 될 거야."

그런데 그의 평생의 자랑거리인 그의 맏아들이 바로 그렇게 되었다. 하지만 그 누구도 의아하게 생각하지 않았고 비난하지 않았다. 세상사를 노처녀 시절과 똑같은 눈으로 보고 있는 딸아이의 고모 제이니조차도 그동안 간직해온 어머니의 에메랄드와 작은 진주알을 미래의 신부인 패니 보퍼트에게 떨리는 손으로 직접 전해주었다.

부모가 세상을 떠난 후 열여덟 살에 뉴욕에 나타난 패니 보퍼트는, 30년 전 올렌스카 부인이 뉴욕을 사로잡았던 것처럼 뉴욕을 사로잡았다. 다만 뉴욕 사교계가 그녀를 의심스러운 눈초리로 보거나 두려워하는 대신 기꺼이 맞아들였다는 것이 달랐다. 그녀는 예뻤고 쾌활한 데다 교양이 있었다. 더 이상 무엇을 바라겠는가? 아무도 편협하게, 케케묵은 그녀 아버지의 과거라든가 그녀의 출신 성분을 끄집어내어 그녀를 꺼리는 짓을 하지 않았다. 나이가 든 사람들 정도만 그녀 아버지 보퍼트의 파산에 대해, 아내가 죽자 보퍼트가 평판이 좋지 않았던 패니 링과 재혼한 후, 새 아내와 그녀의 미모를 물려받은 어린 딸과 함께 미국을 떠났던 일에 대해 희미하게 기억하고 있을 뿐이었다. 나중에 들려온 소식에 의하면 보퍼트는 콘스탄티노플에 있다가 러시아로 건너갔다. 십여 년 후 아르헨티나를 방문했던 여행객들은 부에노스아이레스에서 보험 중개소를 크게 차린 보퍼트에게서 극진한 환대를 받았다는 소식을 전했다. 보퍼트와 그의 아내는 그곳에서 유복하게 지내다가 생을 마감했다. 그리고 어느 날 고아가 된 그들의 딸이 뉴욕에 나타났다. 메이아처의 올케인 잭 웰랜드 부인이 그녀를 거두어들였고 잭 웰랜드가 후견인이 되었다. 덕분에 패니는 뉴랜드 아처의 아이들과 거의 사촌처럼 지내게 되었고 댈러스가 그녀와의 약혼을 발표했을 때도 아무도 놀라지 않았다.

세상이 그 얼마나 숨 가쁘게 달려오며 변했는지 이보다 더 분명하게 보여주는 예는 없었다. 요즘 사람들은 너무나 바빴다. 개혁과 '무슨 무슨 운동들'에 바빴으며 유행과 물신숭배, 온갖 자질구레한 일들로 너무 바빴기에 이웃을 성가시게 하지 않았다. 사회의 모든 구성 성분들이 같은 판 위에서 빙빙 돌아가고 있는 거대한 만화경 속에서 남의 과거 따위가 뭐 그리 중요할게 있겠는가?

뉴랜드 아처는 쾌활함이 넘쳐 흐르는 파리의 거리 모습을 호텔 로비 창을 통해 바라보면서, 젊은 시절의 혼란과 열망으로 가슴이 뛰는 것을 느꼈다. 그가 아들과 함께 파리에 도착한 다음 날이었다.

그 옛날, 초조함을 견디지 못했던 몇 년 동안 아처는 자신이 파리로 떠나는 장면을 수도 없이 그려보았다. 이어서 가슴속에 품고 있는 올렌스카 부인의 영상이 흐릿해지면서 그는 파리라는 도시를 그녀의 삶이 펼쳐지는 무대로만 보려고 애썼다. 밤에 식구들이 잠자리에 들고 나서 홀로 서재에 앉아 있노라면 마로니에가 늘어선 거리, 공원의 꽃들과 조각상들, 꽃수레에서 풍겨 나오는 라일락 향기, 거대한 다리 아래로 흐르는 장엄한 강 물결, 터져버릴 듯 충만하게 흘러넘치는 예술과 학문과 쾌락의 삶이 눈부신 광채를 발하며 그의 눈앞에 펼쳐졌다. 지금 그 광경이 실제로 그의 눈앞에 찬란하게 펼쳐져 있었다. 그런데 그 광경을 바라보면서 그는 어딘가 움츠러드는 듯했고 자신이 시대에 뒤처진 듯 여겨졌으며 그 광경과 어울리지 않는 듯 느껴졌다. 자신이 한때 꿈꾸었던 미래의 자신의 모습, 거칠 것

없이 당당한 그 인물과 비교하면 자신은 단지 백발의 미미한 존재에 불과했으니…….

"아버지, 내려와 계셨네요." 댈러스가 활기차게 그의 어깨에 손을 얹으며 말했다. "근사하지요? 그렇죠?"

그들은 잠시 말없이 창밖을 내다보며 서 있었다. 아들이 다시 입을 열었다.

"암튼 아버지께 전해드릴 말씀이 있어요. 올렌스카 백작 부인이 5시 반에 우리를 만나고 싶으시대요."

댈러스는 내일 아침 그들이 타게 될 피렌체 행 열차 시각 같은 일상적인 정보를 전하듯이 가볍게 말했다. 아처는 아들을 바라보았다. 아들의 쾌활한 눈에서 그의 증조할머니 밍고트 노부인의 눈에서 볼 수 있었던 심술이 번득이는 것 같다고 그는 생각했다.

"아. 제가 말씀 안 드렸나요?" 댈러스가 계속했다. "파리에 있는 동안 세 가지 일을 꼭 하라고 패니가 신신당부했어요. 드뷔시의 최신 악보를 구하는 거랑 '그랑기뇰'(19세기 말 프랑스 파리에서 유행한 살인이나 폭동 따위를 다룬 전율적인 연극-옮긴이 주)을 보러 가라는 것, 그리고 올렌스카 부인을 만나라는 거였어요. 전에 패니가 파리에 왔을 때 올렌스카 부인이 패니에게 정말 잘해주셨대요. 돌아가신 장인어른이 성모 승천 축일에 맞춰 패니를 부에노스아이레스에서 보내주신 거래요. 패니는 파리에 아는 사람이 한 명도 없었는데 올렌스카 부인이 정말 친절하게 맞아주었고 휴일에는 늘 함께 다녔대요. 게다가 그분은 우리 친척이기도 하잖아요. 오늘 아침 방에서 나오기 전에 전화를 드렸어요. 아버지랑 제가 이틀 동안 이곳에 머물 것이라고, 그동안 만나뵙고 싶다고 말씀드렸죠."

아처는 계속 아들을 빤히 쳐다보았다.

"내가 여기 있다고 말했다고?"

"그럼요. 안 될 게 뭐 있나요?" 댈러스가 묘하게 눈썹을 치켜떴다. 그러더니 대답도 기다리지 않고 아버지의 팔에 슬쩍 팔짱을 끼더니 은근히 압박을 가하면서 말했다.

"그런데요, 아버지, 어떤 분이셨어요?"

아들의 태연자약한 시선을 받고 그의 얼굴이 확 달아올랐다.

"자, 솔직히 털어놓으세요. 두 분 사이가 보통이 아니셨죠? 정말 아름다우셨나요?"

"아름다웠냐고? 모르겠다. 그녀는 달랐어."

"아……, 그거였군요! 언제나 그렇게 시작되는 거잖아요. 그렇지요? 척 보기에도 그녀는 다르다……. 왜 그런지는 모르겠지만……. 패니한테서 제가 느낀 감정이 바로 그런 거였어요."

아버지가 뒤로 한 발짝 물러나며 팔을 풀었다.

"패니에게? 하지만 얘야……, 그래, 당연히 그래야겠지! 다만 나는……."

"아이, 참, 아버지도…… 뭐 그렇게 구식처럼 그러세요! 그분이…… 한때는…… 아버지의 패니 아니었어요?"

"나의 패니?"

"맞아요. 그녀를 위해서라면 모든 것을 내팽개칠, 그런 여자 말이에요."

갈수록 놀라운 아들의 말이었다.

"나는 그러지 않았다." 아처가 약간은 근엄하게 말했다.

"맞아요. 벌써 오래전 일이니까요. 그때만 해도……. 하지만 어머니 말씀이……."

"어머니?"

"네. 돌아가시기 전날 말씀해주셨어요. 저만 곁으로 부르셨을 때……. 기억나시죠? 아버지가 계시는 한 우리는 안전할 거라고 말씀하셨어요. 앞으로도 늘 그럴 거라고……. 그러면서, 아버지는 어머니의 청에 따라 가장 원하던 것을 포기하신 분이니까, 라고 말씀하셨어요."

제34장

409

아처는 이 이상한 전언(傳言)을 말없이 듣고만 있었다. 그는 멍한 표정으로 창문을 통해 들어온 네모난 햇살에 눈길을 고정한 채 서 있었다. 마침내 그가 입을 열고 낮은 목소리로 말했다.

"네 어머니는 내게 무언가를 청한 적이 한 번도 없었다."

"맞아요, 제가 깜빡했네요. 두 분은 서로에게 뭔가 요청하신 적이 한 번도 없지요? 그렇지요? 실은 이야기를 나눈 적도 없으시잖아요. 그저 말없이 마주 보고 앉아서 바라보시기만 했지요. 그러면서 그 속에 무슨 생각이 오가는지 짐작만 하셨고…… 정말, 귀머거리와 벙어리 수용소 같았다니까요! 하지만 아버지 세대 분들은 서로의 속마음을 아주 잘 알고 있었다고 생각해요. 우리는 아무리 애써도 자기 마음이 어떤 건지도 잘 모르는 데 비해서 말이에요. 저…… 아버지."

댈러스가 잠시 말을 끊었다.

"아버지, 제게 화나신 건 아니지요? 화나셨다면 푸시고 앙리 레스토랑에 가서 점심 먹어요. 그런 다음 서둘러 베르사유에 가봐야 하잖아요."

아처는 아들과 함께 베르사유에 가지 않았다. 그는 혼자 파리 거리를 어슬렁거리며 오후를 보내고 싶었다. 어정쩡하기만 했던 자신의 한평생 속에 억눌려 있던 회한들과 숨 막히는 기억들을 한꺼번에 감당해 내야만 했다.

그렇게 생각에 잠긴 채 얼마간 시간이 흐르자, 그는 댈러스가 경솔했던 것이 유감스럽게 여겨지지 않았다. 누군가가 자신의 속을 헤아리고 자신을 동정했다니……. 마치 가슴을 옥죄고 있던, 쇠로 만든 띠가 벗겨진 것 같았다. 게다가 그 사람이 아내였다니……. 그는 감동했다. 정이 많아 남의 속마음을 헤아릴 줄 아는 댈러스였지만 그런 것을 이해하지는 못했을 것이다. 젊은 애에게 그 이야기는 헛된 좌절에 관한, 낭비해버린 힘에 관한, 애처로운 일화에 불과할 것이다. 하지만 정말 그뿐이었던가? 아처는 오랫동안 샹젤리제 거리의 벤치에 앉아 곰곰이 생각했다. 삶이 그렇게 흘러가는 동안 무슨 일이 있었던 것인가…….

얼마 떨어지지 않은 곳에서, 몇 시간 남겨 놓지 않은 채, 엘렌 올렌스카가 기다리고 있다. 그녀는 남편에게로 돌아가지 않았다. 그리고 몇 년 전 남편이 죽고 나서도 삶의 방식을 조금도 바꾸지 않았다. 이제 그녀와 아처를 갈라놓는 것은 아무것도 없었다. 그리고 저녁에는 그녀를 만날 것이다.

그는 벤치에서 일어나 콩코르드 광장과 튈르리 정원을 가로질러 루브르로 갔다. 그녀가 그곳에 자주 간다고 말한 적이 있었고 그는 남은 시간을 그녀가 최근에 있었을지도 모를 그곳에서 보내고 싶었다. 그는 한 시간 남짓 전시실을 이리저리 돌아다녔다. 그림들이 저마다 반쯤 잊힌 광휘를 내뿜었고 기나긴 아름다움의 여운으로 그의 영혼을 채웠다. 그렇다, 그의 삶은 채워지지 않는 갈증으로 너무 목말라 했던 것이니…….

티티아노의 눈부신 작품 앞에서 그는 자신도 모르게 중얼거렸다.

"나는 이제 겨우 쉰일곱일 뿐인데……."

그는 발길을 돌렸다. 그런 '한여름 밤의 꿈'을 꾸기에는 너무 늦었다. 하지만 그녀 가까이에서, 복된 침묵 속에서, 우정을 나누기에는 늦지 않았으리라.

그는 댈러스와 만나기로 약속한 호텔로 돌아갔다. 호텔에서 만난 두 사람은 콩코르드 광장을 가로지른 다음 국회 의사당으로 향하는 다리를 건넜다. 아들은 베르사유에 대해 쉴 새 없이 떠들었지만 아처는 내내 생각에 잠겨 있었다.

그들은 거대한 나무들이 심겨 있는 앵발리드 광장으로 들어서고 있었다. 아처는 올렌스카 부인이 앵발리드로부터 뻗어 나온 거리 중 하나와 인접한 광장 근처에 살고 있다는 것을 알고 있었다. 그는 그녀가 살고 있는 곳을 조용하고 어두컴컴한 곳으로 늘 상상해 왔다. 저 앵발리드처럼 그 중심에서 환하게 빛나고 있는 광휘는 잊고 있었던 것이다. 그런데 지금, 그 무언가 기묘한 연상 작용을 통해 앵발리드 지붕의 황금빛이 그녀가 살고 있는 곳까지 퍼져 나갔다. 근 30년간 그녀는—그는 이상하게도 그녀의 그간의 삶에 대해 거의 아는 것이 없었다—이렇게 풍요로운 환경 속에서 지내온 것이다. 그는 이미 그 환경이 그의 폐에 너무 진하고 너무 자극적이라는 것을 느끼고 있었다. 그는 그녀가 갔음 직한 극장들, 그녀가 보았음이 분명한 그림들, 그녀가 자주 찾아갔을 소박하면서도 화려한 옛 건물들, 그녀가 함께 이야기를 나누었음직한 사람들을 생각했고 이어서 그 사람들과 사교적인 매너로 그녀가 나누었을 생각, 이야깃거리 등을 연달아 떠올랐다.

아처는 거의 30년 동안 리비에르 씨를 만난 적이 없었고 그에 관한 이야기를 들은 적도 없었다. 아처가 올렌스카 부인의 생활에 대해 그 얼마나 아는 것이 없었는지는 그 사실만으로도 미루어 짐작이 가능했다. 생애의 반 정도를 그들은 갈라져 살았고 그녀는 그 기나긴 세월을 그가 모르는 사람들과 어울리며, 그가 어렴풋이 짐작 정도나 할 수 있는 사회에서, 그가 결코 완전히 이해할 수 없는 상황 속에서 지냈다. 그리고 그는 그동안 젊은 시절의 그녀에 대한 추억과 함께 살았다. 하지만 그녀에게는 분명히 다른 친구들, 보다 실질적이고 현실적인 친구들이 있었으리라. 어쩌면 그녀도 어딘가 한구석에 그에 대한 추억을 간직하고 있을지도 모른다. 하지만 설혹 그렇다 할지라도 그것은 작은 예배당 어둑어둑한 곳에 놓여 있는 유물 같은 것이었으리라. 그리고 매일 그곳에서 기도할 시간도 없었으리라…….

그들은 앵발리드 광장을 가로질러 건물 옆 도로를 따라 걸어 내려갔다. 화려하고 유서가 깊다 해도 어쨌든 조용한 거리였다. 부드러운 햇살에 물든 아지랑이 속으로 하루가 저물어 가고 있었고 여기저기서 노란 가로등이 빛을 발하고 있었다. 그들이 접어든 작은 광장에는 인적이 드물었다. 댈러스가 걸음을 멈추고 위를 올려다보았다.

"여기가 맞을 거예요." 그가 아버지의 팔짱을 끼며 말했다. 그들은 나란히 서서 그 집을 올려다보았다.

별로 특징이 없는 현대식 건물이었다. 창문이 많았으며 크림색의 널찍한 정면에는 쾌적해 보이는 발코니가 있었다.

"몇 층이더라?……" 댈러스가 고개를 갸웃거렸다. 그가 건물 입구 수위실로 가더니 고개를 들이밀고 물은 다음 돌아와 말했다.

"5층이래요. 차양이 쳐진 층일 거예요."

아처는 마치 순례 목적지에 도달한 듯 위쪽 창문을 바라보며 꼼짝도 하지 않았다.

"아버지, 보세요, 6시가 다 됐어요."

아버지는 나무 아래 비어 있는 벤치로 눈길을 돌렸다.

"저기 잠시 앉아 있어야 할 것 같구나." 그가 말했다.

"아니, 왜요? 어디 편찮으세요?" 아들이 외쳤다.

"아니, 멀쩡해. 하지만 너 혼자 올라갈 수 없겠니."

댈러스가 당황한 듯 말했다.

"아니, 아버지. 올라가지 않으시겠다는 말씀이세요?"

"모르겠다." 아처가 느릿느릿 말했다.

"올라가지 않으시면 부인이 영문을 몰라 하실 텐데요."

"얘야, 먼저 올라가려무나. 뒤따라가마."

댈러스는 어스름 속에서 그를 한참 바라보았다.

"도대체 부인에게 뭐라고 말씀드리지요?"

"얘야, 넌 언제나 해야 할 말을 척척 찾지 않니?" 아버지가 웃으며 대답했다.

"알았어요. 아버지가 구식이라서 그렇다고 말씀드릴게요. 승강기가 싫어서 5층까지 걸어오신다고요."

아버지가 다시 웃었다.

"내가 구식이라고만 말씀드려. 그걸로 충분해."

댈러스는 아버지를 다시 한번 바라보더니 믿을 수 없다는 몸짓을 한 후 둥근 출입구 아래로 사라졌다.

아처는 벤치에 앉아 차양이 쳐진 발코니를 계속 응시했다. 그는 아들이 승강기를 타고 5층에 이르러, 초인종을 누르고 복도로 들어선 다음 거실로 안내될 때까지 걸릴 시간을 계산해보았다. 그는 댈러스가 자신에 찬 걸음걸이로 밝은 미소를 띤 채 방으로 들어가는 모습을 그려보면서 "아들이 아버지를 쏙 빼닮았다"라는 사람들의 말이 과연 옳은지 자문해보았다.

그는 먼저 방에 와 있을 사람들의 모습을 애써 그려보았다. 시각이 시각인 만큼 한두 사람은 와 있을 것이다. 그들 가운데 한 여자가, 검은 머리에 창백하고 가무잡잡한 부인이 재빨리 아들을 올려다보며 몸을 반쯤 일으킨 채 반지 세 개를 낀 가늘고 긴 손을 내밀 것이다……. 그녀는 난롯가 가까이 소파에 앉아 있을 것이고 그녀 뒤편 탁자 위에는 진달래꽃들이 줄지어 놓여 있으리라.

"올라가는 것보다는 여기 있는 게 더 현실적이야." 그는 갑자기 중얼거렸다. 그는 시간이 흐를수록 현실의 마지막 그림자가 흐려질까 두려운 듯 그 자리에 꼼짝하지 않고 앉아 있었다.

그는 발코니로부터 시선을 돌리지 않은 채, 점차 땅거미가 짙게 내려앉는 가운데 꽤 오랫동안 그곳에 앉아 있었다. 이윽고 창문을 통해 불빛이 보이더니 잠시 후 하인이 발코니로 나와 차양을 내리고 덧문을 닫았다.

그러자 뉴랜드 아처는 마치 기다리고 있던 신호를 보기라도 한 듯, 천천히 몸을 일으키더니 호텔을 향하여 혼자 걸어갔다.

제34장

『순수의 시대』를 찾아서

내가 아주 좋아하는 미국의 마틴 스콜세이지 감독은 뉴욕을 무대로 해서 대부분 영화를 만들었다. 그래서 그를 헐리우드파가 아니라 뉴욕파 감독이라 부른다. 그는 뉴욕을 탐구하고 뉴욕을 탐험한 감독이다. 그중 널리 알려진 영화는 레오나르도 디 카프리오와 다니엘 데이 루이스가 주연을 맡은 『갱스 오브 뉴욕』이고 독특한 다른 한 편은 다니엘 데이 루이스, 미셸 파이퍼, 위노나 라이더가 주연을 맡은 『순수의 시대』이다. 메이 웰랜드(혹은 메이 아처) 역을 맡은 위노나 라이더가 이 작품으로 아카데미영화제와 골든 글로브 여우 조연상을 수상했지만, 실은 주연에 버금가는 조연이라고 해도 될 것이다. 영화의 스토리가 아무래도 뉴랜드 아처(다니엘 데이 루이스 분)와 엘렌 올렌스카(미셸 파이퍼 분) 사이의 '이루어질 수 없는 사랑'을 중심으로 전개되다 보니 위노나 라이더가 조연상을 수상했지만, 내가 보기에 메이 웰랜드는 소설 『순수의 시대』에서 그들 두 명 못지않은 핵심 주인공이다. 메이는 『순수의 시대』라는 제목의 소설에서 '순수'의 상징으로 등장하는 인물인 만큼 어떤 의미에서는 더 중요한 인물이라고 할 수도 있을 것이다.

『갱스 오브 뉴욕』과 『순수의 시대』 두 편의 영화를 아무런 사전 지식 없이 감상하면 도저히 같은 도시에서 비슷한 시기에 벌어진 일이라고 보기 어렵다. 그러나 두 작품 모두 19세기 중반의 뉴욕을 무대로 하고 있고, 엄연한 역사적 사실을 소재로 하고 있다. 『갱스 오브 뉴욕』은 뉴욕 최고의 슬럼가이지 위험한 거리인 '파이브 포인츠'를 무대로, 그곳에서 이미 세력을 잡고 있던 원주민과 새로 유입되기 시작한 아일랜드계 이민자들 간의 피비린내 나는 싸움을 소재로 한 영화이다. 반면에 『순수의 시대』는 뉴욕 최상류층의 삶을 소재로 하고 있다. 『갱스 오브 뉴욕』에는 『순수의 시대』에서의 삶의 모습이 끼어들 틈이 없고 반대로 『순수의 시대』에는 『갱스 오브 뉴욕』의 그림자조차 얼씬거리지 않는다. 둘은 그렇게 철저하게 단절되어 있다. 사기, 도박, 살인, 매춘이 난무하는 『갱스 오브 뉴욕』의 파이브 포인

츠와 뉴욕의 번영을 상징하는 월 스트리트 지구와 브로드웨이
는 서로 인접해 있으면서도 완벽하게 단절된 서로 다른 두 세
계이다.

『순수의 시대』속의 인물들은 안정되어 있고 세련된 행동을
하며 정체되어 있다. 반대로『갱스 오브 뉴욕』의 뉴욕은 꿈틀거
리고 야성적이다. 그러나 그렇게 완벽하게 단절된 두 세계 모
두 뉴욕의 모습이며 오늘날의 뉴욕을 형성하고 있는 바탕이다.
마틴 스콜세이지 감독은 그 점을 강조하기 위해 각기 다른 성
격의 두 뉴욕 영화를 만들었는지도 모른다. 어떻게 비슷한 시
기에 그렇게 다른 두 모습이 한 도시에 공존할 수 있었는지 이
해하려면 뉴욕의 역사를 잠깐이나마 훑어보아야 한다.『순수의
시대』만을 읽고 19세기 중반의 뉴욕이라는 도시를 그린다면
상당히 왜곡된 부분적인 모습이 될 수밖에 없기 때문이다.

뉴욕의 애초 이름은 뉴암스테르담이었다. 17세기 초 네덜란
드가 이 지역을 점령하고 식민지로 삼은 후 붙인 이름이다. 이
곳을 점령한 네덜란드인들은 1653년 인디언의 침입을 막기 위
해 성벽(wall)을 쌓았다. 오늘날 뉴욕의 중심이 된 월 스트리트
는 바로 그 성벽에서 유래한 것이다. 이후 월 스트리트는 지금
처럼 증권 거래의 중심지로 발전한다.『순수의 시대』에서 뉴욕

최상류층에 자리 잡고 있는 밴 더 레이든가(家)는 네덜란드계이며, 헨리 밴 더 루이든 씨가 여전히 퍼트룬(네덜란드 통치 때 뉴욕주 및 뉴저지주에서 영주로서의 특권을 지니고 있었던 지주)으로 군림하고 있었던 것은 그러한 역사의 흔적이다.

1664년 영국이 뉴암스테르담을 점령하고 제임스 2세(요크 경)의 이름을 빌려 뉴욕으로 명칭을 변경했다. 1673년 네덜란드가 잠시 뉴욕을 탈환하고 도시 이름이 '뉴오렌지'가 되지만 2차 네덜란드-영국 전쟁의 결과 완전히 영국 손으로 넘어간다. 이후 미국에서 독립전쟁이 벌어지고 1783년 영국은 뉴욕에서 철수하며 조지 워싱턴이 영국이 철수한 도시를 점령한다. 이어서 뉴욕은 미국의 첫 번째 수도가 되었고 미국의 정치·경제 중심지로 성장했다.

맨해튼, 특히 5번가(街)를 중심으로 초기 정착자들이 뉴욕을 미국의 중심으로 발전시켜 나가는 동안 유럽에서는 계속 이민자들이 흘러들어온다. 그리고 유럽인의 미국 이민사의 획기적인 분기점을 이룰 재난이 유럽 대륙에서 발생하니 바로 아일랜드의 감자 대기근 사건이다. 1840년대 중엽부터 말까지 아일랜드를 휩쓴 감자 대기근은 17세기 종교 전쟁과 제1차 세계대전 사이에 유럽에서 벌어진 가장 참혹한 비극이다. 병충해로

인한 감자 작황의 실패로 아일랜드 인 100만 명이 죽었으며 대량의 인구 탈출로 이어졌다. 그들은 대부분 아메리카로 건너갔으며 그 수는 100만 명이 훌쩍 넘었다. 그중 많은 사람이 뉴욕으로 건너갔으며 1860년에는 뉴욕으로 건너온 아일랜드인이 20만 명을 넘어 뉴욕 인구 네 명 중 한 명은 아일랜드인이었다. 영화 『갱스 오브 뉴욕』은 당시 이미 터를 잡고 있던 이민자들과 아일랜드 이민자들 간의 뉴욕 슬럼가 세력 다툼을 그린 작품이다. 참고로 덧붙인다면 아일랜드 이민자는 미국 민주당을 지원했고, 이후 중요한 정치 세력이 된다. 그렇다면 뉴욕은, 더나가 미국은 『순수의 시대』의 최상류층이 만든 나라인가, 아니면 『갱스 오브 뉴욕』의 평민, 혹은 하층민이 만든 나라인가? 그냥 질문으로 그치기로 하자. 범박하게 말한다면 그 두 얼굴이 모두 미국의 모습이다.

그러한 사전 지식을 바탕으로 『순수의 시대』를 읽으면 이 작품의 배경이 되고 있는 뉴욕 '최상류층'의 모습을 좀 더 정확하게 이해할 수 있다. 당시의 뉴욕 '최상류층'은 이미 오랜 역사를 통해 자리를 잡은 귀족층이나 상류층이 아니다. 작품에서 뉴랜드 아처의 어머니 아처 부인은 다음과 같이 말한다.

"쓰레기 같은 요즘 신문들이 뉴욕 귀족에 대해 이러쿵저러쿵 떠드는 말을 내 앞에서 입 밖에도 꺼내지 마라. 정말로 귀족다운 집안에는 밍고트가도 맨슨가도 낄 수 없어. 뉴랜드가도, 치버스가도 아니야. 우리의 선조들은 그저 존경할 만한 영국이나 네덜란드 상인일 뿐이야. 한몫 잡으려고 식민지로 건너왔다가 일이 잘 풀려서 주저앉은 분들이지. 물론 조상들 중에는 독립선언문에 서명하신 분도 있고, 워싱턴 참모부의 장군으로 활약한 분도 있어. 자랑할 만한 일임이 분명하지. 그렇지만 신분이나 계급과는 아무 상관이 없어. 뉴욕이란 도시는 언제나 상업 공동체였거든. 뉴욕에서 진정한 의미에서 귀족 혈통이라고 선언할 수 있는 가문은 딱 셋밖에 없어." (66쪽)

다시 말하자. 당시의 뉴욕은 자리를 잡아가고 있는 중의 도시이고 역동적인 변화의 와중에 있는 도시이다. 게다가 1861년에는 미국에서 남북 전쟁까지 일어났다. 한 마디로 『순수의 시대』의 역사적 배경은 엄청난 격동기이다. 그런데 작품 속의 등장인물들은 그 격동의 밖에 있다. 역사적 현실을 고려할 때 그들의 삶은 안온한 액자 속에 담겨 있는 것과 같다.

그렇기에 역설적이게도 작품 속 상류층의 삶은 부자연스러울 정도로 가식적이다. 그들은 유럽 귀족들보다 더 보수적이고, 더 속물적이다. 졸부가 부자연스러울 정도로 더 부자 흉내를 내는 법인 것과 같은 이치이다. 그들은 유럽 귀족들보다 더 강하게 인습과 허례에 매달린다. 그리고 작품에서 그들의 그런 모습은 '순수'라는 이름표를 달고 있으며 메이 웰랜드는 바로 그런 순수의 상징이다. 그녀에 대한 묘사가 나올 때마다 그녀가 얼마나 그러한 관습의 포로이며 시대 변화에 무관한 존재인지 강조되며, 그녀는 그 모습 그대로 세상을 떠난다. 조금도 '순수함'이 훼손되지 않은 존재로 살아가다가 그런 존재로 생을 마감하는 것이다.

아처는 아직 미모가 남아 있는 웰랜드 부인의 모습에서 미래의 메이 모습을 보는 것 같아 씁쓸했다. 아! 안 된다. 메이가 저런 종류의 순수에 빠지면 안 된다. 상상력과 경험을 꽁꽁 봉해버린 마음속에 또아리 튼 저 순수! (179쪽)

어쩌면 그렇게 무심할 수 있는 능력 덕분에 그녀의 눈이 투명하게 빛나는 것이며 그녀의 얼굴에서 개성보다는 그 어떤 전형을 느끼게 되는 것이리라. 그녀는 마치 '시민의 여신'이나 '그리스 여신'의 모델로 선택받은 것 같았다. 그녀의 맑은 피부 밑에 흐르는 피는 파괴적 요소는 전혀 품지 않은 보존의 피일 것 같았다. 그리고 파괴할 수 없는 그녀의 젊음 덕분에 그녀의 표정은 냉혹함이나 우둔함과는 거리가 멀었고, 원초적이었으며 순수했다. (226쪽)

사실 메이는 모든 면에서 완벽했다. 그녀는 평화와 안정과 우정의 상징이었으며 떨쳐버릴 수 없는 확고한 의무감의 상징이었다. (……) 뉴욕에서 가장 아름답고 인기 있는 젊은 여자의 남편으로 살아간다는 것은 분명 만족스럽기 그지없는 일이었다. 게다가 그녀가 부드러운 마음씨의 소유자인 데다 분별력이 있었으니 더 말할 것도 없었다. (242~243쪽)

그녀는 그가 그날 보았던 모습 그대로 남아 있었다. 더 높이 올라가지도 않았고 더 내려가지도 않았다. 그녀는 너그럽고 충실했으며 지칠 줄 몰랐다. 하지만 상상력이 부족했고 성장을 멈추고 있었기에 젊은 시절의 세상이

와해되고 재건되어도 그녀는 그러한 변화를 알아채지 못
했다. 이 견고하면서도 해맑은 맹목성 덕분에 그녀의 코
앞의 세계는 늘 변하지 않은 모습 그대로였다. (……) 메
이는 세상이 자기 집처럼 사랑스럽고 조화로운 가족들로
가득 찬 행복한 곳이라고 믿으며 죽었다. 그녀는 무슨 일
이 일어나더라도 아들들이 아버지의 가르침을 받아들여
그 원칙을 지킬 것이라고 믿었으며 딸 메리를 자신의 분
신이라고 믿었기에 마음 편하게 눈을 감았다. (399~400쪽)

그렇게 스테레오 타입으로 굳어진 그녀에게 놀라운 점이 하
나 숨어 있다. 바로 너그러움이다.

약간 통통해지기는 했지만, 운동으로 다져진 곧게 뻗은
몸매와 소녀처럼 티 없이 맑은 표정은 여전했다. 그렇다.
그녀는 여전히 순수했다. 그녀의 순수함에는, 아무런 의
심 없이 손을 꼭 잡는 어린아이의 순수함처럼 감동적인
것이 있었다. 그러자 그에게 그녀의 그 무심한 듯한 평온
함 밑에 숨어 있는 '열정적인 너그러움'이 생각났다. 그
는, 자기가 보퍼트의 무도회에서 약혼을 발표하자고 재

촉했을 때 그녀가 보였던, 이해한다는 듯한 눈빛을 떠올렸다. 그리고 선교사 정원에서 "누군가에게 옳지 못한 짓을 하고 그걸로 행복을 얻을 수는 없어요"라고 했던 그녀의 말이 귓전을 맴돌았다. 그러자 그녀에게 진실을 말해주고 그녀의 너그러움에 자신을 던져버리자는 열망이, 그렇게 해서 자유를 되찾겠다는 충동적인 열망이 그를 사로잡았다. (371~372쪽)

그녀는 그 너그러움으로 남편이 사촌 언니 엘렌과 사랑에 빠져 있다는 사실을 알고도 묵묵히 견딘다. 아니, 견디는 정도가 아니라 자신이 그 '사랑'에 대해 알고 있다는 사실조차 드러내지 않는다. 그리고 그 '사랑'에 묵묵히 맞서 '결혼'과 '가정'을 지켜낸다. 지금 사람들이라면 도무지 상상하기조차 어려운 그 너그러움은 말 그대로 '순수'하며 보수적이다. 그런 '순수함'에 나는 은근히 감동한다. 아마 내가 나이가 많이 들어서일 것이고 그만큼 내가 '보수적'이 되어서인지도 모른다. 아니면, 원초적이라고 할 정도로 순수한 그녀 모습 자체에서, 시대를 뛰어넘는 아름다움, 초월적이고 신비스러운 아름다움을 느끼기 때문인지도 모른다. 위노나 라이더가 아카데미 여우 조연상을 수상한 것은 그런 신비스러운 아름다움을 관객에게 느끼게 해주었기 때문일 것이다.

바로 그런 인습과 순수의 대척점에 존재하는 인물이 바로 엘렌 올렌스카이다. 작품에서 뉴랜드 아처가 그녀에게 반한 것은 남들과 '다른' 그 모습, 인습에서 벗어난 자유로운 그 모습 때문이다. 그렇게 보면 『순수의 시대』는 유부남과 유부녀 간의 '이루어질 수 없는 사랑'의 드라마라기보다는 '일상'과 '사랑', '인습'과 '자유'의 대립의 드라마인지도 모른다. 그녀는 자신을 백안시하는 사람들에 대해 이렇게 항거한다.

> "변두리에 산다고 이렇게 흉을 보는 도시는 처음 봤어요. 어디서 살든 무슨 상관이지요? 이 거리도 괜찮은 곳이라던데." (96쪽)

> "이곳에서는 누구도 진실을 알고 싶어 하지 않는 건가요? 진짜 외로운 건, 짐짓 꾸민 이야기만 요구하는 사람들에게 둘러싸여 사는 거예요!" (100쪽)

아처가 엘렌에게 반한 것, 그녀를 만난 후 자신이 변했다고 느끼는 것은 그녀에게서 '진짜 삶'의 모습을 보았기 때문이다. 그래서 그의 사랑을 순순히 받아들이려 하지 않는 그녀에게 그는 다음과 같이 고백에 가까운 항의를 한다.

> "당신은 내게 처음으로 진짜 삶을 엿보게 해주었소. 그러면서 동시에 당신은 가짜 삶을 살아가도록 내게 요구하고 있소. 그건 도저히 참을 수 없는 일이요. 할 말은 그뿐이오." (281쪽)

마침내 엘렌이 유럽으로 떠나고 그는 메이와 결혼하여 '인습적'인 삶을 살아간다. 그리고 그 '진짜 삶'은 그의 마음속의 일종의 성소(聖所)가 된다.

> 그 후로 둘 사이에는 더 이상 연락이 없었다. 그는 자신의 마음속에 일종의 성소(聖所)를 만들어 놓았으며 그녀는 그곳에서 그의 비밀스러운 생각, 그의 열망 한가운데 군림하고 있었다. 그리고 그 성소는 차츰차츰 그의 진정한 삶, 그의 이성적인 활동이 벌어지는 유일한 장소가 되어갔다. 그 성소에 그는 자신이 읽은 책, 자신의 자양분이

된 사유와 감정들, 그의 판단과 비전들을 갖다 놓았다. 반대로 실제 생활이 펼쳐지고 있는 그 성소 바깥의 세계는 비현실적이고 불만족스럽다는 느낌을 점점 더 강하게 주었으며 그는 이제껏 익숙해 있던 편견, 전통적인 관점들과 이리저리 충돌했다. (303쪽)

여기서 한 가지 재미있는 사실이 있다. 이디스 워튼은 『순수의 시대』를 제1차 세계대전이 끝난 후인 1919년에 집필을 시작해서 1920년에 출간한다. 그녀가 1862년생이니까 60세가 가까운 노년에 집필한 작품이다. 이 작품은 출간 이듬해인 1922년에 퓰리처상을 수상했다. 그런데 심사위원들은 '미국의 건전한 생활 분위기와 미국인들의 예의범절 및 남성적 미덕의 가장 높은 기준을 표현했다'라고 선정 이유를 밝힌다. 작품 제목만 보면 타당한 이유 같지만 작품을 읽어본 사람이라면 누구나 고개를 갸우뚱하게 만드는 선정 이유이다. 이 작품에는 1870년대 뉴욕 상류 사회의 관습과 풍속을 정밀하게 묘사한 점도 있지만 그보다는 그 모든 것에 대한 풍자와 비판이 숨어 있기 때문이다. 아마 20세기 초반의 미국 사회는 이 작품에서 보여주고 있는 상류사회의 모습을 미국의 이상으로 그리고 있었기 때문이 아니었을까 추측해 본다. 어쨌든 뉴랜드 아처의 말대로라면 진짜 삶이 아니라 가짜 삶을 잘 표현해서 상을 준 셈이니 좀 아이러니하다. 여러분은 엘렌과 함께 하는 삶, 인습에 저항해서 사랑과 자유를 찾아 떠나는 삶과 메이와 함께 하는 삶, 인습과 가정을 지키는 삶 중에 어느 삶이 진짜 삶이라고 생각하는가?

나는 아처와 메이와 엘렌의 삶 중 하나를 두드러지게 강조하거나 인습과 자유 중 한쪽 편을 들고 싶지는 않다. 이 작품에서 드러내고 있는 미국 사회의 모습은 미국 건국 정신과 연관된 '미국의 정체성' 문제를 건드리는, 쉽지 않은 문제이기 때문이다. 그리고 유럽의 자유로움, 예술, 전통을 사랑하면서 동시에 뉴욕 사회가 중시하는 전통과 관습의 힘도 무시하지 않는 엘렌 올렌스카의 태도와 선택이 어떤 의미에서는 작가가 지향하는 가장 미국적인 선택일 수도 있다는 생각을 해본다. 유럽과 미국의 삶을 모두 맛본 엘렌의 선택은 그 어느 것도 비현실적이라고 거부하지 않는 가장 성숙한 면모를 보여주기 때문이다.

"만일…… 많은 것을 포기해버린 것이 헛일이라면……
다른 사람들이 환멸과 불행에서 벗어날 수 있기 위해 한 그 일이 아무 가치 없는 일이라면…… 만일 그렇다면 이 모든 일이, 내가 이곳에서 절감했던 것들, 내가 이전에 겪었던 삶을 그토록 빈약하고 초라하게 만들었던 모든 것들이—그곳에서는 아무도 그런 건 신경 쓰지 않으니까요—전부 가짜거나 꿈에 불과할 뿐이에요." (280~281쪽)

이 소설은 끝내 이루어지지 못한 사랑의 이야기로도 읽을 수 있고, 당시의 뉴욕 상류층의 풍속과 허위의식을 풍자한 작품으로 읽을 수도 있다. 더 나가 미국이라는 나라에 대한 은유로도 읽을 수 있다. 한 가지 분명한 사실은 그런 여러 독법을 가능하게 만드는 『순수의 시대』는 시대를 뛰어넘는 명작이라는 사실이다. 그중 어느 독법을 택하느냐는 전적으로 독자의 자유이다.

이디스 워튼(Edith Wharton, 1862~1937)은 1862년 1월 24일, 유서 깊은 전통을 지닌 뉴욕의 한 가정에서 셋째 딸로 태어났다. 1866년 가족과 함께 유럽으로 이주해서 1872년까지 스페인, 이탈리아, 프랑스, 독일 등 유럽 각지를 돌아다니며 유년 시절을 보냈다. 1872년 가족과 함께 미국으로 돌아온 그녀는 정식으로 학교에 다니는 대신 가정교사로부터 교육을 받았고 아버지의 서재에서 문학, 철학, 종교 서적을 탐독했다. 그리고 16세가 되던 1878년 처음으로 시집을 출간했다. 1880년 아버지의 건강 문제로 가족이 다시 유럽으로 떠났으며 1882년 아버지가 프랑스 칸에서 사망하자 어머니와 함께 다시 미국으로 돌아왔다.

1885년 23세의 나이에 열세 살 연상의 에드워드 로빈스 워튼과 결혼한 후, 그녀는 심각한 신경쇠약을 앓았다. 불행한 결혼생활, 사회적 지위와 작가적 야심 사이의 갈등으로 인해서였다. 신경쇠약을 치료할 겸 유럽으로 여행을 떠나 여러 나라를 옮겨 다니며 생활했으며, 소설과 유럽 여러 지역의 역사, 건축, 미술에 대한 글을 썼다. 그녀는 1913년 남편과 이혼하고 1937년 파리에서 사망할 때까지 20여 년을 프랑스에서 살았다.

그사이 몇 편의 단편과 몇 권의 단편집을 출간한 이디스 워튼은 1905년 『환락의 집』을 발표하면서 베스트셀러 작가가 되었다. 그녀는 그 소설에서 뉴욕의 본질에 대한 연대기를 쓰려 했다. 『환락의 집』이 친구로 지내던 소설가 헨리 제임스를 포함한 당대 미국 문단에서 큰 환영을 받음으로써, 평단의 명성과 대중적 인기를 모두 누리는 작가로 확고한 위치에 오른 것이다.

그녀는 헨리 제임스, 싱클레어 루이스 등과 친하게 지냈으며 1914년 프랑스에 정착한 이후로는 장 콕토, 앙드레 지드 등

유명한 문인들과 교류했다. 또한 시어도어 루스벨트와도 친분을 쌓은 것으로 알려져 있다. 제1차 세계대전이 벌어지자 그녀는 프랑스 전선을 여덟 차례 방문하면서 전쟁의 참화를 묘사한 『싸우는 프랑스』를 출간했고 전쟁 구호 활동도 적극적으로 펼쳤다. 이 공로로 그녀는 레지옹 도뇌르 훈장을 받았다. 이후에도 몇 권의 소설책을 출간했으며 전쟁 후 1920년에 발표한 『순수의 시대』로 1921년 여성 최초로 퓰리처상을 수상했다. 1923년 마지막으로 미국을 방문한 그녀는 전쟁소설 『전선의 아들들』을 발표했으며 1926년에는 예술원 회원으로 선출되었다. 평생 동안 소설, 단편소설, 시, 에세이, 여행기, 회고록 등 40여 권이 넘는 책을 출간한 그녀는 병상에서까지 글을 쓴 것으로 유명하다. 그녀는 1937년 75세로 프랑스 파리에서 생을 마감했다. 그녀의 대표작으로는 『순수의 시대』 외에도 『환락의 집』(1905), 『이선 프롬』(1911), 『암초』(1912), 『여름』(1917) 등이 꼽힌다.

순수의 시대

생각하는 힘: 진형준 교수의 세계문학컬렉션 84

펴낸날	**초판 1쇄 2023년 3월 13일**
지은이	**이디스 워튼**
옮긴이	**진형준**
펴낸이	**심만수**
펴낸곳	**(주)살림출판사**
출판등록	**1989년 11월 1일 제9-210호**
주소	**경기도 파주시 광인사길 30**
전화	**031-955-1350 팩스 031-624-1356**
홈페이지	**http://www.sallimbooks.com**
이메일	**book@sallimbooks.com**
ISBN	**978-89-522-4723-0 04800** **978-89-522-3984-6 04800 (세트)**